Aachen, 29.1.2015

Hermann Maurer
Ende des Traumes

ISBN 978-3-99025-172-0
© 2014 Freya Verlag
www.freya.at

Coverbild: © Fotolia: Nejron Photo
Layout: freya_art, Wolf Ruzicka
Lektorat: Dipl. Päd. Magdalena Fuchs
printed in EU

Hermann Maurer
Ende des Traumes

freya

Vorwort

Der Titel des Buches ist zweideutig.

Einerseits beginnt es mit einem unrealistischen Science-Fiction-Szenario, in dem zwei junge Leute nach 80 Jahren Schlaf aufwachen. Ein Schlaf, der sie vor den Nazis in die Zukunft retten soll, da den Eltern 1943 die Todesstrafe wegen Begünstigung von KZ-Häftlingen sicher ist.

Andererseits erleben wir mit den Augen dieser beiden, wie sehr sich die Welt, die Technik, die Gesellschaft und die Menschen, ja selbst die Sprache, geändert haben und was bevorsteht: 2023 kommt bald.

Nach amüsanten Missverständnissen, Erlebnissen und Verirrungen wird immer klarer, dass auch die Menschheit aus einem Traum aufwachen muss, um zu erkennen, dass Politik, Wirtschaft und Technik in eine falsche Richtung laufen.

Die beiden Zeitreisenden wollen nicht zusehen: sie wollen verändern. Mit einer ungewöhnlichen Mischung aus grünen Ideen und neuer Technologie wird skizziert, was geschehen kann. Die beschriebenen Techniken und Ideen sind nicht beliebige Erfindungen, sondern beruhen auf Versuchen, Geschehnissen und Entwicklungen, die in kleinen oder Laborumgebungen nahe der Realisierung sind.

Das Buch ist ein Roman. Er ist gefüllt mit Ereignissen, Entwicklungen und menschlichen Intrigen. Für alle, die frühere Science-Fiction-Romane von mir kennen: Dieser ist näher an der Wirklichkeit als alle anderen. Die Leser werden beurteilen müssen, ob das Wissen (ja, Wissen), das hier in Romanform verpackt ist noch als Roman lesbar ist.

Wie so oft, eines ist sicher: So viel Spaß und neues Wissen, wie der Autor beim Schreiben und Recherchieren erfahren konnte werden Leser wohl kaum haben, aber ich wünsche es ihnen und mir. Wenn irgendwer nach dem Lesen behaupten kann, dass in diesem Buch keine einzige neue Idee zu finden war, möchte ich diese Person kennen lernen und schulde dann mehr als eine Flasche guten Schilchers!

Mein ganz herzliches „DANKE" geht an alle „Testleser", u. a. meine Freunde Torsten Ries und Wolfgang Schinagl, die mich auf viele Ungereimtheiten aufmerksam gemacht haben. Besonders erwähnen darf ich aber meine beiden Freunde Peter Lechner und Georg Czedik-Eysenberg, die ganz wichtige Änderungsvorschläge einbrachten. Dem Verlag (vor allem Dir, liebe Siegrid Hirsch) kann ich nur sagen: toll wieder bei Euch schreiben zu dürfen.

Herzlichst,
Hermann Maurer
hmaurer@iidm.edu

Das Erwachen

Unruhig wälzt er sich hin und her. Der Schleier seiner langen Träume wird dünner, er zerreißt.

Anton Ferer öffnet die Augen und setzt sich mit einem Ruck auf. Er reißt sich die Maske vom Kopf, die diesen mitsamt Gesicht bis auf Mund, Nase und Augen bedeckt. Ein starker Schwindel lässt ihn wieder zurückfallen. Er schaut um sich: Er liegt in einer Ganzkörpermaske in einer freundlich ausgekleideten, kühlen Höhle auf einem weichen Lager, eine dicke Decke halb abgestreift. Eine Quelle plätschert an der einen Seite der Höhle und hält die Luft feucht. Aus einem kopfgroßen Loch in der Felswand kommen Licht und ein Hauch warmer Luft.

Seine Erinnerungen fluten zurück, überbieten das Geträumte an Deutlichkeit, aber auch an Absurdität:

Seine Eltern hatten mit ihren Freunden, den Tulpers, ihn und ihre Tochter Susanne Tulper hier in das Höhlensystem „Hoffnung" her gebracht, um „die Kinder" zu schützen, weil die Leben beider Familien in Gefahr waren. Die Bemühungen der Arztfamilie Ferer und ihrer Freunde zur Rettung von Häftlingen im KZ Mauthausen und der geplanten neuen Außenstelle in Ebensee waren im Begriff, entdeckt zu werden. Das war 1943 Hochverrat. Todesstrafe.

Zuerst hatte man Susanne in künstlichen Winterschlaf versetzt. Die 18-Jährige hatte auf ihre wiederholten Fragen „Wie lange werde ich schlafen?" nur ausweichende Antworten erhalten. Sie war nach dem Einschlafen in einen dünnen Ganzkörperanzug gesteckt worden, um eine zu starke Dehydrierung zu verhindern. Der fünf Jahre ältere Anton war besser eingeweiht: Bei akuter Entdeckungsgefahr wollten die Eltern die beiden in eine Art Winterstarre versetzen, über lange Zeit hinweg. Dieses Verfahren hatte sein Vater als Arzt mehrmals bei Häftlingen angewendet, die dadurch als „tot" angesehen worden waren, was ihre Rettung möglich gemacht hatte. Seine Eltern und die Tulpers wollten notfalls versuchen, auf der Route, auf der sie Häftlingen das Leben gerettet hatten in die Schweiz zu fliehen. Nach Kriegsende, das sich für viele bereits abzeichnete und vermutlich auch das Ende der Macht Hitlers bedeuten würde, wollten sie zurückkehren und Anton und Susanne „aufwecken". Notfalls würde das Aufwecken aber durch „die Anlage" nach mehreren Jahren automatisch geschehen.

Anton versteht: Seine Eltern sind nicht da. Die Anlage hat ihn geweckt. Trauer und verzweifeltes Entsetzen: Meine Eltern haben die Flucht nicht geschafft!

Vorsichtiger als das erste Mal setzt er sich auf, streift die Decke ab und sieht eine volle Kleidungsausrüstung auf einem Sessel neben dem Bett. Er schlüpft aus dem eigentümlichen, eng anliegenden Kleidungsstück, das sich wie eine zweite Haut anfühlt und zieht sich an. Er ist sehr abgemagert und fühlt sich schwach, durstig und hungrig, aber sonst wie es scheint in Ordnung. Gierig nimmt er einige Schlucke des Quellwassers. Er erinnert sich an die komplexen Umbauten in dem Höhlensystem „Hoffnung", die vielen anderen Vorbereitungen und an die letzten Worte seiner Mutter bevor er einschlief:

„Wenn wir dich nicht wecken, dann bist du für dich und Susanne verantwortlich. Wir haben auch für diesen Fall soweit es ging Vorbereitungen getroffen. Du findest unsere Aufzeichnungen in der Kochnische. Mach's gut!"

„Mach's gut", tönt es in ihm nach, als er sich durch das schwache Licht zur Tür tastet. Ach so, da ist der Schalter, der den kleinen, wasserbetriebenen Generator einschaltet. Klick. Nichts rührt sich. Auch bei weiteren Versuchen geschieht nichts. Trotz aller Tests funktioniert er also jetzt nicht.

Warum, wird er später prüfen. Nun müssen Kerzen oder Öllaternen herhalten. Er weiß, wo sie sind.

Bald hat er Licht. Er taucht sein Gesicht in eiskaltes Wasser. Dann liest er schluchzend den Abschiedsbrief seiner Eltern und die Ratschläge, die auf mehrere Kuverts verteilt sind. Erste Anweisung: nur den ersten Brief sofort öffnen! Der erste Text ist umfangreich. Die wichtigsten Teile merkt sich Anton:

Kontrolliere Susanne. Sie sollte einen kräftigen Puls haben, aber nur ca. alle fünf Minuten einen Schlag. Gib ihr das Gas zum Aufwecken erst später. Zuerst Vorräte auf Essbarkeit prüfen, dann etwas zum Essen kochen, mit dem Radio die Lage sondieren, mit dem Fahrrad nach Ebensee zur Kanzlei Schaller fahren, dort den Brief an „Wilfried Schaller oder Nachfolger" (Der Brief überrascht Anton durch Größe und Gewicht) übergeben. Wenn das nicht klappt, zum Onkel Ferdinand in Bad Mitterndorf durchschlagen. Niemand darf erfahren, wer ihr wirklich seid, notfalls gehört ihr beide als Geschwister zur Familie des Onkels Leopold Ferer, der 1924 nach Namibia auswanderte, und ihr kamt nun zurück. Größte Vorsicht, die Verhältnisse können sich sehr geändert haben, aber finanziell musst du dir keine Sorgen machen, wir haben vorgesorgt; Susanne erst in einigen Tagen aufwecken, vorher den zweiten Brief lesen, aber erst, wenn du in der Kanzlei Schaller in Ebensee warst."

Wie im Traum geht Anton durch den Gang in das Zimmer, in dem Susanne liegen sollte. Es ist dunkel hier, kühl und etwas feucht wie in seinem Zimmer. Im Schein der Laterne sieht er unter einer Decke eine vermummte Gestalt, mit einer Kopfmaske, wie er sie aufhatte. Sie schaut gespenstisch aus, aber er weiß: Das ist notwendig, um einen zu großen Wasser- und Wärmeverlust zu vermeiden. Vorsichtig sucht er den Arm von Susanne: Er ist unter der künstlichen Haut weich und kühl, aber nicht kalt. Er ertastet die Stelle, wo er den Puls fühlen sollte und beginnt zu zählen. Als er bei 150 noch immer nichts merkt, bricht er in Schweiß aus. „Susanne, ich brauche ein Lebenszeichen von dir", fleht er stimmlos. 200, 250, 300 ... er beginnt zu verzweifeln. Dann, endlich, bei 323 ein plötzlicher, deutlicher Schlag. Eine Welle der Erleichterung durchläuft Anton. Er beginnt nochmals zu zählen für eine Bestätigung. Diesmal fühlt er den Pulsschlag bei 301. Er hat wohl das erste Mal zu schnell gezählt.

Glücklich, aber durch die Unwirklichkeit der Situation wie in Trance, geht Anton aus dem Zimmer zur Kochnische mit dem großen Regal mit Lebensmittel. Hier liegt ein Schatz! Anton wundert sich, wie es den Eltern gelungen war, in einer Zeit so viel zu horten, in der man nur mehr beschränkte Mengen von Lebensmitteln und nur auf die zugeteilten Lebensmittelkarten bekommen konnte!

Die Inhalte der ersten Konserven, die er öffnet sind offensichtlich verdorben. Das Öffnen einiger Dosen mit Mehl und Reis, die selbst in mit Stickstoff gefüllten Behältern untergebracht sind ist entmutigend: Wie konnten sich unter diesen Umständen doch kleine Würmchen und Ähnliches so vermehren? Auch der bescheidene Vorrat an Kaffeebohnen ist verschimmelt.

Aber nicht nur die Angst, dass nichts Essbares mehr da ist, bedrückt Anton, sondern vor allem die Erkenntnis: Es müssen viele Jahre seit der Einlagerung vergangen sein.

Das erste Positive ist das Dosenbrot: Die Inhalte von zwei der drei Dosen scheinen einwandfrei. Auch getrocknetes Fleisch, Salz, Honig und in Essig eingelegtes Gemüse sind gut erhalten!

Mit dem Spirituskocher macht Anton einen Topf mit

einer Art Suppe aus getrocknetem Fleisch, Salz und Brotstückchen. Es schmeckt herrlich, kommt es ihm vor. Die Nachspeise mit Sauerkraut, Essiggurken und zuletzt einem Löffel Honig mag ungewöhnlich sein, aber sie passt. Anton fühlt sich wie ein neuer Mensch.

Mit mehr Optimismus geht er zur Radiostation. Die Kurbel, die man zuerst drehen muss, um Strom zu erzeugen knirscht, aber die Kontrolllampe leuchtet. Vorsichtig durchsucht Anton das ganze Spektrum ... er hört nichts als Rauschen. Beängstigt macht er mit größter Lautstärke einen zweiten Durchgang: nichts! Es kann doch nicht sein, dass alle Stationen nicht mehr senden! Hat der Krieg so viel zerstört?

Da erinnert er sich, was Vater sagte: notfalls auf Langwelle ausweichen. Um dort einen Empfang erwarten zu können, muss Anton 30 Meter Antennenkabel vom Ausgang der Höhle hinunterlassen. Vorsichtig öffnet er den Höhlenausgang. Er liegt hinter dichten Büschen auf einem Felsband, das sich in der senkrechten Kalkwand des Höllengebirges so gut versteckt, dass es außer von zwei übermütigen Kletterern – wie sein Vater und dessen Freund, der Baumeister Tulper gewesen waren – offenbar bisher noch immer von niemand anderem entdeckt wurde. Anton muss die Augen schützen, so hell ist es an diesem strahlenden Tag. Der Vegetation nach muss es Mai oder Anfang Juni sein. Es ist sehr warm und der Wald, der über einen Rücken zum Hinteren Langbathsee führt liegt so vor ihm, wie er ihn in Erinnerung hat. Nein, halt! Im Westen, keine 500 m entfernt, auf der anderen Seite des Hirschbachs, schimmert etwas durch die Bäume, das wie eine Schotterstraße aussieht, eine Straße, die offenbar vom Hinteren Langbathsee Richtung Hirschluke führt ... eine Straße, die er vorher nie gesehen hat! Er muss also wirklich einige Jahre „verschlafen" haben! Obwohl der Höhleneingang von der Straße aus nicht sichtbar ist, muss er später sehr Acht geben, wenn er sich und sein Fahrrad über die Wand abseilt, denn da ist er von der Straße her sichtbar. Nun aber das Antennenkabel hinunterlassen und zurück zur Radiostation.

Die Enttäuschung ist groß: Auch auf der Langwelle ist nichts zu hören. Anton kann es nicht glauben, dass die gesamte Welt menschenleer sein soll. Aber wie kommt es sonst, dass alle Radiosender eingestellt sind? Oder funktioniert das Radio trotz des Rauschens einfach nicht mehr?

Er wird wohl jetzt einmal nach Ebensee zum Anwaltsbüro Schaller fahren. Auch wenn offenbar einige Jahre vergangen sind, so war doch Wilfried Schaller 1943 erst knapp 30 Jahre alt. Anton erwartet daher, den allerdings wohl gealterten Schaller zu treffen. „Wird sich der wundern, wenn er bemerkt, dass ich nicht älter geworden bin", murmelt er vor sich hin und denkt gleichzeitig „Hoffentlich ist das kein Problem, aber er hat mich ja kaum gekannt, nur meinen Vater." Er hofft vom Büro Schaller Geld und Lebensmittelkarten zu bekommen, um etwas zum Essen einkaufen zu können; und Ratschläge, wie es weiter gehen soll.

Anton steckt den Brief für Schaller in einen Rucksack, gibt eine Milchkanne hinein – er freut sich schon sehr auf seinen ersten Kaffee mit Milch und auf die ersten Palatschinken, die er sich machen will – und dann packt er noch eine Flasche Wasser und ein Stück Brot als Proviant ein ... es sind ja doch einige Kilometer nach Ebensee und zurück geht es dauernd bergauf.

Die Abfahrt verzögert sich, weil die Reifen beider Fahrräder keine Luft haben und offenbar bei beiden ein Schlauch undicht ist. Anton braucht 20 Minuten, um einen der Fahrradschläuche zu kleben. Die Klebeflecken und der flüssige Gummi haben durch die verstrichene Zeit sehr gelitten!

Dann lässt er das reparierte Fahrrad mit einem Seil die Wand vor der Höhle hinunter, klettert mit geschultertem Rucksack gleichfalls hinab und zieht das Seil über eine über mehrere versteckte Rollen laufende dünne Schnur hinauf, damit nichts vom Seil zu sehen ist, er es aber bei der Rückkehr leicht wieder herunter holen kann. Der Wald hat hier so viel Unterholz, dass er das Rad tragen muss. Er schätzt, dass es etwa Mittag ist: so hat er auch seine wieder aufgezogene, schöne Taschenuhr eingestellt. Die Mittagshitze macht ihm mit der Last des Fahrrads zu schaffen. Er freut sich nicht auf den langen Weg bis zum Hinteren Langbathsee. Aber bald stößt er auf einen ausgetretenen Weg. Auch den kennt er von früher nicht. Dass er nicht überwachsen ist zeigt, dass er regelmäßig begangen wird. Also gibt es in dieser Gegend noch Menschen! Anton ist unglaublich erleichtert, nur: umso mehr muss er Acht geben, dass niemand ihn und die Höhle entdeckt.

Auf dem Weg kann er jetzt mit seinem massiven Steyr Waffenrad gut fahren. Unvermittelt stößt er auf eine Schotterstraße: Das muss die sein, die er vom Höhleneingang gesehen hatte. Sie geht bergab Richtung See. Nun wird das Fahren ein Vergnügen. Dann kommt das Wasser in Sicht. Anton stoppt abrupt: Was ist das, da sind ja Häuschen am See! Die Straße, auf der er fährt, geht in einem Bogen um die untere Seehälfte und ist hier viel breiter: Die Entlegenheit des Hinteren Langbathsees, er war seinerzeit nur über einen wurzeligen Gehweg erreichbar, ist offenbar Vergangenheit. Als Anton näher kommt, sieht er, dass die Häuschen wohl Hütten für Fischer sind. Bei vielen liegen Ruderboote und an einem macht sich ein Mann mit Angel zu schaffen, der offenbar auf den See hinausfahren will. Anton zweifelt, dass der Mann in der Mittagssonne viel Glück beim Fischen haben wird, aber fragt sich, ob er auf dem Rückweg, wie geplant, ein paar Forellen aus dem See wird mitnehmen

können. Fischdiebstahl war das rechtlich natürlich schon immer gewesen, aber bei so entlegenen Seen konnte man es riskieren. Nur, so entlegen ist der See sichtlich nicht mehr.
Der ehemalige Fußweg zum Vorderen Langbathsee ist eine breite Straße. Als er diesen See erreicht, traut er seinen Augen kaum: Auf einem Sandstrand und der Wiese dahinter liegen einige Menschen in der Sonne. Die Mädchen sind bis auf ein kleines Höschen und ein Oberteil nackt. Er wagt kaum hinzublicken. Im Hintergrund ist ein niedriges, großes Haus und ein Garten mit Tischen und Schirmen, unter denen mehrere Gruppen offenbar Essen serviert bekommen! Hätte er nur Geld, er würde sich gerne dazu setzen. Freilich, er erinnert sich an die Warnung seiner Eltern, jeden Kontakt mit Menschen zu vermeiden, bis er die Situation einschätzen kann. Er hält sich nur mit Mühe zurück, als er an einem Parkplatz vorbeikommt, wo so viele Privatautos stehen, wie er sie noch nie gesehen hat, noch dazu Autos, die ganz anders aussehen als jene, von denen er seinerzeit einige bewundert hatte. Eine Familie steigt gerade aus einem großen Auto aus. Alle tragen Brillen und schauen ihn seltsam an, obwohl er sich doch so unauffällig wie möglich angezogen hat. Der Bub zeigt auf sein Fahrrad und fragt seinen Vater:

„Was ist denn das für ein Rad?"

Sein Vater blickt, so kommt es Anton vor, starr auf das Rad Antons, dann sagt er, so als würde er vorlesen

„Ein Steyr Waffenrad, Baujahr 1938, sollte eigentlich in einem Museum stehen."

Die letzten Worte hört Anton kaum noch, denn er tritt stark in die Pedale, um fort zu kommen. Die Straße ist nun sehr glatt, offenbar mit einem Belag versehen, der entfernt an frühere Makadam-Beläge erinnert. Wieso ist dieser See so wichtig geworden, dass zu ihm eine so teure Straße führt?

Die nächsten neun km Richtung Ebensee sind ein Vergnügen: dem Bach folgend geht es andauernd bergab.

Anton staunt über den starken Autoverkehr. Aber noch mehr wundert er sich über die verrückten Radfahrer: Er selbst fährt aufrecht und bequem sitzend auf seinem soliden Rad, die Haare wehen im Wind, aber die anderen Fahrer haben trotz der Hitze Helme auf, tragen eng anliegende, die Körperkonturen fast ordinär preisgebende Anzüge aus eigentümlichem Material, ihre Räder schauen zart und gebrechlich aus und alle strampeln über seltsam gekrümmte Lenkstangen vornübergebeugt die Straße hinauf.

Plötzlich sind rechts von ihm Stützpfeiler mit Stahlseilen zu sehen. Eine Gondel, größer als er sich das vorstellen hätte können, gleitet nach oben: Er ist in der Nähe der Talstation der Feuerkogel-Seilbahn. Er kennt diese gut! Tulper, der beste Freund seines Vaters, war einer der leitenden Mitarbeiter beim Bau der Seilbahn gewesen, die 1927 eröffnet wurde. Er hatte seinem Freund Adolf Ferer einige Tage später Freikarten für seine Familie geschenkt und so war der damals 7-jährige Anton mit einer der ersten Seilbahnen Österreichs[1] auf den Feuerkogel gefahren. Er hat die Fahrt und die Wanderung mit den Eltern als sensationelles Erlebnis noch deutlich in Erinnerung, genau wie die Erzählungen seines Vaters von den vielen Höhlen im Kalkstein des Höllengebirges. Dieser Name leitet sich ursprünglich von „Höhlengebirge" ab, behauptete der Vater. Die Andeutung seines Vaters, dass das Gebirge noch viele geheimnisvolle und unbekannte Höhlen besitzt verstand Anton erst Jahre später, als er erlebte, wie sein Vater und dessen Freund Tulper das Höhlensystem „Hoffnung" als Versteck für aus dem KZ Mauthausen befreite Häftlinge ausbauten, die dann versuchen würden, in die Schweiz zu entkommen. Als Anfang 1943 mehrere Häftlinge ergriffen worden waren, die sein Vater als Arzt für „tot" erklärt hatte oder die beim Bau der

---
1 Eigentlich wäre die Feuerkogelbahn die erste Seilbahn Österreichs geworden. Unstimmigkeiten beim Bau und der Finanzierung führten dazu, dass sie „nur" die dritte war und bereits 5 Jahre später großzügig erweitert wurde.

Außenstelle Ebensee, deren Bewachung Tulper über hatte, entkommen waren, war die Situation für beide Familien lebensgefährlich geworden.

All das geht Anton durch den Kopf, als er langsam aus Neugier zur Talstation weiterradelt. Wie viel hat sich hier verändert! Neue Häuser und die alten großzügig, ja für seine Begriffe verrückt, ausgebaut. Die Talstation riesig, ein Parkplatz mit vielen Autos und eine Gruppe von Menschen in der Kassen- und Einstiegshalle. Als Anton vorsichtig in die Kassenhalle hineingeht wird ihm schwindlig: Wo ist er gelandet? Da stehen drei schwarzhäutige Männer in der Schlange und eine ebenso schwarze Frau mit kleinen Zöpfchen. Das müssen Neger[2] sein, wie er sie bisher nur aus Büchern kennt. Auch Familien mit Schlitzaugen und gelblicher Hautfarbe stehen an der Kasse. Aber gar keinen Reim machen kann er sich auf ganz in Schwarz gehüllte Menschen, von denen einige sogar ihr Gesicht verborgen halten. Im Stimmengewirr merkt er, dass viele nicht Deutsch, sondern andere Sprachen verwenden, die er zum Teil gar nicht erkennt. Wieso gibt es hier auf einmal so viele fremde Menschen?

Doch plötzlich wird Anton bewusst, dass er der wahre Außenseiter ist, den viele anstarren: Viele tragen Brillen, oft verwirrend nur über einem Auge (Waren Monokel wieder in Mode gekommen?) und sind ganz anders gekleidet als er in seiner Lederhose mit unauffällig kariertem Hemd und festen Schuhen. Ein Mädchen – sie hat schwarze Fingernägel und einen kleinen Nasenring! – hebt ihre Hand mit einer buchgroßen Platte. Es klickt und sie zeigt etwas begeistert ihrer Begleiterin:

„Ich hab' den echten Einheimischen erwischt."

---

2 1943 sagte man noch Neger!

Die Freundin lacht:

„Das musst du gleich posten."

Sie schiebt sich mit ihren über und über bemalten Händen ihre Haare zurück, sodass nun auch ihr bemalter Hals sichtbar wird. Wie Karl May die Kriegsbemalung bei Indianern beschrieben hat, kommt es Anton vor. Immer mehr wenden ihm ihre Aufmerksamkeit zu. Er eilt zurück zum Ausgang. Im Vorbeigehen sieht er ein großes Plakat, das für ein Fest im Juni 2023 wirbt. Neben dem Ausgang ist ein Schild, das ihm vorher nicht auffiel: „Neue Preise ab 1. Mai 2023". Anton stolpert zum Fahrrad, fährt keuchend ein paar Meter, bevor er sich wie im Traum auf eine Bank setzt: Er befindet sich im Jahr 2023! Er hat 80 Jahre geschlafen! Es muss etwas ganz schief gelaufen sein: Seine Eltern konnten doch wohl nicht beabsichtigt haben, ihn und Susanne 80 Jahre in die Zukunft zu schicken!

Mit Entsetzen wird ihm klar, dass Wilfried Schaller, für den der Brief seiner Eltern bestimmt ist nicht mehr leben kann: Er wäre jetzt schon 110 Jahre alt. Doch auf dem Brief steht: „Für Wilfried Schaller oder Nachkommen". Haben seine Eltern doch mit so einem langen Schlaf gerechnet? Und wieso lebt er, Anton, überhaupt: Hat denn je ein Mensch einen Tiefschlaf von 80 Jahre überstanden? Noch dazu so anscheinend gesund wie er sich fühlt? Ob er dafür je eine Antwort bekommen wird?

Sei es wie es sei, er muss jetzt einmal nachsehen, ob es eine Kanzlei Schaller noch gibt, und wenn ja, ob ihm das weiterhilft. Wenn nein ... er bremst sich selbst: Es hat keinen Sinn, alle Möglichkeiten durchzuspielen.

„Überquere die Brücke, wenn du zu ihr kommst", hatte ihm sein Vater immer gesagt.

Anton fährt also weiter Richtung Stadtzentrum, will von der Langbathstraße in die Postgasse abbiegen, um den heftigen Verkehr zu vermeiden – fast jede Minute kommt ein

Auto aus der einen oder anderen Richtung – doch jemand ruft ihm aus einem Fenster zu:

„Achtung, diese Gasse ist doch Einbahn!"

So kehrt er um und fährt in der Langbathgasse weiter. Beim Vorbeifahren an der Kirchengasse stellt er seine Uhr nach der Uhr der Pfarrkirche auf 14:04. Bei der nächsten Kreuzung biegt er in die Hauptstraße links ein, in der die Kanzlei Schaller sein sollte, wenn es sie noch gibt. Dabei fährt er am Hotel Post vorbei. Obwohl er schon vorher von den vielen Veränderungen verblüfft war, das Aussehen des Hotels bringt ihn endgültig aus der Fassung: Das einfache „Gasthaus zur Post" (das urkundlich als „Tavern in der Lambat" schon 1526 erwähnt wurde) war 1936 von Maria Gruber übernommen worden. Er hatte es mit seinen Eltern mehrmals besucht und hatte noch in Erinnerung, wie schwer es Frau Gruber hatte, da ihr Mann kurz nach der Übernahme gestorben war. Nun steht hier ein umwerfend beeindruckendes Hotel-Restaurant. Dass es jetzt von den Enkeln der Maria Gruber betrieben wird erfährt er später.

Ein paar Häuser weiter sieht er zu seiner riesigen Erleichterung das Schild „Rechtsanwälte Schaller" an dem Haus, das er in Erinnerung hatte. Das Büro hat wegen der Mittagspause bis 15:30 geschlossen. Anton zögert nur kurz bis er stürmisch am Tor klingelt. Noch einmal wiederholt er, dann öffnet eine bildhübsche, blonde Frau, die kaum über dreißig sein kann, das Tor. Auch sie trägt eine Brille und hat den Hals und die Arme mit Blumenranken bemalt. Sie erkundigt sich erstaunt, wer er ist und was er will.

„Der Bruder meiner Großeltern war vor vielen Jahren ein guter Freund von Wilfried Schaller. Nach dem Tod meiner Eltern fand ich im Nachlass diesen Brief. Im Testament wurde mir und meiner Schwester Susanne aufgetragen, alles in Namibia zu verkaufen, das Land zu verlassen, in die ursprüngliche Heimat Österreich zurück zu kehren, diesen Brief im Büro Schaller abzugeben und zu warten, bis ein Schaller ihn gelesen hat, weil dieser dann mit mir einiges zu besprechen hätte. Mehr weiß ich auch nicht. Aber ... sind Sie eine Schaller?"

„Ja, ich bin Irene, die Frau von Friedrich Schaller, dem einzigen Enkel von Wilfried Schaller, der jetzt die Kanzlei leitet. Aber da der Brief offenbar schon vor längerer Zeit verfasst ist, denn Wilfried Schaller ist schon über 20 Jahre tot, ist es vermutlich besser, wenn nicht mein Mann, sondern mein Schwiegervater Franz Schaller, der Sohn von Wilfried, den Brief liest und mit ihnen spricht. Lassen Sie mich nachschauen, ob er schon nach seinem Mittagsschläfchen auf ist. Aber kommen Sie doch herein ..."

Doch dann sagt sie sehr viel lauter:

„Hallo, schön dass du dich rührst. Aber nein, es geht jetzt nicht, wir können später miteinander reden."

Anton sieht sich verdutzt um: Mit wem redet sie denn, es ist außer der Frau und ihm doch niemand hier! Und nun schaut die Frau ihn auch so starr an wie einige der Leute in der Seilbahnstation, doch dann sagt sie freundlich wie vorher:

„Also kommen Sie jetzt herein aus der Sonne, die brennt heute schon ganz schön."

Anton tritt mit dem Rad durch das Tor in einen überdachten Durchgang zum Innenhof und Irene verschwindet über eine Stiege. Bald kommt sie zurück.

„Wie war noch Ihr Name?"

„Ich bin Anton Ferer."

„Dann passt schon alles. Mein Schwiegervater hat schon mehrmals erwähnt, dass sein Vater ihn gebeten hat, sich um einen Anton Ferer zu kümmern, wenn der einmal auftauchen sollte. Sie werden also sozusagen seit Jahrzehnten erwartet."

Irene führt Anton zu Dr. Franz Schaller, doch spricht sie auf dem Weg dorthin einmal laut mit sich selbst.

„Ist sie verrückt?", denkt Anton. Ein älter wirkender Mann, der Franz Schaller sein muss, heißt Anton herzlich willkommen.

„Irene, ich muss mit dem Besucher allein sprechen", entschuldigt sich der alte Schaller, wie ihn alle nennen, bei Irene. Sie geht: Das Ganze scheint ihr recht geheimnisvoll. Wie sie die Tür schließt, hört sie Anton gerade noch erklären, dass er nach dem Tod seiner Eltern mit seiner Schwester Susanne aus Namibia nach Österreich gekommen ist, um etwas Wichtiges in Ebensee zu erledigen und dann nach etwaigen ferneren Verwandten zu suchen.

Kaum ist die Tür zu, winkt der alte Schaller ab.

„Du musst nichts erzählen, mein Vater hat mich eingeweiht. Ich bin wohl der einzige, der eure wirkliche Geschichte genau kennt …na ja, die Ferers in Bad Mitterndorf wissen, dass der Sohn der Familie Adolf Schaller 1943 irgendwie verschwand und gleichzeitig die Tochter der Tulpers und vielleicht noch Nachkommen von ihnen irgendwo leben. Dass davon noch jemand lebt wissen sie sicher nicht. Um ehrlich zu sein, ich kann es ja auch kaum glauben, dass hier ein Ferer aus Ebensee steht, denn die Geschichte mit Namibia ist ja reine Tarnung. Ich habe nie geglaubt, dass je jemand kommen könnte: Jahrzehntelanger Winterschlaf ist ja etwas, von dem die Medizin auch heute noch träumt! Aber jetzt stehen Sie da mit dem Brief, von dem immer die Rede war und weisen sich damit aus.

Übrigens, Quatsch: Die Schallers und Ferers waren Freunde bis in den Tod, da machen wir es uns nicht zu kompliziert: Ich bin der Franz und du der Anton. Jetzt setzt dich nieder, las mich den Brief öffnen, dann reden wir weiter."

Er nimmt den Brief, aber bevor Anton sitzt meint er:

„Hast du Lust auf einen Kaffee? Dann lauf meiner Schwiegertochter Irene nach, das ist die Frau, die dich hergebracht hat, und sie soll dir einen Kaffee geben; na, mach's zwei Kaffee, ich trinke auch noch einen."

„Kaffee" klingt wie Musik für Anton. Er stürzt hinaus, holt Irene ein und kommt ein bisschen später mit zwei großen Schalen Kaffee zurück. Franz lehnt nachdenklich lächelnd in seinem Sofasessel und hält etwas Glänzendes in der Hand.

„Dein Vater und mein Vater waren schon ungewöhnliche Menschen. Lass mich erzählen, was ich weiß und korrigier mich, wenn etwas nicht stimmt."

★ ★ ★

Irene erzählt inzwischen ihrem Mann Friedrich von dem Besuch.

„Du hättest ihn zu mir bringen sollen, ich wüsste zu gerne, was in dem schweren Kuvert steckt und was das Ganze auf sich hat. Mein Vater hat immer nur vage Andeutungen gemacht, dass es um was Großes geht ... Du hast ihnen doch Kaffee gemacht, geh' ohne Ankündigung einfach in zehn Minuten zum Abräumen ins Zimmer, vielleicht erfährst du so etwas."

Irene nickt.

„Übrigens", sagt Friedrich, „du hast doch sicher ein Foto von diesem Anton gemacht, kannst du es mir zeigen?"

Irene spielt das Foto, das sie mit der Brille am Hauseingang von Anton machte, in die Brille ihres Mannes ein, sodass sie es nun beide sehen können. Dieser meint

„Mir sagt das Bild nichts. Hast du ..."

„Ja, natürlich", fällt ihm Irene ins Wort, „ich habe sofort mit der großen Internetsuchmaschine nach Ferer gesucht, aber es gibt zu viele. Erstaunlich ist aber, dass es einen Ferer in Namibia gab. Über Kinder oder Enkelkinder fand ich nichts. Anton erwähnte aber, dass er und seine Schwester, wohl diese Susanne, nach dem Tod ihrer Eltern hier herkamen. Freilich, er hat nicht erwähnt, wie lange die Eltern schon tot sind."

Friedrich hörte nur halb zu: „Ich habe inzwischen in der Google-Datenbank nach Bildern gesucht, die dem von Anton ähnlich sind. In einem irgendwann digitalisierten Fotoalbum der Ebenseer Ferer aus 1942 fand ich eines, das dem von Anton wie aus dem Gesicht geschnitten ist. Ein Bild von einer Schwester Antons ist aber nirgends zu finden. Irgendwas ist an der Geschichte seltsam."

„Ja", bestätigt Irene, „ich haben inzwischen bei Circle[3] nachgesehen, Anton Ferer ist dort nicht registriert und das ist doch sehr verdächtig. Ich glaube, wir sollten versuchen herauszufinden, was da wirklich los ist. Auch wenn Vater immer sagt, er dürfe nichts verraten."

Ihr Mann nickt.

★ ★ ★

Anton genießt seinen Kaffee und hört Franz gebannt zu. Dieser kennt tatsächlich die Geschichte der versteckten Kinder Anton und Susanne, die man durch eine vom Vater Antons entwickelten Methode über Tiefschlaf in die Zukunft retten wollte, und dass die Eltern von Anton und Susanne in die Schweiz flüchteten.

„Ja, sie schafften es, legten etwas für euch in ein schon vorher eingerichtetes Schließfach. In diesem versiegelten Umschlag, der auch in dem schweren Kuvert war, sind offenbar Details für euch."

Er legt ein braunes Kuvert mit schweizer Briefmarken

---

[3] Circle ist nach dem Buch „Der Circle" von Andrew Eggers eine Firma, die in naher Zukunft alle Möglichkeiten von Google, Facebook und Twitter kombiniert und so viele Dienste anbietet, dass de facto jeder Mensch bei Circle registriert sein muss.

und einer schweizer Adresse auf den Tisch und fährt fort:

„Ihr seid aber zur Tarnung offiziell Geschwister und kommt aus der Namibia-Linie der Ferers, aber in Wahrheit bist du natürlich ein Ferer aus der Ebenseer-Linie, Susanne ist nicht deine Schwester, sondern die Tochter der Tulpers. Diese beiden Elternpaare waren aber besorgt, dass der Mechanismus euch nicht oder zu spät aus dem Tiefschlaf aufwecken würde. Darum schmuggelten sie sich wieder nach Österreich ein. Auf dem Weg nach Ebensee wurden sie leider aufgegriffen."

Anton wird blass.

„Ja, Anton, sie wurden im August 1943 erwischt. Aber es kam zu keinem Prozess und keiner Hinrichtung: Sie nahmen alle vier bei der Ergreifung Zyankali. Gelitten haben sie also wenigstens nicht. Über ihren Tod wurde berichtet, dass sie auf einer wichtigen Geheimmission ums Leben gekommen waren: das Übliche, wenn man etwas vertuschen wollte."

Franz schweigt. Der Tod seiner Eltern überrascht Anton nicht mehr, er war sich dessen sicher gewesen, und selbst, wenn sie nicht ergriffen worden wären, dann hätte sie der Tod inzwischen aus Altersgründen eingeholt. Es überrascht ihn mehr, wie genau Franz Bescheid weiß, er aber – so sagte er jedenfalls – von dem Ort des Winterschlafs keine Ahnung hat. Anton schaut fragend auf das Stück, das Franz in der Hand hielt.

„Ist es das, was ich glaube?"

„Ja, es ist ein kleiner Goldbarren, eine Unze. Deine Eltern steckten ihn in das schwere Kuvert mit der Bitte, es als Bezahlung für meine Dienste zu sehen (oder auch nur als Anzahlung), die darin bestehen sollen, euch zu helfen. Und dann haben sie nochmals zehn so Barren in das Kuvert für euch gegeben, damit ihr am Anfang genug Geld habt – darum war das Kuvert so schwer. Ich soll euch helfen, dieses

Gold in Geld umzutauschen. Sie hatten große Angst wegen des Goldes, denn der Privatbesitz von Gold war zu ihrer Zeit strengstens verboten."

Franz legt alle elf Goldstücke auf den Tisch und gibt Anton den Brief: „Hier, lies."

In diesem Augenblick geht die Tür auf und Irene kommt herein, um die Kaffeeschalen abzuräumen. Etwas unwillig verdeckt der alte Schaller das Gold mit dem Kuvert, aber Irene hat das Edelmetall dennoch gesehen und auch, dass schweizer Briefmarken auf dem Kuvert kleben. Sie räumt das Geschirr weg und hat dann nicht Eiligeres zu tun, als ihrem Mann zu berichten.

„Hier scheint wirklich was Interessantes im Gange zu sein", meint er, „ich verstehe nicht, warum uns Vater davon ausschließt. Nun, dann werden wir werden es eben anders herausfinden."

★ ★ ★

Franz Schaller schaut Anton lange an.

„Mein Vater verehrte deinen Vater und den Baumeister Tulper, denn sie haben offenbar vielen KZ-Häftlingen das Leben gerettet. Und dein Vater war sehr weitsichtig: Er hat in das Kuvert ein Foto von Susanne und ein genaues Bild ihrer Fingerabdrücke mitverpackt."

Anton schaut fragend.

„Ja, ich brauche auch ein Foto von dir, das mache ich dann gleich und deine Fingerabdrücke, sonst kann ich keine Dokumente für euch besorgen. Aber kommen wir nun zu den praktischen Punkten: Seit wann seid ihr, du und Susanne, schon auf, und habt ihr in der Nähe eine Unterkunft?"

Anton erklärt die Situation, aber nicht, wo das Versteck ist. Schaller lächelt:

„Ich will es nicht wissen. Sorge nur dafür, dass es ein Geheimnis bleibt, denn ich glaube, dass dort noch einiges für euch zurückgelassen wurde und vielleicht ist manches ungesetzlich. Aber ich glaube, jetzt bist du dran. Was ist das Wichtigste, das du wissen willst?"

Da sprudelt es nur so aus Anton heraus: Sind sie wirklich im Jahr 2023? Wie ist der Krieg ausgegangen? Warum sind so viele nicht Deutsch sprechende und fremd aussehende Menschen hier? Gibt es noch immer die gleichen Banknoten und kann Franz helfen, die Goldbarren in Geld zu wechseln oder ist das zu gefährlich? Wie bekommt man Essensmarken, um etwas einzukaufen? Warum starren ihn viele Leute so an und warum tragen fast alle Brillen? Wieso gibt es so viele Menschen, die mit sich selbst reden, wie z. B. die Frau, die ihn hereinbrachte? Vor allem, sie brauchen irgendeinen Ausweis, kann Franz das nur mit Fotos und Fingerabdrücken schaffen? Franz antwortet:

„Legal natürlich nicht. Aber ich habe Kontakte zu einer der besten Fälscherwerkstätten Österreichs."

Der fast 80-jährige Franz Schaller versteht, dass hier eine große und nicht ungefährliche Aufgabe auf ihn zukommt, wobei es vielleicht noch um mehr als „nur" Dokumentenfälschung gehen könnte. Er freut sich aber gewissermaßen, jetzt in der Pension eine solche Aufgabe, die seinem Vater sehr viel bedeutet hätte, übernehmen zu können. Er bestätigt Anton, dass es 2023 ist, erzählt vom Kriegsende, dass Österreich wieder ein wohlhabender und unabhängiger Staat innerhalb der europäischen Staatengemeinschaft ist, dass es in ganz Europa nur mehr zwei Währungen gibt, den N-Euro und den S-Euro. Österreich mit vielen Ländern, darunter Deutschland, Frankreich, die Schweiz, England, die skandinavischen Länder usw., hat den N-Euro. Die Wunden des Krieges sind längst vergessen, es hat in Mitteleuropa seit fast 80 Jahren keinen Krieg mehr gegeben. Man kann so viel

Gold besitzen, wie man will, kann es auch in N-Euro umtauschen und braucht zum Einkauf keine Essensmarken oder Ähnliches mehr.

„Es gibt aber zwei Probleme", erklärt Franz Schaller. „Wechselt eine Person sehr viel Gold um, kann die Finanzverwaltung aufmerksam werden und Belege verlangen, wie der Besitzer zu dem Gold gekommen ist. Er muss also nachweisen können, dass der Reichtum nicht an der Steuer vorbei geschwindelt wurde oder überhaupt illegal ist. In eurem Fall könnte man argumentieren, ihr habt es aus Namibia mitgebracht und dort durch den Verkauf der großen Ferer-Farm erhalten. Das hat zwei Haken: Verkauft ein Nicht-Einheimischer seinen Besitz in Namibia, bekommt er nur Namib-Dollars, die nicht legal in andere Währungen oder Gold einwechselbar sind. Illegal wechseln ist schwierig und mit großen Verlusten verbunden. Aber selbst dann müsste das Gold bei der Einreise nach Europa deklariert werden. Mit anderen Worten, man kann Gold, dessen Erwerb nicht dokumentierbar ist, nur in kleinen Mengen und vorsichtig verkaufen. Das müssen wir wohl in diesem Fall tun, freilich kann ich oder jemand anderer das finanziell überbrücken, weil ja das Gold als Sicherheit da ist. Das zweite Problem wird für dich noch verblüffender sein. Es gibt de facto kein Bargeld mehr. Man hat ein Konto bei einer Bank und zahlt und erhält Geld elektronisch über dieses Konto."

Anton schaut verwirrt. Franz Schaller fällt es mehr als schwer, dies ohne ein gewisses Verständnis von Computern, Netzwerken, RFID-Chips und diversen elektronischen Geräten zu erklären. Schon allein die Begriffe „Computer" und „Computernetze" verwirren Anton so sehr, dass Franz darauf verzichtet, ihn über die Möglichkeiten des Internets aufzuklären. Aber wegen der Frage des Anstarrens und warum Leute mit sich selbst reden, kann er nicht anders, als zu erklären, dass die Brillen tragbare Telefone sind, die auch

Bilder aufnehmen können und über die man auch Auskünfte einholen kann.

„Wie kann man telefonieren, wenn die Menschen nicht mit Telefonleitungen verbunden sind?"

„Das geht drahtlos."

Anton schaut wieder verblüfft, aber da kommt Franz die rettende Erklärung.

„Du kennst doch Radios, die empfangen ja auch Informationen drahtlos. Und du kennst drahtloses Funken. Diese tragbaren, mit den Brillen kombinierten Telefone sind nur eine technische Weiterentwicklung."

Das leuchtet Anton einigermaßen ein, aber er hakt gleich nach:

„Du sagtest Radio. Ich habe eines von meinem Vater, aber ich kann damit keinen Sender empfangen."

Verdutzt denkt der alte Schaller einen Moment nach, dann lacht er:

„Natürlich. Erstens hat das Radio sicher nicht 80 Jahre überdauert. Aber selbst wenn, die Radios vor 1945 arbeiteten mit bestimmten Frequenzen, Mittel- oder Langwelle hießen sie, glaube ich. Man ist zunächst zugunsten besserer Qualität auf andere Wellenlängen, Ultrakurzwelle hieß das, umgestiegen und vor wenigen Jahren auf noch bessere Technologie. Anton, du kannst nicht in 30 Minuten alles lernen und verstehen, was sich auf der Welt getan hat. Habe etwas Geduld. Ich werde dir Unterlagen besorgen, wo du das Wichtigste nachlesen wirst können. Jetzt müssen wir uns erst einmal um die Geschichte mit dem Geld kümmern."

„Nur einen Moment noch", unterbricht Anton, „wie kann man mit einer Brille ein Foto machen? Wo kommt da der Film heraus, wo wird er entwickelt?"

Franz seufzt: „Die Bilder werden nicht mehr chemisch aufgenommen, sondern auf einem anderen Weg, wir sagen „digital" dazu und man kann sie ohne Leinwand auf einem sogenannten „Bildschirm" oder sogar in der Brille anzeigen, ja man kann sie sogar über das Telefon senden. Also, man kann eben nicht nur akustische, sondern auch optische Informationen „übertragen". Immer, wenn dich jemand angestarrt hat, hat er ein Foto von dir gemacht. Und angestarrt hat man dich, weil du ganz anders angezogen bist, als die Menschen heute: Lederhosen und karierte Hemden gibt es nicht mehr viele und wer sie hat, trägt sie nur zu besonderen Anlässen. Du musst dir rasch was anderes zum Anziehen besorgen, sonst fällst du zu sehr auf. Auch eine Brille musst du unbedingt haben. Du wirst sehen, man kann sie für viele Aufgaben verwenden und du wirst ohne Brille sofort als Technikfeind eingestuft. Aber alles der Reihe nach, wir müssen nun die Sache mit dem Geld regeln. Ich werde mich darum kümmern, dass ein Konto für dich eingerichtet wird. Bis dahin kannst du zur Überbrückung sogenannte Cashcards verwenden, die für kleine bis mittlere Beträge überall akzeptiert werden."

Franz gibt Anton eine Cashcard und erklärt, wie man sie verwendet.

„Du bekommst gleich noch ein paar. Diese werden reichen, um Essen und Kleidung zu kaufen, für mehr wirst du besser ein Konto verwenden. Ich schlage vor, du kommst morgen Nachmittag um 16 Uhr wieder zu mir, dann erkläre ich dir das Notwendigste zum Konto und zu Brillen und ich werde mir überlegen, wie wir geeignete Ausweispapiere für dich und Susanne bekommen können. Wenn ich richtig verstanden habe, schläft Susanne noch. Ich glaube, sie sollte so lange schlafen, bis du die heutige Welt einigermaßen verstehst und du ihr alles erklären kannst."

Anton nickt. Das haben die Eltern in dem Brief gemeint, warum er vor dem Aufwecken von Susanne mit Schaller sprechen soll!

Franz Schaller hat sich in der letzten halben Stunden entschlossen, seine Enkelin Alina ins Vertrauen zu ziehen und sie um Hilfe zu bitten.

„Meine Enkelin Alina arbeitet in einem Juwelier- und Andenkengeschäft um die Ecke. Sie ist eine 100 % verlässliche junge Frau, kann über das Geschäft Gold in Maßen unverdächtig ankaufen und wird dir auch sonst helfen, wenn ich sie darum bitte. Nur müssen wir sie dann ein bisschen in die Situation einweihen. Ich lege die Hand für sie ins Feuer, dass sie verschwiegen ist und du ihr absolut vertrauen kannst. Aber du musst natürlich zustimmen. Und nochmals: Außer dir und Susanne, mir und zum Teil, wenn du willst, Alina darf niemand etwas von der Wahrheit erfahren, also bitte sei vorsichtig. Ich glaube, dass Alina sehr helfen könnte. Nicht nur mit dem Gold, sondern auch, um dich ein bisschen in das für dich ungewohnte Leben einzuführen. Was meinst du?"

Anton überlegt nicht lange:

„Wenn ich dir vertraue, und das muss ich wohl, aber ich habe auch das Gefühl, dass du als Freund der Eltern auch ein Freund von mir bist, dann muss ich auch deinen Entscheidungen trauen. Also weihen wir Alina ein, so weit wie notwendig. Nur eines verstehe ich nicht: Warum die ganze Geheimniskrämerei? Wenn ich, was du erzählt hast, richtig verstehe, dann ist Österreich jetzt kein Nazi-Polizeistaat mehr. Warum darf die Öffentlichkeit dann von der ganzen Geschichte nichts erfahren? Sie würde meine Eltern und die Tulpers rehabilitieren und das wäre doch sicher eine schöne Sache für die Zeitungen usw.?"

Franz will Anton nicht zu sehr mit Details belasten, aber Anton muss die Brisanz der Situation verstehen. Natürlich würden sich die Medien auf Anton und Susanne stürzen, sie würden vorübergehend auch beide davon profitieren, über Berichte von der medizinischen Sensation, über das Gold, über das Versteck. Doch das Gold kommt nicht nur aus dem legalen Verkauf vom Besitz der Eltern, sondern auch aus der Kasse des damals im Aufbau begriffenen KZ-Lagers Ebensee. Unter dem Decknamen „Lager Zement" sollte die Produktion der V2-Raketen von Peenemünde, wegen des Beginns der dortigen Bombardierung, in bombengeschützten Stollen in Ebensee mit der Hilfe von KZ-Häftlingen fortgeführt werden. Die Eltern von Anton und Susanne hatten das im Sinne einer Kriegsverkürzung sabotiert, indem sie eine Anzahl teurer Maschinen privat verkauften. Man könnte das als Diebstahl am Staat sehen. Franz weiß aber, dass die Eltern einen Teil ihres verbleibenden Immobilienbesitzes in ihrem Testament dem Staat vermachten, d. h. in dem Sinn sogar dem Staat mehr gaben, als sie wegnahmen. Wie man das heute aber sehen würde und die Tatsache, dass sich im Versteck von Anton und Susanne ziemlich sicher noch Raubgut verschiedenster Herkunft befindet, würde zu unendlichen Komplikationen führen.

Franz erklärt das andeutungsweise.

„Bitte, glaube mir, ich kann dir im Laufe der Zeit dazu viel mehr erzählen, sodass du die ganze Problematik verstehen wirst. Für jetzt muss es genügen: Deine Eltern und die Tulpers waren bewundernswerte Menschen, die alles, bis auf ihre Kinder, geopfert haben – auch ihr Leben – , um dutzenden Menschen das Leben zu retten. Aber dafür waren ungewöhnliche Maßnahmen notwendig. Wie die heute juridisch beurteilt würden ist unklar. Ich würde sagen: moralisch unterm Strich mehr als positiv. Aber auf dem juridischen Weg zu einer Lösung würde es viele Komplikationen geben."

Franz und Anton können nicht ahnen, dass diese Komplikationen früher als erwartet mit voller Wucht eintreten werden.

Es ist geklärt, dass man Alina bis zu einem gewissen Grad einweihen und sie zunächst zwei Goldstücke gegen Cashcards umtauschen wird. Franz setzt eine Brille auf (er hat also auch eine, vermerkt Anton) und verständigt sich mit Alina über die Brille (!). Anton hört nur ungenau, dass Franz auch etwas von Kleidung und Adresse sagt, dann wendet er sich wieder an Anton:

„Alina erwartet dich im Geschäft. Du weißt, wo das ist?"

Anton nickt. Er verlässt den alten Schaller, der noch ein Foto mit seiner Brille von ihm macht und seine Fingerabdrücke abnimmt, ohne dass Anton das wirklich registriert.

Eine wichtige Verbündete

Anton fährt mit dem Fahrrad die paar hundert Meter bis zum Geschäft, wo Alina arbeitet. Er lehnt das Rad an die Hausmauer und geht hinein. Eine junge Frau, es muss wohl Alina sein, macht ein paar Schritte auf Anton zu:
„Anton Ferer?"
„Ja."
Sie schütteln einander die Hände.

Anton sieht eine junge, schlanke Frau mit freundlichen, grauen Augen, einer hohen Stirn und braunen, zurückgekämmten Haaren. Sie macht einen unbeschwerten, fröhlichen Eindruck und ist offenbar stolz darauf, ungeschminkt und ohne Tätowierungen auszukommen. Ein Muttermal auf der rechten Wange stört die Symmetrie des Gesichtes, macht es aber dadurch eher noch interessanter. In ihrem lockeren Kleid und einer weißen Bluse, mit flachen Schuhen findet Anton sie nett, aber im Vergleich zu ihrer Mutter eher unscheinbar.

Alina wundert sich über den Besucher ihres Vaters: Er ist etwas kleiner als sie, sehr mager, seine Gesichtsfarbe ist ungewöhnlich blass, er hat keine Tätowierungen, keine Brille, trägt seine Haare gescheitelt, wie man es kaum noch sieht und ist unmöglich angezogen: ein rot-schwarz kariertes Hemd, eine knielange Lederhose und feste Bergschuhe. Er würde gerade noch in die Volkskundeparade passen, die es am Sonntag im Sommer regelmäßig gibt, um den Gästen aus dem Ausland „das richtige Österreich" zu zeigen. Aber seine Augen glänzen interessiert, sein wuchtiges Kinn gibt ihm eine Entschlossenheit und Selbstsicherheit, die durch die Haltung seines Kopfes und wie er aufrecht steht noch unterstrichen wird. Das Lid des rechten Auges ist ein bisschen tiefer als das linke, dadurch wirkt das rechte Auge neugierig und vorlaut. Anton Ferer ist auf den ersten Blick ungewöhnlich, aber nicht unsympathisch. Er bricht die momentane Stille.

„Ich glaube Dr. Schaller hat mich angekündigt. Ich komme von weit her" … und seine eigentümlich altertümlich klare Aussprache unterstreicht das … „und habe das Problem, dass ich hier noch kein Konto habe und daher zumindest ein paar Cashkarten brauche. Dr. Schaller hat gemeint, Sie könnten etwas Gold ankaufen und mir den Betrag auf einigen Cashkarten geben."

Er legt zwei Goldbarren auf die Vitrine. Alina ist froh, dass sonst niemand im Geschäft ist, denn sie ist sicher, dass noch nie jemand einfach zwei Unzen Gold auf die Vitrine gelegt hat.

„Ja, ich bin informiert. Zunächst muss ich, ich bitte um Verständnis, das Material auf Echtheit prüfen."

Sie verschwindet in einem Hinterzimmer. Bald kommt sie zurück und nennt den Kurs, den sie pro Unze bezahlen kann. Anton nickt: Er hat keine Ahnung, ob der Kurs gut oder schlecht ist, aber er hat beschlossen, Alina so zu vertrauen wie ihrem Großvater. Während Alina die Cashkarten vorbereitet, sieht sich Anton im Geschäft ein bisschen um. Er sieht eine ungewöhnliche Silberkette mit Granaten und beschließt, diese als Überraschung für Susanne zu kaufen, wenn sie aufwacht: Sie hat schon immer Schmuck bewundert.

Der Kauf verringert den Wert auf der ersten Cashkarte kaum. Alina packt die Kette nett ein.

Da öffnet sich die Tür und ein kräftiger, braungebrannter junger Mann mit einer nicht zu übersehenden Narbe auf der Stirn stürmt herein.

„Hallo, Alina", ruft er, umarmt sie vertraut und küsst sie auf beide Wangen.

„Otto, was machst denn du um diese Zeit schon hier, du solltest doch Bäume beim Ödensee pflanzen!"
„Ja, der Pflanzroboter ging kaputt, sodass wir aufhören mussten. Übrigens, heute Abend ist im Zeitgeschichte-Museum um 18:30 Uhr ein Vortrag über das seinerzeitige KZ Ebensee, kommst du mit mir mit?"
Alina zuckt bedauernd die Schultern:
„Tut mir leid, aber ich habe heute Abend schon etwas vor."
Otto und Alina einigen sich auf ein Treffen am Tag danach. Anton überlegt, ob er sich den Vortrag am Abend anhören soll. Freilich stört es ihn, dass er dann im Dunkeln zurückfahren muss; vor allem das letzte Stück, wo er das Rad tragen muss, wird in der Dunkelheit nicht einfach sein. Andererseits, es ist jetzt schon fast drei Uhr, eine sehr lange Wartezeit hätte er also nicht.
Otto verabschiedet sich herzlich von Alina mit einer Bemerkung, die wohl Anton gilt.
„Ich lasse dich jetzt lieber mit deinem Kunden in Ruhe, es ist ja gut, dass ab und zu jemand etwas Nettes bei dir findet."
Alina ist verstimmt über die Bemerkung, klingt sie doch, als hätte sie hauptsächlich Uninteressantes zu verkaufen.
Als Anton auch gehen will, hält ihn Alina mit einem Vorschlag zurück.
„Mein Großvater hat gesagt, Sie sind fremd hier und sollten sich – außer Sie wollen unbedingt auffallen – was anderes anziehen. Es gibt ein Kleidergeschäft gleich auf der anderen Seite der Traun, so heißt der Fluss hier. Ich will nicht aufdringlich sein, aber wenn Sie wollen, komme ich mit und helfe bei der Auswahl. Meine Ablöse muss jeden Moment kommen. Mein Arbeitstag ist vorüber und er war

durch Sie – ich meine den Goldwechsel und den Kauf des Schmucks – ein erfolgreicher. Also helfe ich gerne und ... na ja, Sie können sich ja revanchieren, indem Sie mich nachher auf ein Essen in ein einfaches Gasthaus einladen", lacht sie.

Alina ist neugierig, wo Anton eigentlich her kommt, was er in Ebensee will und für wen er die wirklich hübsche Silberkette mit Granaten gekauft hat. Und dann hat ja der Großvater ihr fast den Auftrag zur Betreuung von Anton gegeben, ja sogar ihren Abend belegt, weil sie zu ihm kommen soll, um „einiges zu besprechen". Dass dieses „einige" mit Anton zu tun hat scheint ihr nach der Vidonunterhaltung[4] mit dem Großvater wahrscheinlich. Anton freut sich über die Hilfe. Auch die Aussicht, mit jemandem, der die lokalen Gewohnheiten kennt, essen zu gehen – er ist sehr hungrig – ist verlockend.

„Abgemacht."

Alina ergreift eine Brille (sie hat also auch eine, registriert Anton) und vidont mit jemandem. Bald darauf kommt eine Frau, um Alina im Juweliergeschäft abzulösen. Alina und Anton brechen auf. Das Rad, das Anton schiebt, versetzt Alina in Verwunderung:

„Wo haben Sie dieses Museumsstück denn her?", erkundigt sie sich, denn es ergänzt das Erscheinungsbild von Anton. Sind die europäischen Siedler in Namibia, wo Anton herkommt, alle noch so stark in der Vergangenheit verwurzelt? Und wenn auch, er wird doch kaum das Fahrrad von Namibia mitgenommen haben? Rätselhaft.

Anton bleibt die Antwort schuldig, bewegt sich aber zielstrebiger, als man einem Fremden zutrauen würde über kleine, abkürzende Gassen zur Traunbrücke, bis er sein Fahrrad neben der Eingangstür der Kleiderhandlung an die

---

4 Da man mit den Smartphones nicht nur reden kann, sondern auch die Gesichter der Sprechenden oder ihre Umgebung senden kann, hat sich der Begriff „vidonen" für „telefonieren", anvidonen für „anrufen" oder „Vidonunterhaltung" statt „Telefongespräch" usw. durchgesetzt.

Wand lehnt. Der Einkauf wird einfach: Anton nimmt alles, was Alina vorschlägt und lässt es nach der Anprobe gleich an, selbst die neuen Schuhe und einen neuen Rucksack.

„Kann ich den alten haben", fragt Alina.

„Ja, natürlich, gerne."

Vergnügt verlassen die beiden das Geschäft. Erstarrt bleiben sie auf der Straße stehen: Das Fahrrad ist weg!

Sie suchen verzweifelt, fragen in der Kleiderhandlung und in den Geschäften nebenan. Es wird bald klar: Das Rad wurde gestohlen. Anton ist verzweifelt. Alina versucht ihn zu trösten:

„Sie sollten ohnehin ein anderes Rad benutzen; aber trotzdem, das gute Stück ist historisch wertvoll, wir müssen bei der Polizei Anzeige erstatten."

So sehr sich Anton wehrt, Alina besteht darauf.

Alina kennt den Inspektor Martinek, der die Details aufnimmt. Er braucht natürlich auch die Adresse von Anton. Der erstarrt. Alina ist verblüfft, dass Anton, wie es scheint, keine Antwort weiß, reagiert aber schnell:

„Anton Ferer ist auf Besuch hier. Er ist ein alter Familienfreund und wohnt in unserem Haus."

Der Beamte nickt, die Schallers sind gut bekannt in Ebensee.

„Herr Ferer, bitte geben Sie mir noch Ihren Ausweis, damit ich die Daten speichern kann."

Wieder rettet ihn Alina: „Anton, du hast ihn ja nicht bei dir, sonst hättest du ja auch nicht mit der Cashcard zahlen müssen – genügt es, Herr Martinek, wenn Herr Ferer den Ausweis morgen vorbeibringt?"

„Ja, Frau Schaller, es ist nicht dringend. Aber Herr Ferer, bitte bringen Sie den Ausweis bei Gelegenheit vorbei."

Anton nickt.

Sie verlassen die Polizeistation.

„Ich danke dir, Alina, und bewundere, wie toll du reagiert hast. Aber wie soll ich einen Ausweis vorbeibringen, den ich nicht habe?"

„Du hast gar keinen Identitätsnachweis?", wundert sich Alina.

„Keine Sorge, mein Großvater wird schon wissen, was man da tun muss. Ich treffe ihn heute Abend."

Das gegenseitige „du" hat sich auf einmal so ergeben. Alina merkt, dass der vorher so selbstsicher aufgetretene Anton nun irgendwie unsicher ist und übernimmt die Führung.

„Wir werden jetzt zwei Dinge erledigen, bevor ich um sechs Uhr bei meinem Großvater sein muss. Wir werden was Anständiges essen und ein neues Rad kaufen. Mehr als genug Geld dafür hast du ja zum Glück! Welche Reihenfolge willst du?"

Antons Magen knurrt.

„Gehen wir zuerst essen."

Alina führt Anton in eines der wenigen einfachen Gasthäuser mit einheimischer Küche, die durchgehend geöffnet sind. Sie sind die einzigen Gäste und setzen sich an einen netten Ecktisch. Die Kellnerin bringt die Speisekarte:

„Was darf ich zum Trinken bringen?"

Anton fragt Alina, was er für sie bestellen darf. Er schließt sich ihrer Wahl eines gespritzten Johannisbeersafts an (ohne zu wissen, was das ist) und studiert dann mit wachsender Frustration die Speisekarte. Er findet fast nur Gerichte, die er nicht kennt: Kaspressknödel-Suppe, Flädle-Suppe, Rote-Bete-Suppe, Griechischen Salat, Caesar's Salat und Shrimp Cocktail als Vorspeise. Bei den Hauptspeisen ist es ähnlich: Da gibt es Spaghetti Bolognese, ein Putenfilet, eine Pizza (Was ist das?), Cevapcici mit Pommes Frites, Cordon Bleu, Rumpsteak mit Folienkartoffel, Hackfleisch mit Kartoffeln und Blumenkohlgemüse, Wirsingeintopf mit Bioschwein, Nudeln mit Quarkfülle, Scholle in Riesling-Sauce und Basmati-Reis, Jakobsmuscheln auf Ratatouille usw. Bei den Desserts gibt es gleichfalls hauptsächlich für Anton unverständliche Speisen: Kaffeemousse an Johannisbeeren, Eierkuchen mit Aprikosenfülle, Mango-Kaltschale, Ananas mit Sahne, Aprikosentorte, Käsesahnetorte. Selbst die Getränkeliste gibt nur Rätsel auf: Evian prickelnd, Weißburgunder, Welschriesling, Zweigelt, Blaufränkischer, Murauer Bier, Clausthaler …

„Alina, ich weiß nicht, was los ist, ich dachte ich kenne die österreichische Küche, aber für mich ist alles, von den Suppen bis zu den Getränken fremd."

Alina ist verblüfft, legt aber unbeabsichtigt ihre Hand beschwichtigend auf die von Anton.

„Anton, ich glaube einige der Speisen kennst du sicher, nur sind die Namen für dich ungewöhnlich, weil hier wegen der vielen Touristen aus Deutschland die deutschen Namen verwendet werden, jedenfalls in manchen Gasthäusern. Wirsing, Blumenkohl, Flädle, Rote Bete, Hackfleisch, Quark, Aprikosen, Eierkuchen usw. sind einfach die deutschen Ausdrücke für Kohl, Karfiol, Frittaten, Rote Rübe, Faschiertes, Topfen, Marillen, Palatschinken. Putenfilet ist ein Stück vom Truthahn. Andere Speisen sind aus verschiedenen Ländern Europas eingewandert und haben offenbar Namibia noch nicht erreicht. Bei den Getränken sind das europäische oder lokale Sorten von Mineralwasser, Wein und Bier. Darf ich für dich was Schönes bestellen? Du musst mir nur sagen: Willst du zum Essen ein Bier oder ein Glas Wein und wie hungrig bist du?"

Anton wird sich immer mehr bewusst, wie viel Neues er lernen wird müssen. Er ist dankbar für Alinas Hilfe.

„Ja, bitte bestell' für mich. Ich bin sehr hungrig. Ich habe lange nichts Anständiges gegessen", nämlich über 80 Jahre, denkt Anton im Stillen, „und ein Glas Wein würde schon dazu passen."

Alina bestellt für ihn eine Kaspressknödel-Suppe, eine kleine Portion Scholle als Zwischengericht, ein Cordon Bleu mit Pommes Frites und gemischten Salat mit Essig-und-Öl-Dressing und eine Kaffeemousse als Nachspeise. Für sich selbst nimmt sie, damit er eventuell tauschen kann, eine Flädle-Suppe, einen Hackbraten und die Mango-Kaltschale.

Anton fällt mit Heißhunger über das Essen her. Von der Suppe bis zur Nachspeise putzt er alles ganz weg und hat gerade noch genug Zeit, um das Essen immer wieder zu loben. Vor allem das „gefüllte Wiener Schnitzel", wie der das Cordon Bleu nennt, mit den Kartoffeln, die ihm in dieser Form ungewöhnlich gut schmecken, hat es ihm angetan. Alina beobachtet ihn amüsiert, wie er das Essen genießt und erklärt ihm dabei ein bisschen, was er isst und was es sonst auf der Speisekarte noch alles gibt, das er nicht kennt. In seiner leichten, sandfarbenen Hose mit einem passenden Poloshirt sieht er jetzt recht annehmbar aus, aber Alina ist sich fast sicher, dass er in der letzten Zeit, aus welchen Gründen auch immer, zu wenig gegessen hat.

„Noch Lust auf eine Torte und einen Kaffee?", fragt sie zweifelnd. Anton nickt begeistert. Bei den Torten weiß er wenigstens, was eine Nusstorte ist, aber beim Kaffee kommt er wieder ins Straucheln, sodass Alina kurzerhand einen großen Braunen für ihn bestellt und einen Cappuccino für sich.

Anton ist begeistert, wie einfach das Zahlen mit der Cashkarte ist.

„Danke, das war wirklich gut. Du musst aber bitte noch ein paar Mal mit mir essen gehen, damit ich mich ganz zu Recht finde. Da war auf dem Weg her ein Wirtshaus mit unlesbaren Schriftzeichen ... was gibt es denn dort, gehst du da morgen mit mir hin, nachdem ich bei deinem Großvater war, du bist natürlich mein Gast."

Alina lacht: „Das Wirtshaus ist ein chinesisches Restaurant, da gibt es ganz andere Sachen, und man isst mit Stäbchen. Aber morgen kann ich nicht, da treffe ich meinen Freund Otto, du hast ihn ja kennen gelernt."

Als sie das enttäuschte Gesicht sieht, lenkt sie ein: „Na ja, wir könnten vorher gehen, um sechs Uhr, da sperren die grade auf. Willst du das?"

Anton nickt entschieden. Die Aussage „man isst mit Stäbchen" hat Anton eigentümlich berührt: Ja, seine Großmutter hatte ihm einmal erzählt, dass die Chinesen sogar Reis nur mit Stäbchen wie Stricknadeln essen, was er sich nie vorstellen konnte. Und er hat noch den Ausspruch seiner Großmutter im Ohr:

„Ich werde erst mit Stäbchen essen, wenn die Chinesen mit Gabeln stricken."

Anton will Alina noch einiges über die Umgebung fragen, aber sie unterbricht.

„Wir müssen jetzt ein neues Fahrrad für dich kaufen, außer du wohnst so nahe, dass du es nicht dringend brauchst."

Anton weiß, dass er zur Höhle ungefähr vier Stunden zu Fuß brauchen würde, also meint er, dass ein Fahrrad nicht notwendig, aber doch bequem wäre, aber er könne das ohne Weiteres auch allein machen, sie hat jetzt ohnehin schon sehr viel Zeit für ihn aufgewendet.

Alina schaut ihn zweifelnd an:

„Ich will nicht unhöflich sein, aber es kommt mir vor, dass du mit dem, wie wir heute leben nicht gut vertraut bist. Z. B. hast du immer wieder auf meine Brille geschaut, als hättest du so etwas noch nie gesehen. Und dabei gibt es nur ganz wenige Menschen wie mich und Großvater, die das Gerät möglichst wenig benutzen, aber wir könnten ohne Brille auch nicht mehr leben."

„Man kann ohne Brille nicht leben?", staunt Anton.

„Nein. Es gibt vieles, das man nur mit Brille bzw. einem Smartphone machen kann. Ich bin sicher, dass dir Großvater eine Brille und/oder ein Smartphone besorgen wird, dann kann ich dir ein bisschen erklären. Aber es ist zu kompliziert und ich habe heute nicht mehr viel Zeit. Gehen wir jetzt ein Rad kaufen. Du wirst begeistert sein: Es gibt ganz einfache, leichte Modelle, die viel können."

Anton kämpft mit sich. Einerseits sieht er ein, dass Alina sehr hilfreich ist und ohne Überheblichkeit alles erklärt, aber er kommt sich doch allmählich so bemuttert vor, dass er das als Mann doch nicht akzeptieren kann, oder? Und was soll ein Fahrrad schon „viel können"? Aber Alina geht ohne mehr zu sagen mit einem „Komm schon!" voran.

Als Anton nach Alina, der er die Tür aufhält (Sie wundert sich wieder über diese übertriebene Höflichkeit.), das Fahrradgeschäft betritt, bleibt Anton wie angewurzelt stehen: Auf der linken Wand rast ein Auto über eine Straße und vermummte Menschen schießen wie wild aus dem Fenster. Verärgert stößt ihn Alina:

Das ist doch nur ein Fernseher. So was wirst du doch wohl, wenn auch kleiner und vielleicht nur 2D aus Namibia kennen!"

Anton schluckt: Fernseher, was das wohl ist? Hängt das mit der Übertragung optischer Eindrücke zusammen, die der alte Schaller erwähnte?

Ein Angestellter kommt und erkundigt sich nach den Wünschen. Alina übernimmt ungefragt die Verhandlung.

„Wir wollen ein normales Fahrrad für Herrn Ferer, der uns für einige Zeit gerade aus Namibia besucht."

Der Verkäufer zeigt eine Reihe von Modellen, die alle, wie er sagt, ähnlich ausgerüstet sind, sie sind nur in Form und Farbe etwas verschieden. Anton wählt ein mattgrünes Modell (weil das im Wald weniger sichtbar sein wird).

„Hier sehen Sie die Gangschaltung, wie üblich 18 Gänge, nur über dieses Stellrad bedienbar. Hier ist der Routenführer mit eingebauter Sprachsteuerung und Anschluss ans Smartphone ..."

Alina, die sieht, wie verdutzt Anton ist, winkt nur ab: „Ja, ja, ist schon alles klar. Hast du, Anton, noch ein Frage?"

„Gibt es eine Reparaturtasche und ein Schlauchflickzeug?", sagt Anton, der sich erinnert, wie schlecht das alte Flickzeug nur mehr zu benutzen war. Der Verkäufer schaut verblüfft und Alina rettet die Situation:

„Ha, ha, sehr witzig, Anton", kommentiert sie und schaut Anton ins Gesicht. Der versteht, dass er was Unsinniges gefragt hat, ohne zu wissen, was an seiner Frage so unsinnig war. Er lacht gleichzeitig mit dem Verkäufer und hebt das Rad von der Stange. Das Rad ist verblüffend schwer, obwohl vorher von einem besonders leichten Karbonrad die Rede war.

Anton schaut sich das Rad ein bisschen an. Es scheint keinen Dynamo und keine Klingel zu haben, aber am Lenker sind einige Knöpfe und Schieber, deren Funktion er nicht versteht. Er will sich keine Blöße mehr geben und den Kauf mit einem Scherz abschließen.

„Ja, schaut gut aus und scheint alles zu haben, was man sich wünscht. Nur: Wo ist der Motor?"

„Die Frage wird oft gestellt", lächelt der Verkäufer, „denn nicht nur ist der Motor so klein, dass er in die hintere Radnabe passt, sondern diese neuen Modelle haben eine geniale Lösung für die Akkus gefunden. Sehen Sie, hier sind die Klappen im Fahrzeugrahmen", er öffnet eine, „und die Zylinder da drinnen sind die Akkus, die so geschaltet sind, dass immer nur einer benutzt wird, bis er leer ist. Es sind insgesamt 20 Stück, hier ist Anzeige, wie viele noch voll sind. Man kann sie über eine normale Steckdose aufladen. Aber wir arbeiten auch mit der OMV zusammen: Man kann an jeder OMV-Tankstelle leere Akkus gegen volle austauschen, die Kosten sind gering. Und natürlich wird beim Bremsen die Energie in die Akkus zurückgespeist."

„Wie weit reicht ein Akku?", wagt Anton zu fragen.

„Der ebene Grundwert ist bei diesem Modell 7,2 km."

„Da hat sich ja einiges getan, seit ich das letzte Mal ein Rad gekauft habe", kommentiert Anton. Seine Ironie geht freilich ins Leere.

Der Verkäufer ist sich seines Erfolges nun sicher:

„Wer wird mit dem Rad fahren?"

Anton zögert einen Moment, dann erklärt er, dass das wohl Frau Schaller, er und seine Schwester sein werden.

„Dann richte ich Sie und Frau Schaller gleich ein, ihre Schwester machen Sie dann selber. Sie müssen nur den Zentralschlüssel hier einführen und dann mit einer Hand den rechten Griff umfassen."

Alina tritt vor und umfasst den Griff. Anton macht es ihr nach.

„So, jetzt können Sie beide, und nur Sie beide, mit dem Rad fahren, für andere ist es zentral verriegelt. Das Rad reagiert auf die Fingerabdrücke der zugelassenen Personen, beim Start also etwaige Handschuhe ausziehen. Auf den Hauptschlüssel müssen Sie sehr Acht geben, ein Ersatzschlüssel ist nur über die Transaktionsnummer des Kaufs gegen Kosten erhältlich."

„Moment, das geht nicht. Herr Ferer hat noch kein europäisches Konto, er zahlt mit Cashcard."

Der Verkäufer seufzt: „ Dann muss ich eine Rechnung ausstellen. Bitte diese gut aufheben, getrennt vom Schlüssel oder das heutige Datum merken, zusammen mit ihrem Namen reicht das dem Computer zur Not auch."

Alina stellt fest: „Ich glaube, wir sind fertig. Bitte vergessen Sie nicht die 10 % Rabatt, die die Schaller-Familie immer bekommt", der Verkäufer lächelt säuerlich „und, Anton, wenn es dir nichts ausmacht, mache ich die Probefahrt."

„Mach' das, Alina, ich zahle hier schnell und komm dann hinaus. Aber fahr' nicht zu weit herum!"

Benommen von den vielen Eindrücken verlässt Anton das Geschäft. Er hat noch eine hundertseitige Betriebsanleitung für das Rad erhalten. Eine so dicke Betriebsanleitung für ein Fahrrad, er kann es nicht fassen. Später wird er feststellen, dass sie so dick ist, weil sie in zehn Sprachen verfasst ist, dass das Fahrrad ein komplexes elektrisch-elektronisches Wunderwerk ist und die volle Beschreibung ohnehin nur über „das Netz" abrufbar ist!

Alina kommt ohne zu treten, also nur elektrisch angetrieben zurück. Sie erklärt hastig das Wichtigste, wie man den Motor bedient, wie man das Licht einschaltet, „hochwertige LEDs, die vom Akku gespeist werden", sowie ein paar Knöpfe, darunter den für die Hupe.

„Der Rest der Elektronik, vor allem der Routenplaner, kann sehr viel, das kannst du nachlesen, aber sinnvoll ist das alles erst, wenn du ein Smartphone und eine Brille hast. Ich muss jetzt laufen! Mach's gut und bis morgen, 18 Uhr beim Chinesen."

Sie gibt ihm die Hand und hält die Wange hin. Er gibt ihr verdutzt ein Küsschen links und rechts. Es fühlt sich nicht unangenehm an und ihr Geruch gefällt ihm.

Anton bleibt einen Moment nachdenklich stehen. Es war ein sehr voller Tag mit vielen Erlebnissen und zwei Mal hat er ein „Mach's gut." bekommen ...

Er sieht gedankenverloren, aber verstohlen auf seine Taschenuhr: Inzwischen ist ihm bewusst, dass sie ein Anachronismus ist. Gerade merkt er auch, dass die Zeit in Ziffern sogar auf dem Routenplaner zu sehen ist. Es ist noch genug Zeit, um das zu machen, was er eigentlich für das Wichtigste gehalten hat: Lebensmittel einkaufen.

Alina hat ihm ein Geschäft „Billa" empfohlen, das in der Bahnhofstraße liegt, wo diese die Rindbachstraße trifft.

Das neue Fahrrad ist ein Wunderding: Ohne zu treten, nur durch Drehen des Handgriffes kann er die Geschwindigkeit steuern, aber er sieht auch, dass er Strom verbraucht. Wenn der scharf tritt, wird auf einmal nicht Strom verbraucht, sondern erzeugt. Wenn er ohne elektrischen Antrieb fährt, muss er deutlich stärker in die Pedale treten, als bei seinem alten Rad: Da wirkt sich trotz der leichten Bauweise das Gewicht der Akkus aus. Er ist insgesamt von der Energieflussanzeige so gebannt, dass er wenig auf die Straße achtet und beinahe ein stehendes Auto rammt. Das Fahren bereitet ihm so viel Spaß, dass er beim Billa vorbeifährt und ein längeres Stück die Salzkammergutstraße entlang, bis über das Ortsende hinaus. Bei einem großen Haus vor dem ein Schild steht „Große Ferienwohnung zu vermieten" dreht er um. Auch als er auf dem Rückweg wieder bei der Tankstelle vorbeifährt, kann er sich noch immer keinen Reim darauf machen, warum das große Dach der Tankstelle mit eigentümlichen Vorrichtungen bedeckt ist. Erst später wird er verstehen, dass dies Solarzellen sind, mit denen leere Akkus der e-Bikes und der e-Autos wieder aufgeladen werden. Nach wenigen Minuten erreicht er den Billa. Er steigt von Rad ab und hört es klicken: Offenbar hat sich die Zentralverriegelung geschlossen. Neugierig versucht er das Rad zu bewegen: Es ist unmöglich! Selbst die Klappen, hinter denen die Akkus liegen sind verschlossen und die Kappen, die man aufdrehen muss, um Vorderrad oder Hinterrad zu entfernen, ebenso. Über den Routenplaner und die LED-Lampe hat sich eine Abdeckung geschoben: Das Fahrrad ist also wirklich weitgehend gegen Diebstahl gesichert. Als er es hebt, ertönt eine laute Sirene: Erschrocken lässt er es fallen. Also auch beim Tragen muss man das Rad mit den richtigen Fingerabdrücken aktivieren! Gut, dass er das hier ausprobiert hat und nicht vor der Wand, die zur Höhle führt!

Nach dem Eingang in den Billa gibt Anton, als er dazu aufgefordert wird, seinen Rucksack in ein Schließfach und nimmt, wie alle, einen Einkaufswagen, den er erst nach dem Einstecken einer Cashcard bewegen kann. Verärgert entdeckt er, dass ein gar nicht so kleiner Betrag dafür abgebucht wurde. Er wird wenig später sehen, dass der Betrag bei Rückgabe zurückgebucht wird ...

Er ist von der Fülle der Angebote überwältigt und steht zunächst verloren herum, weil er auf Bedienung wartet. Dann merkt er, dass sich alle selbst aus den Regalen und Vitrinen bedienen. Brot findet er rasch. Als er einen Laib in den Einkaufswagen legt, leuchtet auf einmal eine Zahl auf einem Display auf (wie er bald erfahren wird, heißt das so), und als er einige Packerl mit Suppen, die man offenbar nur mehr mit Wasser aufkochen muss dazulegt, erhöht sich der Betrag: Das Display zeigt immer den Wert der Waren in dem Einkaufswagen an! Als er probeweise eine Konserve wieder herausnimmt, verringert sich der Betrag entsprechend. Das Einkaufen ist also denkbar einfach, aber dennoch ist es voll Rätsel: Er sieht, wie andere größere Mengen verderblicher Lebensmittel in den Wagen legen – aber sie können das doch nicht alles essen, bevor es verdirbt!

Einige Produkte geben ihm einen Schlüssel zur Lösung, weil auf ihnen Angaben zu lesen sind wie: „Bei minus vier Grad sechs Wochen haltbar." Es muss offenbar Geräte geben, die es erlauben, Produkte sogar unter null Grad zu lagern! Er kann sich noch an den Eiswagen erinnern, der regelmäßig Eisblöcke zum Haus der Eltern brachte, um Lebensmittel kühl lagern zu können, aber da waren natürlich nie Temperaturen unter null erreichbar gewesen. Vage entsinnt er sich, von Kühlschränken schon vor seinem

„Winterschlaf" gelesen zu haben, ja selbst von Versuchen mit gefriergetrockneten Substanzen: Hier war offenbar ein Durchbruch gelungen. Aber auch in der umgekehrten Richtung hat es wohl Fortschritte gegeben, denn bei vielen Produkten steht etwas von der Erhitzung mit Mikrowelle, wobei er nicht versteht, was das bedeutet.

Anton findet aber genügend „normale" haltbare Lebensmittel. Nur sieht er nirgends Milch, für die er seine Milchkanne mitgenommen hat. Er ist so ratlos, dass er fast um Hilfe bittet, doch dann wird ihm die Verpackungswut bewusst, die er überall sieht. Man kauft ja nicht ein halbes Kilo Butter, die von einem großen Butterblock abgeschnitten wird, sondern abgepackte Butter mit wenigen Gramm bis zu einem Kilo. Wurst, Käse, Schinken, alles ist in durchsichtigen Folien aus einem Material, das er nicht kennt verpackt, Marmelade gibt es zwar in Gläsern, aber auch in kleinsten Portionen, wo doch die Verpackung mehr kosten muss, als der Inhalt, Zucker in kleinen Päckchen usw. Wird am Ende Milch auch verpackt? Er sucht dort, wo Flaschen stehen, nach solchen mit Milch, aber ohne Ergebnis, wenn man von milchähnlichen Produkten wie einer „Maresi" absieht. Schließlich wagt er doch die Frage:

„Entschuldigung, wo ist hier die Milch?" Die Antwort ist ein Finger, der auf eine Anzahl von Kartons zeigt. Tatsächlich, hier ist Milch in Kartons verpackt, die nicht durch die Nässe zerstört werden!

Wie schon bei Produkten vorher wird die Auswahl ein Problem: Will er Haltbarmilch, voll- oder halbfett? Sojamilch? Laktosefreie Milch? Er entscheidet sich zuletzt für zwei Varianten einer „Milch vom Lande".

Das Angebot von Obst findet er sonderbar. Es gibt billig tropische Früchte, die er zum Teil nicht oder nur vom Namen kennt, Bananen, Mangos, Kiwis, Litschis (?), aber bei einheimischem Obst ist die Auswahl gering. Um diese Jahreszeit müsste es doch herrliche Lederäpfel geben!

Aber seine Frage danach stößt nur auf verständnisloses Schulterzucken.

Seine Freude auf Kaffee wird auch auf eine harte Probe gestellt. Da gibt es Instant Kaffee, und viele vorgemahlene Sorten. Aber er sucht lange, bis er wirkliche Kaffeebohnen findet, weil er ja ein „Ausrauchen" des Kaffees verhindern will. Zu seiner Verwunderung bietet Billa keine Maschine zum Mahlen an! Na ja, er wird eben die alte Kaffeemühle „zu Hause" verwenden.

Beim Ausgang kommt er in eine Art Schleuse: Vor ihm ist ein Balken, der das Weiterfahren verhindert, hinter ihm geht einer zu, der das Zurückfahren unmöglich macht. Als er den angezeigten Betrag mit einer Cashcard bezahlt, öffnet sich der vordere Schranken, das Display zeigt nichts mehr an. Er kann in den Eingangsbereich fahren und das Gekaufte in seinem Rucksack verstauen.

Anton ist eigentlich sehr müde. Aber es ist schon kurz vor 18:30, sodass er doch beschließt, sich den Vortrag über das „Lager Zement" anzuhören. Hätte er Komplikationen, die sich durch den Besuch ergeben ahnen können?

★ ★ ★

Der Großvater begrüßt Alina um 18 Uhr lächelnd:

„Es ist immer schön, wenn du kommst! Sag', hast du Anton helfen können und wie ist er?"

Alina berichtet, dass das Umwechseln des Goldes einfach war und erzählt dann von den Einkäufen und dem Essen.

„Anton ist recht nett, nur ist er mehr aus einer anderen Welt, als ich erwartet habe. Er kennt viele der technischen Einrichtungen anscheinend nicht und ich kann mir nicht vorstellen, dass Namibia so weit zurück ist."

Franz Schaller schaut seine Enkelin lange an. „Alina, wenn du mir versprichst, dass du das niemandem sagst, dann erzähle ich dir die wahre Geschichte von Anton, aber nicht einmal er darf wissen, dass ich dir das alles mitgeteilt habe. Wenn er genug Vertrauen in dich hat, wird er es dir schon auch selbst sagen. Also, kannst du ein wirklich großes Geheimnis für dich behalten?"

Alina bejaht und ihr Großvater weiß, dass er sich auf sie verlassen kann:

„Anton kommt von weit her, aber nicht geografisch gesehen, sondern in der Zeit. Er ist 1920 in Ebensee geboren, hier aufgewachsen und wurde mit 23 zusammen mit seiner Schwester Susanne in einen Tiefschlaf versetzt, aus dem er erst vor wenigen Tagen aufwachte."

Alina ist fassungslos. Als ihr Großvater ihr die ganze Geschichte erzählt wird natürlich klar, warum Anton sich so schlecht zurecht fand. Franz Schaller erzählt alle Details und bittet Alina, auch weiter Anton zu helfen, die für ihn ganz veränderte Welt zu verstehen. Er ist nur in einem Punkt ungenau, indem er Susanne nicht als Tochter einer anderen Familie, sondern als Schwester von Anton bezeichnet. Er tut dies bewusst, weil er sich schon überlegt hat, dass es einfacher sein wird für Geschwister Dokumente zu bekommen, als für Kinder aus verschiedenen Familien, vor allem, wenn man sie als Kinder der verstorbenen Familie Ferer in Namibia ausgibt. Er ahnt nicht, dass er Anton und Alina damit einen bösen Streich spielt.

„Ich bin froh, dass du ihn morgen wieder triffst. Er kommt um vier Uhr nachmittags zu mir, da bespreche ich mit ihm alles, was Dokumente anbelangt und was er wann der Polizei zeigen kann. Auch werde ich diverse Bücher vorbereiten, sodass er sich in unsere Zeit einlesen kann. Aber kannst du vielleicht versuchen, ihn ein bisschen an Haushaltsgeräte, die es vor dem Weltkrieg kaum gab, wie

Kühlschrank, Gefriertruhe, Mikrowelle usw. zu gewöhnen? Noch wichtiger, traust du dir zu, ihm die Idee von Computern, Internet, Smartphones und Brillen zu erklären? Ach so, was die Brille anbelangt, ich habe schon ein Konto für ihn eingerichtet und ein Smartphone und eine Brille für ihn bestellt. Das gebe ich ihm morgen. Bitte führe Buch darüber, wie viel Zeit du aufwendest, wir rechnen das irgendwann ab, denn ich habe einen offiziellen, bezahlten Auftrag, Anton zu helfen und da kannst du natürlich deine Stunden abgegolten bekommen. Machst du mit oder willst du lieber nicht?"

„Nein, ich mach's gerne, auch ohne Geld ...",

„Kommt gar nicht in Frage", unterbricht der Großvater.

„Na, wir werden ja sehen", meint Alina, „ich finde es spannend zu lernen, was sich in 80 Jahren alles getan hat."

„Es wird sicher Überraschungen geben", schmunzelt der alte Schaller. Diese werden auch anders sein als er glaubt.

★ ★ ★

Anton kommt fast zu spät zum Vortrag und setzt sich auf einen noch freien Ecksitz in einer der hinteren Reihen im Vortragssaal des Heimatmuseums. Weiter vorne sieht er Otto, den Freund Alinas, mit einer hübschen Nachbarin angeregt plaudern. Knapp bevor der Wiener Vortragende kommt, entdeckt Otto Anton und winkt ihm unbeschwert zu, aber es scheint Anton, als rücke er ein bisschen von dem Mädchen an seiner Seite ab.

Der Vortragende beginnt zunächst die Geschichte des „Lagers Zement" zu erzählen, wie man sie wohl auch bei jedem Besuch der Erinnerungsstätte nachlesen kann. Die Geschichte ist eng mit der des KZ Mauthausen verbunden. Im März 1938, nur wenige Tage nach dem Anschluss, gab Gauleiter August Eigruber bekannt:

„Wir Oberösterreicher erhalten … eine besondere Auszeichnung für unsere Leistungen während der Kampfzeit. Nach Oberösterreich kommt das Konzentrationslager für Volksverräter von ganz Österreich."

Die im April 1938 gegründete „Deutsche Erd- und Steinwerke GmbH" (DEST) gehörte von Anfang an der SS. Die DEST nahm Steinbrüche bei Flossenberg, Gusen und Mauthausen in Betrieb und das war ausschlaggebend für die Wahl des Standortes des KZ Mauthausen. Bis 1945 wurden nach Mauthausen und in seine Nebenlager ungefähr 200.000 Personen eingewiesen, von denen über die Hälfte nicht überlebte. Mauthausen war nämlich das einzige KZ im Reich der Kategorie III. Kategorie III bedeutete „Vernichtung durch Arbeit".

Die Errichtung des KZ Ebensee mit Tarnbezeichnung „Lager Zement" begann im vollen Umfang am 18. November 1943 mit der Überstellung von 63 Häftlingen aus Außenlagern von Mauthausen. Inmitten des oberösterreichischen Salzkammerguts war ein unterirdisches Rüstungsprojekt geplant, vor allem die Verlegung des Raketenforschungszentrums Peenemünde, insbesondere wegen der Bombenangriffe der Alliierten, die in der Nacht vom 17. zum 18. August 1943 begannen. Die Stollen wurden mit einem Heer von KZ-Häftlingen erbaut, doch letztendlich nie für die unter Wernher von Braun geplante Entwicklung der „Wunderwaffe" A9/A10 (Nachfolger der V2) eingesetzt. Vielmehr wurden fertige Teile der Stollenanlage ab 4. Februar 1945 zur Erzeugung von Treibstoff und Motorteilen genutzt. Die Lagerführung wechselte mehrmals. Der Lagerführer Otto Riemer erschoss alkoholisiert grundlos acht Häftlinge eines Arbeitskommandos. Das passte den Firmen nicht, die Häftlinge beschäftigt hatten, sodass er durch den genauso brutalen Anton Ganz abgelöst wurde, der bis zum Ende blieb. Das ursprünglich für maximal 7.000 Häftlinge gedachte Lager war gegen Kriegsende mit über 18.000 Personen unter unglaublich winterlich-harten Bedingungen restlos überfüllt. Insgesamt verloren von 27.000 im Laufe der Zeit eingelieferten Menschen über 8.500 ihr Leben. Das Lager wurde am 6. Mai 1945 von amerikanischen Truppen befreit.

Anton hat entsetzt und fasziniert zugehört: Er hatte ja nur die allerersten Bauversuche miterlebt, die der Freund seines Vaters, Baumeister Tulper, betreute, zu einer Zeit, als sein Vater noch als Arzt versucht hatte, Häftlingen zu helfen oder ihnen die Flucht zu ermöglichen.

Der Vortragende fährt fort und Anton wird hell wach:

„Es hat nur zwei ernsthafte Versuche gegeben, das Leben der Häftlinge zu schützen. Der zweite kam vom Lagerkomitee, das die Häftlinge in den letzten Tagen warnte, nicht wie von Ganz angeordnet in die Stollen zu gehen: Ganz wollte diese dann sprengen! Das war am 5. Mai 1945: Der Widerstand der Häftlinge und die näher rückenden Amerikaner bewirkten, dass die SS aufgab und abzog.

Aber schon sehr viel früher haben sich zwei Ebenseer bemüht, Häftlingen in Mauthausen und hier zu helfen bzw. ihnen die Flucht zu ermöglichen. Es waren Baumeister Tulper und der Arzt Adolf Ferer, die mindestens 80 Häftlingen das Leben retteten, aber als Widerstandskämpfer enttarnt wurden. Bei der Verhaftung wählten sie und ihre Frauen den Freitod durch das Zerbeißen von Zyankalikapseln.

Beide Familien hatten je ein Kind. Ein bisher ungelöstes Geheimnis ist das Schicksal dieser Kinder. Sie verschwanden im Mai 1943 als wären sie vom Erdboden verschluckt. Alle Versuche, sie nach Kriegsende zu finden schlugen fehl. Die nahe liegende Vermutung, dass sich der Bruder Adolf Ferers, Ferdinand Ferer, der im heutigen Bad Mitterndorf wohnte, um die Kinder kümmerte ist mit großer Sicherheit falsch. Der dritte Ferer-Bruder wanderte schon 1924 nach Namibia aus und hatte seitdem keinen Kontakt mehr mit seinen Brüdern. So ist bis heute unklar, wie, wo und wie lange die Kinder überlebten. Hier zum Schluss ein Bild von Adolf Ferer mit seiner Frau und seinem Sohn vom Herbst 1942."

Auf dem großen Bildschirm erscheint ein Schwarz-Weiß-Foto, auf dem Anton mit Lederhose und kariertem Hemd klar zu sehen ist, genau wie er heute am Nachmittag aussah! Anton spürt, dass das Foto Probleme bereiten wird. Die Veranstaltung löst sich auf, da sieht Anton, dass Otto mit seiner Bekannten intensiv redet und wild gestikulierend auf ihn weist. Beide sehen ihn lang an. Anton versteht inzwischen, dass sie ihn mehrfach fotografieren. Was sprechen sie, was wollen sie? Anton will sie nicht treffen. Er verlässt den Vortragssaal und schwingt sich auf sein Fahrrad. Er hat einen Entschluss gefasst: Er wird nicht direkt in die Höhle zurückfahren.

Wenig später klingelt er an dem großen Haus, wo er vorher umkehrte und in dem eine Ferienwohnung zu vermieten ist. Nur in einem Zimmer brennt Licht. Auf intensives Klingeln öffnet ein älterer Mann, ein Herr Sutter.

„Ja, die Wohnung ist zu vermieten."

Er führt Anton durch die Wohnung. Ein großes, zentrales Zimmer, zwei Schlafzimmer mit gerichteten Doppelbetten, eine Küche, wie Anton noch nie eine gesehen hat, geräumige Schränke im Vorraum und ein WC, auch eine Garage und ein Kellerabteil sind inkludiert. Alles ist voll eingerichtet. Und der Wochenpreis ist im Vergleich zu dem Essen, das er mit Alina hatte, niedrig.

So einigt sich Anton mit dem Besitzer, die Wohnung bis Ende Juli zu mieten. Anton zahlt sogar zwölf Wochen Miete, obwohl es nur mehr etwas über zehn sind, aber Sutter muss eines versprechen: Jedem, der sich erkundigt, wird er sagen, dass Anton seit 10. Mai hier wohnt. ‚Anton Ferer sieht nicht wie ein Krimineller aus', beruhigt sich Sutter, ‚warum er unbedingt will, dass er heute noch einzieht, aber ich bestätige, dass er schon Tage hier wohnt, verstehe ich nicht, aber was soll's.'

Für Anton scheint es aber wichtig. Es sieht so aus, als könnte man vielleicht Nachforschungen anstellen. Dabei darf unter keinen Umständen die Höhle entdeckt werden, spürt er. Er wird versuchen, ein Ablenkungsmanöver zu inszenieren und nur noch zweimal, einmal am nächsten Tag und dann zum Aufwecken und Abholen von Susanne, hingehen.

Anton ist von der Wohnung begeistert. Soweit er es beurteilen kann, enthält sie ‚alles, was man braucht' und viele moderne Geräte. Der Vermieter hat für alle Geräte die originale Gebrauchsanweisung und fallweise zusätzliche Notizen für seine Gäste aufgelegt. Beim Studium der Gebrauchsanweisungen hilft es Anton sehr, dass er ausgebildeter Mechaniker, Installateur und Elektriker ist. Den Herd versteht er sofort: Sein Magen und Appetit melden sich, obwohl ja erst vier Stunden seit dem letzten Essen vergangen sind. Aber drei Spiegeleier mit Speck, Linsen aus einer Dose, ein Stück herrlich frisches Brot und eine Flasche Bier, dann ein köstliches Pfirsichkompott und einige überraschend geschmacklose, aber wunderschöne Erdbeeren haben leicht Platz. Nach einem Studium des Kühlschranks räumt er diesen ein und sieht mit einem Nicken das Gefrierfach. Die Anleitungen für die Mikrowelle, die Waschmaschine/den Trockner und vor allem aber für den Fernseher bereiten ihm viel mehr Schwierigkeiten. Doch er hat die Befriedigung, auch dieses Gerät in Betrieb nehmen zu können und sogar zu verstehen, wie man Sendungen des Fernsehers aufnehmen bzw. zeitversetzt abspielen kann. Er kann sich von dem großen Angebot kaum losreißen. Der Fernseher bietet auch „Zugang zum Netz". Was hier alles angeboten wird kann er nicht an einem Abend lernen, wird ihm klar. Dass er nie alles wird sehen können, weil andauernd mehr dazukommt, als man sich je ansehen könnte, wird er erst allmählich begreifen. Aber er versteht immerhin, dass man dazu nicht unbedingt den großen Fernseher braucht, sondern auch einen Computer oder ein „Smartphone" mit oder ohne Brille verwenden kann, Geräte, die er alle nicht kennt und die er kennen lernen will.

Aber heute ist es schon zu spät. Er will noch baden. Die Armaturen waren schon im WC überraschend (Statt einer Schnur, an der man zieht gibt es einen Knopf, den man hineindrückt und das Wasser kommt nicht aus einem Behälter, der oben hängt!), aber im Bad braucht er besonders lange, da er die Badewanne vermisst. Dann lernt er aber, mit der Dusche umzugehen und dass diese wohl sogar effizienter ist, als eine Wanne ganz einzulassen! Warum es nicht zwei Hähne gibt, mit denen man kaltes und warmes Wasser in gewünschter Menge und Temperatur mischen kann, versteht er nicht: Der komplexe Hebel, der auf einer Art Kugel sitzt und entsprechend viele Freiheitsgrade hat, kommt ihm eher als Rückschritt, nicht als Fortschritt vor.

Als er gegen Mitternacht nackt ins Bett schlüpft, ist es ein angenehmes Gefühl, aber noch lieber hätte er einen Pyjama an. Ja, er muss noch viel einkaufen ...

★ ★ ★

Otto und seine Begleiterin beim Vortrag, Sonja, sitzen in Ottos Wohnung zusammen.

„Irgendwas ist bei diesem Anton Ferer, der heute bei meiner Freundin Alina aufgetaucht ist, sonderbar. Der alte Schaller scheint ihn fast erwartet zu haben und kümmert sich intensiv um ihn. Alina offenbar auch. Sie war heute Abend bei ihrem Großvater und hat sich nachher beim Vidonen sehr zurückhaltend geäußert. Auf meine Frage, was ihre Eltern von Anton halten, meinte sie, die wären auch so neugierig wie ich und wüssten auch nicht viel. Aber sie wird morgen am Abend, bevor sie mich trifft, wieder mit Anton essen gehen, ich weiß nicht warum."

„Bist du am Ende eifersüchtig?", stichelt Sonja.

„Vielleicht sollte ich es sein", antwortet Otto, „aber so abhängig bin ich nun auch nicht von Alina. Andererseits: Findest du es nicht irr, dass der Ferer auf dem alten Foto dem Anton wie ein Zwilling ähnelt?"

„Lass uns die Bilder einmal genau ansehen", sagt die Medienjournalistin Sonja, „wird ja wohl nur eine Ähnlichkeit auf Grund der Verwandtschaft sein."

Doch dann korrigiert sie sich: „Ja, die beiden schauen wirklich ungewöhnlich ähnlich aus", meint sie dann, „und du sagst, er wäre heute Nachmittag auch in einer Lederhose und einem ähnlichen Hemd bei Alina gewesen? Sonderbar."

Aus dem Foto, das sie am Abend nach dem Vortrag von Anton machte nimmt sie mit dem Computer nur das Gesicht heraus, reduziert es auf schwarz-weiß und legt daneben das Schwarz-Weiß-Bild aus dem Vortrag.

„Die schauen doch wirklich gleich aus", murmelt Otto. Sonja wird auf einmal ganz aufgeregt:

„Ich kann es nicht glauben. Das ist ein und dieselbe Person. Schau, Otto, in beiden Bildern ist das rechte Lid des Auges tiefer als das linke. Das ist ganz, ganz selten, das kann kein Zufall sein!"

Sie ruft eine Nummer an.

„Was machst du?", fragt Otto verblüfft.

„Ich rufe den Vortragenden an, der wohnt doch sicher in der Post. Der weiß vielleicht, wie der Sohn des Adolf Ferers 1942 hieß. Würde mich doch interessieren."

Sie erwischt den erstaunten Redner, entschuldigt sich vielmals für die späte Störung, bewundert seinen tollen

Vortrag und rückt dann mit ihrer Frage heraus. Die Antwort verblüfft beide: Der Sohn des Adolf Ferers hieß Anton! Otto und Sonja sehen sich fassungslos an. Sonja sagt atemlos:

„Das kann doch nicht alles Zufall sein! Vielleicht sind wir da einem Geheimnis auf der Spur, das meinen Medienkonzern interessieren könnte. Für diese totale Ähnlichkeit scheint es ja wirklich keine vernünftige Erklärung zu geben. Das hängende Lid ist anscheinend nicht vererbt. Schau das Bild des Vaters an, der hat ganz normale Augen. Ich glaube, wir sollten Anton beobachten, um herauszufinden, mit wem er sich trifft, wo er wohnt und was es für eine Bewandtnis mit seiner Schwester Susanne hat, die doch Alina erwähnte, sagtest du. Schaffst du es, Otto, morgen mit den Eltern von Alina zu reden? Vielleicht wissen die doch etwas. Und wenn nicht, sind sie vielleicht gute Verbündete."

★ ★ ★

Anton wacht schon um fünf Uhr völlig erfrischt auf: Offenbar hat er in den 80 Jahren etwas „auf Vorrat geschlafen", schmunzelt er in sich hinein. Er macht sich ein reichliches Frühstück, bei dem er nur eine kleine Enttäuschung erlebt. Es gibt keine Maschine zum Kaffeemahlen! Für die „Filterkaffeemaschine" benötigt man gemahlenen Kaffee und für die Espressomaschine (Was es alles gibt!) runde Kapseln, die er am Vortag im Billa verständnislos betrachtet hatte! Aber er will ja ohnehin zur Höhle. Also nimmt er sich einige Kaffeebohnen, Milch und Zucker und noch reichlich Proviant mit und fährt mit seinem elektrischen Fahrrad los. In einer halben Stunde hat er bequem den Hinteren Langbathsee erreicht, ohne eine Menschenseele zu treffen. Er folgt zuerst der Schotterstraße, dann dem Weg, den er am Vortag in die andere Richtung fuhr. Dort, wo er sich zur

Höhlenwand durch den Wald weglos durchschlagen muss versteckt er sein Rad. Nur mit seinem Rucksack erreicht er rasch die Wand, lässt das Seil herunter und klettert hinauf.

Als erstes versucht er, den Stromgenerator, der mit Wasser im Hintergrund der Höhle betrieben wird wieder in Betrieb zu nehmen. Vieles ist eingerostet, aber nach kurzer Zeit läuft alles wie es soll. Nun hat er wieder vernünftiges Licht und kann den kleinen elektrischen Kocher mit den glühenden Spiralen in der Keramikfassung verwenden, um Wasser zum Kochen zu bringen. Er mahlt die Kaffeebohnen mit einer alten Kaffeemühle. Während sich das Wasser erhitzt, prüft er zuerst, ob bei Susanne alles stimmt, dann öffnet er den zweiten Brief seiner Eltern.

Er enthält die dringende Empfehlung, bald das Schließfach in der Schweiz zu leeren, das Freunde der Ferers schon vor 1938 für die Ferers eingerichtet hatten, um dort Gold und Wertpapiere, die sie für den Verkauf von Grundbesitz der Ferers in der Schweiz bekommen hatten, zu deponieren.

„Und auch wir werden noch etwas deponieren, wenn wir es in die Schweiz schaffen", schrieb die Mutter Antons.

Der Brief enthält auch einen zweiten für Susanne von deren Eltern, den er ihr nach dem Aufwachen übergeben soll. Vor allem aber wird Anton auf eine bestimmte Dose in der Küche hingewiesen, wo sich weitere 50 Goldbarren und eine Sammlung alter Goldmünzen befinden. Er versteht, dass damit nicht nur seine finanzielle Sicherheit gewährleistet ist, sondern dass er damit wohlhabend ist.

Er genießt den Kaffee und liest weiter. Seine Aufmerksamkeit verdoppelt sich auf einmal: In einer verschlossenen Truhe befinden sich Kunstwerke, die KZ-Häftlingen bei der „Verhaftung" abgenommen wurden. Antons Eltern beschwören ihn, die Häftlinge bzw. ihre Nachkommen zu finden und ihnen das Raubgut zu übergeben. Es sei alles genau beschriftet, was welcher Familie gehört.

„Wir glauben, dass der Gesamtwert der Bilder und Preziosen sehr hoch ist. Es ist Ehrensache[5], dass alles den rechtmäßigen Besitzern bzw. deren Erben übergeben wird. Ein ähnliches Schreiben liegt auch in der Truhe. Wenn du die Truhe verstecken willst, verschließe sie in der getrennten Kiste mit Schnappverschluss: Die Kombination wird damit so schwer, dass keine Einzelperson sie tragen kann. Das kann vielleicht sehr wichtig werden."

Anton versteht nicht, warum das Gewicht eine Bedeutung haben soll, er vertraut aber seinem Vater. Nun hat er es eilig. Er packt den Proviant ohne ihn angerührt zu haben wieder ein, holt den beeindruckenden Inhalt der Dose und bricht auf. Er sieht plötzlich eine Chance, wie er von seiner Person und Susanne ablenken und wie er gleichzeitig den Wunsch der Eltern erfüllen kann.

Er lässt Kiste und Truhe die Wand vor der Höhle hinunter, bevor er selbst hinunter klettert. Er muss zweimal, zuerst die Kiste, dann die Truhe mühsam schleppen, von der Wand schräg weg bis er den Bocksteinfelsen erreicht. Hier kennt er eine kleine tiefe Nische. Er wuchtet die Kiste hinein, dann die Truhe in die Kiste, schließt die Kiste mit dem Schnappverschluss und legt sorgfältig ausgewählte, schon lang gebleichte Kalksteine obenauf, bis nichts mehr von der Kiste zu sehen ist.

Nun geht er zurück zum Fahrrad und macht sich auf den Weg zurück nach Ebensee. Als er in der kühlen Morgenluft, es ist noch kaum acht Uhr, die Straße vom Hinteren zum Vorderen Langbathsee entlang fährt, kommen ihm zwei junge Frauen entgegen, die offenbar eine größere Wanderung vor sich haben. Mit Überraschung sieht er, dass die beiden Mädchen, wie sie angezogen sind, sehr arm sein

---

5 So schrieb Adolf Ferer 1943. Inzwischen ist die Restituierung von Raubgut schon lange keine Ehrenssache mehr, sondern gesetzlich genau geregelt.

müssen. Er erinnert sich an den Proviant im Rucksack, den er nicht wirklich benötigt, er wird ohnehin einkaufen gehen. Er bleibt bei den beiden stehen.

„Ich will nicht aufdringlich sein, aber ich würde Ihnen gerne helfen. Darf ich Ihnen etwas zum Essen anbieten, ich habe einiges in meinem Rucksack, das ich nicht brauche."

Die beiden Frauen schauen ihn verwundert an. Die eine, Sonja, die gestern mit Otto bei dem Vortrag war, erkennt Anton sofort, aber er sie nicht. Sie hat als erste ihre Fassung wieder zurück:

„Danke für das Angebot. Aber wir sind gut für unsere Wanderung über die Großalm zum Attersee ausgerüstet. Wieso glauben sie aber überhaupt, dass wir etwas zum Essen brauchen?"

Anton schwant, dass er etwas falsch gemacht hat. Er stammelt mehr als er redet:

„Na ja, Sie sind offensichtlich sehr arm, weil Sie grobe und ganz zerrissene Hosen anhaben."

Die beiden lachen: „Also das ist eine neue Art der Anmache!"

Ihre Hosen sind teure Jeans, die modisch ausgefranste Löcher haben und an einigen Stellen künstlich abgewetzt sind.

„Aber, o. k., wir können eine kurze Pause machen und zusammen eine Kleinigkeit essen, bevor wir weitergehen."

Wie Anton sieht, was die Mädchen auspacken, wird es klar, dass sie mehr als genug Geld haben. Wie das mit den zerschlissenen Hosen zusammenpasst versteht er nicht: Er wird Alina fragen müssen. Er versucht aber, sich seine Überraschung nicht anmerken zu lassen und fragt sie nach ihrer Route. Als er das Ziel erfährt ist er erstaunt:

„Aber Sie sind doch vor einigen hundert Metern an dem markierten Weg zur Großalm vorbeigegangen!"

„Markierte Wege sind langweilig. Wir gehen wild, am

Ende des hinteren Sees einfach durch den steilen Hang hinauf. Der Routenplaner hat uns noch nie im Stich gelassen", sagt die sportlichere von beiden und zeigt ihm das Gerät, das den geplanten Weg anzeigt.

„Aber, du (du!) kannst uns ja 20 Minuten Zeit sparen, indem du uns mit dem Fahrrad zum Winkel rechts hinter dem See hinauf fährst."

Sie meinen es ernst! Nachdem alles wieder eingepackt ist, lässt sich Sonja auf die Stange des Rads vor Anton helfen, ihre Freundin setzt sich hinten auf die Platte, die für Gepäck vorgesehen ist. Beide klammern sich lachend an Anton, dem es mit voller elektrischer und eigener Kraft gerade noch gelingt, die schwere Last zu befördern. Die beiden verabschieden sich fröhlich, drehen sich noch einmal um:

„Morgen gibt es am Abend Tanz in der Post, schau doch dort vorbei!"

Sonja ist beim Weitergehen so nachdenklich, dass ihre Freundin fragt.

„Was ist los mit dir?"

Sonja antwortet zögernd: „Ich habe den jungen Mann schon gestern gesehen und es scheint ein Geheimnis um ihn zu geben. Ich bin mir nicht sicher, ob sein Angebot eine Anmache war oder ob er wirklich glaubte, wir seien arm, weil wir unsere löchrigen Jeans anhaben ... er kommt angeblich aus Namibia. Kann es sein, dass man dort diese Mode nicht kennt?"

Mehr will sie nicht erklären, aber sie nimmt sich vor mit einer Suchmaschine nachzusehen, ob und wie man in Namibia Jeans trägt.

Anton hat den kleinen „Zwischenfall" als nicht unangenehm empfunden, aber es hat ihm wieder gezeigt, dass er bei der Beurteilung von Situationen sehr vorsichtig sein muss.

Er ist in Ebensee, als die ersten Geschäfte aufsperren. Zuerst kauft er großzügig Lebensmittel, weil er Kühlschrank, Gefrierfach und Mikrowelle ausprobieren will. Er nimmt diesmal auch gemahlenen Kaffee und Kaffeekapseln mit. Bald hat er alles in seiner neuen Wohnung verstaut. Nun fährt er zurück in den Kleiderladen und deckt sich mit allem ein, was ihm einfällt, wobei er bei den Verkäufern Aufsehen erregt, weil er sich immer blitzschnell entscheidet.

Beim Vorbeifahren zögert er zunächst am Mobiltelefongeschäft: Er hat Bedenken, dass er sich hier durch Nichtwissen verraten könnte. Er kommt in ein um diese Zeit leeres Geschäft, sodass zu seinem Ärger sofort ein Verkäufer auf ihn stürzt.

„Womit kann ich helfen?"

„Ich brauche eine Überbrückungslösung für mein Smartphone und Brille, bis ich sie wieder habe."

„Da haben wir wohl zufällig das Richtige für Sie: ein Auslaufmodell, zusammen mit einer im Voraus zu bezahlenden SIM-Karte, die Sie nach Bedarf jederzeit wieder aufladen können. Ich zeige Ihnen kurz ...", da winkt Anton ab.

Er wundert sich, dass die Bedienungsanleitung dünn erscheint. In der Wohnung merkt er, dass es nur eine Kurzversion ist. Mehr steht im Internet, in dem er zum Glück inzwischen über das Fernsehgerät browsen kann. Er probiert die Anleitungen für Smartphone und Brille stundenlang, oft sehr frustriert, aber dann geht doch immer wieder etwas weiter. Und je mehr er kann, umso mehr staunt er, was die Kombination Brille mit eingebauter Videokamera zu bieten hat. Umwerfend!

Zu Mittag macht er eine kurze Pause, er wärmt sein erstes tiefgefrorenes Fertiggericht in der Mikrowelle und findet den Kaffee aus Kapseln in der Espressomaschine recht akzeptabel. Als er gegen halb vier aufbricht, um den alten Schaller zu besuchen und dann Alina im chinesischen Restaurant zu treffen, hat er für Schaller einen konkreten Vorschlag und er kennt sich auch mit dem Smartphone und der Brille schon ganz gut aus. Ja, er hat sogar über chinesisches Essen im Internet nachgelesen, das Angebot des Ebenseer Chinesen angesehen und sich die Gerichte erklären lassen. Selbst das Essen mit Stäbchen kann er zumindest theoretisch. Ein bisschen hat er mit zwei Bleistiften geübt, von denen er mehr als er je benötigen wird gekauft hat: Dass Bleistifte und Füllfedern durch neue Schreibgeräte, sogenannte „Kugelschreiber" mehr oder minder überflüssig wurden, wusste er beim Kauf noch nicht.

★ ★ ★

Während Anton versucht, sich in die für ihn neuen Entwicklungen einzuarbeiten trifft sich Otto mit Friedrich Schaller, in der Hoffnung, mehr über Anton zu erfahren. Friedrich und Irene Schaller wissen aber tatsächlich nicht viel, nur dass Anton offenbar viel Geld zur Verfügung hat, vermutlich mitgebracht aus Namibia. Otto zeigt die beiden Bilder und die Verblüffung ist groß, dass ein junger Mann 1942 genauso aussieht wie der jetzige Anton, noch dazu mit dem ungewöhnlichen tieferen Lid am rechten Auge. Die Geheimnisse um Anton werden dadurch nicht geringer. Der alte Schaller, der ungebeten dazu stößt, weiß wohl mehr, doch ist er sehr zurückhaltend.

„Ich bin durch ein Versprechen gebunden, aber ich glaube, dass ich morgen endlich mehr erklären kann."

Es wird beschlossen, Anton von nun an ständig zu verfolgen, um mehr herauszufinden und sich am nächsten Vormittag nochmals zu treffen. Auch der alte Schaller stimmt zu.

Der Besuch von Otto bei Alina bringt auch nichts Neues zu Tage, auch sie erklärt, dass sie im Moment nichts sagen darf.

„Lasst doch Anton in Ruhe. Er und seine Schwester haben die Eltern verloren, haben eine traumatische Übersiedlung von Namibia in die Heimat ihres Vaters hinter sich und eine Aufgabe, über die man noch nichts berichten darf."

Alina und Otto trennen sich fast in einem Streit:

„Ich habe nie gedacht, dass meine Freundin Geheimnisse vor mir haben wird", sagt er beim Weggehen zornig.

Das mit „der Aufgabe" hat Alina aus dem Stehgreif erfunden, um das plötzliche Auftauchen von Anton zu erklären. Sie vidont[6] ihrem Großvater: Er soll ihr berichten, was bei dem Gespräch mit Anton um vier Uhr herauskommt und Alina wird dem alten Schaller nach dem Essen mit Anton berichten. Sie erwähnt auch die „Aufgabe, die Anton zu erfüllen hat" und ihr Großvater nimmt es brummend zur Kenntnis:

„Ich weiß nicht, wie wir das verwenden können", sagt er.

★ ★ ★

Beim Treffen mit dem alten Schaller überrascht dieser Anton dadurch, dass er mehrere komplizierte Aufgaben innerhalb eines Tages erledigt hat. Franz hat ein Konto für Anton eingerichtet:

„Ich haben es mit dem Geldbetrag, der acht Barren Gold entspricht, eröffnet. Ich würde vorschlagen, du gibst mir deine acht Stück."

Anton grinst und gibt Franz ein Paket mit 40 Goldbarren. „Bitte kannst du das Konto um den Gegenwert von 32 Barren erhöhen?"

„Woher hast du das Gold?", erkundigt sich Franz verblüfft.

---

[6] Vidonen statt telefonieren wird ab 2019 immer gängiger, da auf Wunsch die Gesprächspartner mit oder ohne Umgebung als Videos mitübertragen werden.

„Darf ich dir das anschließend erzählen, auch eine Idee, die ich habe. Aber du hast gesagt, du hast noch mehr für mich erreicht. Bist du so nett und erzählst mir zuerst deine Hälfte?"

Franz übergibt Anton als Antwort ein modernes Smartphone und eine elegante Brille.

„Alina wird dir erklären, wie das geht und was man damit machen kann", ergänzt er.

Anton lächelt nur verschmitzt: Er wird nicht mehr viele Erklärungen benötigen. Dann hat aber der alte Schaller die größte Überraschung bereit: Er gibt Anton Identitätsausweise (die auch als Pässe fungieren) für ihn und für Susanne.

Anton kann es nicht glauben.

„Wie hast du das geschafft? Und wie können wir österreichische Staatsbürger sein, wenn wir gerade aus Namibia kommen?"

„Wie ich das gemacht habe, solltest du besser gar nicht wissen. Natürlich war es illegal und teuer. Du bekommst schon die Rechnung dafür, wenn wir alles erledigt haben. Aber euch zu österreichischen Staatsbürgern zu machen, so, dass es zu eurer Geschichte mit Namibia passt, war nicht kompliziert. Denke doch daran, dass Leopold, der Bruder von Adolf Schaller, also von deinem Vater, nach Namibia auswanderte und dabei die österreichische Staatsbürgerschaft nicht verlor.

Dann habe ich die Geschichte ein bisschen mit Schmiergeld geändert. Bis heute hatte Leopold Schaller keine Kinder. Seit heute adoptierte er Anton, den Sohn Adolf Ferers 1943, der war damals 23 und Österreicher. Dieser Anton heiratete erst 1987 eine viel jüngere Österreicherin Ilse, die auch in Namibia lebte, und mit der er im hohen Alter noch einen Sohn, dich Anton, hatte. Susanne wurde kurz danach adoptiert, ihr seid also Geschwister. Das mit der Adoption habe ich nur für den Notfall gemacht, ich habe alles genau dokumentiert. Nach außen seid ihr bitte einfach normale Geschwister. Als Kinder österreichischer Eltern wurdet ihr leicht Österreicher, deshalb musste ich Susanne zu deiner Schwester machen. Eure Mutter Ilse starb nach deinem Vater 2022, drum eure Übersiedlung nach Österreich. Es ist wichtig, dass du dir diese Geschichte gut einprägst und auch Susanne sich immer daran hält. Es war mit Bestechungszahlungen relativ einfach, alle Unterlagen in Namibia entsprechend zu adaptieren. Es verbleiben „nur" zwei Probleme: Erstens, wenn jemand vor Ort in Namibia recherchiert wird es kompliziert, weil man über „eure Mutter" wenig finden wird und auch über euch und „euren Vater", den „alten Anton". Einiges ist aber für Recherchen präpariert. Zweitens, wenn die Ebenseer Susanne in einem Bild auftaucht wie du gestern, dann kann es auch kompliziert werden."

„Du weißt also von den beiden Bildern von mir?"

„Ja, und auch, dass die Ähnlichkeit drum so frappierend ist, weil beide Bilder einen Anton mit einem niedrigeren Lid zeigen. Aber es gibt ein Bild des alten Anton in Namibia in höherem Alter, das ihn auch mit niedrigerem Lid zeigt. Ich habe dafür gesorgt, dass es gut gefälscht wurde. Es kann bei einigem Suchen entdeckt werden. Also wird man dann sehen, dass der alte Anton schon diesen kleinen Lidfehler hatte und du hast ihn von deinem Vater geerbt."

Anton ist begeistert.

„Was du da gemacht hast ist einfach unglaublich!"

„Na ja, es war schon etwas Arbeit", untertreibt der alte Schaller, „aber ich habe noch eine Überraschung: Hier sind Führerscheine für dich und Susanne. Die jetzigen Autos sind sehr einfach zu fahren, kein Zwischengas geben, kein Schalten, ihr seid ja schon seinerzeit Auto gefahren, das wird euch jetzt ganz leicht fallen. Außerdem gibt es die ersten Autos, die selbst fahren und für die man keinen Führerschein benötigt."

„???"

„Aber die Verkehrsregeln solltet ihr trotzdem lernen, hier sind sie", sagt Franz und gibt Anton ein Buch in die Hand.

„Ich habe nur eine schlechte Nachricht: Mein Sohn, meine Schwiegertochter, Otto, der Freund Alinas, und eine Bekannte von ihm, Sonja, die für irgendeinen Medienkonzern arbeitet, sind so neugierig geworden, was es mit dir bzw. euch auf sich hat, dass sie dich ab sofort rund um die Uhr beobachten werden. Du kannst also nur mit Tricks in euer Versteck zurück. Aber erzähl' jetzt einmal was es mit dem zusätzlichen Gold auf sich hat und was es sonst gibt."

Anton berichtet, dass er schon seit gestern Abend in einer Ferienwohnung in Ebensee wohnt, offiziell aber schon mehrere Tage, weil er eine Beschattung befürchtete. Franz nickt „gute Idee". Dann erzählt Anton von seinem Ausflug zum Versteck in aller Früh, von der Truhe und was er damit getan hat.

„Ich stelle mir vor, ich werde mich dort in der Gegend, Nähe Langbathsee, von meinen Bewachern treffen lassen und erklären, dass ich von Raubkunst weiß und deshalb nach Ebensee gekommen bin. Dann stelle ich mir vor, dass wir die Truhe mit den Wertgegenständen zusammen finden. Damit haben die Misstrauischen auf einmal eine Erklärung, warum ich da bin und haben etwas Aufregendes zu berichten. Du und vor allem dein Sohn werdet euch als Rechtsanwälte um die Rückgabe an die Erben kümmern. Und durch die Aufregung und die Erklärung, warum ich hier bin, werden alle so abgelenkt, dass ich noch einmal in das Versteck kann, um Susanne aufzuwecken und in die Wohnung in Ebensee zu bringen."

„Wir scheinen ja ein begabtes Team zu sein", lächelt Franz, „aber lass mich nachdenken, wie wir eine Schwachstelle in deinem Plan beseitigen können."

„Schwachstelle?"

„Ja, denn wenn du weißt, wo die Truhe ist, warum hast du sie nicht schon lange gefunden? Und wenn du es nicht weißt, wie kannst du sie dann mit den anderen finden?"

Beide schweigen kurz. Dann sagt Franz.

„Ich schlage vor, es kommt morgen mit Kurier eine Botschaft aus Namibia, über unsere Adresse hier, in der dir, wie ich den andern gegenüber andeuten werde, der genaue Platz der Truhe mitgeteilt wird, da du vorher nur wusstest „irgendwo in Langbathseenähe".

Damit erwarten alle, dass du dich dorthin auf den Weg machst und können ohne Versteckspiel einfach mit dir die Truhe holen. Was meinst du?"

„Klingt absolut super!", Franz lacht.

„Wie ist das eigentlich mit Raubkunst? Was ist, wenn keine Erben gefunden werden?", erkundigt sich Anton.

„Es gibt eine Agentur, die jahrelang weitersucht. Wenn dann niemand gefunden wird, dann gehört das Gefundene dem Staat. Dafür übernimmt der Staat die Kosten für alle Recherchen und für die Rechtsanwälte, die notwendig sind, um die fast immer auftretenden komplizierten Erbschaftsstreitigkeiten abzuwickeln. Ich glaube, mein Schwiegersohn hofft durch dein Auftauchen auch beruflich zu profitieren ... da wären Aufträge für Recherchen, um Erben zu finden gerade das Richtige! Ich halte es für durchaus möglich, dass die Aussicht auf einen finanziellen Gewinn – Irene hat ja gestern die Goldstücke gesehen – einer der Gründe ist, warum mein Sohn und Irene neugierig geworden sind. Aber: Hast du nicht ein Rendezvous mit Alina um sechs Uhr? Dann solltest du jetzt aufbrechen."

* * *

Anton hat schon am Vormittag beim Chinesen angerufen, denn er will heute Alina unbedingt beeindrucken. So sitzt er bereits bei einer Tasse grünen Tees als sie kommt.

„Für dich auch?", fragt er.

Sie nickt.

„Alina, du hast gestern so ein tolles Essen bestellt, darf ich heute was für uns beide bestellen?"

Sie ist überrascht, es klang doch gestern so, als hätte Anton keine Ahnung von chinesischem Essen … und nachdem sie von seiner Zeitreise vom Großvater gehört hat, überraschte sie das ja auch nicht mehr. ‚Ich bin ja neugierig', denkt sich Alina, ‚was da jetzt passieren wird', als die Kellnerin die Speisekarte bringt.

Anton studiert sie nur kurz, bestellt dann Frühlingsrollen und Won-Ton-Suppe als Vorspeise und drei verschiedene Hauptgerichte. Eines ist Pekingente und Alina fällt ihm ins Wort:

„Du, die gibt es nur auf Vorbestellung!"

Anton lächelt: „Ja, ich weiß, ich habe vorbestellt."

Als er dann noch „Glasnudeln, wie besprochen" und als Nachspeise neben Litschis, gebackener Banane mit Honig auch noch Wachteleier in Vanillesoße bestellt, versteht sie die Welt endgültig nicht mehr, denn weder kennt sie Glasnudeln, noch stehen sie auf der Speisekarte!

„Seit wann bist du ein Spezialist für chinesische Küche?", fragt sie und fügt vorsichtig testend dazu

„Kennst du das alles aus Namibia?" Anton wird schlagartig so ernst, dass sie die Frage fast bereut … sie weiß ja, dass er nie in Namibia war, nur darf sie das ja nicht wissen!

Anton schaut sie lange an, dann legt er seine Hand auf ihre und drückt sie ein wenig.

„Alina, du bist sehr nett zu mir gewesen, ohne jeden Grund, ich will dich nicht belügen. Ich möchte dir die Wahrheit erzählen, sie kennt außer mir bisher nur dein Großvater. Aber es gibt dabei zwei Probleme: Erstens, sie ist kaum zu glauben; zweitens, du musst hoch und heilig versprechen, sie für dich zu behalten. Willst du und kannst du das? Auch gegenüber allen Verwandten und Otto?"

„Wenn du mir was erzählst, was kaum zu glauben ist, weiß ich nicht, ob ich dir glauben werde. Aber was immer es ist, es bleibt zwischen uns bzw. meinem Großvater, wenn der ohnehin eingeweiht ist."

So erzählt er Alina von Susannes und seiner „Zeitreise".

Er erwähnt nicht, dass sie Geschwister sind und als sie das später einfließen lässt, will er was dazu sagen, doch sie wechselt das Thema und schneidet ihm das Wort ab. So vergeht die Chance, ihr die Wahrheit über Susanne zu sagen. Alina wird ihm das später vorwerfen. Sie wird ihm dann nicht glauben, dass er ihr ganz am Anfang erzählen wollte, dass Susanne nicht seine Schwester ist, aber später war dann eine Korrektur nicht mehr einfach und schien die längste Zeit auch nicht notwendig.

Die beiden ahnen nicht, dass dieses Detail einmal große Probleme verursachen wird.

Sie genießen das ausgezeichnete Essen, Alina bewundert, wie geschickt er dieses erste Mal bereits mit Stäbchen umgeht. Sie ist doppelt beeindruckt, dass er das alles in so kurzer Zeit gelernt hat, und zwar aus dem Internet, sich damit also schon erstaunlich gut auskennt, ja auch die wichtigsten Funktionen eines Smartphones und der Brille verstanden hat. Und wie geschmackvoll er sich angezogen hat: eine schicke, schwarze Hose mit feinen Streifen, ein weißes Hemd mit tiefrotem Ausschlagkragen und zwei einfachen, gleichfarbenen Streifen die Brust hinunter. Selbst sein Haar hat er anders, zurück frisiert: Es muss ihm aufgefallen sein, dass niemand mehr einen Seitenscheitel trägt!

Sie hat Angst, ihm eine schlechte Nachricht mitteilen zu müssen: Dass ihre Eltern zusammen mit Otto und einer Bekannten ihn wohl schon jetzt dauernd beobachten, weil sie erwarten, dass er sie zu einem Versteck führt, in dem irgendwas Interessantes liegen muss.

„Du darfst heute nicht in das Versteck zurück. Man würde dir folgen."

„Danke", sagt Anton gerührt, „aber ich wohne seit mehr als einer Woche in der Ferienwohnung bei Sutter an der Straße Richtung Ischl ..."

Alina schaut ihn entgeistert an „... natürlich nur offiziell, Herr Sutter kann das bestätigen, in Wirklichkeit erst seit gestern Abend, weil ich Angst vor Verfolgern hatte, vor allem nachdem, was bei dem Vortrag passiert ist und wie sich Otto und eine junge Frau, mit der er dort war, benommen haben."

„Ja, das ist die Sonja, die Bekannte, die ich erwähnte. Sie arbeitet in einem Medienkonzern und scheint eine Geschichte zu wittern. Ich mach' mir Sorgen."

„Mach dir keine. Ich habe mit deinem Großvater einen Plan besprochen, es wird sich morgen alles klären. Es treffen sich morgen alle um zwölf Uhr bei deinem Vater. Bitte komm dort auch hin, da ist ja deine Mittagspause und mach' dann einfach mit. Bitte, es ist wichtig, aber ich sollte jetzt nicht mehr verraten."

„Das ist alles ein bisschen viel für mich", gesteht Alina, „aber o. k. Was hast du noch alles auf Lager? Ich muss bald weg, Otto treffen."

„Ja, ich weiß", kommentiert Anton mit mäßiger Begeisterung, „ich hätte noch zwei Bitten: Erstens, du fängst doch morgen um neun Uhr mit deiner Arbeit an, richtig? Kannst du um sieben Uhr dreißig oder wenn du eine Langschläferin bist, um acht in meine Wohnung kommen ... ich möchte dir ein gutes Frühstück kochen. Zweitens, würdest du mich mit dem Auto, mit dem du gekommen bist, zu Sutter bringen, ich bin heute Abend zu Fuß unterwegs."

Alina sagt gedehnt: „Ja, ich kann schon beides machen. Aber warum ist das wichtig."

Anton schaut sie an und es gefällt ihm, wie sie aufrecht da sitzt und ein erstauntes Gesicht macht:

„Um ehrlich zu sein, ich frühstücke lieber zu zweit als allein und ich möchte dich damit beeindrucken, was ich inzwischen alles gelernt habe. Und das mit dem im Auto mitnehmen hat einen anderen Grund: Ich bin natürlich schon früher mit Autos gefahren, nur die haben sich auch sehr geändert. Ich bin noch nie in einem heutigen Modell gesessen, habe aber einen jetzt gültigen Führerschein und möchte mir bald ein eigenes Auto kaufen."

„Na, beeindruckt hast du mich sowieso schon. Aber, o. k., ich bin um ca. sieben Uhr dreißig bei dir und jetzt komm zum Auto."

Das Auto öffnet sich von selbst über die Zentralverriegelung, die das Smartphone von Alina erkennt! Es gibt keine Kupplung, nur Bremse und Gaspedal. Beim Rückwärtsfahren blendet eine Kamera auf einem Schirm die Sicht nach hinten ein. Das Piepsen, weil sie zu nahe an eine Hecke kommen, findet Anton fast so ärgerlich, wie den Zwang, sich die Sitzgurte anzulegen. Beim Fahren schaltet das Auto automatisch. Es warnt bei jeder Geschwindigkeitsüberschreitung, es „sieht" und „versteht" offenbar die Verkehrsschilder. Der Wagen warnt dringlich davor, in einer Halteverbotszone zu parken, wie Alina demonstriert. Bei einem „Zebrastreifen", wie sie es nennt, stehen zwei Personen auf dem Gehsteig. Das Auto bremst, ohne dass ihr Fuß die Bremse berührt. Eine Stimme sagt plötzlich „Vorsicht, Mittellinie wird überschritten" und Alina fährt wieder etwas nach rechts. Sie drückt dann auf einen Knopf und sagt laut „Otto vidonen".

Ottos Smartphone läutet offensichtlich, er ruft „Hallo, Alina", bevor sie sich gemeldet hat. Sie sagt ihm nur, dass sie ein paar Minuten zu spät kommen wird.

„Das Auto hat, wie du siehst, einige elektronische Gadgets, es gibt noch komplexere, aber auch einfachere Modelle."

Anton versteht das Wort „elektronisch" nur soso und „Gadgets" gar nicht. Es wird ihm nicht zum ersten Mal bewusst, dass sich auch die Sprache geändert hat. Aber Auto fahren scheint sehr einfach zu sein. Nur gibt es unzählige neue Verkehrszeichen und Regeln: Er wird noch an diesem Abend das Buch darüber vom alten Schaller lesen.

Sehr schnell sind sie bei der Ferienwohnung. Auch Alina steigt kurz aus. Sie schütteln einander die Hände, er zieht sie ein bisschen näher und beide hauchen zwei Küsschen über die Wangen, wie er es inzwischen gelernt hat.

„Bis morgen!"

Alina fährt weg. „Er hat nicht gefragt, was ich mit Otto mache", denkt sie.

Vor Anton liegt noch ein langer Abend. Er muss die Verkehrsregeln genau studieren, sich mit dem neuen Smartphone und der 3D-Brille (!) vertraut machen und will dann noch das Frühstück vorbereiten.

Der Traunstein ohne Susanne

Anton wacht wieder sehr früh auf. Bei der Vorbereitung des Frühstücks erinnert er sich, dass sich seine Mutter immer über Blumen auf dem Tisch gefreut hatte. Also läuft er aus dem Haus, um einige Frühsommerblumen zu pflücken.

Alina ist gerührt über den hübsch gedeckten Tisch. Sie freut sich, dass Anton mit allen Geräten so gut zurechtkommt, aber besonders genießt sie seinen Kaffee. Er hat ihn aus frisch geriebenen Bohnen gemacht, wobei er eine – wie sie sagt – museumsreife Kaffeemühle verwendet hat. Sie notiert mental, dass sie ihm ein entsprechendes modernes elektrisches Gerät schenken sollte.

Sie reden das erste Mal auch über die Umgebung, über Wanderungen in der Umgebung. Alina kennt den Feuerkogel und das Höllengebirge gut, im Sommer wie im Winter, und ist verblüfft, dass Anton den Baumeister kannte, der wesentlich zum Bau der ersten Seilbahn beigetragen hat. Sie war auch auf der „Schlafenden Griechin", jenem von Traunkirchen als liegende Gestalt erkennbaren Berg, der aber wenig begangen ist, weil der Traunstein daneben viel beeindruckender ist.

„Nein, auf dem Traunstein war ich nie. Die fast senkrechte Wand hat meine Mutter immer geschreckt und der Weg von der Seite, von der Forststraße aus, ist angeblich recht lang."

„Ja", sagt Anton, „der Weg über die Seite ist gut für den Abstieg, aber rauf ist er mühsam und langweilig."

Er schwärmt aber von dem „leichten Klettersteig", der durch die Wand zur Alpenvereinshütte führt, von den herrlichen Ausblicken über den See und den fast zahmen Gämsen, die ja auf dem Traunsteinplateau nicht gejagt werden dürfen.

„Es ist ein toller Berg für den Frühsommer: Da er nicht sehr hoch ist, kann man bald hinaufsteigen und man hat doch das Gefühl einer richtigen Klettertour. Hast du nicht Lust mit mir hinaufzugehen? Ich verspreche: Es ist nicht sehr schwierig."

Alina lacht: „Na ja, vielleicht und dann könnten ja auch Susanne und Otto mitkommen."

Bei Susanne, meint Anton, ist er nicht sicher, ob sie mitgehen würde. Das Mitgehen von Otto hat seine Begeisterung gebremst, sie reden über anderes.

Anton lernt, dass Alina viel in den Bergen unterwegs war und ist, aber ausgehend von Ischl, wo ihr Großvater aus seiner Schulzeit – ja, er ging dort ins Gymnasium – Freunde hat oder auch im Ausseerland, weil ein Schulkollege dort wohnt.

„Moment", stockt sie plötzlich, „ich bin fast sicher, dass der auch Ferer heißt!"

„Das wäre aber schon ein irrer Zufall", meint Anton, aber denkt dann nach: „Unmöglich ist es nicht: Der jüngste Bruder meines Vaters, mein Onkel Ferdinand, baute dort ab 1932 ein Geschäft auf. Ich habe ihn ein paar Mal flüchtig getroffen, er hatte aber keine Kinder, es könnte jedoch sein, dass er erst nach 1943 geheiratet hat und dann noch Nachwuchs hatte. Da muss ich nachforschen: Kann es sein, dass dort tatsächlich ein Verwandter von mir lebt?"

Alina erzählt von ihrem Lieblingsausflugsziel im Frühjahr und Spätherbst, dem Predigtstuhl bei Goisern:

„Er wirkt an ein paar Stellen richtig alpin, ist aber noch niedriger als der Traunstein und daher sehr früh bzw. spät im Jahr problemlos zu besteigen. Mir gefällt der lange, horizontale, halboffene Tunnel, von wo man so schön über den

Ort sieht. Ich habe vergessen, warum der angelegt wurde: Er erinnert fast an die Beschreibung von Inkawegen."

Auch Anton kennt die Wanderung, nur gab es zu seiner Zeit diesen Tunnel noch nicht, glaubt er.

Die Zeit vergeht so rasch, dass Alina auf einmal aufspringt:
„Oops, es ist neun Uhr. Ich sollte schon im Geschäft sein. Ich ruf dich an, was sich bei der Besprechung in der Kanzlei meines Vaters zu Mittag ergeben wird ... ich verrate niemandem, dass ich dich anvidone[7]."
‚Der Tag hat schön begonnen', empfindet Anton. Nachdem er nochmals im Internet über gebrauchte Autos recherchiert hat, macht er sich auf den Weg zum Autohändler Dorfner in der Bahnhofstraße. Er findet dort bald, was ihm ungefähr vorschwebt. Ein Auto, das ein paar Jahre alt ist, aber noch in gutem Zustand, modern, aber nicht „supermodern" ausgestattet: ein VW Touran, Modell 2017 (das erste Auto aus dieser Reihe mit Vierradantrieb) mit einigem elektronischen Schnick-Schnack, etwas weniger, als im Auto Alinas. Obwohl er den gesamten Betrag von seinem Konto bezahlt und dafür einen Preisnachlass aushandelt, kann er nicht sofort mit dem Auto wegfahren. Erst nach zähem Verhandeln ist der Händler bereit, sofort nach Gmunden zu fahren, damit Anton den Wagen um 15 Uhr übernehmen kann.

★ ★ ★

Um zwölf Uhr trifft sich eine große Gruppe im Besprechungszimmer der Kanzlei Schaller: der „alte Schaller" Franz, sein Sohn Friedrich und Schwiegertochter Irene,

---

[7] Anvidonen statt anrufen/telefonieren, eine Terminologie, die ab 2019 üblich wird, da auf Wunsch mehr als nur das Gespräch, nämlich typischerweise Bilder, Videos etc. mitübertragen werden.

seine Enkelin Alina mit ihrem Freund Otto. Auch Sonja ist dabei, die Otto schon lange kennt und sich auch für den „Fall Anton" interessiert – nicht zuletzt, weil sie auf eine gute „Story" für ihren Konzern hofft.

Friedrich Schaller ist der erste, der zur Sache kommt.
„Wer hat was Neues über Anton erfahren?"
Sonja meldet sich sofort: „Ich glaube, der Fall ist vielleicht weniger geheimnisvoll, als wir dachten. Ich habe in Namibia recherchiert. Dort ist 1943 ein Anton Ferer aus Österreich zum kinderlosen Bruder Leopold jenes Adolf Ferers gestoßen, der wegen Begünstigung von KZ-Häftlingen 1943 den Freitod wählen musste: Adolf Fehrer hatte offenbar seinen Sohn Anton noch rechtzeitig in Sicherheit zu seinem Bruder schicken können. Dieser Leopold Ferer hat Anton adoptiert. Anton heiratete sehr spät und hatte mit seiner Frau noch zwei Kinder, Anton und Susanne[8]. Es ist mir gelungen, ein Bild des alten Anton Ferers aufzutreiben, als er ungefähr 65 Jahre war."

Sie legt eine starke Vergrößerung eines Fotos auf den Tisch.

„Trotz des Alters ist die Ähnlichkeit mit unserem Anton unverkennbar. Vor allem aber sieht man ein ausgeprägt hängendes Augenlid rechts. Das hat offenbar der junge Anton geerbt. Damit ist die Bildsache wohl klar. Was nicht klar ist, warum der junge Anton plötzlich hier aufgetaucht ist und wo seine Schwester ist. Wir wissen inzwischen auch, wo er wohnt, nämlich in der Ferienwohnung von Sutter und zwar nicht seit gestern, schon seit mehr als einer Woche. Er sucht offenbar hier in der Umgebung etwas, was vermutlich mit seinem Großvater zu tun hat, er weiß aber offenbar auch nicht genau, wo es ist. Aber Alina und Sie, Herr Dr.

---
[8] Dass Anton und Susanne keine leiblichen Geschwister sind, hat Susanne nicht entdeckt.

Schaller, haben ja viel mit Anton zu tun gehabt und wissen dazu vielleicht mehr."

Alina ist beeindruckt, wie der Plan von Anton und ihrem Großvater aufzugehen scheint: Alle glauben nun die Geschichte von Anton und Susanne aus Namibia. Dennoch ist es ihr nicht klar, was Anton und ihr Großvater planen, und wie Anton seine Schwester aufwecken und holen kann, wenn er von vielen beobachtet wird. Alina erklärt:

„Ich habe versucht, aus Anton heraus zu bekommen, warum er nach Ebensee kam. Er sagte mir nur, wie Sonja andeutete, dass er etwas sucht, das mit seinem Großvater Adolf und dem Bau des KZ Ebensee zusammenhängt. Er sagt, er weiß bisher nur ungefähr, wo sich das unbekannte Paket, so nannte er es, befindet."

Da meldet sich der Großvater zu Wort:

„Ja, es stimmt alles, was ihr sagt. Ich freue mich, dass ich heute mein Schweigen brechen und euch berichten kann, worum es wirklich geht. Der Großvater Antons hat eine Reihe von Kunstwerken versteckt, die KZ-Häftlingen gehörten, es sind wohl Gegenstände von sehr hohem Wert. Er hat in seinem Testament seinem Sohn, dem „alten Anton", und dieser seinem Sohn, unserem Anton, mitgeteilt, dass sich das Raubgut – als solches muss man es wohl sehen – in der Nähe des Hinteren Langbathsees befindet ..."

Da platzt Sonja heraus: „Das ist der Grund, warum Anton gestern dort schon so früh unterwegs war! Meine Freundin und ich machten doch eine Tour zum Attersee und haben ihn dabei getroffen!"

Alle blicken erstaunt, denn Sonja hat das bisher nur Otto erzählt.

Der alte Schaller fährt fort: „Ja, Anton weiß ungefähr, wo er suchen muss. Im Testament steht, dass er unsere Kanzlei zu Rate ziehen soll, um weitere unter Verschluss liegende Dokumente mit Details aus Namibia zu besorgen. Das habe ich getan, alles unter strenger Geheimhaltung, weil verhindert werden musste, dass tausende Personen hierher strömen, um die Wertgegenstände zu suchen. Diese Zeit der Geheimhaltung ist zu Ende. Noch heute bekomme ich über einen Kurierdienst eine Botschaft mit der genauen Lage des Pakets für Anton. Sobald sie eintrifft kommt Anton hierher. Ich schlage vor, dass alle, die dies wollen, Anton zu jener Stelle begleiten, wo die Wertgegenstände hoffentlich noch liegen. Es müssen aber um Himmels Willen nicht alle mit: Wir werden das Paket erst hier in der Kanzlei unter beglaubigtem Video[9] öffnen. Um es aus dem Versteck zu holen genügen meiner Meinung nach vier Personen: Friedrich wird Anton sicher begleiten und Sonja will wohl und soll dabei sein, auch um alles in Bildern festzuhalten. Das sind erst drei. Anton hat gemeint, dass das „Paket" vielleicht eine Kiste, ein schwerer Koffer oder etwas Ähnliches ist, das man vielleicht nur zu viert tragen kann. Darum schlage ich vor, dass Otto auch mitkommt, o. k.? Auch dort werden wir alles mit beglaubigtem Video aufzeichnen.

Laut Testament soll die Raubkunst natürlich den Erben übergeben werden, wie es ja das Gesetz inzwischen auch verbindlich vorschreibt. Ob die Kanzlei Schaller alles im Auftrag der Republik abwickeln wird, ist nicht klar, obwohl die Kanzlei, sprich Friedrich, direkt im Testament erwähnt wird. Das Auffinden der Erben und die dann erfolgende Aufteilung des Erbes wird Jahre dauern. Nur zur Information: Gegenstände, für die keine Erben gefunden werden fallen dem Staat zu. Seid ihr mit meinen Vorschlägen einverstanden?"

Alle stimmen erleichtert und begeistert zu, nur Otto will noch etwas wissen:

„Wenn jetzt die Nachricht mit dem genauen Ort der Wertgegenstände mitgeteilt wird, wäre es da nicht theore-

---
9 Solche werden in Gerichten ab 2018 als Beweismittel anerkannt.

tisch möglich, dass wir Anton nicht einbinden, sondern einer von uns der Finder wird?"

Alina ist entsetzt und innerlich empört über diese Bemerkung. Der alte Schaller sagt sehr ruhig:
„Es ist ja wohl nur eine rhetorische Frage. Im Prinzip wäre das schon möglich. Aber abgesehen davon, dass das Anton gegenüber sehr unfair wäre glaube ich, dass die Botschaft ohne das Wissen Antons ohnehin wertlos ist. Also: Ich werde, sobald Nachricht und Anton hier sind Otto, Sonja und Friedrich anvidonen, damit sie mit dem offiziellen Finder Anton das Raubgut bergen. Wir öffnen das Paket, oder was immer es sein wird, erst hier in der Kanzlei und da wollt ihr sicher dann alle dabei sein. Dann muss alles zu Experten zur Echtheitsprüfung und Schätzung des Wertes nach Wien gebracht werden. Wir werden dann morgen oder übermorgen genug wissen, um eine Pressekonferenz einberufen zu können und werden ja durch Sonja auch Fotomaterial für die Presse haben. Sonja hat gebeten, einige Stunden vorher ihrem Medienkonzern berichten zu dürfen. Ich nehme an, wir können dem zustimmen?"

Alina vidont, nachdem sich die Besprechung aufgelöst hat, in einer Minikonferenzschaltung ihren Großvater und Anton an und gratuliert ihnen beiden zu ihrem Plan, der so gut aufging. Sie macht das bewusst vidonisch, nicht persönlich, um nicht wieder das Gefühl von Geheimnistuerei zu wecken.

Anton ist erfreut. Er hofft, dass der Fund der Wertgegenstände alle so ablenkt, dass er Susanne in der folgenden Nacht abholen kann, ohne dass ihm jemand folgt, und dass damit auch das Interesse an ihm mehr oder minder erlischt.

Der von allen erwartete Brief kommt knapp nach 14 Uhr. Anton wartet da schon mit dem alten Schaller, Friedrich Schaller, Otto und Sonja bei Kaffee auf den angekündigten

Boten. Alle blicken gespannt auf Anton, als er den Brief öffnet.

„Steht genau genug beschrieben, wo das Raubgut liegt", fragt Sonja sofort.

„Ja, ich glaube schon", sagt Anton, „Seht selber." In der Botschaft steht:

„Von dem Ausgangspunkt 28 Schnurlängen genau nach OSO, dann eine Schnurlänge direkt nach Westen".

„Und du kennst den Ausgangspunkt und weißt, was mit Schnurlänge gemeint ist?"

„Ja", nickt er, „brechen wir auf."

Friedrich hat angeboten zu fahren, weil sein Van mehr als genug Ladefläche hat. Anton dreht sich noch einmal zum alten Schaller um, der ihm zuzwinkert: ‚Alle haben die von uns erfundene Geschichte mit Namibia und der Nachricht geglaubt, dein Geheimnis ist sicher. Und niemand wird dich heut mehr bewachen, sodass du Susanne holen kannst', meint er wohl damit.

Anton bittet Friedrich zum Hinteren Langbathsee zu fahren und dort nach links bis zum Hirschbach.

„Das ist der Ausgangspunkt. Und das ist eine Schnurlänge", sagt Anton und zieht eine dünne Schnur aus seiner Tasche. Mit Hilfe eines altmodischen Kompasses wird nun die ca. 40 m lange Schnur 28 Mal genau in Richtung Ostsüdost, dann einmal nach West gelegt. Während des ganzen Vorgangs geht Friedrich lächelnd mit: Es kommt ihm alles so übertrieben geheimnisvoll vor wie in einem Schatzsucherroman, sodass er nicht an einen Erfolg glaubt.

Zuletzt stehen sie vor einer Felsspalte, die durch einen Überhang geschützt ist und mit Steinbrocken gefüllt ist.

„Hier muss es sein", sagt Anton mit Überzeugung. Denn hier hat er ja die Truhe und ihre zusätzliche Kistenverpackung mit großer Anstrengung vor zwei Tagen hergeschleppt und mit Felsbrocken bedeckt.

„Aber wo?", hört er Friedrich skeptisch fragen.

„Wenn sie noch da ist, dann wird sie wohl hier vergraben liegen. Bitte helft mir."

Anton beginnt die Steine zu entfernen. Otto hilft. Sonja fotografiert ohne Unterbrechung, Friedrich steht zweifelnd daneben, der alte Schaller zeichnet alles mit dem beglaubigten 3D-Videogerät auf.

„Da ist etwas", ruft Otto.

Wenig später ist eine Kiste freigelegt. Sie ist so schwer, dass sie sie kaum zu zweit herausheben können. Anton gratuliert seinem Vater nachträglich zu der Idee der Truhe in der Kiste, weil so „klar" ist, dass kein Mensch allein diese Truhe verstecken konnte.

Der Abtransport wird doppelt anstrengend, weil das Wetter sich verschlechtert. Ein Nieselregen macht den Boden rutschig und die Äste, an denen sie und die Kiste anstreifen, sind unangenehm nass. Die Kiste droht ihnen immer wieder zu entgleiten.

Endlich hat man sie im Besprechungszimmer der Anwaltskanzlei und die vier haben sich mit Handtüchern notdürftig getrocknet. Friedrich hat einige Probleme, die Kiste zu öffnen. Die Enttäuschung ist groß, als man darin eine ebenso verschlossene Truhe findet, doch alle nicken, als Friedrich, der seine Skepsis abgelegt hat meint, es wäre wohl notwendig gewesen, um Kostbarkeiten vor Nässe und anderen Einflüssen zu schützen. Endlich ist auch die Truhe offen. Sie enthält fünf Pakete: vier davon Bilder. Im ersten Paket sind Ölgemälde, die wie aus der Zeit des Impressionismus aussehen, zu denen Friedrich meint:

„Ich bin kein Kunstsachverständiger, aber mir kommt vor, ich habe die Bilder schon einmal in einem Buch über Monet gesehen. Wenn das verschollene Originale sein sollten, dann sind sie allein ein Vermögen wert."

Die Bilder, die aus den nächsten zwei Paketen stammen werden mit wachsender Aufregung begutachtet: Sie sehen auch alle wie wertvolle Originale aus, doch niemand weiß Genaueres. Das vierte Paket enthält ein einziges Bild, doch als es ausgepackt ist, entfährt dem alten Schaller ein überraschter Schrei:

„Das schaut ja ganz so aus wie das Bild ‚Portrait eines jungen Mannes' von Raffael aus dem frühen 16. Jahrhundert! Es ist eines der meist gesuchten Bilder, wenn es das echte ist. Es verschwand im Zuge der Besetzung durch die Nazis. Zuletzt hing es im Amtssitz von Hans Frank, dem Generalgouverneur für die besetzten Teile Polens, in der Krakauer Burg Wawel! Ich weiß das darum so genau, weil 2014 ein Konvolut von geraubten Bildern von einer Familie in Zell am See den Polen übergeben wurde, aber damals dieses einmalige Bild fehlte[10]."

Das letzte Paket enthält mehrere Statuetten. Alina, die sich mit Schmuck gut auskennt, meint, dass alle aus Weißgold sind. Jedem Paket liegt eine Beschreibung der Objekte bei, zwar nicht der Künstler, die sie geschaffen haben, wohl aber der ehemaligen Besitzer. Zusammen mit Fotos, die Sonja aufnimmt, wird alles auch 3D-video-mäßig genau dokumentiert. Noch ist das kaum erledigt, werden zwei Besucher gemeldet: ein Anwalt aus Wien und einer seiner Mitarbeiter, die der alte Schaller gebeten hat, die Wertgegenstände noch heute, Freitag, zur Prüfung und Schätzung nach Wien zu bringen.

Als der Wiener Anwalt eine Erstschätzung für Sonntag ankündigt bevor er abfährt, ruft Sonja sofort bei ihrem Medienunternehmen an und teilt mit, dass sie am nächsten Tag einen ersten interessanten Bericht für die Abendausgabe übersenden wird, nämlich über Raubkunst aus dem Zwei-

---

10 Siehe dazu den Artikel in der Presse vom 24. Jänner 2014. Seite 23.

ten Weltkrieg. Ferner wird eine allgemeine Pressekonferenz für Montag angepeilt.

Alle Gespräche drehen sich anschließend um den möglichen Wert der Raubkunst und darüber, ob man die Erben finden wird. Der alte Schaller sagt schließlich:

„Meine Schwiegertochter hat schon vorher gemeint, dass wir das Auffinden der Raubkunst feiern sollten. Ihr seid heute Abend alle bei uns eingeladen und wir werden einige schöne Flaschen Sekt und Wein aus dem Keller holen."

Allmählich löst sich die Gruppe auf. Alina muss in das Schmuckgeschäft zurück, Anton drückt dem alten Schaller, dessen Augen unter seinem weißen Haar sehr zufrieden glänzen mit einem großen Danke ganz fest die Hand, Irene und Friedrich beginnen die Vorbereitungen für den heutigen Abend zu besprechen und Otto bringt Sonja in ihr Hotel, wo sie an dem Artikel und den Aufzeichnungen für ihr Unternehmen arbeiten muss.

Anton geht noch einmal in das Kleidergeschäft, denn er will am Abend „elegant" sein und benötigt zusätzliche Ausrüstung für Schlechtwetter. Man kennt ihn dort bereits als guten Kunden und es macht dem Verkäufer Spaß, ihn zu beraten. Da fällt Anton ein, dass Susanne aus heutiger Sicht wohl auch nur unpassende Kleidung hat!

Er schaut im Schmuckgeschäft vorbei, um Alina um Hilfe zu bitten. Zu seinem Leidwesen ist nur die andere Verkäuferin, Claudia, da. Aber, meint diese, Alina sei nur kurz weg. Anton beschließt zu warten und schaut sich diversen Schmuck an. Er kauft zwei kleine zusammengehörende Silberketten für Hals bzw. Arm, mit je einem nur leicht gefassten, schönen Rauchopal. Als er den Schmuck einsteckt, denkt er an die Abendeinladung bei Schallers: Da sollte er ja auch was mitnehmen! Er entscheidet sich für eine Kristallvase, für die er später noch Blumen kaufen will. Gerade als die Vase eingepackt wird kommt Alina zurück:

„Na, du scheinst ja ein Stammkunde bei uns zu werden", lacht sie.

„Bei so netten Verkäuferinnen ist die Versuchung allerdings groß", gibt Anton zurück, während Claudia sich auf ein Smartphonegespräch zurückzieht „aber ich wollte dich auch fragen, ob du mir noch einmal helfen kannst. Ich möchte", flüstert er leise, „für Susanne was Passendes zum Anziehen kaufen. Sie wird bald kommen. Sie ist dir von der Gestalt her sehr ähnlich, vielleicht ein paar Zentimeter kleiner und etwas abgemagert, aber ich glaube, alles, was dir passt, müsste auch sie gut tragen können. Kannst du eventuell mit mir zu dem Kleidergeschäft gehen?"

„Ist es dringend?"

„Ja, aber das darf niemand wissen."

„Ich verstehe", sagt Alina verschwörerisch und ruft „Claudia, kann ich kurz mit Anton weggehen? Wir müssen für heute Abend eine Kleinigkeit einkaufen."

„Ja, geht nur!", ruft Claudia zurück.

Mit einem Paket von Damenbekleidung verabschiedet sich Anton wenig später von Alina, die noch einmal neugierig fragt: „Ist das mit der Raubkunst und der Namibia-Geschichte wie geplant gelaufen?" Er nickt und sie bestätigt:

„Es hat sogar für mich als Halbeingeweihte alles sehr echt geklungen. Wir sehen uns dann also um sieben Uhr bei meinen Eltern."

Anton fährt mit dem Auto nach Hause, wobei er auf dem Weg dahin nicht vergisst, einen hübschen Blumenstrauß zu kaufen. Die ganze Zeit erinnert er sich aber mit Vergnügen daran, wie Alina fast alles kokett für ihn anprobierte ... nur bei den Slips passte sie. Der Anblick war aufregend gewesen. Glücklicher Otto!

Kaum in seiner Wohnung, stürzt er sich wieder auf die vielen Bücher, die auf ihn warten: Über sie und das Internet versucht er verzweifelt, alles nachzuholen, was er in 80 Jahren versäumt hat. Diesmal nimmt er sich Namibia vor: Nachdem jetzt so viele an seine Namibia-Vergangenheit glauben, darf er sich keine Blöße geben!

Der Abend bei den Schallers wird ein wahres Fest, obwohl man wegen des Wetters den schönen Garten nicht einbeziehen kann. Mit teurem Sekt wird mehrmals auf Anton angestoßen. Er revanchiert sich mit Komplimenten für die Schallers. Irene Schaller erweist sich als perfekte Köchin und Gastgeberin, Sonja zeigt einige der besten Fotos vom Nachmittag und gibt Kostproben von dem, was sie geschrieben hat, Otto hat unzählige Anekdoten aus seiner Zeit an der Universität für Bodenkultur auf Lager und Alina erzählt von neuem Schmuck und der Renaissance von Hundertwasser-Ideen, „obwohl der wohl mehr als er je zugab von Gaudí übernommen hat".

Anton merkt sich die beiden Namen, denn auch darüber wird er nachlesen müssen. Er selbst ist, gutaussehend und modern mit einem Schuss Frechheit gekleidet und letztlich Anlass des Festes, zwar irgendwie der Mittelpunkt, spricht aber wenig, bis ihn Sonja bittet, doch aus seinem Leben in Namibia zu erzählen. Der alte Schaller schaut Anton fragend an, ist aber beruhigt, als dieser locker von seiner Kindheit auf dem riesigen Besitz seines Vaters in der Nähe des Waterbergs erzählt. Anton beglückwünscht sich, dass er gerade noch rechtzeitig über Namibia nachgelesen hat, registriert aber auch, dass der alte Schaller wohl bereit gewesen wäre, ihm irgendwie zu Hilfe zu kommen.

„Was für ein toller Mann", denkt sich Anton.

Alle trinken viel, Anton macht den Anschein, als würde

er mithalten, ist aber sehr vorsichtig, denn er hat in der Nacht noch viel vor. Nicht mehr nüchtern verabschiedet sich Otto vor Mitternacht, da er sehr früh aufstehen muss und Sonja schließt sich an. Dann wird es auch Zeit für Anton.

„Der Abend war wunderbar, auch Essen und Sekt und Wein so gut, wie ich noch nie hatte. Aber ich bin jetzt doch schon ein bisschen beschwipst und müde und werde es gerade noch bis zur Wohnung schaffen."

Alina begleitet ihn hinaus, ihre Wangen berühren sich kurz.

„Alina, danke für alles. Du bist wirklich großartig. Ich habe dir eine Kleinigkeit mitgebracht."

Er drückt ihr dabei ein Päckchen, das das silberne Armkettchen enthält, in die Hand. Sie nimmt es erstaunt und registriert, dass er völlig nüchtern ist.

„Sehe ich dich morgen?", fragt sie.

Anton zögert: „Ich rufe dich an. Hast du eventuell am Abend auf ein Essen Zeit? Ich würde gerne einmal das Restaurant Post ausprobieren, es kann aber sein, dass ich nicht allein komme."

„Morgen ist Samstag. Da gehen Otto und ich immer ab 21 Uhr tanzen im ‚Stadl'. Vorher würde sich schon ein Treffen ausgehen. Und wenn du zufällig beim Stadl vorbeikommst, vielleicht lernst du dort jemand Interessanten kennen? Ich glaube, Sonja wird auch kommen. Mir kommt vor, die schaut dich oft interessiert an."

Anton ist sich nicht so sicher, ob Sonja nicht öfter Otto als ihn ansieht, aber er fühlt, dass die Verabschiedung hier in der Eingangshalle für Alinas Eltern schon auffällig lang wird.

Er hat nicht unrecht: Irene schaut ihre Tochter fragend an, als sie hereinkommt. Doch diese hilft nur schweigend beim Abräumen und bedankt sich bei der Mutter für den Abend.

„Na, Anton scheint ja einige Abwechslung in unser Ebenseer Leben zu bringen", meint Irene Schaller und scheint damit ein Stück Zukunft zu erahnen.

Als Alina in ihrem Zimmer das Päckchen von Anton aufmacht, überfallen sie viele Gedanken: Anto hat einen guten (und teuren) Geschmack. Darf sie denn ein so teures Geschenk annehmen? Was will Anton damit sagen? Wenn sie das morgen zum Tanzen trägt, wie soll sie es Otto erklären? Oder ihren Eltern? Sie ist nicht sicher, was sie von der Bemerkung ihrer Mutter über die Abwechslung halten soll.

★ ★ ★

Anton hat in seiner Wohnung viel vorzubereiten. Um zwei Uhr bricht er auf. Es ist zu dieser Nachtzeit kein Mensch mehr in Ebensee unterwegs. Der Wind treibt heftigen Regen gegen die Windschutzscheibe des Autos. Es ist nicht die Nacht, die sich Anton für das Aufwecken seiner „Schwester" gewünscht hat. Aber er ahnt, dass es von Journalisten in Ebensee wimmeln wird, sobald der erste Beitrag von Sonja erscheint. Und die Journalisten werden auch ihm nachstellen. Er muss daher heute Susanne aus der Höhle bringen, wenn das Versteck geheim bleiben soll. Und das muss es, wenn die Namibia-Geschichte und alle Dokumente für ihn und Susanne nicht gefährdet werden sollen. Ganz tief im Hinterkopf ist bei ihm auch ein anderer Gedanke: Vielleicht wird man die Höhle nochmals benötigen.

Er fährt mit dem Auto am Langbathsee vorbei, die Schotterstraße Richtung Hirschlucke hinauf, bis der Weg links abzweigt, dem er zunächst folgen muss. Seine Stirnlampe kämpft mühsam mit der Dunkelheit und dem Regen, der noch stärker geworden ist. Der Weg ist schlammig und rutschig. Wo er zur Höhle, weglos, durch das Unterholz muss, ist er vorsichtig, um keine Spuren zu hinterlassen. Die nassen Zweige hängen tief, der Wind bewegt sie wild. Anton merkt nicht, dass ein Stück seines Regenmantels an einem Ast hängen bleibt. Trotz des Regenschutzes ist Anton bis auf die Haut nass, als er endlich das Seil zur Höhle hinaufklettert.

Zuerst muss er in das Zimmer von Susanne. Er öffnet den Behälter mit dem Gas, das das Aufwecken bewirken soll und verschließt die Tür, damit die volle Dosis des Gases auf Susanne einwirkt. Nun muss er eine Stunde warten. Er bereitet heißen, stark gesüßten Tee vor, hat einen Beutel frischer Frittaten und in seinem Thermosgefäß eine selbst gekochte Rindsuppe mit Karottenstückchen. Aus der Konditorei hat er mehrere Tortenstücke und Schokolade, falls Susanne nach dem Aufwachen eher was Süßes will. Dann bereitet er ein Dutzend feuchter Decken vor und erhitzt sie auf einem vorbereiteten Gestell über einem offenen Feuer. Er hofft, dass der Rauch unbeobachtet abziehen kann.

Die Stunde ist vorüber. Er geht in das Zimmer von Susanne, zieht die Decke von ihrem Körper und legt die warmen, feuchten Decken auf ihren Ganzkörperanzug: Was bei ihm die Wärme des Vorfrühlingstags erreichte, eine Erhöhung der Körpertemperatur, muss er so erreichen, wie er in den Anweisungen des Vaters gelesen hat. Nun schaltet er im Zimmer Licht an: Es ist gut, dass er das System repariert hat, das durch ein Wasserrad und einen Generator Strom erzeugt – damit wird das Zimmer hell und freundlicher. Anton setzt sich auf einen Sessel zum Bett und blickt unverwandt auf das Gesicht Susannes, das außer Mund, Nase und Augen auch in einer Maske steckt.

Plötzlich beginnt Susanne den Mund zu öffnen und das erste Mal sichtbar zu atmen. Ihre Augenlider flattern. Vorsichtig entfernt Anton die Gesichtsmaske. Da öffnet Susanne die Augen und blickt Anton verwirrt an. Sie will sich aufsetzen.

Sacht drückt Anton sie zurück: „Es ist alles in Ordnung. Aber du bist schwach. Bleibe einen Moment ruhig liegen. Dann ziehe deinen Ganzkörperanzug aus und dies hier an.

Dann komm' in die Kochnische der Höhle. Erinnerst du dich? Verstehst du mich?"

Susanne nickt und sagt schwach: „Ja, was ist ..."

Anton unterbricht sie: „Ich erzähle dir alles, aber erst in der Küche, wenn du etwas trinkst und isst. Du brauchst es. Wenn du Probleme beim Aufstehen oder Anziehen hast, musst du rufen. Ich warte vor der Tür auf dich."

Anton zieht sich aus dem Zimmer zurück. Wie es zu seiner Zeit üblich war, hat er noch nie einen nackten Frauenkörper gesehen und will daher die Privatsphäre von Susanne nicht verletzen. Vor der Tür wartet er, es erscheint ihm eine Ewigkeit. Die Geräusche hinter der Tür beruhigen ihn einigermaßen. Schließlich kommt Susanne heraus, etwas vorsichtig, aber doch mit sicherem Schritt. Er muss sie nicht stützen. Sie setzt sich auf einen der Sessel in der Kochnische. Anton stellt eine Schale Tee vor sie hin und einen großen Topf mit Frittatensuppe.

„Trink und iss bitte!"

Susanne will etwas sagen, doch dann riecht sie Tee und Suppe. Gierig leert sie die Schale Tee. Während Anton nachschenkt, löffelt sie mit Genuss die Suppe. Ihr bleiches Gesicht hat sich etwas gerötet, sie scheint schnell zu Kräften zu kommen. In einer ersten Pause fragt sie:

„Was ist denn eigentlich los? Ich erinnere mich nur, dass unsere Eltern uns schlafen gelegt haben. Ich muss furchtbar lange geschlafen haben."

„Ja", antwortet Anton, „erschrick' nicht. Es ist soweit alles in Ordnung. Es droht uns keine Gefahr und wir sind gut versorgt. Wir sind aber in einer ungewöhnlichen Situation, denn wir beide haben sehr lange, 80 Jahre, geschlafen."

„80 Stunden?", fragt Susanne verblüfft.

„Nein, Susanne, leider nicht Stunden, sondern Jahre. Wir sind nicht mehr im Jahr 1943, sondern im Jahr 2023. Der Krieg ist lange vorüber, die Welt hat sich sehr verändert. Es geht den Menschen in vieler Hinsicht sehr viel besser als 1943."

Nur allmählich lässt sich Susanne überzeugen.

„Aber das heißt doch auch, dass unser Eltern schon verstorben sein müssen."

„Ja."

Dass sie in den Freitod gehen mussten, kann später kommen. Anton erzählt ihr das Allerwichtigste. Er hat sich sehr genau überlegt, wie er es anpacken muss. Irgendwann gibt er Susanne den Abschiedsbrief von ihren Eltern. Unter Tränen blickt sie Anton an:

„Wie lange weißt du das schon?"

„Auch erst einige Tage. Es war ein furchtbarer Schock für mich, wie es das jetzt für dich ist. Wir müssen und wir werden aber damit leben, Susanne. Wir haben uns gegenseitig und wir haben auch andere Freunde. Und ich habe ein kleines Geschenk für dich."

Das Auspacken der schönen Silberkette mit den Granaten lenkt Susanne ein bisschen ab.

Sie ist heißhungrig wie er es war. Anton dosiert die Wahrheit. Dass sie aus Namibia kommen und „Geschwister" geworden sind, kann noch warten, auch die Sache mit der Raubkunst. Die Übersiedlung aus der Höhle ist aber zeitkritisch. Dennoch, sie sitzen drei Stunden in der Kochnische.

Susanne meint mehrmals: „Es ist alles so unwirklich."

Anton bestätigt, ja verstärkt: „Und es wird einige Zeit so bleiben."

Dennoch, er ist beeindruckt, wie gesund Susanne körperlich erscheint und wie stark psychisch. Sie wird seinem Bild gerecht: Sie ist jemand, der sich nicht unterkriegen lässt.

„Susanne, wir haben noch viel zu besprechen. Aber wir müssen, ich erkläre dir später warum, diese Höhle, dieses Versteck verlassen, ohne dass es jemand merkt. Eine schöne Wohnung steht für uns bereit."

„In meinem Elternhaus oder in deinem?"

„Leider weder noch. Meines ist heute ein Geschäft, deines wurde durch einen neues ersetzt und gehört einer zugewanderten Familie. Wir werden aber bald ein eigenes Haus haben, ich verspreche es."

Sie nehmen noch einige persönliche Dinge mit, weil Anton angedeutet hat, dass sie wohl einige Zeit nicht hierher zurückkehren können. Als sie dann am Seil die Felswand hinunterklettern beginnt es bereits zu grauen.

Der Wind hat sich gelegt, der heftige Regen ist in eine schwächere, stete Version übergegangen, es hat begonnen, sich, wie man im Salzkammergut sagt, richtig einzuregnen. Susanne hat trotz allem ihren Humor nicht verloren, merkt Anton zu seiner Freude, als sie trocken sagt:

„Das Wetter hat sich offenbar in 80 Jahren nicht geändert."

Trotz Regenschutz kommen sie sehr nass zum Auto, in dem Anton die Heizung hoch dreht. Der stete Regen hat nur einen Vorteil: Er verwischt alle Spuren, die sie vielleicht auf dem Weg von der Höhle zurückgelassen haben und die jemand entdecken könnte. Susanne begutachtet den Wagen und wie er ohne Schalten fährt mit großem Interesse. Sie registriert die vielen Änderungen seit 1943 hier, im Auto, und dann während der Fahrt mit wachsender Verblüffung.

Die Wohnung beeindruckt sie, aber noch mehr die vielen unbekannten Geräte in ihr. Sie sieht, wie liebevoll Anton ihr

Zimmer hergerichtet hat und dass im Schrank sogar viele Kleidungsstücke ihrer Größe hängen. Anton kommt mit Antworten auf die vielen Fragen gar nicht nach.

Er mischt beiden einen Drink aus Bitter Lemon, Orangensaft und Wodka.

„Zur Entspannung", meinte er, hat aber in Susannes Glas mehrere Tropfen eines starken, aber nur etwa eine Stunde wirkenden Sedativs gegeben: Sie ist unnatürlich überdreht und braucht das nach dem Schock, beschließt er. Selbst hat er diese Nacht noch kein Auge zugetan und ist inzwischen sehr müde: Er benötigt auch dringend Schlaf.

Susanne gähnt schon das erste Mal. Rasch zeigt Anton ihr den Kühlschrank mit der überwältigenden Vielfalt von Lebensmitteln, die nach der Situation 1943 wie aus dem Schlaraffenland aussehen. Er erklärt ihr die Kaffeemaschine, die Mikrowelle und die verschiedenen Installationen. Er zeigt ihr, wo noch weitere Geräte mit Gebrauchsanleitungen für sie liegen.

„Wir müssen uns nun beide einmal ein bisschen ausruhen. Du von deinem Schock und ich, weil ich noch kaum geschlafen habe. Morgen reden wir dann weiter und besprechen alles. Wenn du früher auf bist als ich, schau dir die Geräte in der Wohnung an, es liegen überall Erklärungen dabei, aber bitte verlass' die Wohnung nicht ohne mich."

Wenige Minuten später schlafen beide tief.

★ ★ ★

Als Anton aufsteht ist Susanne schon Stunden wach, hat sich ein Frühstück gemacht und sich mit vielen der Geräte vertraut gemacht. Anton ist beeindruckt, wie schnell sich Susanne einzuleben scheint. Die beiden sitzen lange zusammen, Anton erklärt Susanne das Wichtigste, das er schon gelernt hat. Mit der Geschichte über Raubkunst will er Susanne noch nicht belästigen. Er zeigt ihr auch das elektrische Fahrrad, für das er sie über Fingerabdruck als Fahrerin einrichtet: Susanne ist von dem Fahrzeug begeistert.

„Schade, dass man nicht wettergeschützt ist, sonst wäre es absolut das Beste."
Susanne ahnt nicht, was sie mit dieser Idee im Kopf von Anton ausgelöst hat.

Um ihr die Identitätspapiere und den Führerschein übergeben zu können, muss Anton ihr die komplizierte Geschichte erklären, dass sie offiziell nun Geschwister sind, nämlich die Kinder jenes Antons, der vom namibischen Ferer adoptiert wurde. Susanne ist nicht besonders begeistert, dass ihre Eltern so aus ihrem Leben verschwinden, sieht aber zögernd doch die Notwendigkeit ein. Die Begeisterung über eine Testfahrt mit dem Auto stimmt sie wieder fröhlich, vor allem als ihr Anton versichert, dass sie sobald sie will auch ein eigenes Auto haben kann. Dann gehen sie zusammen zum Billa, wo sie vom Angebot überwältigt ist.

Das Kleidergeschäft findet mit ihr eine gute neue Kundin. Das gemeinsame Essen in dem Gasthaus, das Anton ganz am Anfang kennen lernte, beeindruckt sie wie zwei Tage vorher Anton. Sie merkt aber auch, wie viel sich geändert hat und will den Rest des Tages lernen, vor allem was Smartphone, Brille und das Netz anbelangt. Die neuen Entwicklungen in der Elektronik und das Wunder ‚Computer' faszinieren sie besonders.

Auch Anton bleibt zu Hause. Er will vor allem die Hintergründe der Berichte verstehen, die er in den Medien findet, denn oft kennt er einige Worte oder Abkürzungen gar nicht.

Susanne will zum Abendessen nicht mitkommen. So geht er denn allein in das Restaurant Post, wo er auf Alina wartet. Alina kommt, ohne dass Anton das vermutet hatte, mit Otto. Die beiden sind enttäuscht, dass sie Susanne nicht kennen lernen können. Das gemeinsame Abendessen ist gut, aber es kommt keine richtige Stimmung auf. Plötzlich stürzt der Kellner heran: „Gerade wird über das Netz von einem großen Raubkunstfund in der Nähe von Ebensee berichtet und sie drei sind da anscheinend involviert gewesen?" Anton bestätigt und erklärt sehr kurz was dahinter steckt. Er ist nicht erfreut, dass Sonja offenbar so früh in die Medien ging. Nun ist ein rascher Zustrom von Journalisten zu erwarten. Anton entschuldigt sich, denn er will „Susanne auf den Wirbel vorbereiten". Alina und Otto werden wie immer am Samstagabend tanzen gehen.

„Schade, dass du nicht mitkommst", sagt Alina.

Otto nickt.

Am Sonntagvormittag treffen sich alle, auch Sonja und Susanne sind dabei, bei den Schallers. Aus Wien wird ein erstes vorläufiges Ergebnis übermittelt: Die Kunstwerke sind alle Originale, aus Unterlagen bekannt, aber als unauffindbar klassifiziert. Zusammen stellen sie einen unglaublichen Wert dar. Es ist klar, dass so ein Fund die Medien anziehen wird. Sonja will sich weitgehend um die Medien kümmern, was allen nur Recht ist.

„Freilich, einige Interviews wird sich vor allem Anton gefallen lassen müssen und einige Besuche der Fundstelle. Übrigens hat die Touristeninformation schon zahlreiche Bilder übermittelt, in der Hoffnung, dass dieser Fund die Gegend um Ebensee international aufwertet."

Ansonsten steht Susanne jetzt am Vormittag im Mittelpunkt. Sie hat sich eine Erklärung zu Recht gelegt, warum sie erst nach Anton aus Namibia gekommen ist, hat sich bewusst unscheinbar hergerichtet, weil sie jeden Rummel um ihre Person vermeiden will.

Am Sonntagnachmittag kommen die ersten Journalisten. Sonja hält die Medien tatsächlich bis auf Ausnahmen von

Anton und den Schallers fern, freilich auch aus Eigeninteresse, weil so ihre Fotos im Sinne ihres Dienstgebers viel Aufsehen erregen. Der alte Schaller hat eine schriftliche Erklärung verfasst, die jeder Neugierige bekommt. Bei der Pressekonferenz am Montag gibt es fast 50 Berichterstatter und Fotografen.

Es läuft alles wie geplant, nur ein Journalist, ein Dieter Hoffmann, stellt viele Fragen, als wüsste er mehr als die anderen.

„Sie sprachen von fünf Paketen, die in der Truhe gefunden wurden. Könnte es nicht sein, dass es sechs waren und eines wurde zurückgehalten?"

Der Rechtsanwalt Friedrich Schaller fühlt sich angegriffen.

„Die Truhe wurde unter meiner Aufsicht mit genauem Protokoll und Videoüberwachung geöffnet. Wenn Sie sich nicht sofort für die Unterstellung entschuldigen, werde ich Sie wegen Rufschädigung klagen."

„Schon Recht, schon Recht", murmelt Hoffmann, „so war es nicht gemeint."

Er lässt aber nicht locker: „Die Truhe war doch in einer Kiste. Kann es nicht sein, dass sich zwischen Truhe und Kiste auch etwas befunden hat?"

„Nein, das kann nicht sein. Ich bitte alle, die sich dafür interessieren anzusehen, wie genau die Truhe, auch in der Höhe, in die Kiste passt."

Nun werden aber die Truhe und die Kiste doch von mehreren genau inspiziert und die Darstellung des Rechtsanwalts akzeptiert.

„Trotzdem, es könnte ja zum Beispiel ein Blatt Papier dazwischen gewesen sein, mit einem Hinweis auf das Versteck einer weiteren Truhe."

Friedrich Schaller wird ärgerlich: „Das Öffnen der Kiste wurde mit mehreren Kameras zur Gänze aufgezeichnet.

Die Videoaufzeichnungen vom Auffinden der Kiste mit der Truhe und vom Öffnen der Kiste sind Teil der Unterlagen, die Sie erhalten haben. Vielleicht sollten Sie doch zuerst die Fakten ansehen, bevor Sie haltlose Vermutungen äußern."

Viele Anwesende nicken. Nun versucht es Hoffmann mit Attacken auf Anton, indem er immer wieder in der Vergangenheit Antons und seiner Eltern bohrt. Zum Glück wird er von seinen Kollegen aber schließlich gehindert, weitere Fragen zu stellen, sodass die Pressekonferenz letztlich ohne weitere Probleme beendet werden kann. Anton hat den unangenehmen Verdacht, dass dieser Hoffmann noch lästig werden könnte, wenn er beginnt, diverse Nachforschungen in Namibia anzustellen. Er schätzt Hoffmann richtig ein. Dieser hat nicht vor, seine Recherchen aufzugeben.

Am Dienstag ist nochmals ein medialer Höhepunkt als eine erste verlässliche Schätzung des Wertes der Kunstwerke vorliegt. Es geht um viele Millionen N-Euro[11]! Zum Glück kann die Kanzlei Schaller berichten, dass man bereits zwei der fünf Familien ausfindig gemacht hat. Nicht berichtet wird, dass bei einer der Familien nicht weniger als elf Personen Ansprüche erheben und jede hat ihren eigenen amerikanischen Rechtsanwalt. Es wird jahrelange Verhandlungen und Prozesse geben, die die Kanzlei Schaller, wie inzwischen entschieden wurde, übernehmen kann, mit Kostenerstattung durch Staat und jüdische Kultusgemeinde.

★ ★ ★

Am Mittwoch hat der letzte Medienvertreter Ebensee verlassen. Susanne und Anton beschließen, dies mit einem Besuch des Hotels Post zu feiern: Sie haben als Nicht-Gäste

---

[11] Die EU als solche blieb stabil, doch wurden zwei Währungen, der S-Euro (Süden) und der N-Euro (Norden) eingeführt. Durch die Beitrittsverhandlungen mit Russland wurde auch die Diskussion um den O-Euro (Osten) wieder aktuell. Siehe „Die Presse", 5. März 2023, Seite 15.

die Erlaubnis dafür eingeholt, vor dem Essen den Wellnessbereich des Restaurants zu besuchen, weil sie sich darunter nichts vorstellen können.

Die größte Überraschung ist für beide, dass man viele Einrichtungen wie die „Sauna" offenbar unbekleidet betritt, denn als sie in ihren Badesachen die Tür der Sauna aufmachen, sitzen in der Kabine mehrere nackte Männer und Frauen und zeigen schallend lachend auf sie. Es ist für Anton und Susanne etwas Neues, einander, aber auch Wildfremde, nackt zu sehen. Aus einem Grund, den beide nicht verstehen sehen die Besucher der Sauna sie, auch als sie dann nackt sind, immer wieder mit Blicken an, die zwischen Erstaunen und fast Abscheu liegen.

Ähnlich ungewöhnlich finden sie anschließend das Spezialmenü des Restaurants: Sie verstehen schon die Beschreibungen der Speisen nicht. Diese werden optisch sehr hübsch präsentiert. Warum man aber recht Exotisches sehr exotisch zubereitet serviert, verstehen sie einfach deshalb nicht, weil ihnen das gut österreichische Essen besser schmeckt.

★ ★ ★

Sie verbringen in den nächsten Tagen viel Zeit, um „die heutige Welt" besser zu verstehen. Anton beginnt Aufzeichnungen zu machen, was ihm gefällt und was ihm nicht gefällt und er bittet auch Susanne darum:

„Wir vergleichen dann in ein paar Wochen unsere Listen."

Warum er das tut ist Susanne nicht klar, aber Anton scheint einen großen Plan zu haben.

Sie denkt sich: „Es ist gut, wenn er sich und mich davon ablenkt, dass wir in einer Welt gelandet sind, in der wir nichts zu suchen haben."

Anton hat nun die Schallers schon zwei Tage nicht gesehen. Er diskutiert mit Susanne, ob man sie nicht „als Revanche" am Freitag in ihre Wohnung einladen sollte.

„Ja, das wäre nett. Aber werden wir es schaffen, ein gutes Essen auf die Beine zu stellen?", wendet Susanne ein.

Anton sagt, er denkt schon, aber er will Alina fragen, ob sie nicht vielleicht mithelfen will. Das gefällt Susanne: Sie hat Alina während des Medienrummels als fröhlich, bescheiden und immer hilfsbereit kennen und schätzen gelernt. Ja, sie kann sich vorstellen, dass sie beide gute Freundinnen werden.

So besucht Anton Alina im Geschäft. Sie freut sich sichtlich ihn zu sehen.

„Gibt's was Besonderes", fragt sie neugierig.

Anton erzählt ihr von dem Plan. Sie ist gleich Feuer und Flamme, ja, sie hilft gerne, sie freut sich, Susanne besser kennen zu lernen. Leider kann Otto nicht mitkommen, denn er ist eine Woche lang auf einem Seminar an der BOKU in Wien.

„BOKU?"

„Ja, das ist die Abkürzung für Universität für Bodenkultur, wo Otto seinen Diplomingenieur machen will, um später im Forstbereich erfolgreicher sein zu können."

Manchmal ist Anton ein Schnelldenker.

„Das ist doppelt schade. Die Wettervorhersage für das Wochenende ist schön und ich werde auf den Traunstein gehen. Ich wollte euch fragen, ob ihr mitkommen wollt. Das geht ja jetzt leider nicht."

„Du könntest mich und nicht uns fragen", sagt Alina, selbst erstaunt über ihre Direktheit. Anton atmet innerlich auf: Er hatte auf so etwas gehofft, aber es ging ja leichter als erwartet.

„Das wäre aber schön, wenn du mitkommen würdest. Ich wollte am Samstag gehen, eventuell oben einmal übernachten."

„Ich kann am Samstag erst um ca. 12 Uhr, aber mit einer Übernachtung muss sich das doch bis Sonntagabend ausgehen, oder? Aber, ich muss dich warnen, ich habe viele Wanderungen in den Bergen gemacht, aber ich war nie klettern."

„Keine Sorge. Wir gehen einen ganz leichten Kletterpfad hinauf und gemütlich herunter. Ich bin ganz, ganz sicher, dass dir das gefallen wird und dir nicht zu schwierig ist. Zeitlich ist der Ausflug kein Problem: Ich reserviere Schlafplätze in der Alpenvereinshütte. Der Aufstieg vom See ist nicht länger als ca. 3-4 Stunden, das geht sich bequem am Nachmittag aus. Wir haben dann einen Abend in der Hütte, gehen in aller Früh zum Gipfel, da ist es am schönsten, und dann steigen wir gemütlich ab. Wir sind einige Zeit vor dem Abendessen am Sonntag zurück. Einverstanden?"

Alina ist begeistert, aber meint: „Wird Susanne nicht auch mitgehen wollen?"

„Nein, sie will nicht", antwortet Anton, obwohl er Susanne gar nicht gefragt hat. Die Idee mit dem Traunstein und allein mit Alina zu gehen, war ihm recht spontan eingefallen.

Über Details der Ausrüstung für den Ausflug vergessen sie fast auf den eigentlichen Grund des Treffens: das Essen am Freitag, das dann ein Erfolg und fast wie ein Familientreffen wird. Die Schallers scheinen Anton und Susanne mehr oder minder ‚adoptiert' zu haben.

Am Samstag ist Anton wie vereinbart um zwölf Uhr dreißig beim Haus der Schallers. Alina wartet schon in Wanderausrüstung auf ihn, mit einem grünen Rucksack, auf den sie einen Regenschutz gebunden hat, denn trotz der guten Wettervorhersage ist der Himmel bedeckt und es schaut gefährlich nach Regen aus. Alina winkt fröhlich, als Anton mit seinem Auto auftaucht, aus dem Wagen springt, ihr Gepäck verstaut und ihr überflüssiger Weise die Tür aufhält.

Sie quittiert das mit einem Lächeln, das sie ausgesprochen hübsch macht und schüttelt übermütig ihre heute lose getragenen Haare. Das Wetter beeinträchtigt die fröhliche Stimmung der beiden nicht. Sie erzählen sich gegenseitig die Geschichte von dem Denkmal des Löwen ohne Zunge, das den Bildhauer in den Selbstmord trieb und lachen, als klar wird, dass beide die Gegend gut kennen, freilich Anton noch mit weniger Tunnels und viel engerer und mehr gewundener Straße. Sie genießen die gemeinsame Fahrt. Da Alina keine Zeit für ein Mittagessen hatte, bleiben sie in Traunkirchen stehen. Im Café Johannesberg an der Bucht isst Alina einen Schinken-Käse-Toast. Sie erklärt Anton mit vollem Mund die Route auf den gegenüberliegenden Berg, die „Schlafende Griechin". Auf dem Weg durch Altmünster und nach Gmunden wählt er einige Lieder eines Sängers, den er gerade erst ‚entdeckt' hat, und den Susanne auch noch kennt: Leonard Cohen. Als er das Lied ‚Suzanne' spielt, lacht sie, doch er meint:

„Wann gehst du mit mir zum Fluss[12]?"

Sie bleibt ihm eine Antwort schuldig. Er schwärmt ihr auch von dem Lied ‚Light As The Breeze' vor, bis sie darauf besteht, es zu hören.

„Ich habe es leider nicht mit", zuckt Anton die Schultern. „Du vergisst die Technik", rügt Alina.

Sie findet das Stück natürlich ohne Probleme im Net und synchronisiert ihr Smartphone mit der Freisprechanlage des Autos. Sie hören das Lied, das das Auto mit seinen vier Lautsprechern ausfüllt.

„Unglaublicher Text, klingt gut und er hat eine tolle, rauchige Stimme. Aber du musst mir den Text erklären, es sind so viele Andeutungen, die ich nicht verstehe."

Anton windet sich vor Verlegenheit, denn der Text er-

---

12 Im Lied heißt es: „Suzanne takes you down to her place near the river ... and just when you mean to tell her you have no love to give her, she gets you on her wavelength ..."

laubt sehr viele Interpretationen, auch einige, die bestimmt nicht jugendfrei sind.

„Man muss es ein paar Mal hören und dann findet man viele mögliche Deutungen", sagt er lahm ... „ich erzähl dir einige von mir, wenn du irgendwann auch welche bereit hast."

Der Verkehr in Gmunden ist stark. Obwohl Anton die nun gültigen Verkehrsregeln inzwischen genau kennt, findet er viele überflüssig und unsinnig. Warum soll z. B. ein 800 kg schweres Auto, das 50 km fährt, bei einem Zebrastreifen für eine Person stehen bleiben, wenn diese doch nur kurz warten müsste oder bei der nächsten Ampel die Straße überqueren könnte. Noch dazu, man muss ja erraten, dass ein Fußgänger die Straße überqueren will. Wenn man bei jedem Spurwechsel, beim Abbiegen usw. eine Richtungsänderung anzeigen muss, warum kann man dann nicht wenigstens verlangen, dass ein Mensch mit einer deutlichen Handbewegung angibt, dass er queren möchte? Auch das „Diktat der roten Ampel", wie es Anton nennt, empfindet er als unnötige Bevormundung, wenn man klar sieht, dass es keinen Verkehr gibt. Noch ist es ihm nicht wirklich bewusst, aber so einfach das für ihn ‚neue Leben ist', er findet doch unbewusst immer mehr daran auszusetzen. Auch am Netz, das Alina gerade benutzt hat. Ist es wirklich so wünschenswert, dass jeder Wunsch sofort befriedigt werden kann? Und dass man jederzeit erreichbar ist? Auch stört es Anton, dass die Unterhaltung mit Alina mehrmals unterbrochen wird, weil sie eine Botschaft auf dem Smartphone erhält und sich immer bemüßigt fühlt, darauf zu reagieren. Aber, gesteht er sich ein, Alina und ihr Großvater sind ohnehin Ausnahmen. Er hat jetzt schon einige Menschen kennen gelernt, Sonja gehört dazu, bei denen man nicht mehr weiß, ob sie eigentlich anwesend sind oder Teile von sich gerade im Netz herumschwirren lassen. Er war auch nicht so belustigt, als ihm Sonja einen mit ihrer Videobrille aufgenommenen Clip zeigte, wie er sich beim Spaghetti-Essen gerade ungeschickt bekleckerte ...

Am Ausgang von Gmunden überqueren sie die Traun, folgen aber nicht der Straße nach Steyrermühl, sondern biegen in die Traunsteinstraße ab, die dem See folgt. Nach einigen Kilometern fahren sie beim Hois'n-Wirt vorbei.

„Den gibt es noch!", freut sich Anton.

Er parkt das Auto kurz nachher. Es ist drei Uhr Nachmittag.

„Wir werden gerade zum Abendessen in der Gmundner-Hütte sein", sagt Anton.

Jetzt sind es nur einige hundert Meter bis zum Beginn des Hernlersteigs. Für den Weg durch den schönen Hochwald nach oben ist das kühle Wetter ideal. Bald erreichen sie den „Dachsteinblick". Alina ist begeistert, nicht so sehr vom Blick auf den Dachstein oder den Blick auf den Feuerkogel, wo die Schipisten wie Narben zu sehen sind, sondern von dem Blick fast senkrecht zum See hinunter. Mit viel Phantasie könnte man sich vorstellen, von hier einen Kopfsprung in den See zu machen! Bei einer kurzen Rast erklärt Anton die sichtbaren Berggipfel. Das bedeutet viel für ihn: Alles hat sich geändert in den 80 Jahren, aber seine geliebten Berggipfel sind geblieben. Alina betrachtet ihn verstohlen von der Seite, wie er zu jedem Berg etwas über die Routen oder Anekdoten zu erzählen hat. Sie mag seine Begeisterung, sein wehendes Haar, seine ausholenden Bewegungen. Es ist schön hier mit ihm.

Bald erreichen sie die Waldgrenze. Da reißt auch der Himmel auf, die hohe Wolkendecke verflüchtigt sich so rasch, dass sie bereits in voller Sonne den Brandgraben mit seinen Felsformationen durchklettern. Ein paar Mal müssen sie über Reste von Schneefeldern, an deren Rändern noch Petergstamm und andere Frühlingsblumen wachsen. Vor dem blauen Himmel ein herrlicher Kontrast und gut für viele Fotos.

„Ich will auch eines von uns beiden", meint Anton und richtet sein Smartphone für ein Foto mit Selbstauslöser her. Alina will ihm nicht den Spaß verderben, doch anschließend macht sie doch ein Selfie von sich und Anton. Der ‚Überstieg' ist der berühmte, schwierigste Teil des Weges, ist aber gut gesichert. Allmählich wird es anstrengend.

Anton sagt ermutigend: „Hier kommt schon die letzte Eisenleiter", bevor sie in den Käshofer-Graben steigen, der steil bergauf und durch ein Felsentor geht. Es liegt hier noch so viel Schnee, dass die Sicherungsseile zum Teil darunter unerreichbar liegen und Anton nun schützend talabwärts nahe bei Alina geht.

„Gleich sind wir da", sagt er.

Sie überklettern eine weitere Felskante und bleiben beide überrascht stehen. Alina, weil die Hütte keine 20 Meter vor ihnen liegt und Anton, weil er eine Hütte sieht, die er nicht wieder erkennt. Die ursprünglich 1907 eröffnete Gmundner-Hütte war mehrmals mit zunehmend vielen Lagerplätzen ausgebaut worden und da er sogar ein Zimmer reservieren konnte hat Anton zwar eine weitere Veränderung erwartet, aber mit dem hotelähnlichen Haus, das vor ihm steht, hat er weder gerechnet, noch verdient es jetzt noch den Namen Hütte!

„Trotz der beiden kurzen Pausen sind wir nur drei Stunden zwanzig unterwegs gewesen", sagt Anton und gratuliert Alina, „für ca. 1200 Höhenmeter nicht schlecht. Wir haben uns was zum Trinken und Essen verdient, aber schauen wir zuerst zum Hüttenwirt und ob unser Zimmer bereit steht."

Das Ehepaar Gerald und Sandra Auinger begrüßt die beiden freundlich. Das Zimmer ist gemütlich, mit zwei Stockbetten und herrlicher Aussicht.

„Wir sind nicht voll belegt, sodass ihr das Zimmer allein haben werdet."

Auf Antons Kommentar, dass die Hütte ganz anders aussieht, als er es in Erinnerung hat erfahren sie, dass das neue Haus schon aus dem Jahr 2007 stammt.

„Du warst ja schon lange nicht mehr hier oben und musst damals ja noch ein kleiner Bub gewesen sein", kommentiert Gerald fast vorwurfsvoll. Am liebsten hätte Anton geantwortet, dass er damals schon 15 war, aber dass es trotzdem mehr als 85 Jahre her war.

Sie trinken beide einen Radler, bevor sie noch ein bisschen auf dem Plateau Richtung Gipfel gehen, dessen Kreuz nun deutlich zu sehen ist. Es ist ja nur mehr 150 Höhenmeter und 30-40 Minuten Gehzeit entfernt. Ohne das abzusprechen wollen sie sich aber den Gipfel mit Sonnenaufgang für den nächsten Tag aufheben.

Anton kann aber ein anderes Versprechen einlösen: Sie stoßen auf eine Herde von fast zahmen Gämsen. Als Anton einen Apfel in zwei Hälften bricht und eine der nächsten Gämse zuwirft, kommt diese ganz nahe. Sie (eigentlich ein junger er) frisst das Geschenk mit Begeisterung und beäugt die beiden. Als er noch einen halben Apfel in der ausgestreckten Hand Alinas sieht verliert der Gamsbock die letzte Zurückhaltung und holt sich den Apfel aus der Hand.

„Fast wie im Tiergarten", wundert sich Alina, „aber vermehren sich die Tiere nicht zu stark, wenn sie gar nicht bejagt werden?"

„Soviel ich weiß nicht. Wenn es zu viele werden wandern sie ab, ohne zu wissen, dass sie dann auch in Jagdreviere kommen."

Die untergehende Sonne sehen sie zusammen mit anderen Bergsteigern von der kleinen Terrasse aus, Rücken an die Hauswand gelehnt.

„Eigentlich darf ich das erst am Gipfel", meint Anton, „aber es ist ja fast wie ein Gipfelsieg."

Er legt seinen rechten Arm um die Schulter Alinas, zieht

sie zu sich und bevor sie sich wehren kann, sofern sie das vorhatte, küsst er sie. Diesmal nicht auf die Wange. Alina macht ein leises „na, na", aber macht wegen der anderen auf der Terrasse sonst nichts. Anton schaut ihr in die Augen, die seinen Blick ruhig, amüsiert und mit einer Spur Zärtlichkeit erwidern, aber er lässt allmählich seinen Arm von ihrer Schulter gleiten und meint beiläufig.

„Es wird kalt und Zeit zum Abendessen."

Die Kaspressknödel-Suppe ist ihm inzwischen nicht mehr fremd. Der Schweinsbraten mit einem Glas Zweigelt aus der Steiermark schmeckt so gut, dass beide in ihrem Übermut später noch ein zweites Glas Wein bestellen. Die kleine Gruppe, die hier übernachtet, sitzt noch einige Zeit bei den üblichen Gesprächen zusammen. Anton ist eher einsilbig. Dann aber sieht er eine alte Gitarre hängen, nimmt sie von der Wand, stimmt sie gekonnt und beginnt zu spielen. Fasziniert begreift Alina, dass er klassische Musik für Gitarre spielt. Als ihm alle zuhören lacht er:

„So faul dürft ihr nicht sein, ihr müsst mitsingen."

Musikabende auf Hütten sind sehr selten geworden, wie Anton allmählich begreift. Doch als er Klassiker wie „Hoch auf dem gelben Wagen" mit tragender Stimme und Begleitung singt fallen doch die meisten ein, auch wenn sie bei den Texten der nächsten Strophen schon nur noch mitsummen können: Es fehlt ja der Text zum Mitlesen, finden jene, die wenigstens ab und zu bei einem Karaoke-Abend ihre Stimme verwenden. Die Wirtsleute sind inzwischen dazu gestoßen und machen mehr als der Rest mit. Anton spielt und singt noch einige Klassiker, immer mit zustimmendem Applaus: Die „Bergvagabunden", die „Grüne Heide" und die Oberösterreichische Landeshymne „Hoamatland". Susanne findet dieses Lied, mit dem Lob auf die schöne Langbath[13]

---

13 „..und die Langbath, die is gschmo"

nach der ganzen Raubkunst-Geschichte in der Langbath besonders originell. Als Anton das schöne Südtiroler Heimatlied[14] anstimmt, kann niemand mithalten. Doch seine starke, gute Stimme und die doch etwas vertraute Melodie gefallen allen, trotz des etwas nationalen Einschlags. Anton will die Gitarre wegstellen, doch zwei rufen „Zugabe". Nachdenklich nimmt Anton das Instrument nochmals und beginnt mit Überzeugung zu singen:

„Stimmt an mit hellem hohen Klang, stimmt an das Lied der Lieder. Des Vaterlandes Hochgesang! Das Waldtal hall' es wi-i-der."

Es wird sehr still. Anton missversteht die Situation und setzt mit einer weiteren Strophe fort: „Zur Ahnentugend wir uns weihn, zum Schutze deiner Hütten: Wir lieben deutsches Fröhlichsein und alte deutsche Si-i-tten."

Ein flüchtiger Blick auf Alinas unglückliches Gesicht zeigt ihm, dass hier irgendwas falsch läuft. Er hat das Lied immer als schön empfunden. Doch dann erinnert er sich an Bruchstücke, die er inzwischen gelesen und gehört hat: Seit dem „Anschluss" ist Deutschland nicht mehr das Vaterland für Österreicher, ja selbst für Deutsche sind Ausdrücke wie „Vaterland", „Ahnentugend" oder „deutsche Sitten" tabu geworden ... das dies freilich nach fast 80 Jahren noch immer gilt, leuchtet ihm nicht ein.

Aber er erkennt seinen Fehler und reagiert rasch, hängt die Gitarre auf und wischt sich über die Stirn:

„Ich bin erst vor wenigen Tagen aus Namibia nach Österreich gekommen. Dort haben alle Deutsch sprechenden Menschen zusammengehalten und ob Schweizer, Deutsche oder Österreicher, wenn unsere Eltern an die seinerzeitige Heimat oft mit Sehnsucht dachten, dann immer an den Teil Europas, wo die deutsche Sprache zu Hause war oder ist. Ich habe übersehen, wie viel durch den Anschluss und durch

---

14 „Wohl ist die Welt so groß und weit."

Hitler zerstört und tabuisiert wurde. Ich bitte um Verzeihung. Meine ganze Familie stammt aus Ebensee, ganz in der Nähe hier und darum bin ich auch hierher zu meinen Wurzeln zurückgekommen. Ich muss erst lernen, dass meine heutige Heimat Österreich und Europa sind. Ich hebe mein Glas auf Österreich."

Die Erstarrung ist gebrochen, man redet wie vorher kreuz und quer durcheinander. Alina blickt sehr erleichtert. Der junge Mann neben ihm fragt ihn:

„Aus welcher Gegend in Namibia kommst du her?"

„Meine Eltern hatten eine große Farm etwas nordwestlich von Okarara, dort ging ich in eine kleine, deutsche Volksschule, später in Windhoek ins Gymnasium."

„Ach, Okarara, liegt das nicht ca. 40 km nördlich von Windhoek und nahe beim Waterberg, wo 1904 deutsche Schutztruppen die Hereros, die ihr Land verteidigen wollten, niedermetzelten?"

Bei Anton schrillen die Alarmglocken. Der Mann kennt sich gut in Namibia aus!

„Ja, das ist die offizielle Darstellung."

„Und wie war es wirklich?"

„Das ist nicht eindeutig objektiv beurteilbar", erklärt Anton, „fest steht, dass die Hereros vorher in einem Aufstand europäische Farmer, die sich nichts hatten zu Schulden kommen lassen, außer Vieh gegen Land zu tauschen töteten, ja samt Familien buchstäblich ausrotten wollten. Da musste die schlecht ausgerüstete Schutztruppe, die später durch General Trotha mit mehreren tausend Soldaten verstärkt wurde, eingreifen, wie es immer hieß „eine Strafexpedition" durchführen. Bis hierher ist alles klar, aber nun teilen sich die Meinungen: In der einen Version haben die Deutschen die Mehrzahl der Hereros samt Familien, beginnend mit der Schlacht am Waterberg, am 4. August 1904 vernichtet;

in der anderen sind die Hereros vor den Deutschen über die Grenze in die Wüste geflohen und dort fast alle verdurstet, während die Deutschen zahlreiche Frauen und Kinder in ein Lager nach Swakopmund retteten und dort einigermaßen versorgten. Dass beide Seiten nicht zimperlich waren steht außer Zweifel. Dies liegt 120 Jahre zurück und viele Aufzeichnungen, vor allem aus der Zeit 1950-1990, widersprechen sich so stark, dass man wohl nie die „Wahrheit" kennen wird. So ist es halt", versucht Anton abzuwiegeln, doch der junge Mann lässt nicht locker.

„Wieso gibt es diese Widersprüche?"

Absichtlich gereizt gibt Anton zurück: „Jeder, der sich mit der Geschichte Namibias nach der Besetzung durch England 1941 interessiert weiß, dass ab dann dort ein Vertreterkrieg zwischen dem Westen und dem kommunistischen Osten geführt wurde. Die Regierung wurde von europäischen Abkömmlingen dominiert und wurde von den USA, der Bundesrepublik und dem damalig noch weißen Südafrika unterstützt; der „Befreiungsbewegung", der SWAPO, wurde von der DDR im Auftrag der Sowjetunion massiv geholfen. Dass daher in dieser Zeit alle Bücher und historischen Werke über Namibia in der DDR gefälscht oder jedenfalls zensuriert wurden, ist wohl klar. Dass man sie nach der Wiedervereinigung als verlässliche Quellen betrachtete ist natürlich ein Unding. Sei es wie es sei: Namibia wird in naher Zukunft im Wesentlichen das sein, was es einmal war, ein Land der Schwarzafrikaner."

„Warum sagst du ,im Wesentlichen'?"

Fast schon zornig antwortet Anton: „Weil die Fabriken, die einst Deutsche oder Österreicher bauten heute Chinesen gehören und als Arbeiter auch fast nur Chinesen anstellen."

Anton wendet sich entschlossen Alina zu: „Entschuldige, dass ich dich so vernachlässigt habe."

„Kein Problem, es war interessant zuzuhören. Aber wir wollen morgen früh aufstehen. Holen wir uns noch einen Schnapper frische Luft und gehen dann schlafen?"

Anton nickt entschieden.

Die Nacht ist wolkenlos, der Himmel sternenübersät, die Luft angenehm frisch. Man sieht unter ihnen das westliche Seeufer mit Lichtern und die Silhouetten der Berge mehr südlich. Alina lehnt sich an Anton und diesmal legt sie ihren Arm um seine Mitte.

„Du hast sehr schön gesungen. Du hast dich toll aus der Geschichte mit dem Lied gezogen. Und du hast dem Zudringlichen und mir eine interessante Lektion über die Geschichte Namibias gegeben. Ich bin dreifach stolz auf dich. Danke, dass du mich auf diese schöne Tour eingeladen hast."

Langsam gehen sie in ihr Zimmer. Nach einer „Katzenwäsche" – Wasser ist hier noch immer kostbar – nehmen sie noch Trinkwasser für die Nacht und den morgigen Tag, sowie heißen Tee und Brote für das Frühstück mit. Anton ist beeindruckt, dass man auch hier elektrisches Licht aus Solarzellen hat.

„Bei uns wurden auf den Bergen die Generatoren, wenn es überhaupt welche gab, von laufenden Eseln betrieben." Als er das erstaunte Gesicht Alinas sieht, lächelt er: „So haben wir die Dieselmotoren genannt, die sie am Abend immer ein paar Stunden in Betrieb nahmen."

Rücken zu Rücken schlupfen sie aus den Wandersachen und in ihre Trainingsanzüge, legen sich in ihre schmalen Betten und knipsen das Licht aus.

„Gute Nacht."

Es wird in der Nacht sehr kühl. Anton merkt, dass Alina in den oberen Betten ohne Erfolg nach einer weiteren Decke sucht. Sie legt sich wieder zurück. Anton steht leise auf und legt seine Decke auf ihre obenauf.

„Aber das kannst du nicht machen. Du erfrierst ja", haucht sie.

„Du bekommst ja auch nicht die Decke allein, sondern mich dazu."

Anton kuschelt sich unter den Decken an den Rücken von Alina. Als er merkt, wie kalt dieser ist, reibt er seine Hände, um sie zu wärmen, dann massiert er ihr langsam Hals und Genick, anschließend, mit den Händen unter ihrer Trainingsjacke, ihren – wie er spürt – makellosen Rücken. Alina ist wie in Trance. Es fühlt sich so angenehm an, doch was hat Anton vor, was darf sie erlauben? Als ihr Rücken warm ist, hört die Massage zu ihrem Leidwesen auf. Anton drückt sich den ganzen Körper lang fest an sie, dass sie seine Körperwärme und sie glaubt auch mehr spürt.

„So, jetzt schlaf bei mir, Alina."

Sie fühlt sich wohl und geborgen und ist bald eingeschlafen.

Mehrmals drehen sich beide im Schlaf, stets gleichzeitig, stets beide, sodass sich immer einer am Rücken des anderen ankuschelt. Einmal, es muss Stunden später sein, dreht sich Anton nicht mit. Sein Atem berührt ihr Gesicht, dann legt sich sein Mund auf den ihren. Zuerst weiß sie nicht, ob sie träumt oder nicht, aber dann spürt sie, wie Anton sanft ihre Lippen beißt und wie sich seine Zungenspitze in ihren Mund schiebt. Noch immer bleibt sie passiv und stellt sich schlafend. Wie einfühlsam Anton ist: Er drängt nicht, wird nicht stürmischer, er liebkost sie mit seinem Mund sacht, aber stetig. Sie will nicht mehr still halten. Sie erwidert seine Küsse, greift nach seinem Kopf, um ihren Mund stürmisch in seinen zu vergraben. Beide haben nun, so dunkel es ist, die Augen offen und erforschen sich mutiger und mutiger.

Erst viel später schlafen sie wieder in einer Umarmung wie vorher. Etwas ist jetzt anders.

Eine gute Stunde vor Sonnenaufgang weckt Anton Alina.
„Zeit für Frühstück und Aufbruch."
Er schiebt ihr, die noch im Bett liegt, eine Schale Tee hin und ein Brot, setzt sich neben sie, freundlich lächelnd:
„Gut geschlafen?"

„Ja, danke fürs Warmhalten. Ich hatte übrigens einen sehr schönen Traum."
„Was für ein Zufall, ich auch", meint er, doch verfolgen beide das Thema nicht weiter.
Vertraut, als würden sie sich schon lange kennen, beginnen sie die Wanderung über das Plateau. Sie weichen den größeren, noch zahlreichen Schneeflecken aus, wenn nicht schon Fußspuren darauf sichtbar sind. Aber auch dort, wo dies der Fall ist, geht Anton vor, hilft Alina, wo man tief einbricht, und springt immer vor dem Rand der Schneefelder weit auf festen Boden, denn der Rand ist oft hoch und unangenehm brüchig. Sie genießen den Frieden, die Gämsenrudel und die Murmeltiere, die da und dort neugierig aus den Löchern sehen oder mit einem Pfiff darin verschwinden. Die Mondsichel wird immer weniger sichtbar, als es allmählich hell wir. Dann stehen sie auf dem Gipfel. Anton küsst Alina lang und ungeniert. Dann hält er sie fest umarmt. Fast scheint es als wolle er was Ernstes sagen, doch dann ist es nur ein:
„Gratuliere. Unser erster gemeinsamer Gipfelsieg, ganze 1691 m, und ich hoffe, nicht der letzte."
Alina legt ihm einen Finger auf den Mund.
Aneinander gelehnt warten sie, bis die Sonne allmählich auftaucht und die Berge rosa verfärbt. Es kommt plötzlich Wind auf, der sich kalt anfühlt, sodass sich Alina ohne zu denken noch mehr an Anton kuschelt. Dieser legt seine Arme um sie, scheint aber sonst nur Augen für die Welt um sie zu haben. Alina ist unsicher, wie sie und Anton die Zu-

kunft sehen, sehen wollen. Ist diese Tour einfach ein Intermezzo, das man vergisst oder mehr?

Beim Abstieg kommen sie noch einmal knapp bei der Gmundner-Hütte vorbei, bevor sie sich nach links auf den Mairalmsteig wenden. Die ersten hundert Höhenmeter sind auch auf diesem Weg felsig und gesichert, dann wird der Weg leichter, wendet sich aber in der Richtung weit weg vom See: Ja, es wird ein langer Rückweg. Beim „Bründl" – der einzigen Quelle auf dem Traunstein – machen sie eine kurze Rast, dann ist es ein ermüdender Abstieg zum „Kaisertisch". Hier saß, so erzählt man sich, schon öfter Kaiser Franz Joseph auf einem seiner Jagdausflüge, drum der Name.

„Ich glaube, wir sollten hier eine längere Pause machen, bevor wir der Mairalmstraße zum See folgen. Nach der Karte ist das ein ziemliches Stück und dann geht es noch einmal einige Kilometer, auch durch einige Tunnels am See, aber über ihm entlang, bis zum Parkplatz", schlägt Anton vor.

Alina stimmt gerne zu. Anton breitet eine große, dünne Plastikfolie, die an sich für Notfälle gedacht ist, auf einem Stück Moos aus und legt die Rucksäcke so darauf, dass sie sie als Kopfstütze verwenden können.

Er blickt Alina, als sie neben ihm liegt liebevoll, aber traurig an.

„Alina, du weißt, ich mag' dich sehr. Aber abgesehen von Otto, und dass ich für Susanne verantwortlich bin, am meisten plagt mich, dass ich nicht in diese Zeit passe."

Alina ist erstaunt. Dass ihre Freundschaft mit Otto, den sie sehr schätzt, ein Problem für sie und Anton sein könnte, ist ihr klar, denn sie will weder Otto verlieren noch die Freundschaft mit Anton aufgeben. Wie das gehen soll, weiß sie selbst noch nicht. Aber dass Anton mit Susanne ein Problem sieht, versteht sie weniger: sie ist doch 18, wird wohl studieren. Sie ist also mehr oder minder flügge. Aber dass Anton nicht in diese Zeit passt, kann sie schon gar nicht akzeptieren.

„Anton, du hast 80 Jahre geschlafen. Jetzt bist du knappe zwei Wochen wach und hast dich schon total eingelebt und neue Freundschaften geschlossen. Warum sagst du dann, du passt nicht in diese Zeit?"

„Nimm doch nur mein Lied gestern. Es ist nicht nur, dass ich die Wirkung in keiner Weise vorhergesehen habe, schlimmer ist, dass ich eine Welt nicht verstehe, die nach so vielen Jahren noch immer Wörter wie ‚Vaterland', ‚Heimat', ‚Sitte' usw. als nicht erlaubt betrachtet, auch wenn sie wohl einmal schlimm missbraucht worden sind. Ist das Redefreiheit? Ich habe ein bisschen gegoogelt. In keiner anderen Sprache sind so viele Wörter inzwischen ‚tabu'. Ja, es gibt schon Einzelfälle, etwa in Englisch, wo man ‚Negroe' nicht mehr sagt, geschweige denn ‚Nigger'[15], sondern ich glaube ‚black African American'[16] oder dass man „Indian" oder ‚Red Indian' in den USA nicht mehr sagt und nicht mehr ‚Eskimo", sondern „Inuit". Aber alle solche Tabus beziehen sich in anderen Sprachen auf Volksgruppen (obwohl gerade ‚Volk' ein verpöntes Wort ist) oder auf genderspezifische Dinge. Aber Themenwechsel: Nimm die Überregulierung, von Sitzgurten im Auto, zu Helmen beim Radfahren, zu Zebrastreifen. Empfehlungen sind fein, aber alles erzwingen finde ich unwürdig.

Aber es geht noch viel tiefer. Ich habe immer gerne gelesen und habe mich in der Literatur ausgekannt. Heute wird weniger ernsthaft gelesen, weil alles in zweifelhafte Medien wie Fernsehen, Internet und viele damit verbundene Dienste abgewandert ist. Und was es gibt, ist mir fremd: Ich sehe keine Videos ohne unglaubliche Gewalt, wenig Romane, die nicht durch grausame Szenen punkten wollen. Umgekehrt,

---

15 Weil das Wort Nigger so negativ belegt ist (mit Recht) und es so ähnlich klingt wie „Neger", darum ist heute „Neger" in der deutschen Sprache verpönt.
16 Sagt man also analog in Europa „schwarzafrikanische Europäer?"

alles, was mir wichtig erschien, ist halb vergessen. Nur ein Beispiel: Hermann Hesse war für mich und Altersgenossen immer ein Vorbild. Nicht nur sind so einfache Romane wie ‚Peter Camenzind' oder ‚Unterm Rad' gültige Beschreibungen von heranwachsenden Männern, Hesse hat immer gut dosiert gegen die Nazis agiert ... auf die Liste entarteter Kunst wurde er freilich nicht gesetzt, seine Bücher wurden aber in der Nazizeit in Deutschland nicht neu aufgelegt. 1937 war für mich der ‚Steppenwolf' eine Sensation. Heute lesen ihn Jugendliche nicht mehr. 1943 erschien die erste Version des ‚Glasperlenspiels'. Wer kennt das Buch heute noch, abgesehen von seinem Namen? Andererseits sah ich durch Zufall im Austria-Forum vor zwei Tagen schöne Gedichte von einer Ingeborg Bachmann und ganz andere von einem Peter Turrini. Wie soll ich das alles aufholen? In der bildenden Kunst ist es ähnlich. Klimt war für mich ein großer Maler, aber du sprachst unlängst von einem Gaudí und einem Hundertwasser, die mir beide nichts sagen. Und das sind zwei von hunderten Beispielen.

In der Technik und Wissenschaft, wo ich mich intensiv versucht habe einzulesen, ist es für mich ganz furchtbar. Da sehe ich im Internet, dass die Chinesen auf dem Mond eine permanente Station einrichten wollen und ich erfahre fassungslos, dass die Amerikaner schon 1969 auf dem Mond gelandet sind und nun eine Marsexpedition starten. Ich habe die ganze Entwicklung der Kernenergie und die Atombombenabwürfe in Japan verschlafen und verstehe nur ‚Bahnhof', wenn davon geredet wird. Erinnerst du dich an den Abend bei deinen Eltern, wo Sonja berichtete, dass die Relativitätstheorie wegen der ‚verschränkten Quarks und deren Anwendungen in der Kryptographie' auf schwankenden Beinen steht: Ich weiß gar nicht, was die Relativitätstheorie ist oder was Quarks sind.

Angeblich hat ein Computer den Vier-Farben-Satz bewiesen ... wie kann das eine Maschine? Ich spiele gut Schach, ein sogenanntes Schachprogramm im Internet hat mich haushoch besiegt. Wie Computer funktionieren verstehe ich genau so wenig, wie das GPS-System, das ich zwar zur Routenführung verwenden kann, aber für mich wie ein Zauberding ist. Dass man jeden Punkt der Erde über das Internet in 3D ansehen kann verstehe ich nicht. Aber genau so geht es mir in der Medizin, wo man von gefährlicher Antibiotika-Resistenz spricht und ich nicht weiß, was Antibiotika sind. Stimmt es, dass transgener Raps darum so gefährlich ist, weil er sich mit anderen Sorten auskreuzen kann? Was hat es mit dieser Gentechnik auf sich? Kann man wirklich Menschen das Herz von anderen einpflanzen ... und sind sie dann noch dieselben Menschen? Was ist ein Laser und wieso kann man dem zum Leuchten aber auch Bohren verwenden?

Oder weißt du, wie schlimm es ist, dass man die ‚Zeitgeschichte' nicht versteht? Dass man weder die Bedeutung der Ermordung Kennedys, noch die Abkürzung JFK, 9/11, noch den Kriegen in Korea oder Vietnam versteht, dass ‚arabischer Frühling' ein Fremdwort ist, dass die Spaltung des Euros drum so unverständlich ist, weil man ja den Euro nicht kennt; dass man mit Düsenflugzeugen nichts anfangen kann und mit Sicherheitskontrollen auf Flughäfen schon gar nicht: denn, warum gibt es dann nicht auch solche bei Bahnhöfen? Oder nimm was ganz anderes: Da kauft neben mir ein Mann eine Taucherbrille mit Haihaut-Eigenschaft, was soll das? Wieso ist es wichtig, dass man ein Auto hat, dessen Karosserie garantiert den Lotus-Effekt hat. Oder nimm all die Lebensmittel: Warum sind Bananen billiger als einheimische Äpfel? Warum hat man in Österreich auf einmal Kokosnüsse? Willst du wirklich, dass ich noch zwei Stunden weiterrede oder begreifst du, liebe, ja liebe, Alina, wie es mir geht?"

Alina umarmt ihn und versucht zu beruhigen.

„Anton, du hast in kurzer Zeit viel gelernt, aufgeholt, wenn du es so nennen willst. Mit deiner Neugier und Entschlossenheit wirst du bald mehr wissen als die meisten. Denn du überschätzt das Wissen der Mitmenschen. Vieles, was sie sagen, lesen sie über ihre Brillen aus dem Internet ab und du glaubst, sie verstehen das. Leider nein. Du verwendest zum Glück noch mehr dein Gehirn, bei vielen ist das schon halb verkümmert. Ich will nicht, dass du auch netzabhängig wirst, aber versuch doch einmal, wenn jemand über etwas redet, mit der Brille nachzulesen und hör' dann, was erzählt wird: Du wirst sehen, oft kommt die Antwort genau wie sie gesagt wird aus dem Netz. Mein Großvater nennt Leute, die etwas aus dem Netz einfach nachplappern verächtlich ‚Netzer'. Es gibt schon erschreckend viele davon und nur einige von uns bemühen sich, das Netz nur wo man es wirklich braucht zu verwenden."

Anton hört das überrascht. Stimmt es wirklich, dass die Menschheit durch das Netz in eigentümlicher Weise verdummt?

Aber auch Alina ist trotz ihrer Erklärungen nachdenklich geworden. Kann es sein, dass Antons Abstand vom heutigen Allgemeinwissen gebildeter Menschen, die sich dieses über Jahrzehnte fast unbewusst aneignen, zu groß ist, um das in vernünftiger Zeit aufzuholen? Bleibt am Ende für Anton und Susanne, wenn sie sich integrieren wollen, nur eine Lösung: Sie müssen extreme Netzer werden? Sie versteht nun auch, warum Anton seine Schwester beschützen muss, diese ihm aber auch gewissermaßen einen sicheren Hafen bietet, weil sie ähnliche Erfahrungen haben. Sie wird verstehen müssen, dass Anton und Susanne eng zusammen stehen werden.

Freilich, wenn Alina wüsste, dass Susanne gar nicht Antons Schwester ist, würde sie die Situation vielleicht auch noch mit anderen Augen sehen.

Beide schweigen, unsicher, leicht bedrückt oder verwirrt. Es ist ein Zufall, der sie aus dieser Situation rettet.

Anton ergreift plötzlich vorsichtig den Kopf von Alina und dreht ihn so, dass sie das dichte Gebüsch sieht. Da tritt ein Reh mit zwei jungen, die noch unsicher auf den Beinen stehen, langsam heraus. Der Wind weht in ihre Richtung, sodass das Reh sie nicht wittert. Liebevoll führt die Rehmutter die jungen, gepunkteten Rehkitzchen auf ein Wiesenstück, lässt sich dort nieder und gestattet den Kleinen etwas Besseres als Gras zu kosten.

Regungslos beobachten die beiden die Szene, bis die drei allmählich aufstehen, die Rehmutter noch ihren Hunger mit frischem Gras stillt und sie dann im Gebüsch verschwinden.

Anton seufzt: „Zum Glück hat sich nicht alles verändert und manche wichtigen und schönen Dinge verstehe ich doch auch. Komm, vergiss was ich gesagt habe, ich werde schon überleben. Vielleicht kann ich auch einiges in dieser Welt bewirken."

Alina versteht erst viel später, was er damit gemeint hat, aber sie lässt sich gerne von ihm an der Hand hochziehen. Noch einen Schluck vom gelben Trank, wie Anton verächtlich den gekauften Apfelsaft nennt, dann brechen sie auf in Richtung See, sich wie selbstverständlich an den Händen haltend.

Der Weg ist lang. Endlich erreichen sie die Tunnels, durch die die Forststraße führt. Nun liegt der See nur 20 Meter unter ihnen, aber sie werden ihm noch einige in der Sonne heiße Kilometer folgen müssen, bevor sie den Parkplatz beim Hois'n Wirt erreichen.

An einer Stelle führt ein kaum sichtbarer Steig steil hinunter direkt zum See. Anton bleibt ruckartig stehen.

„Mir ist sehr heiß. Ich würde gerne kurz in den See eintauchen. Kommst du mit?"

„Ich habe leider keinen Bikini mit", antwortet Alina.

Anton lacht: „Ich auch nicht, was immer ein Bikini ist, aber wir springen einfach nackt hinein. Seit gestern Nacht will ich dich schon einmal einfach so sehen, aber es war gestern Nacht zu dunkel, da habe ich dich nur gespürt. Jetzt ist meine Chance."

„Aber ..."

„Kein ‚aber'. Ich weiß, dass man schon einige Zeit weniger Körpertabus hat als zu meiner Zeit. Ich war neugierig, was eine ‚Sauna' ist und war daher mit Susanne nach einem Essen in der Sauna der Post: Wir sind sehr aufgefallen, wie wir mit Badesachen in die Kabine wollten, haben aber schnell geschaltet und über unseren Fehler mit den anderen schon Schwitzenden gelacht. Es ist nicht aufgefallen, dass wir beide rot wurden, denn die anderen waren wegen der Hitze auch rot."

Susanne lacht: „Mein ‚aber' war nur halb wegen der Nacktheit, die andere Hälfte war aus realistischeren Gründen: Der See ist um diese Jahreszeit sehr kalt."

„Kannst du nicht deiner Haut sagen, dass sie ruhig kurz ein bisschen Kälte fühlen kann, dass es dir gleichgültig ist, du bist ja nicht die Haut."

Susanne ist erstaunt: „Kannst denn du mit der Haut reden?"

„In dem Sinn, wie beschrieben: ja. Das lernten wir in Leibesübungen in der Schule, um weniger gegen Kälte und Schmerz empfindlich zu sein. Lernt man das heute nicht?"

„Nicht in der Schule, aber es gibt schon Kurse in diese Richtung", Alina denkt an autogenes Training, das seit 2020 wieder einige der fernöstlichen Meditationsmethoden zurückgedrängt hat, „wenn du Zeit und Lust hast kannst du mir das ja in den nächsten Wochen beibringen."

„Nichts lieber, aber jetzt ins Wasser!"

Beide entkleiden sich rasch und schauen sich dabei ein bisschen scheu an. Anton stürzt mit einem Schrei
„Haut, dir ist kalt, mir nicht" kopfüber ins Wasser.

Susanne geht vorsichtig an einer seichten Stelle ins Wasser, so dass Anton sie neugierig, lange beobachten kann.
„Hübsch bist du", ruft er, schwimmt auf sie zu und umarmt sie.
„Das mache ich nur, damit dir nicht kalt ist", erklärt er.

Wieder angezogen, sitzen sie noch in der Sonne am Seeufer. Anton meint auf einmal:
„Macht es dir was aus, wenn ich mich noch rasiere?"
„Nein, natürlich nicht", antwortet Alina, denn sie hält das Rasieren ja nicht für so eine große Angelegenheit. Allerdings wird sie gleich eines Besseren belehrt. Anton packt ein ganzes Täschchen Rasiersachen aus. Eine spezielle Seife, die er mit einem Pinsel auf Gesicht und Hals schaumig aufträgt; dann nimmt er ein gefährlich aussehendes Instrument, dass er an einer eigentümlichen Ledervorrichtung wetzt.
„Es muss gut scharf sein", kommentiert Anton den Blick Alinas. Dann beginnt er mit dem ‚Rasiermesser' wie der es nennt, den Schaum offenbar mit allen Bartstoppeln abzuschaben und wäscht sich abschließend die Reste der Seife ab.
„Warum machst du das und verwendest nicht einen Rasierapparat?"
„Du meinst, warum ich ein Rasiermesser und nicht eine Klinge verwende?"
„Nein, ich meine noch was anderes: Jeder rasiert sich heute mit einem elektrischen Rasierapparat."

Nun ist es an Anton sich zu wundern.
„Wieder was Neues! Und wird da das Gesicht wirklich auch so bartfrei und weich wie meines es ist?"

Alina berührt sein Gesicht, wo früher Bartstoppeln waren. Es fühlt sich tatsächlich so an, als hätte es dort nie einen Bart gegeben.

Unsicher meint sie: „Ich bin nicht sicher, ob dein Rasieren nicht doch eine Nuance gründlicher ist. Aber wenn ein Unterschied ist, dann ist der sehr gering."

„Anton", fährt sie fort, „weil wir schon bei Haaren sind, darf ich dir was sagen und du versprichst, dass du nicht verstimmt bist?"

„Ich werde es aushalten."

„In den letzten zehn Jahren ist es immer üblicher geworden, die gesamte Körperbehaarung mit Ausnahme der Kopfhaare und des Barts bei Männern zu entfernen. Mir ist vorher aufgefallen, dass deine Beine, Arme, Brust, Achseln alle recht stark behaart sind. Das wird heute als hässlich und unsauber angesehen. Sowohl bei Männern als auch Frauen. Im Intimbereich", Alina errötet ein bisschen, „da gibt es noch kleine Kompromisse, da darf ein bisschen Haar gut getrimmt eventuell bleiben."

Anton nickt verblüfft: „Ja, jetzt verstehe ich, warum man Susanne und mich in der Sauna so anstarrte und wir uns wunderten, dass die Frauen alle noch ‚unten' wie Kinder aussahen. Du bist ja da wohl eine Ausnahme, hast ja offenbar nicht alles entfernt."

Alina dreht sich etwas verlegen ab.

„Alina, ich bin froh, dass du mit mir so offen bist. Du bist wirklich eine Superfrau. Und ich habe hier für dich die Ergänzung zu dem, was ich dir schon früher gab. Er gibt ihr das Päckchen mit der Halskette mit dem Rauchopal, die zu dem Armkettchen passt, das er ihr vor wenigen Tagen schenkte.

Alina ist verlegen: „Wie komm ich dazu? Wenn ich es trage, wie soll ich es erklären, ich kann ja nicht gut zugeben, dass du mich dauernd mit Schmuck überhäufst."

„Lass gut sein, überhäufen tu' ich nicht. Und dass ich dir

für vieles dankbar bin und dich außerdem mag, das weißt du ja ohnehin."

Ausgelassen gehen sie dann weiter zum Parkplatz. Sie legen ihre Rucksäcke ins Auto. Es ist aber inzwischen ein Uhr Nachmittag geworden, sodass sie im Gasthaus auf ein Mittagessen einkehren. Irgendwann verschwindet Anton etwas länger, aber Alina denkt sich nichts dabei, bis Anton kurz nach dem Nachtisch auf seine Uhr schaut:

„Wir müssen los, das Schiff wartet nicht auf uns."

„Das Schiff?"

„Ja, wir fahren mit dem Schiff nach Traunkirchen."

„Aber das Auto steht doch hier."

Anton grinst: „Ich war doch zwischendurch weg, glaubst du wirklich, dass ich dich ohne Grund so lange allein lasse? Es ist alles geregelt. Der Sohn eines Kellners bringt das Auto hinüber und fährt dann mit dem Schiff zurück."

„Du bist toll, Anton", sagt Alina und spürt, dass er ihr gefährlich gut gefällt. Auf dem Schiff sitzen sie aneinander gelehnt wie ein Liebespärchen und beide finden es schön.

Das Auto wartet, wie geplant. Die kurze Fahrt zurück nach Ebensee wird komplizierter, denn beiden ist bewusst, dass nun ihr Verhalten zu einander wieder mehr distanziert sein muss. Es ist noch nicht vier Uhr, als Anton Alina zu dem Haus der Schallers bringt. Sie würden noch gerne zusammenbleiben. Es ist Irene Schaller, die ihnen eine Galgenfrist ermöglicht:

„Anton, du kommst doch noch auf einen Kaffee und Apfelstrudel, den ich für euch gemacht habe?"

Die Schallers, Alina und er sitzen gemütlich zusammen, auch der alte Schaller kommt. Alina erzählt von der schönen Bergtour, auch vom Reh und von der Idee mit dem Schiff. Anton hat das Gefühl, dass er fast wie ein Familienmitglied behandelt wird.

Irgendwann fragt Anton den alten Schaller: „Ich habe unlängst gehört, dass ein Ferer in Bad Mitterndorf wohnt, den du kennst?"

„Ja, natürlich, der Hans Ferer, den kenne ich sehr gut, wir sind zusammen ins Gymnasium in Ischl gegangen."
„Kann es sein, dass ich mit ihm verwandt bin? War der Vorname seines Vaters Ferdinand? Der war ein Bruder von meinem Vater, ich habe ihn als kleines Kind gesehen, aber er hatte 1943 sicher noch keinen Sohn."
„Daran hätte ich früher denken können!", ruft der alte Schaller.
„Ich weiß nicht, wie der Vater von Hans hieß, aber wir können das ja gleich herausfinden."
Er vidont Hans Ferer in Bad Mitterndorf an und überfällt ihn mit der Frage nach dem Vornamen des Vaters.
„Ferdinand", kommt die Antwort, „er kam aus der Ferer-Familie in Ebensee. Ich wurde aber erst nach dem Tod meines Onkel Adolf geboren, weiß daher über die Familie meines Vaters nur noch, dass er auch einen Bruder hatte, der nach Namibia ausgewandert ist, aber nie von sich hören ließ."
„Dann wirst du überrascht sein: Enkelkinder von diesem Auswanderer sind nach Ebensee gekommen. Sie waren es, die zu der Raubkunst geführt haben, von der du in den Medien vermutlich gehört hast. Übrigens, der junge Mann, den du neben mir siehst ist der Enkel Anton."
Hans und Anton winken sich überrascht zu.
„Du bist der Enkel des Bruders meines Vaters, d. h. wir sind über die Väter verwandt, ich bin so was wie dein Großonkel?", fragt Hans Ferer völlig perplex.
Der alte Schaller nimmt das Gespräch wieder in die Hand: „Ist es dir Recht, wenn Anton und seine Schwester dich in den nächsten Tagen besuchen kommen?"

„Ja, natürlich, braucht ihr irgendwelche Hilfe?", wendet sich der Bad-Mitterndorfer-Ferer wieder an Anton.

„Nein, absolut nicht, wir sind finanziell durch den Verkauf der Farm in Namibia recht gut gestellt, aber es ist toll, dass wir hier in Österreich einen Verwandten gefunden haben."

Hans scheint gerührt: „Das beruht auf Gegenseitigkeit. Ich habe immer geglaubt, ich bin der letzte Fehrer, ich habe keine Kinder. Lasst euch bald umarmen."

Alle Schallers haben verblüfft mitgehört. Die hübsche Irene ist wieder ganz sie selbst: „Ein Grund zu feiern. Anton, hol' die Susanne, ich richte ein einfaches Abendessen. Und du, Franz, bringst was Süffiges aus dem Keller."

Es wird ein ausgelassener Abend, zu dem man Hans Ferer als Hologramm dazu schaltet.

„Unser Familie ist gerade wieder größer geworden", sagt der alte Schaller fröhlich. Da klinkt sich auch Otto aus Wien als Hologramm ein. Anton und Susanne sind fasziniert, dass man auf diese Weise Leute aus allen Weltgegenden zusammenschalten kann und es aussieht, als wären sie wirklich anwesend. Alina erzählt Otto von der Tour auf den Traunstein. Otto bedauert, nicht dabei gewesen zu sein. Alina nickt. Sie merkt gleichzeitig mit Rührung, wie sich Anton liebevoll um seine Schwester Susanne kümmert und beneidet sie dafür ein bisschen.

Wien ohne Alina

Anton und Susanne versuchen intensiv, sich in die jetzige Zeit einzuleben. Sie unternehmen jetzt regelmäßig etwas mit der Gruppe um Alina und Otto. Oft ist auch Sonja dabei, immer wieder Michael, der Sohn des Mechanikers, der selbst einmal die „Autoreparatur für alle Marken" übernehmen will (eigentlich ein Anachronismus in dieser Zeit!), Helga, die „offizielle" Freundin von Michael und sein Bruder Sebastian, der Pharmazie in Wien studiert hatte und nun in der kleinen Apotheke in Ebensee arbeitet, die auch verschiedenste Naturheilmittel anbietet. Auch ein paar andere einheimische junge Leute sind fallweise dabei, bei einer Wanderung, bei einem Kegelabend, bei einem Picknick um ein offenes (verbotenes!) Feuer am Langbathsee, bei dem Besuch der Thermaleinrichtungen in Ischl, in der Ebenseer Sauna oder fast jede Woche einmal beim Tanzen in den Club. Es sind immer nette gemeinsame Unternehmungen.

Aber über allem liegt auch eine gewisse unausgesprochene Spannung: Fäden der gegenseitigen Zuneigung verlaufen kreuz und quer, selbst die Betroffenen wissen oft nicht, wo sie eigentlich „hingehören". Wenn Anton mit Alina mehrmals eng und fröhlich tanzt wird Susanne unruhig; wenn sie sich intensiv mit Sebastian unterhält und ihn immer wieder in der Apotheke besucht, ist Anton nicht begeistert. Otto beobachtet die Vertrautheit zwischen Alina und Anton mit Misstrauen. Und als Otto Helga immer wieder Komplimente macht, wie hübsch sie aussieht, und dass sie doch endlich einmal mit ihm die Sauna mitkommen sollte offeriert Michael Sonja und Alina jederzeit gratis Checks für ihre Autos, die sie prompt sicher öfter als notwendig ausnützen. Alina ist auf Susanne eifersüchtig, wenn Anton sich liebevoll um diese kümmert, mag es aber auch nicht, dass Sonja so oft an Ottos Seite ist. Insgesamt fühlt sich Alina sehr zu Anton hingezogen (wenn da nicht immer Susanne wäre!) und ist auch enttäuscht, dass Anton nach dem Ausflug auf den Traunstein zwar immer sehr nett zu ihr ist, aber irgendwie die damaligen durchaus intimen Momente zu ignorieren scheint.

Sie beschließt, die Dinge selbst in die Hand zu nehmen. An einem Tag, der verspricht, sehr heiß zu werden, ruft sie Anton unter einem Vorwand in ihr Geschäft, erzählt ihm von einer längeren Mittagspause und fragt, ob sie nicht einen kleinen Ausflug mit ihren e-Bikes machen wollten. Otto hat keine Zeit, aber sie hat schon ein großes „Fresspaket" vorbereitet. Alina sieht mit ihrer weißen Bluse mit sehr kurzen Ärmeln, einer knappen Hose und ihren langen Beinen, die heute in Sandalen stecken, die ihre schönen Füße und schlanken Zehen besonders betonen sehr verführerisch aus, ohne dass es Anton auffällt, dass sie die sonst hinauf gesteckten langen, braunen Haare heute offen trägt. Er kann und will nicht nein sagen. Sie fahren von Ebensee an das Ostufer des Traunsees Richtung „Schlafende Griechin". Anton hatte gar nicht gewusst, dass es hier einen so weit befahrbaren Weg gibt, der schließlich an einem Strand mit einer Tafel „Hier nur FKK" endet. Alina genießt die Überraschung Antons.

„Hier ist unter der Woche fast nie jemand. Und so verblüfft musst du nicht schauen. Schließlich haben wir uns auch schon öfter in der Sauna und nicht nur dort ohne Kleidung gesehen."

Alina breitet eine mitgebrachte Decke aus und richtet ein einladendes Picknick her. Zwei weitere Knöpfe ihrer Bluse haben sich geöffnet, sodass Anton immer wenn sich Alina bückt fast magnetisch von dem Anblick angezogen wird.

„Aber jetzt einmal ins Wasser", sagt sie. Ohne sich umzudrehen, wie man das in der Garderobe der Sauna gewöhnlich tut, beginnt sie sich direkt vor Anton verführerisch auszuziehen. Als sich dann ihr langes Haar noch in ihrem BH verfängt und sie Anton bitten muss, ihr beim Entwirren zu helfen sind Antons letzte Bedenken verschwunden: Wenn sie ihn verführen will, er wird es genießen. Die beiden schaffen es vorerst nicht mehr in den See. Erst viel später und nach dem Essen testen sie das kalte Wasser und trocknen sich dann gegenseitig gründlich ab, wobei einige Liebkosungen unvermeidlich sind. Sie liegen dann, mit dem Badehandtuch zugedeckt friedlich zusammen.

„Anton, ich mag dich sehr ... und du mich ja auch. Und Otto", sie zuckt die Schultern, „er hat nicht viel Phantasie und was er nicht weiß, macht ihn nicht heiß. Und Susanne muss ja auch nicht erfahren, dass wir ab und zu ein bisschen mehr machen als nur eng miteinander tanzen."

Anton überlegt, ob er Alina nicht jetzt sagen muss, dass Susanne nicht seine Schwester ist, dass sie zwar noch nie etwas „miteinander gehabt" haben, aber sie doch wohl schon mehrmals nahe daran waren. Aber, wenn Alina so großzügig ist zu akzeptieren, dass es ihn und Otto und für Otto vielleicht auch Sonja gibt, warum soll er dann nicht Alina so genießen, wie der sie genießt, hier auf der Decke, aber auch als super Freundin in anderer Umgebung.

Fast zur selben Zeit zeigt Sebastian Susanne die Apotheke mit allen ihren Kuriositäten. Er zeigt ihr auch einen entlegenen, hinteren Teil, wo er regelrecht versucht, Susanne zu verführen, die er schon lange anbetet, und die oft und gerne mit ihm redet oder sich zu einem Tanz bitten lässt. Sie zieht sich nett aber doch deutlich nach einigen Umarmungen zurück:

„Sebastian, du bist ein ganz netter Freund, aber bitte gehen wir nicht weiter. Bitte bleiben wir weiterhin gute Freunde, aber mehr habe ich dir nicht zu bieten."

Wenn Anton wüsste, dass Susanne bei dem Gespräch mit Sebastian immer wieder denkt:

„Warum macht sich Anton nicht so viel aus mir, wie es Sebastian tut?" und wenn Susanne wüsste, dass Sebastian vermutet, Anton sei der Grund, warum Susanne ihn zurückweist, und sich bei Sebastian damit eine gewisse Ablehnung gegen Anton immer mehr aufbaut, vielleicht wäre dann später manches anders gelaufen.

Als Anton am Abend zu Susanne „nach Hause" kommt, ist diese gut aufgelegt und erkundigt sich gar nicht, was Anton so alles gemacht hat.

Es ist ein eigentümlicher Zufall, dass an diesem Tag zweimal Haare eine große Rolle spielen. Susanne genießt ein Schaumbad, die Tür ist offen, denn der Schließmechanismus geht seit einiger Zeit sonderbarerweise nicht. Während Anton noch an den Mittag mit Alina denkt und dass sie gemeint hat, man sollte sich doch öfter zu zweit treffen, ruft Susanne plötzlich aus dem Bad um Hilfe: Sie hat ihre Haare so gründlich gerubbelt, dass sie sich jetzt ganz ineinander verfilzt haben und Anton ihr helfen soll.

Anton hat Susanne schon in der Vergangenheit gerne nackt gesehen, die sich schon einige Zeit kaum ziert und oft sogar mit weniger als einem Handtuch um die Hüften in der Wohnung herumgeht. Und als er jetzt versucht, ihre Haare zu entwirren, der Schaum in der Wanne schon ganz zergangen ist und sich Susanne genüsslich mit leicht angewinkelten Beinen die Haare richten lässt, ist Anton von seinen Gefühlen verwirrt. Susanne stört es gar nicht, wenn er zufällig ihre Brüste berührt, ja setzt sich sogar ein bisschen mehr auf, dass er besser „arbeiten kann", wie sie es ausdrückt. Anton muss sich sehr beherrschen, aber er kann doch nicht am selben Tag zuerst Alina und dann Susanne verführen oder sich verführen lassen. Susanne merkt sehr wohl, dass sie Anton nicht nur als „Schwester" etwas bedeutet und ärgert sich, dass er weiter – wohl wegen Sonja, Alina oder Helga, vielleicht auch Sebastian – den doch nur distanzierten „Bruder" spielt. Sie denkt, sie wird Anton schon noch näherkommen können, wenn sie einmal längere Zeit allein zusammen sein werden.

Neben vielen Ablenkungen, die sich aus der komplexen Struktur ihrer Gruppe ergeben versuchen Anton und Susanne parallel dazu mit großer Zähigkeit zu verstehen, was in den 80 Jahren geschehen ist und was die unglaublich vielen neuen Erkenntnisse und Erfindungen bewirkt haben.

Sie sind einerseits beeindruckt, wie einfach (und frei!) in einem gewissen Sinn das Leben geworden ist, haben aber andererseits den Eindruck, dass die Menschen eher unruhiger, unzufriedener, ja trotz der überall präsenten Kommunikations- und Informationsinfrastruktur oft einsam und oberflächlich wirken.

„Wir leben in einem Zeitalter der Unterbrechungstechnologien", hat Anton unlängst jemanden Nicholas Carr zitieren gehört. Unterhaltungen scheinen sich manchmal stark auf das gegenseitige Vorlesen von Informationen, die die Brille im Netz zugänglich macht zu beschränken. Allein sein bedeutet im Netz herumzustöbern, ein dummes Computerspiel zu aktivieren oder in einem der vielen „Social Networks" seine Zeit tot zu schlagen. Um ruhig nachdenken und recherchieren zu können müssen sich die beiden oft bewusst zeitweise vom Netz trennen, was vielen anderen offenbar unmöglich erscheint. Dass sie ihre Brillen und ihre Smartphones oft stundenlang nicht benutzen wird ihnen immer wieder als „rückständig" vorgeworfen und man beschimpft sie als „Anti-Technik-Freaks". Aber sie wollen weder dauernd mit Neuigkeiten aus der ganzen Welt überladen werden, noch regelmäßig „Updates" von den inzwischen vielleicht 50 Personen erhalten, die sie nun schon kennen und die sie in ihren „elektronischen Kreis" aufgenommen haben. Und der Kreis wird immer größer. Sie wollen auch nicht dauernd mit Musik berieselt werden oder irgendwelche Spiele allein oder mit anderen (oft weit entfernten Unbekannten) spielen. Die Tatsache, dass so viel Menschen auf ihren Smartphones andauernd „herumwischen" oder mit den Händen gestikulieren, wobei diese Gesten offenbar über Video analysiert werden, beunruhigt sie, scheint es doch den direkten Kontakt zwischen Menschen drastisch zu vermindern. Sie sind offenbar nicht die einzigen, die das so sehen, aber sie gehören zu einer kleinen Minderheit. Einmal sehen sie einen Clip, in dem ein Bub neben seiner alten Mutter in einem Armenviertel in Cusco sitzt und mit einem der „Green[17]" Computer lernt, wie der Kommentator triumphierend berichtet. Nur Stunden später wird von der BB[18] in einem Clip gezeigt, dass der Bub nicht lernte, sondern mit einem dümmlichen Computerspiel arbeitete ... d. h. der Green Computer fördert die Abnabelung der Kinder von anderen Menschen, statt zu ihrer Bildung beizutragen.

„Wir leben in einer Wisch-Generation", formuliert Susanne einmal, „alle wischen mit ihrem Finger immer auf einem berührungsempfindlichen Schirm herum."

Die Ferers haben das Glück, dass gerade die Schallers, vor allem der alte Schaller und seine Enkeltochter Alina,

---

[17] Der ehemalige Chef vom MIT Media Lab, Negroponte, startete um 2000 den Versuch, mit einem „100-$- Computer" alle Kinder in der dritten Welt zu beglücken, um ihre Ausbildung zu fördern. Zum Zeitpunkt des Erscheinens diese Buches wurden gut 3 Millionen solche Computer (nicht um 100, sondern mit Solarpanel um über 200 $) verteilt, wurden oft mit Begeisterung aufgenommen, aber nicht, weil sie so viel zur Bildung beitrugen, sondern lustige Spielzeuge waren. Auch die Zahl 3 Millionen ist im Vergleich mit 3 Milliarden Smartphones ein typisches Zeichen, dass das Projekt ein Flop wurde.

[18] BB ist das Kürzel für Back Bewegung, eine Bewegung, die versucht, den Einsatz von Informations- und Kommunikationstechnologie auf ein vernünftiges Maß zu beschränken.

auch weniger dem Netz verfallen sind als die meisten anderen. Aber selbst Alina beschwert sich, wenn sie nicht mehrmals am Tag von den beiden hört, auch wenn weder die beiden noch Alina was Wichtiges zu berichten haben. Besonders unwirklich ist es, dass kaum jemand einer längeren Erklärung ungestört zuhören kann, weil es zwischendurch immer wieder Unterbrechungen über das Smartphone gibt oder jemand schnell etwas im Internet nachliest.

„Wie kann man damit vernünftig leben?", fragen sich die „Zeitreisenden", wie sie sich selbst oft nennen.

Susanne und Anton diskutieren oft die Verringerung gewisser kognitiven Fähigkeiten durch Internet und Computer. Viele Menschen können nicht mehr gut rechnen. Na ja, addieren geht noch. Aber eine fünfstellige Zahl durch eine dreistellige zu dividieren oder gar die Wurzel aus einer Zahl zu ziehen (obwohl man das wegen des pythagoräischen Lehrsatzes sogar ab und zu wirklich braucht) kann niemand mehr. Orientierung ist durch GPS ersetzt. Die Handschrift scheint ausgestorben zu sein. Schreiben (im Sinne von auf einer Tastatur tippen) beherrschen noch die meisten, aber die Rechtschreibung nicht: Wozu auch, die Rechtschreibkorrekturprogramme können das besser. Und muss man wirklich tippen? Genügt nicht die Spracheingabe, die notfalls in Text umgewandelt wird? Einfaches zu lesen: ja, obwohl: Die Vorleseprogramme sind auch schon sehr gut. Komplexes lesen: wozu? Anleitungen sind durch Diagramme (IKEA!) oder YouTube-Clips usw. viel leichter zu verstehen. Sich an etwas erinnern? Wozu: man speichert es am Smartphone oder schaut im WWW nach. Einen Aufsatz schreiben: ja, natürlich, Copy-and-paste aus Beiträgen im WWW und man ist ganz schnell fertig. Eines steht für beide fest: Viele kognitive Fähigkeiten werden schwächer. Allerdings gibt es zwei wichtige Fragen: Erstens, vielleicht ist es gut, wenn wir das Gehirn entlasten, um es für neue Fähigkeiten zur Verfügung zu haben, vielleicht ist es gut, dass wir mehr Zeit haben für tiefes Nachdenken oder über „social Networks" viele anderen Ansichten und Menschen kennen zu lernen? Zweitens, hat Technologie nicht immer zur Verringerung gewisser Fähigkeiten geführt und ist das schlimm, wenn dieser Verlust gerade durch Technologie überkompensiert wird? Früher konnten viel mehr Menschen große Lasten schnell tragen. Die meisten Menschen sind heute körperlich weniger fit, aber indem sie große Lasten in den Kofferraum eines Autos legen, können sie mehr und schneller etwas transportieren als früher. Also: Wenn uns die Computerisierung hilft, unser Denken, unsere Kreativität zu erhöhen, dann ist es schon o. k., wenn wir in manchen nicht so wichtigen Teilbereichen schwächer werden.

Freilich, der Überfluss, den die Zeitreisenden beobachten erstreckt sich nicht nur auf Kommunikation und Information, sondern auch auf Alltägliches. Warum gibt es im „Supermarkt" von allen Produkten so viele Varianten? Susanne macht sich einmal die Mühe, einige Produkte genauer anzusehen. Sie findet in einem Geschäft z. B. 23 Sorten Haarshampoo! Bei Zahnpasten, Cremen, Waschmittel und so weiter ist es ähnlich. Warum werden bei den Nahrungsmitteln 28 Sorten Joghurts geführt, davon 6 mit (angeblichem) Heidelbeergeschmack, den man ohnehin nur mit Fantasie erkennen kann. Ähnliches gilt für viele andere Produkte.

Bei den Autos findet man eine kunterbunte Mischung von hunderten Modellen, vor allem aus den USA, Europa und Japan. Aber für jedes Auto aus Japan oder den USA werden europäische Modelle angeboten, die sich in den Eigenschaften kaum unterscheiden. Warum fahren dann die Europäer nicht europäische Autos, die Amerikaner solche von dort und die Japaner eben japanische oder koreanische? Man hört in den Medien fast täglich über Energieknappheit und dass man den Verkehr verringern sollte: Wie verträgt sich das damit, dass offenbar Schiffsladungen von Autos um die ganze Welt gebracht werden? Natürlich gilt das nicht nur für Autos!

Allmählich entwickelt sich zwischen Susanne und Anton eine Art „Arbeitsteilung": Während sich Susanne vor allem für Neues in den Bereichen Computer, Elektronik, Netzwerke und deren Anwendungen, auch Biologie, Life Sciences und Nachhaltigkeit interessiert, liest sich Anton vor allem in die Bereiche Wirtschaft, Verkehr, Energie, Rohstoffe und politische sowie soziale Entwicklungen ein. Bei mindestens einem gemeinsamen täglichen Essen, bei dem es manchmal auch zwischen den beiden „knistert" berichten sie sich gegenseitig. Sie finden einander unentbehrlich. In diesem engen Kreis ist nur noch Alina eingebunden und seit einiger Zeit auch Sebastian: Sie können oft Antworten geben oder zumindest erläutern, warum etwas geschehen ist, werden aber dabei wiederholt von ungewöhnlichen Fragestellungen überrascht, an die sie selbst nie gedacht haben.

Zu den großen Themen gehört etwa der enorme Bevölkerungsdruck, den die anderen nur peripher wahrgenommen haben, der aber den Zeitreisenden sehr bewusst ist. In den Jahren um 1940 lebten auf der Welt weniger als 2 Milliarden Menschen, nun sind es bereits mehr als 8 Milliarden. Bei gleichbleibenden Bedürfnissen würde man also viermal mehr Nahrung, Energie usw. benötigen. Die tatsächlichen Zahlen sind noch wesentlich höher, weil die Ansprüche gewachsen sind: mehr Verkehr, mehr Komfort, mehr Fleischkonsum. Das Raumschiff Erde wird langfristig eine Bevölkerung von 10 Milliarden oder mehr nicht aushalten: Nicht nur fossile Brennstoffe, auch viele andere Ressourcen, von seltenen Erden bis zum Wasser bis zur Nahrung werden ohne neue Ideen und Methoden nicht reichen.

Susanne argumentiert, dass man den Fleischkonsum stark reduzieren sollte. Tatsächlich würde das die Nahrungssituation entscheidend entlasten. Allerdings auch nur dann, wenn industrielle Landwirtschaft betrieben wird, sprich große Flächen jedes Jahr mit demselben einheitlichen Saatgut bepflanzt werden. Das widerspricht aber der für den Boden viel besseren „Drei-Felder-Wirtschaft", wo man die Bebauung im Drei-Jahres-Rhythmus ändert, um einerseits dem Boden nicht immer dieselben Nährstoffe zu entziehen, die man durch künstlichen Dünger wieder zuführen muss, und um die Vermehrung von Schädlingen zu behindern, die sich auf eine Pflanzenart spezialisieren, welche sie aber im Jahr darauf nicht mehr vorfinden. Einheitliches Saatgut ist aber bei großen Anbauflächen darum so wichtig, weil man will, dass z. B. alle Maisstauden zur selben Zeit gleich groß und dann maschinell geerntet werden können. Das erfordert aber Hybridsorten, wobei man auf Züchtungen und Hybride („den langsamen Weg") oder auf gentechnische Veränderungen („den schnellen Weg") zurückgreifen kann. Beides hat Nachteile, macht es die Bauern doch in beiden Fällen oft abhängig von den wenigen großen Saatgutherstellern, weil aus der Ernte gewonnenes Saatgut entweder nicht mehr keimfähig ist oder nicht mehr dieselbe Konsistenz der daraus entstehenden Pflanzen garantiert. Anton sieht zwar in den Methoden der Gentechnik nur etwas, das das schneller bewirkt, was sonst Kreuzungen und Mutationen über lange Zeiträume auch bewirken, aber dass die meisten genmanipulierten Pflanzen keine keimbaren Samen mehr entwickeln findet er falsch und nicht notwendig. Der jahrzehntelange emotional motivierte Widerstand[19] mancher Länder gegen z. B. genveränderten Mais, der gegen die sich

---

19 Siehe dazu http://austria-forum.org/af/Wissenssammlungen/Essays/Ökologie/Genmais

rasch ausbreitenden zunächst in Europa gar nicht existierende Schädlinge wie Maiszünsler und Maiswurzelbohrer resistent ist, hat vorhersehbar dazu geführt, dass man so viele Pestizide einsetzen musste, bis dies gesundheitlich nicht mehr akzeptierbar war.

„Das Resultat sieht man ja", sagt Anton, „es wird in Österreich de facto kein Mais mehr angebaut. Weil er aber das effizienteste Futtermittel ist (es geht ja gar nicht so sehr um die Kolben als um die Grünsubstanzen) wird nun Hybridmais in großen Mengen nach Österreich importiert. Das ist schlecht für die Leistungsbilanz und erhöht den Güterverkehr. Nur die Hafenstädte und Frachtschifffirmen freuen sich über den deutlich erhöhten Warenumschlag."

„Aber was ist die Lösung?", meint Alina.

„Die ist wohl von Land zu Land verschieden. Im Maisgürtel der USA wird man um Hybridmais nicht herumkommen. In einem Land wie Österreich, das keine so großen topographisch zusammenhängenden Flächen hat ist ein Kompromiss die beste Lösung: Wo es geht, Drei-Felder-Wirtschaft, mit einem Gerätepool" ...

„Wie in den seinerzeitigen russischen Kolchosen?", wirft Alina verblüfft ein.

„Ja, aber nicht als Zwangsbeglückung, sondern auf absolut freiwilliger Basis, gar nicht so weit von der Raiffeisen-Idee entfernt. Aber ich bin nicht fertig: teils Wechselwirtschaft, teils Pestizide, teils spezielle Hybridsorten."

Susanne nickt: „Ja, ich habe da Modelle durchgerechnet. Es geht wirklich! Man muss aber verhindern, Hybridsorten zu verwenden, die sich mit lokalen Pflanzen gut auskreuzen können. Das gilt für Mais nicht, aber z. B. für Raps: Der kreuzt sich leicht mit natürlich wachsenden Rapsarten. Pestizidresistenter Raps würde also dazu führen können, dass viele andere Arten auch pestizidresistent würden und damit unbeherrschbar."

Alina ist dieses Mal nicht nur von dem Wissen der beiden verblüfft, sondern auch von der Aussage Susannes, dass sie „Modelle durchgerechnet" hat.

„Wie hast du Modelle durchgerechnet?"

„Ach, das geht recht einfach, indem man Open-Source-Programme aus dem Netz etwas umprogrammiert, das kann ich inzwischen so halbwegs. Aber ich möchte da sehr viel tiefer eindringen, drum werde ich ab Herbst in Graz Informatik studieren."

„Davon hast du ja noch gar nichts erzählt und warum Graz?", ruft Alina fast vorwurfsvoll.

„Wir haben das erst gestern Abend endgültig besprochen. Für mich war die Frage „Wien oder Graz?": In Wien ist die Biologie an der Uni stärker, die Informatik an der TU gut und die Anwendungsseite an der BOKU, wo Otto studiert. Aber die drei Unis arbeiten wie wir recherchiert haben kaum zusammen. In Graz arbeiten die Uni und die TU traditionell gut zusammen, die Informatik ist sehr stark und seit es den Rektorenteams gelungen ist, auch die Medizin-Uni und die Elektrotechnik stark zusammen zu führen ist das wohl die beste Gruppe. Anton und ich, das wollten wir heute Abend bei dem Essen bei uns auch mit deinen Eltern und dem alten Schaller besprechen, wollen nächste Woche nach Wien fahren und hätten da gerne ein paar Tipps. Dann werden wir über Graz zurückfahren und dann auch gleich unseren Verwandten in Bad Mitterndorf besuchen, der uns schon mehrmals anvidont hat, warum wir nicht kommen. Auf diese Weise lernen wir Österreich ein bisschen kennen, können nochmals die Situation Wien vs. Graz prüfen und unseren „Onkel", wie wir ihn nennen, besuchen."

Alina nickt. Im Stillen ist sie zornig und enttäuscht, dass sie nicht mitfahren kann. Aber ihr Beruf erlaubt es nicht, jetzt, zu Beginn der Hauptsaison, auf Urlaub zu fahren. Und Otto würde es auch nicht so gerne sehen, wenn sie noch mehr Zeit mit Anton verbringt. In letzter Zeit hat sich da ohnehin etwas Reibung aufgebaut und Otto hat schon zweimal Sonja in München besucht und macht fallweise auch Helga schöne Augen.

Die gemeinsamen Abende zwischen Schallers und Ferers, wie man sie inzwischen nennt, finden einmal bei den Schallers, dann wieder bei den Ferers oder auch in einem Gasthaus statt: Am Wochenende war man zweimal auf gemeinsamen Ausflügen.

Auch der heutige Abend bei den Ferers wird schön und wie immer werden „tiefe" Probleme gewälzt. Anton beschwert sich zum wiederholten Mal über den Ausstieg aus der Atomenergie, den er in allen Ländern, die nicht sonnenmäßig oder wasserkaftmäßig verwöhnt sind, für einen Wahnsinn hält. Er erklärt, wie man (mit Uran-Pellets statt Uran-Stäben) absolut sichere Kernkraftwerke bauen kann (und dabei mit auf 9 % angereichertem Uran auskommt, sodass keine Atombombenindustrie entstehen kann) und bringt viele Argumente, dass man die Forschung in Richtung Fusionskraft stark vorantreiben sollte (auch die noch wenig beachtete mit Helium-3). Immerhin wurde der Versuchsreaktor ITER in Frankreich vor einem Jahr in Betrieb genommen und leistet seitdem 600 Megawatt an Nettoenergie (über jeweils 7 Minuten, mit dann folgenden Pausen). Zudem soll noch 2023 der HIPER (der mit Laserfusion arbeitet, zehnmal kleiner ist und sehr viel leistungsfähiger sein sollte) in Versuchsbetrieb gehen. Natürlich sind es dann noch 20 Jahre bis zur kommerziellen Nutzbarkeit.

Aber an diesem Abend schneidet Anton das Thema nochmals an: „Jetzt bauen also die Chinesen eine permanente Station auf dem Mondnordpol. Wer von euch weiß, warum?"

Der alte Schaller neigt den Kopf: „Also, da geht es erstens

ums Prestige. Dass man gerade auf einem Pol baut ist wohl klar, denn dort kann man Solaranlagen einrichten, die mehr oder minder permanent Sonne haben. Gleichzeitig findet man in den schattigen Kratern unter einer dünnen Oberfläche Eis, Wassereis, das man als Wasser verwenden kann oder durch Elektrolyse zur Erzeugung von Sauerstoff."

„Ja, das stimmt alles. Aber ich glaube, das Wichtigste wird übersehen: Nur auf den Mondpolen findet man große Mengen von Helium-3, das man für die völlig strahlungsfreie Helium-3-Fusion benötigt."

„Aber es wird uns doch immer eingeredet, dass die Wasserstofffusion auch ungefährlich ist? Warum also braucht man Helium-3?", erkundigt sich Friedrich.

Anton ist in seinem Element: „Wasserstofffusion ist ungefährlich, aber sie erzeugt viele überschüssige Neutronen. Die verstrahlen alles in der Nähe, machen es brüchig und strahlend. Man muss einen Fusionsreaktor nach 30-50 Jahren stilllegen und dann mit einem Zaun umgeben, denn nahe darf man an das Gebäude nicht mehr heran. Das ist natürlich viel besser als eine Verstrahlung wie in Tschernobyl, wo große Flächen auf 20.000 Jahre tabu wurden, aber lustig sind hunderte solcher Ruinen auch nicht. Bei Heliumfusion entstehen nur Protonen, die man durch ihre elektrische Ladung einfängt und in Strom verwandelt. Also ich würde wetten: Die nächste größere Mondkolonie wird von den Indern auf dem Mondsüdpol errichtet – damit sind die zwei größten Lagerstätten von Helium-3 in asiatischer Hand."

Auf die Frage, warum er denn so für Kernenergie sei, wo doch auch andere saubere Energiequellen wie Wasser und Sonne zu Verfügung stehen, gibt Anton wieder eine lange Erklärung, die im Wesentlichen auf zwei Aspekte hinausläuft: Wasserkraftwerke sind besonders gut, wenn man genug fließendes Wasser hat. Die Nutzung der Sonne für Warmwasseraufbereitung, ja in sonnenreichen Gegenden durch Bündelung der Strahlen, um Dampf für Turbinen zu erzeugen, ist sinnvoll. Fotovoltaik ist heikler, da sich in Gegenden wie Österreich solche Zellen eigentlich finanziell nur mit Subventionierung rechnen oder dort, wo man lange Kabelstrecken vermeidet. Ökologisch Fotovoltaik als „grün" zu sehen, wenn die Solarzellen mit großem Energieaufwand aus schmutzigen Kohlekraftwerken mit billigen Arbeitskräften in Asien erzeugt werden ist wohl nicht gerechtfertigt. Anton verschweigt, dass potentiell neue Methoden der Graphenforschung das ändern könnten, dass aber vor allem Thermovoltaik, die Verwandlung von Wärme in Elektrizität, offenbar große Fortschritte macht.

Etwas frustriert meint Alina: „Aber warum brauchen wir denn immer mehr und mehr Energie?"

„Weil wir mehr und mehr Menschen versorgen müssen und nicht nur mit Strom, sondern vor allem mit Wasser. Und dieses kann man in vielen Weltgegenden nur durch Entsalzung von Ozeanwasser oder Brackwasser, etwa in Nordafrika, Arabien, China oder unter der Wüste Australiens, gewinnen und dazu braucht man viel und billige Energie und die wird es erst in zehn oder mehr Jahren mit neuen Methoden geben."

Von den sechs Anwesenden (Otto fehlt) sind 50 % froh, dass Susanne mit dem Servieren der Vorspeise die physikalische Diskussion beendet ...

Nach dem Essen erzählt Susanne von der bevorstehenden Reise nach Wien und ihrem Plan, ab Herbst in Graz Life Sciences und Elektronik/Informatik zu studieren. Die Schallers haben viele Tipps für die Reise, empfehlen ein nettes Hotel in der Wiener Innenstadt und einige Sehenswürdigkeiten in Wien, auf dem Weg nach Graz und dann weiter über Bad Mitterndorf nach Ebensee. Sie zeigen den Ferers auch vieles in 3D-Darstellung im Internet. Staunend fragen sich Anton und Susanne, ob es denn überhaupt noch Sinn ergibt, sich physisch etwas in der Welt anzusehen, wenn man es ohnehin virtuell genauso gut machen kann.

„Anton, was hast du vor, wenn Susanne nach Graz geht?"

„Ich werde mich am Ende unserer Reise mit dem alten Ferer in Bad Mitterndorf treffen. Er hat mir beim Vidonen die Werkstatt gezeigt, die er verpachtet hat und erzählt, dass der Pächter ab September nach Wien zieht. Ich bin ja gelernter Werkstattmeister, vielleicht kann ich helfen. Und ich muss mir ja auch überlegen, ob ich in der Wohnung hier bei Sutter bleibe, eine Wohnung in Ebensee kaufe oder nach Bad Mitterndorf übersiedle."

Alina murmelt: „Wäre schade, wenn ihr beide nicht mehr hier sein würdet. Ihr habt schon ein bisschen zur Familie gehört."

Anton nickt: „Ja, wir fühlen uns auch so. Wir hoffen, dass sich daran nichts ändert. Und vielleicht musst eben du dann auch nach Bad Mitterndorf übersiedeln."

Alina wird verlegen: ‚Was meint Anton damit?'

Es wird ein weiteres Treffen bei den Schallers vereinbart, bevor die Ferers ihre Fahrt vor dem Beginn der großen Urlauberwelle antreten werden.

★ ★ ★

Während Susanne und Anton ihre Reisepläne vervollständigen, arbeitet der Journalist Hoffmann auf Hochtouren: Seine Informationen aus Namibia sind merkwürdig: Man weiß dort viel weniger über die beiden jungen Ferers, wie alle sie nennen, als man erwarten würde. In der Nähe der großen Farm, wo sie aufwuchsen wurden nur zwei Frauen gefunden, die Details erzählen konnten und nicht alle stimmten überein. Selbst über die Ferer-Eltern gibt es nur bruchstückhafte Auskünfte. In der Grundschule gibt es keine Unterlagen, freilich fehlen solche auch von anderen Schülern. Für den Besuch des Gymnasiums in Windhoeck gibt es hingegen solide Belege, auch für die Ausbildung von Anton zum Meister einer Werkstatt „für alles"[20], doch scheint er sie nie abgeschlossen zu haben! Insgesamt hat Hoffmann das Gefühl, dass er selbst nach Namibia wird reisen müssen, um Genaueres zu erfahren.

Auch in Ebensee findet er Ungereimtheiten. Es kann doch nicht sein, dass jemand einen unglaublich wertvollen Fund macht und in keiner Weise versucht, daraus auch einen Gewinn für sich zu schlagen! Zudem, die jungen Ferers hatten plötzlich viel Geld. Muss das nicht zusammen hängen?

Nach genügend vielen Runden von Freibier sind einige Einheimische sogar bereit ihre Smartphones wegzulegen, die Videobrillen abzulegen bzw. die Stöpsel aus ihren Ohren zu nehmen und werden gesprächig. Die Verhaltensmuster der beiden jungen Ferers sind ungewöhnlich. Der Fahrradverkäufer meint beiläufig, dass sich Anton benahm, als hätte er noch nie ein modernes e-Bike gesehen. Die Angestellten des Kleiderladens loben Anton und Susanne, weil sie alles, was man ihnen zeigte sofort kauften. Vom Wirt erfährt er, dass sich Anton, als er das erste Mal mit Alina Schaller hier war, eigentümlich verhielt. Und zwei Burschen erzählen lachend, wie die beiden Ferers mit Badekleidung in die Sauna kamen.

Hoffmann ist nicht klar, was und ob diese Geschichtchen etwas zu bedeuten haben. Dann kommt ihm der Zufall zu Hilfe. Als er schon zum wiederholten Male den Platz beim Hinteren Langbathsee besucht, wo die Kiste gefunden wur-

---

20 Dafür hat der alte Schaller hinreichend gut vorgesorgt.

de, fällt ihm auf, dass – etwas abseits vom Weg – einige Zweige verdorrt sind. Sie sind abgeknickt. Wer hat sie hier, einen guten Meter vom Weg entfernt abgebrochen? Wer ist hier durchgegangen? Hoffmann ist kein Spurenleser, aber dennoch erkennt er, dass sich hier jemand, es sieht sogar aus wie mehrmals, einen Weg durch das Dickicht zu einer Felswand gebahnt hat. Bei der Wand hört die Spur auf, offenbar ist die Person umgekehrt. Doch was ist das? An einem Zweig hängt ein Stück, das wie Plastik aussieht. Vorsichtig löst es Hoffmann: Es ist ein Stück eines Regenmantels, auf der einen Seite wasserdicht, auf der anderen gefüttert.

Anton ist mehrmals beim Hinteren Langbathsee gesehen worden. Kann es sein, dass er nicht nur die Truhe gesucht hat, sondern die weitere Umgebung durchforscht hat? Könnte das ein Stück seines Regenmantels sein? Hoffmann muss und wird das herausfinden.

Er weiß, dass die Ferers die Wohnung bei Sutter bis Ende Juni gemietet haben. Er wird die Wohnung, wenn Anton einmal weg ist, als potentieller Nachmieter genau untersuchen. Um eine Störung zu verhindern, wird er den Gewinntrick anwenden, wobei ihm die Aktion bei Billa in die Hände spielt.

An dem Abend, an dem die Ferers noch einmal vor der Reise bei den Schallers eingeladen sind, fährt Hoffmann zum Haus Sutters, um sich wegen der Anmietung der Wohnung ab Ende Juli zu erkundigen. Sutter ist zurückhaltend: Er mag die Ferers. Diese wollen die Entscheidung, ob sie weiter mieten oder nicht noch etwas hinauszögern. Aber nachdem sich Hoffmann finanziell recht großzügig zeigt, darf er die Wohnung in Begleitung Sutters ansehen, wobei es eben nicht sicher ist, ob sie zu haben sein wird.

Während der Besichtigung meldet sich ein weiterer Besucher. Sutter entschuldigt sich kurz. Es wird ein bisschen länger, denn die Marianne, Mitarbeiterin beim Billa, bringt Sutter einen stolzen Betrag, den er (Hoffmann hat das natürlich eingefädelt) mit seinem Los gewonnen hat, das er beim letzten Einkauf erhielt.

Hoffmann benutzt diese kurze, eingeplante Zeit, in der er allein ist, um den Kleiderschrank in Antons Zimmer zu durchsuchen. Er findet schneller als erhofft einen Regenmantel, bei dem tatsächlich ein Stück herausgerissen ist. Also doch! Warum war der junge Ferer dort bei Regen unterwegs gewesen und wieso hatte er es so eilig, dass er sich den Regenmantel zerriss und das wohl gar nicht bemerkte? Im Papierkorb des Wohnzimmers liegen einige zerrissene und zerknüllte Papierfetzen. Hoffmann kann zu seinem Leidwesen nur eine Handvoll einstecken, bevor Sutter zurückkommt.

Sutter ist wegen seines Gewinns gut aufgelegt. So erzählt er redselig, dass die Ferers nun nach Wien und über Graz und Bad Mitterndorf zurückfahren werden. Dann (am 18. Juni) werden sie die Miete verlängern oder nicht. Dann geht es nach Zürich weiter. Hoffmann hört vorgetäuscht uninteressiert zu und verspricht, sich am 19. Juni zu melden.

Kaum in seinem Hotelzimmer untersucht Hoffmann die Papierstückchen, die er im Wohnzimmer der Ferers fand. Es sind Teile eines handschriftlichen Briefes, der nach dem Papier aus dem letzten Jahrhundert stammt. Leider fehlen zu viele Teile, um etwas Zusammenhängendes zu ergeben. Aber eines wird klar: Die Ferers sollen den Inhalt eines Schließfachs in Zürich bei der Zentrale der UBS möglichst rasch an sich nehmen. „Darum also fahren sie demnächst nach Zürich", ist es Hoffmann klar. Er ist fest entschlossen herauszufinden, was es mit dem Inhalt des Schließfachs auf sich hat. Er wird den Ferers auf ihrer Fahrt in die Schweiz unauffällig folgen.

Er weiß nicht, dass der alte Schaller die Aktivitäten von Hoffmann immer für gefährlich für die Ferers hielt und ihn daher von einer Detektei andauernd überwachen lässt. Als er vom Besuch Hoffmanns bei Sutter erfährt läuten bei ihm die Alarmglocken: Er veranlasst eine weitere Verstärkung der Überwachung Hoffmanns, ohne die Ferers zu informieren und zu verunsichern.

★ ★ ★

Nach trübem Wetter, es ist der erste sonnige Mitte-Juni-Tag, fahren Susanne und Anton am frühen Vormittag von Ebensee ab. Sie wollen ohne große Unterbrechungen, aber auch ohne Hast am Nachmittag in Wien sein. Die erste Strecke am See entlang ist ihnen vertraut: Die Orte Traunkirchen und Altmünster sind gewachsen ... und mit ihnen wie es scheint die Häuser! Die kleinen Einfamilienhäuser sind verschwunden, sei es, weil man mehr Platz haben oder Gästezimmer vermieten wollte. Viele Häuser sind einladend mit Blumen geschmückt und hübsch hergerichtet. So schön und friedlich alles aussieht, irgendetwas stimmt nicht.

Plötzlich entkommt es Susanne: „Die Blumenwiesen sind weg!"

Sie hat Recht. Dort, wo früher um diese Jahreszeit hohes Gras mit einer Mischung aus Wiesenblumen stand ist dieses zugunsten verbauter Flächen verschwunden oder schaut nicht mehr wie eine Wiese aus, sondern mehr wie ein Rasen. Susanne verwendet fast widerwillig ihr Smartphone, um den Grund herauszufinden.

Sie liest vor: „Die Wiesen werden, mit Ausnahme weniger dedizierter Blumenwiesen vor der Aussamung der Blumen gemäht, um Heu oder Silage zu gewinnen."

Sie fügt hinzu: „Diese hässlichen, weißen Ballen am Rand enthalten feuchtes Gras unter Luftabschluss, das zu Silage vergoren wird. Das Netz sagt, dass Silage je nach Herkunft, also Gras, Mais, Klee usw. für Wiederkäuer einen höheren Nährwert als getrocknetes Gras hat."

„Schade um die Blumen", murmelt Anton. „Susanne, ich habe dir schon einmal gesagt, bitte führen wir jeder eine Liste von Dingen, die uns in der heutigen Welt nicht gefallen. Ich möchte irgendwann überlegen, wie viel man vielleicht zum Positiven ändern kann. Und dass heute Blumenwiesen fehlen ist etwas, was uns beiden nicht gefällt."

„Ja, ich bin bereit, mir das eine oder andere zu notieren. Aber was willst du damit anfangen, Anton?"

„Ich habe nur eine vage Idee. Aber im Prinzip würde ich gerne versuchen, ob es geht, dass man mit moderner Technologie lebt, aber ‚vernünftig'. Ich meine damit ohne verschwenderischen Einsatz, ohne dass die Technik uns vereinnahmt, sondern dass wir die Technik verwenden, nicht um uns zu Tode zu amüsieren, sondern die großen Probleme, die anstehen, vielleicht besser in den Griff zu kriegen."

„Schön wär's", kommentiert Susanne, „nur wirst du eher ein Don Quichotte werden, der gegen Windmühlen kämpft …"

Anton lacht auf: „Du weißt gar nicht, wie Recht du hast. Ich werde auch gegen die Windmühlen, sprich die Energieerzeugung mit Windrädern kämpfen. Es wird übersehen, dass diese nur durch Subventionierung ökonomisch sinnvoll sind und vor allem auf dem Land zerstörend wirken: Sie entziehen dem Wind Energie, d. h. hinter Feldern von Windrädern bewegt sich die Luft weniger. Damit wird es dort wärmer und mehr Wasser verdampft. In Gegenden, wo der Niederschlag nicht groß ist, führt das zu einer Vertrocknung der Böden. Die landwirtschaftlichen Erträge werden geringer, im Extremfall wird der Boden für Ackerbau unbrauchbar. Die ersten Zahlen aus dem Westen der USA und aus Südeuropa zeigen den Trend ganz deutlich."

Die Zeitreisenden haben in kurzer Zeit viel gelernt und der Zeitsprung hat sie besonders aufmerksam gemacht. Auf einem Autobahnparkplatz noch ein Stück vor Wels machen sie eine kurze Pause und genießen den Blick zurück auf die Silhouette des Traunsteins, der hier direkt hinter der Autobahn zu liegen scheint. Es ist doch ein Vergnügen hier in netter Gesellschaft unterwegs zu sein, empfinden beide.
Mit der erlaubten Höchstgeschwindigkeit fahren sie dann weiter, werden aber immer wieder von Autos überholt, oft von hinten regelrecht bedrängt. Zwischendurch verdecken Wände die Sicht, für „Lärmschutz" wie sie gelernt haben, und der Verkehr ist unangenehm dicht. Viele Riesenlastautos zwingen auch sie immer wieder zum Spurwechsel, der wegen des Stroms der Fahrzeuge gar nicht so einfach ist. Die meisten Autofahrer scheinen gestresst zu sein und auch bei ihnen wächst eine gewisse Anspannung. Aber sie sehen auch einige ganz neue Modelle, in denen die Fahrer offensichtlich nur mehr „zusehen", aber sich nicht aktiv in das Fahrverhalten[21] einschalten.

Bei der Raststation „Voralpenkreuz" machen sie Mittagspause. Die Auswahl des Essens ist im Vergleich zu den Gasthäusern in Ebensee gewaltig, die Kombination von Bedienung und Selbstbedienung gefällt ihnen, aber doch sind es wieder einige Punkte, die sie als unangenehm empfinden: Warum vidont der junge Mann ewig lange statt sich mit seiner hübschen Partnerin zu unterhalten? Warum beschäftigt sich der Bub dort hektisch mit einem Spiel auf seinem Smartphone, statt mit den Eltern zu plaudern? Warum gibt es ein riesiges Meeresfrüchtebuffet mit vielen ihnen unbekannten Speisen,

---

21 Die seit 2018 auf einigen Straße in den USA zugelassenen „autonomen Fahrzeuge" dürfen mit Einschränkungen seit 2022 auch in Europa eingesetzt werden. Vollautomatische Systeme sind in Europa nach wie vor nicht erlaubt, weil auf mehrspurigen Autobahnen das Anhalten von Problemfahrzeugen, die nicht in der äußerst linken und nicht in der äußerst rechten Spur fahren, nach wie vor nicht befriedigend gelöst ist.

aber nicht mehr Einheimisches zur Auswahl? Warum wird man gezwungen, auf dem Weg zur Kassa durch ein großes Geschäft zu gehen, wo einem penetrant vieles zu überhöhten Preisen angeboten wird? Warum kostet das Benzin bei der Tankstelle hier um fast 30 % mehr, als sie in Ebensee bezahlten?

Das Hotel in Wien ist hübsch. Susannes Puls geht etwas schneller als sie sieht, dass die Duschkabine direkt im Wohnzimmer steht und aus klarem Glas besteht. Da wird sie für Anton eine schöne Show abziehen können!

Sie lassen das Auto in einer Garage und beginnen, die Wiener Innenstadt zu Fuß zu erkunden. Sie weigern sich, eine der vielen Touristen-Apps zu verwenden, sondern nehmen einen kleinen, gedruckten Stadtplan und lassen sich von spontanen Entscheidungen führen, ohne die „Hauptsehenswürdigkeiten" auszulassen. Es sind aber gerade einige von diesen, die sie enttäuschen: Überall wimmelt es von Touristen, oft in Gruppen, die offenbar nur ein Ziel haben – möglichst viel als Foto oder Video aufzunehmen. Die Lämpchen der Videobrillen leuchten fast immer. Andere sehen alles nicht direkt, sondern nur auf dem Schirm ihres Smartphones, das sie andauernd vor ihrem Gesicht in die Höhe halten. Es ist gut, dass die Führer manchmal vor Bodenunebenheiten warnen.

Die Musikaufführungen in einigen romantischen Innenhöfen bestehen fast nur aus Mozartimitationen. Bald wird der Begriff „romantisch" für sie zum Inbegriff von „kitschig." Hier wird nicht Wien oder Österreich gezeigt, sondern wie die Welt Wien und Österreich sehen will. Ist Österreich zu einem Freilichtmuseum geworden?

Als sie aber beim „König von Ungarn" ein sehr romantisches Abendessen genießen und guten Grünen Veltliner mehr als nur verkosten, ist die Welt wieder voll in Ordnung.

Händchenhaltend wie ein Liebespaar schlendern sie in der lauen Sommernacht zu ihrem Hotel zurück. Susanne bestellt zur Überraschung noch eine Flasche Sekt:

„Wir müssen doch feiern, dass wir das erste Mal in einem schönen Hotel zusammen sind."

Susanne dreht die Klimaanlage zurück als Anton kurz aus dem Zimmer ist und es wird zunehmend warm. Als sich Susanne die ersten Schweißtropfen von der Stirn wischt, meint sie, sie wolle sich jetzt duschen. Anton legt sich halb angezogen auf das Doppelbett, hat aber freien Blick auf die Duschkabine, in der Susanne beginnt sich gründlich einzuseifen. Sie dreht und wendet sich dabei, erreicht mit ihrer Hand aber doch eine offenbar juckende Stelle auf dem Rücken nicht mehr.

„Ich helfe dir", sagt Anton mir rauer Stimme. Weder die Stimme noch ein Teil seines Körpers kann seine Erregung verbergen. Schließlich stehen beide in der Dusche, seifen sich – zuerst er sie, dann sie ihn – sehr gründlich ein. Der Wein und der Sekt tun den Rest. Bald umarmen sie sich. Und es endet nicht mit dem ersten Kuss, der lang und intim wird.

Es ist so warm im Zimmer, dass beide beschließen, ohne Pyjama zu schlafen. Als es in der Nacht doch etwas abkühlt, Anton hat beim Vorbeigehen die Klimaanlage wieder eingeschaltet, rücken sie näher aneinander, um sich warm zu halten.

Beim Frühstück blickt Susanne Anton anders an als sonst. Nicht nur mit der üblichen Dosis von Dank und Bewunderung. Hier in Wien müssen sie nicht Geschwister spielen, sondern können sich benehmen wie ein junges Ehepaar, für das sie von den Hotelangestellten ohnehin gehalten werden.

Als sie am nächsten Nachmittag Freunde der Schallers in Simmering besuchen, finden sie in der U-Bahn nur Menschen, die wie an einem Infusionstropf mit ihren Smartphones am Netz hängen. Die Straßen wimmeln von muslimisch gekleideten Männern und verschleierten Frauen mit vielen kleinen Kindern.

„Das hat der alte Schaller gemeint, als er erwähnte, dass die Muslime zwar 1683 bei Wien geschlagen wurden, aber nun doch allmählich zu Siegern werden!", kommentiert Susanne. Später sind sie enttäuscht, dass sie nur mehr wenige typisch österreichische Lokale finden und es im Hotel zwar ein großes amerikanisches Frühstück, aber kein Ei im Glas und kein Kipferl zum Kaffee gibt, wie sie erwartet hatten. Als sich Susanne über die Informatikausbildung informiert stellt sie fest, dass zwischen den Universitäten in Wien wenig kooperiert wird, sondern man sich eher als Konkurrenten sieht. Wäre nicht eine zweite aufregende Nacht im Hotel gewesen wären die Ferers von Wien besonders enttäuscht.

Trotzdem reisen sie früher als geplant ab. Ihr nächstes Ziel ist eine erfreuliche Überraschung, nämlich das Naturkundemuseum von Schliefsteiner in Neuberg an der Mürz, wohin sie auf Bitte der Schallers einige Mineralien bringen sollen. Zwar ist die Fahrt über (durch?) den Semmering durch unzählige Tunnels viel weniger interessant als erwartet, aber die letzten knapp 15 km von Mürzzuschlag nach Neuberg führen durch hübsche, unbeschädigte Natur. Schliefsteiner freut sich über die zusätzlichen Stücke für das Museum, das ursprünglich sein Vater[22] aufbaute. Er zeigt ihnen nicht nur die beeindruckende Sammlung, sondern auch die Kirche des seinerzeitigen Münsters, die als gotisches Bauwerk, das nie durch Barockisierung verunstaltet wurde beeindruckender und edler wirkt als selbst der Stephansdom in Wien. Und als er erfährt, dass Susanne vermutlich in Graz Informatik studieren wird, lädt er sie in ein lokales Gasthaus ein und erzählt von der Kooperation mit

---

22 http://austria-forum.org/af/Wissenssammlungen/Biographien/Schliefsteiner,_Herbert

einem Professor Maurer in Graz, der u. a. viele Bilder seines Vaters in die Flora-Sammlung[23] im Web aufnahm und der mit einem „Blogmobil[24]" mit seinem Freund Müller auch in Neuberg für Aufsehen sorgte.

Die Fahrt nach Graz führt immer wieder dazu, dass Anton verzweifelt seinen Kopf schüttelt, wenn sie die an sich wohl schöne Gegend wegen vieler Tunnels und Lärmschutzwände kaum sehen können. Die Altstadt von Graz wirkt dagegen wie ein ruhender Pol, der offenbar noch immer ein bisschen abseits der großen Touristenströme liegt. Und das Schlossberghotel bietet eine Atmosphäre, die die des Wiener Hotels noch übertrifft, auch wenn es keine so exponierte Duschkabine hat. Aber es gibt eine große Badewanne, in der man bequem zu zweit sitzen und nicht nur einen Drink schlürfen kann.

Die Technische Universität hat moderne Einrichtungen und eine starke Informatik, überzeugt aber vor allem durch die gute Kooperation mit den anderen Universitäten in der Stadt, sodass man hier Informatik mit Elektronik, Biologie, Life Sciences, Material-, Energie-, aber auch Medizintechnik hervorragend kombinieren kann.

„Schade, dass die Mechatronik-Komponente nicht stärker ist", meint Susanne, „wir hätten uns doch auch die Universität Linz ansehen sollen."

Da es offenbar nur knappe zwei Stunden Fahrzeit von Graz nach Linz sind beschließen sie, sich dort doch auch noch persönlich über die Informatikausbildung zu informieren. Die negativen Eindrücke von der Fahrt nach Linz sind überwältigend: Von den 200 Kilometern Strecke fahren sie 70 % in Tunnels oder zwischen Lärmschutzwänden!

Vielleicht beeinflusst dieser Eindruck die Entscheidung

---

23 http://austria-forum.org/af/Wissenssammlungen/Flora
24 http://austria-forum.org/af/Wissenssammlungen/Blogmobil

Susannes für Graz. Sie fahren umgehend zurück. Die Schallers haben es geschafft, dass sich der TU-Rektor persönlich um Susanne kümmert und so die Hürde der Zulassung zum Studium auf der Basis der Matura in Namibia umgangen wird. In der Petersgasse, in angenehmer Gehreichweite aller Institute finden sie eine schöne, möblierte Wohnung für Susanne. Bald ist alles für den Beginn von Susannes Studium im Herbst vorbereitet.

Der 73-jährige Hans Ferer in Bad Mitterndorf erwartet Anton und Susanne schon mit Spannung[25], die nun aber wieder als Geschwister auftreten müssen. Die drei verstehen sich von Anfang an. Anton bewundert die Werkstätte, hat aber auch viele Frage:

„Warum wird heute so wenig repariert und vieles gleich weggeworfen?"

„Da stehen die wirtschaftlichen Interessen der Industrie dahinter. Erstens werden heute bewusst Geräte so gebaut, dass sie nur eine beschränkte Zeit funktionieren. Berühmtberüchtigt ist die Waschmaschine geworden, die sich nach 5.000 Waschvorgängen automatisch unreparierbar meldet.

Hier wäre es gut, wenn man den Menschen überzeugen könnte nur Geräte zu kaufen, die eine langfristige Garantie haben. Zweitens wird fast alles zu wenig modular gebaut und zwar auch mit Absicht: Wenn ein Teil eines Autos, eines Haushaltsgerätes usw. kaputt geht, dann soll man gezwungen werden, nicht nur den kaputten Teil, sondern sehr viel mehr auszutauschen. Hast du die Stoßstangen bei einigen Autos gesehen, die um das ganze Fahrzeug herumgehen? Reiner Unsinn und gehört verboten: Wenn man vorne eine kleine Delle hat, muss man den Stoßdämpfer rundum er-

---

25 Er hält ja die beiden für die Kinder seines namibischen Cousins, ohne zu wissen, dass in Wahrheit Anton sein echter Cousin ist und Susanne gar nicht zur Familie Ferer gehört, sondern vom alten Schaller aus formalen Gründen zur Schwester von Anton gemacht wurde.

neuern. Technisch wäre ein in acht oder mehr Teilen gebauter Stoßdämpfer sehr viel sinnvoller: Er würden Stöße besser abfedern und eine Reparatur würde nur einen winzigen Teil kosten. Und es gibt noch viel mehr, was das Reparieren erschwert. Wenn man früher etwas zerlegt hat, hat die Form der Einzelteile beim Zusammenbau sehr geholfen. Heute gibt es oft Auswüchse, die keine Funktion haben, die aber beim Zusammenbau verwirren, weil man eine Funktion in sie hinein interpretiert, die sie nicht haben."

„Wozu sind diese Auswüchse?", fragt Anton erstaunt.

„Die offizielle Begründung ist, dass die Geräte von einem Fließband automatisch zusammengebaut werden. Damit die Roboter, die das machen, den Bauteil und die Orientierung richtig erkennen, braucht man diese Auswüchse. Ich glaube, dass die Computer heute Objekte so gut erkennen können, dass das nur mehr eine Ausrede ist. Aber es sind ja nicht nur diese Auswüchse: dass man überall Elektronik und Minimotoren einbaut, wo sie nicht notwendig sind gehört auch dazu. Fast alle Autos haben heute z. B. elektrische Fensterheber. Bei starkem Frost lassen sich die Fenster dann manchmal gar nicht mehr öffnen: Das bisschen, was man sich an Bequemlichkeit durch den Wegfall des Kurbelns erspart ist dann mit einem einzigen Zwischenfall schon zunichte gemacht. Ich könnte und muss dir noch viel erzählen, aber weil es gerade zu den Stoßstangen passt: Sie sind alle besonders auffällig verchromt. Nicht nur werden sie dadurch sehr teuer, der Prozess hinterlässt tödlichen Giftschlamm, der über hunderte Jahre in Giftmülldeponien aufgehoben werden muss. Und weil die Fässer durchrosten, müssen sie immer wieder umgefüllt werden. Wenn eine solche Mülldeponie undicht wird, kann das ganze Dörfer gefährden, wie es schon mehrmals, einmal sogar in unserer Nähe in Ungarn geschehen ist."

Hans ist von den Fragen Antons und seinen Versuchen,

einige Geräte, die er nicht kennt und dabei doch großes Geschick zeigt, begeistert.

„Der Pächter der Werkstätte scheidet in wenigen Wochen aus, sagtest du, und du musst dann die Werkstatt schließen?", fragt Anton nach zwei Tagen in der Werkstatt.

„Ja, leider."

„Ich möchte sie übernehmen", sagt Anton, „es gibt nicht nur viel zu tun, wir müssen auch die Menschen informieren und gegen einige Praktiken auftreten."

Hans ist überglücklich, dass seine Werkstätte weitergeführt wird und sogar „in der Familie bleibt". Anton will die Zeit bis zur Übernahme zur Einarbeitung verwenden. Über die finanziellen Konditionen einigt man sich schnell. Anton ist sehr großzügig.

Susanne hat sich spontan für einen 6-wöchigen Sommerkurs über den „Anbau von alten und neuen Nutzpflanzen" an der Universität Graz entschlossen, der von der Botanik der Universität u. a. im großen Gewächshaus in der Schubertstraße abgehalten werden wird. Anton muss versprechen, dass er sie regelmäßig besucht. Sie kann für den Sommerkurs schon die Grazer Wohnung benutzen und sich in Graz einleben.

Freilich, eines hat noch Vorrang vor den neuen Pläne: das Schließfach in Zürich öffnen! Sie ahnen nicht, wie stark dieses Schließfach ihre Leben verändern wird.

Das Schließfach in Zürich

Anton muss seinem „Onkel", Hans Ferer, mehrmals versprechen, dass er bald nach Bad Mitterndorf übersiedeln wird, bevor er mit Susanne nach Ebensee abfährt. Aber die Ankunft dort macht den beiden klar, dass ihnen der Abschied von Ebensee nicht leicht fallen wird. Selbst Sutter freut sich, die beiden wieder zu sehen, obwohl er es bedauert, dass sie ab Ende Juli nicht mehr bei ihm wohnen werden.

Bei den Schallers gibt es ein großes Fest, bei dem auch Alinas Freund Otto sowie Sonja, seine Münchner Bekannte, aber auch Michael, Helga und Sebastian und noch einige andere Einheimische Anton und Susanne wie lang abwesende Heimkehrer feiern, obwohl die beiden ja nur einige Tage unterwegs waren!

Alina und Anton umarmen sich auffällig lang. Irene Schaller, die Frau des Rechtsanwaltes und Mutter Alinas, bemerkt es mit Freude: Sie würde Anton viel lieber als Freund von Alina sehen als Otto, der sie auch mit seiner „Vielweiberei", wie sie es nennt, weil er immer Sonja mitbringt, nervt. Und nun sieht sie, dass sich sogar Susanne mit Otto gut zu verstehen scheint. Die Blicke, die Susanne zwischendurch ihrem mit Alina flirtenden Bruder Anton zuwirft verwirren Irene. Auch die Stimmung zwischen Sebastian und Susanne ist eigenartig. Irene ist nicht besonders konservativ, aber wenn sie wüsste, wie viele der jungen Menschen mit mehr als einer Person sehr enge Beziehungen haben, wäre sie verblüfft und besorgt, in Vorahnung von zukünftigen Beziehungskatastrophen.

Alina ist nicht in bester Stimmung. So nett Anton zu ihr ist, sie ist traurig, dass er nach Bad Mitterndorf übersiedeln wird, obwohl Otto darüber offenbar sehr erleichtert ist. Dass Anton ihr ein schönes Buch über Bad Mitterndorf und das Ausseerland schenkt als Aufforderung, „oft und lang auf Besuch zu kommen" tröstet sie nur ein wenig. Sie ist sich immer weniger klar, ob sie den offiziellen Freund Otto (nett, aber etwas langweilig) nicht gerne gegen den fantasievollen Anton tauschen würde … sie darf gar nicht an den herrlichen Traunsteinausflug oder die paar Treffen danach denken! Gleichzeitig ist sie auf sich selbst zornig, weil sie (wie absurd!) sogar auf Susanne, die Schwester von Anton, eifersüchtig ist (darf doch wohl nicht sein!), weil die beiden so viel zusammen machen und sich zweifellos sehr gut verstehen. Und nun fahren sie morgen sogar zusammen nach Zürich.

Der alte Schaller winkt Anton bei einer Gelegenheit in eine ruhige Ecke:

„Ihr seid morgen um 16 Uhr bei der UBS in Zürich, Bahnhofstrasse 45, zur Öffnung des Schließfachs angemeldet, zu dem du den Schlüssel hast. Niemand weiß, was sich im Schließfach befindet. Nehmt eine große Tasche mit, räumt alles aus und wenn etwas Besonderes passiert, kontaktiert mich sofort. Bitte seid pünktlich dort. Parken kannst du in der öffentlichen Garage, Widdergasse 1, von dort sind es keine 150 Meter zur Bank. Kommt dann sofort zurück nach Ebensee, es würde mich nicht wundern, wenn wir dann einiges zu besprechen haben."

Anton ist wie vom Donner gerührt. Warum kümmert sich Schaller so sehr um die Öffnung des Schließfachs und hat sogar alles bis hin zum Parkplatz organisiert? Was weiß Schaller, das er nicht weiß?

„Gibt es besondere Gründe für diese von dir so genau geplante Aktion?", erkundigt er sich verwirrt.

Der alte Schaller zögert.

„Nein, nicht wirklich. Aber bedenke: Warum haben deine Eltern nicht alles in eurem Versteck belassen, sondern einiges unter sicher großen Gefahren in die Schweiz gebracht. Das macht mir Kopfzerbrechen und darum habe ich versucht, einige Vorkehrungen zu treffen. Aber: Sei einfach vorsichtig."

Als Anton und Susanne am nächsten Tag um acht Uhr aufbrechen, wissen sie nicht, dass der Journalist Hoffmann einen GPS-Sender an der Unterseite ihres Autos montiert hat, um immer zu wissen, wo sie sind. Freilich weiß Hoffmann auch nicht, dass er selbst ähnlich, nämlich von Detektiven Schallers, observiert wird.

Da die reine Fahrzeit Ebensee-Zürich über Salzburg-München-Bregenz-St. Gallen nur ca. fünf Stunden beträgt, haben es die Ferers nicht besonders eilig und machen eine längere Pause in St. Gallen, um die tolle Klosterbibliothek zu besuchen. Ohne Routingsystem hätte sich Anton in Zürich sicher schwer getan, so aber findet er (oder eigentlich das Auto) die Widder-Garage sofort. Anton und Susanne werden wenig später bei der UBS wie VIPs mit einem Gläschen Sekt und Brötchen empfangen: Der alte Schaller hat offenbar alle seine Beziehungen spielen lassen.

Schließlich werden sie in ein Gewölbe geführt. Als der Schlüssel Antons das nummerierte Schließfach öffnet, ziehen sich die Bankmitarbeiter diskret zurück und schließen eine Tür hinter sich, die nur von Anton und Susanne (von innen) geöffnet werden kann. In der Lade vor ihnen liegen 26 Päckchen, ein großes Kuvert und ein Brief mit der Aufschrift „Bitte zuerst lesen". Die beiden kommen sich vor wie in einem schlechten Kriminalfilm. Aber es kommt noch dicker, als sie den Brief lesen:

„In den 26 Päckchen befindet sich je ein Barren von einem Kilogramm Gold. Die Barren sind als „Raubgold" markiert,

d. h. sie stammen illegal aus dem Besitz von Insassen von KZs, müssen daher den Behörden übergeben werden."

Susanne sieht Anton fragend an: „Weißt du, was das bedeutet?"

Anton antwortet: „Jedes Päckchen stellt heute einen Wert von ca. 80.000 N-Euro dar. Aber, da sie Raubgold sind, müssen sie, wenn ich mich richtig erinnere, innerhalb von 24 Stunden den Behörden übergeben werden, ansonsten können langjährige Haft- und Geldstrafen gegen uns verhängt werden. Ich glaube, der alte Schaller ahnte so etwas, er hat mich gestern indirekt gewarnt. Ich erzähle dir alles genauer später. Lesen wir jetzt einmal weiter."

„Das große Kuvert enthält neben Wertbriefen, die jede große Bank in Bargeld umwandeln kann, drei Schlüssel zu weiteren Schließfächern mit jeweils weiteren 40 kg Gold. Dieses Gold und die Wertpapiere sind rechtlich einwandfreier Besitz der Familie Adolf Ferer. Der Ankauf wurde durch den Verkauf von Immobilien der Familie Ferer, vor allem ihrer großen Besitztümer in der Schweiz, die schon seit Generationen der Familie gehören, laut beiliegenden Urkunden möglich. Diese 120 kg Gold und was immer die Papiere zum gegenwärtigen Zeitpunkt an Wert besitzen gehört also der Familie Adolf Ferer bzw. deren Erben. Ich bitte um weise Verwendung."

Susanne blinzelt Anton ungläubig an: „Du bist auf einmal Millionär!"

Anton schluckt. „Ja, so scheint es zu sein. Ich glaube nicht, dass das unsere Pläne ändern sollte. Du studierst jetzt in Graz. Ich übernehme die Werkstätte in Bad Mitterndorf. Aber was immer ich jetzt an zusätzlichen Mitteln habe, will ich versuchen dafür einzusetzen, dass in Bad Mitterndorf ein Musterbeispiel für die vernünftige Verwendung moderner Technologie entsteht, als Gegenpol zu Konzernen, die die Welt kontrollieren und die Menschen zu Konsumenten von überflüssigen Geräten und dummer Unterhaltung degradieren."

„Aber", fährt Anton fort, „wir müssen nun die Schließfächer leeren. Den Inhalt von diesem einen hier transportieren wir mit der mitgebrachten Tasche ab und bringen ihn ins Auto. Dann kaufen wir weitere Rucksäcke oder Taschen für die 120 Kilo Gold. Wir können so viel Gewicht nicht bis zur Garage tragen. Während ich die Fächer leere fährst du bitte dann mit dem Auto in die Parkverbotszone vor dem Eingang der Bank und dort laden wir alles ein. Die Wertpapiere soll der alte Schaller behandeln. Einverstanden?"

Susanne nickt zweifelnd: „Wie sollen wir so viele Taschen oder Rucksäcke tragen, selbst wenn sie nach dem Kauf noch leer sind?"

Anton lacht: „Gold hat ein hohes spezifisches Gewicht. Ein Kilo braucht nur ungefähr 60 Kubikzentimeter Platz, d. h. wir kaufen vier Behälter verschiedener Größe, die wir – solange sie leer sind – teilweise ineinander legen können und die dann mit 30 kg gerade noch tragbar sind."

Anton trägt schwer an der ersten Tasche mit den 26 Päckchen von der UBS zum Auto in der Garage, wo sie die Tasche im Kofferraum des Autos einsperren. Dann gehen sie zu einem Geschäft, wo sie vorher Reiseutensilien gesehen haben, kaufen vier Tragtaschen und kehren zur Bank zurück, die sie schon vorher entsprechend informiert haben. Während Anton den Inhalt der Schließfächer verstaut, eilt Susanne zur Garage zurück, um das Auto zu holen.

★ ★ ★

Hoffmann hat mit Interesse gesehen, wie Anton und Susanne mit einer offenbar schweren Tasche von der Bank kamen und diese im Auto einsperrten. Zu seiner Verwunderung gingen sie anschließend wieder weg.

Hoffmann zögert lange, bevor er beschließt, das Auto zu knacken. Er nähert sich vorsichtig und bricht das Kofferraumschloss so geschickt auf, dass es nicht zerstört wird. Er öffnet die Tasche und einige der Päckchen. Er kann es kaum glauben, als er die Goldbarren sieht. Seine Brillenkamera nimmt alles auf. Er ergreift einen Goldbarren. Bevor er die Möglichkeit hat mehr zu nehmen hört er Schritte. Susanne kommt zurück! Er gibt rasch den einen Barren in sein Attachékofferchen, schließt vorsichtig den Kofferraum und versteckt sich hinter dem Nachbarauto so geschickt, dass Susanne ihn nicht bemerkt, als sie mit dem Auto aus der Garage zur UBS fährt.

Dort warten bereits Anton und zwei Mitarbeiter der Bank, um die zusätzlichen Gepäcksstücke einzuladen. Dabei fällt Anton auf, dass der Kofferraum unversperrt ist. Ungläubig öffnet er ihn. Zuerst sieht er mit Erleichterung, dass die Tasche noch da ist. Aber sie ist offen und ein Päckchen fehlt!

„Jemand hat in das Auto eingebrochen und ein Päckchen genommen", stammelt er entsetzt.

Die Bankangestellten wissen nicht, was das alles bedeuten soll. Plötzlich steht ein kräftiger, dunkelhaariger Mann neben Anton und zeigt ihm einen Ausweis: „Dirk Drehmann, Detektiv" und sagt fast im Befehlston:

„Rufen Sie sofort Herrn Schaller in Ebensee an. Nicht den aktiven Rechtsanwalt, sondern dessen Vater. Ich bin in seinem Auftrag hier."

Anton nickt und berichtet Schaller, der sich sofort meldet, dass ein wertvolles Päckchen aus dem Auto in der Garage gestohlen wurde. Schaller fällt ihm ins Wort.

„Keine Details am Telefon. Pack' alles, was ihr habt in das Auto, kommt sofort nach Ebensee zurück. Ich werde auf euch warten, ihr werdet gegen zwei Uhr früh hier sein. Aber hetzt nicht, fährt vorsichtig, bleibt irgendwo auf ein einfaches Essen stehen, aber lasst das Auto nicht aus den Augen. Um den Rest kümmert sich Herr Drehmann. Und jetzt macht euch sofort auf den Weg."

Wie in Trance befolgt Anton die Anweisungen des alten Schallers. Bald sind die Ferers mit mehr als 150 kg Gold im Auto auf der Autobahn Richtung Bregenz unterwegs.

★ ★ ★

Detektiv Drehmann eilt in die Garage. Sein Kollege sieht sich dort mit dem Wächter das Überwachungsvideo der letzten halben Stunde an. Was sie sehen, überrascht sie kaum. Hoffmann ist deutlich zu erkennen, wie er den Kofferraum öffnet, etwas aus der Tasche entnimmt und sich dann versteckt, als Susanne zurückkommt. Kaum ist sie weg, verlässt er die Garage. Sie sind sicher, dass er zu seinem Auto läuft, das er wo anders geparkt hat. Dadurch hatten sie ihn kurzfristig aus den Augen verloren, weil sie sich auf die Sicherung der Ferers konzentrierten. Drehmann nickt seinem Kollegen zu:

„Du weißt, was du zu tun hast?"

„Ja."

„Gut, ich folge den Ferers als Schutz, falls notwendig."

Anton und Susanne haben keine Ahnung, dass nur knapp hinter ihnen Hoffmann unterwegs ist. Dieser überlegt, wie er vielleicht noch mehr Gold erbeuten kann, wenn die Ferers irgendwo eine Pause machen werden. Nur eine kurze Distanz hinter Hoffmann fährt Drehmann. Bei einer Raststelle nahe St. Gallen halten die Ferers, holen sich aber nur einen Kaffee aus einem Automaten und werfen die leeren Becher in einen Abfallkübel. Hoffmann wartet, bis die Ferers weg sind, dann holt er sich die beiden leeren Becher vorsichtig aus dem Abfall. Drehmann beobachtet Hoffmann mit einem Nachtsichtgerät, kann sich aber zunächst auf die

Aktion keinen Reim machen. Dann fällt ihm plötzlich doch ein möglicher Grund ein. Bald sind alle drei Autos wieder in Richtung Bregenz unterwegs.

Susanne und Anton werden nicht nur müde, sondern auch hungrig. Sie bleiben schließlich bei einer Autobahnraststätte stehen. Sie benötigen lange bis sie einen Platz für ihr Auto finden, den sie von der Terrasse aus im Auge behalten können. Hoffmann parkt etwas weiter weg. Er nimmt eine Einkaufstasche und schlendert in den Laden bei der Tankstelle, wo er ein paar Kleinigkeiten kauft. Gemütlich spaziert er dann auf dem Parkplatz umher. Er versucht von den Ferers ungesehen zu deren Auto zu kommen. Zu seinem Ärger sieht er, dass sich die beiden so gesetzt haben, dass sie direkt auf das Auto sehen können. Freilich, wenn er sie irgendwie ablenken könnte, um unbemerkt zum Auto zu kommen, könnte er sich hinter den Kofferraum ducken und wäre dann durch den Aufbau des Tourans nicht sichtbar. Einige Scheine reichen, um einen Kellner zu überreden, „seinen Freunden einen Streich zu spielen und ihnen mit viel Getue eine Flasche Sekt zu bringen".

Tatsächlich klappt die Ablenkung und Hoffmann kommt ungesehen zum hinteren Ende des Autos. Bevor er aber eine Chance hat, den Kofferraum zu öffnen, ruft ein kräftiger Mann mit dunklem Haar aus nur einigen Metern Entfernung:

„Halt! Was machen Sie da mit dem Auto, das nicht Ihnen gehört!"

Drehmann hat Hoffmann genau beobachtet.

Hoffmann ist mehr verärgert als ängstlich, denn bei Ausreden ist er immer gut.

„Mich interessiert dieses Auto überhaupt nicht, aber ich suche mein Feuerzeug, das mir hinunter gefallen ist."

Hoffmann bückt sich unter das Auto und zeigt dann triumphierend das Feuerzeug, dass er gerade „wiedergefunden" hat. Drehmann ärgert sich über den Befehl seines Auftraggebers, nichts gegen Hoffmann zu unternehmen: Das Überwachungsvideo würde doch wohl reichen, um Hoffmann wegen Einbruchs in ein Auto zu verurteilen?

So aber muss Drehmann Hoffmann fahren lassen. Er folgt ihm bis fast zu seiner Wohnung in München, als sein Kollege ihn vidont:

„Hoffmann ist gerade in seine Wohnung gegangen. Es ist alles vorbereitet, die Aktionen Hoffmanns werden genau dokumentiert werden."

„Danke", brummt Drehmann, „dann noch gute Arbeit. Ich mache für heute Schluss. Wenn was Ungewöhnliches passiert, kannst du mich jederzeit vidonen."

★ ★ ★

Während Anton und Susanne noch einige Zeit bis Ebensee zu fahren haben, packt Hoffmann in seiner Wohnung den Goldbarren aus und untersucht ihn liebevoll im Schein der Schreibtischlampe. Ja, er ist als Raubgold markiert, d. h. er muss ihn entweder am nächsten Tag der Polizei übergeben oder er muss die Markierung entfernen. Sein Juwelierfreund wird das für einen kleinen Betrag tun. Der Juwelierladen liegt auch bequem auf dem Weg zum Labor, wo er die beiden Becher hinbringen will. Mit den ca. 80.000 N-Euro, die er für das Kilogramm Gold bekommen wird hat sich seine Aktion „Recherchen in Ebensee" schon jetzt ausgezahlt. Aber er rechnet sich gute Chancen aus, noch viel mehr zu erreichen.

Der erste Weg am nächsten Tag führt Hoffmann also zum Juwelier. Dieser entfernt die Markierung vom Barren professionell und zersägt ihn in 20 kleine Stücke, von denen er eines für seine Arbeit behält. Die anderen deponiert

Hoffmann als „Notgroschen" in einem Tresor des Juweliers. Als er die Becher in das Labor bringt wird ihm das Ergebnis bis Nachmittag versprochen. So lange beschließt Hoffmann in München zu bleiben, bevor er am Abend nach Ebensee fährt, um dort, wie er hofft, mit einer kleinen Erpressung noch eine größere Summe zu ergattern.

★ ★ ★

Susanne und Anton kommen um zwei Uhr früh in Ebensee an. Der alte Schaller und Alina erwarten sie. Die Behälter mit den 120 Kilogramm Gold werden in den großen Kellertresor gesperrt, die Tasche mit den 25 Raubgoldbarren und die Wertpapiere wandern in das Arbeitszimmer.

Über einer von Alina gekochten Hühnersuppe und einer Flasche Wein wird die Situation besprochen. Schaller erklärt:

„Wir werden heute Abend die 25 Barren Raubgold der Polizei in Linz übergeben. Natürlich übergeben wir auch eine Presseerklärung, die mit unserer Namibia-Geschichte zusammenpasst: Der Schließfachschlüssel wurde von dort übermittelt. Es ist gut, dass die Barren durchlaufend nummeriert sind, d. h. dass der gestohlene Barren eine Nummer vorher oder nachher hat. Da Hoffmann den Barren gestohlen hat, glaube ich, dass er nicht vorhat, ihn der Polizei zu übergeben. Um aber einer saftigen Strafe zu entgehen wird er die Markierung entfernen und den Barren in Teile zerlegen lassen, die er dann bei Gelegenheit wohl vorhat zu verkaufen."

Alina sieht ihren Großvater verdutzt an: „Du erlaubst also wirklich, dass der Lump mit seinem Diebstahl einfach so 80.000 N-Euro verdient und unbehelligt davon kommt?"

„Ich hoffe, ich kann das verhindern", schmunzelt der alte Schaller, „aber ich kann es nicht garantieren, drum will ich euch den Trick noch nicht verraten."

Zu Anton gewendet fährt er fort: „Was hast du mit der riesigen Geldsumme vor, die in den 120 Kilo Gold steckt und zu der noch einiges durch die Wertpapiere dazu kommen wird?"

„Susanne und ich haben beschlossen, unser Leben wie geplant weiter zu führen. Wenn sich Bad Mitterndorf gut entwickelt will ich versuchen, dort ein Beispiel zu entwickeln, wie man Technologie vernünftig einsetzen kann. Es ist viel zu früh, jetzt über Details zu reden, bitte."

„Zu früh, um darüber zu reden", stimmt Schaller zu, „und zu spät, um noch länger aufzubleiben. Ich werde nur noch einen Blick auf die Wertpapiere werfen, einen Text für die Presseerklärung und das Übergabeschreiben entwerfen – beides soll mein Sohn morgen prüfen. Ich schlage vor, wir treffen uns alle hier im Haus um 12:30 Uhr auf ein Essen, gehen die Dokumente durch und fahren dann nach Linz zur Polizeidirektion, wo ich uns anmelden werde. Da die Barren nachweislich gestern um 16:30 gefunden wurden, müssen wir sie bis längstens 16:30 heute abgeben, d. h. wir fahren hier um 14:15 ab. Einverstanden?" Alle bewundern die Energie des 73-jährigen Schallers und ziehen sich mit Gute-Nacht-Wünschen zurück.

★ ★ ★

Hoffmann ist unzufrieden, als er erfährt, dass die Laborergebnisse nicht mehr am selben Tag fertig werden.

„Na ja, war ja ohnehin nur ein Schuss ins Blaue", beruhigt er sich und fährt von München nach Ebensee. Er wohnt wieder in der Post. Es gibt keine Nachrichten oder Gespräche über Raubgoldbarren. Damit steht wohl fest: Die Ferers haben das Raubgold nicht abgeliefert, haben sich damit strafbar gemacht und sind somit leicht erpressbar. Er freut sich auf das Gespräch mit dem alten Schaller, das er für 10 Uhr am nächsten Tag vereinbaren konnte.

In seiner Vorfreude schläft Hoffmann tief und gut. Endlich läuft alles in seinem Leben wie er es immer wollte! Das Frühstücksbuffet ist reichhaltig und nach seinem Geschmack. Zur zweiten Portion Kaffee gönnt er sich ein Glas Sekt und nimmt ein Exemplar der Oberösterreichischen Nachrichten.

Das Glas Sekt entgleitet seiner Hand und er wird bleich. In ganz großen Buchstaben steht auf der ersten Seite:

„Der Sensationsfund von Ebensee hat eine Fortsetzung: 25 Kilo Raubgold konnten entdeckt werden und wurden den Behörden übergeben."

Es wird ausführlich berichtet, dass am späten Nachmittag des Vortags den Behörden in Linz von RA Schaller Senior im Namen von Susanne und Anton Ferer 25 Barren Raubgold, die bis vorgestern unbekannt in einem schweizer Schließfach lagen, übergeben wurden. Dann folgt ein Loblied auf die Schallers, die Ferers, die Ehrlichkeit aller Ebenseer und die Großzügigkeit eines anonymen Spenders, der einen Betrag von 80.000 N-Euro für karitative Zwecke zusätzlich gespendet hat.

„Wie kann man so dumm sein, einfach zwei Millionen Euro zu verschenken", ärgert sich Hoffmann. Und dann noch ein verrückter anonymer Spender, unglaublich! Seine geplante Erpressung auf der Basis der Bilder, die seine Brillenkamera vom Inhalt des Kofferraums in Zürich gemacht hatte ist damit unmöglich geworden. Er kann jetzt genauso gut gleich nach München zurückfahren: Das Gespräch mit dem alten Schaller ist hinfällig.

In diesem Augenblick vibriert sein Smartphone. Ärgerlich sieht es Hoffmann an. Das DNS-Labor München vidont ihn!

„Herr Hoffmann?"

„Ja."

„Es tut uns leid, dass wir Ihnen gestern die Ergebnisse der DNS-Proben auf den Bechern nicht mehr geben konnten. Sie erwiesen sich als so überraschend, dass wir den Test wiederholen mussten. Sie wollten doch wissen, ob die beiden Personen Geschwister sind. Nun, sie sind es nicht."

‚Mein leiser Verdacht war also doch richtig', lobt sich Hoffmann im Stillen selbst.

„Danke für die Information. Sind die Mütter oder die Väter verschieden?"

„Herr Hoffmann, Sie scheinen nicht zu verstehen. Es sind weder Geschwister noch Stiefgeschwister. Susanne und Anton kommen von zwei verschiedenen Elternpaaren. Wenn Sie von einem der beiden oder beiden einen Verwandten finden, könnten wir vermutlich feststellen, von welcher Familie wer kommt."

Hoffmann ist sprachlos. „Herr Hoffmann, sind Sie noch da?"

„Ja, ja, sind Sie auch ganz sicher?"

„Hundertprozentig. Die Analyse wird Ihnen parallel zu dieser Verbindung übermittelt. Danke nochmals für Ihren Auftrag und noch einen schönen Tag."

Hoffmann versteht die Welt nicht mehr. Warum treten die beiden als Geschwister auf, obwohl sie ganz verschiedene Eltern haben. Hinter der Geschichte steckt also noch mehr als „nur" Kunstwerke und Raubgold. Was kann es dann sein? Eines ist klar: Jetzt sind Schaller und die Ferers erst recht erpressbar!

Wenig später ist er beim alten Schaller, der ihn sehr kühl empfängt.

„Nun, ich glaube, ich komme gleich zur Sache", meint Hoffmann, „vielleicht haben Sie die Güte, sich diese DNS-Analysen von Susanne und Anton anzusehen", schiebt er den aus München gesandten Ausdruck zu Schaller. Dieser blickt nur kurz darauf hin und sagt dann ganz ruhig:

„Also glauben Sie jetzt, dass die beiden nicht Geschwister sind. Ja, ja, da hat wohl jemand Dokumente fälschen lassen. Da viele die beiden als Geschwister behandeln, sollen sie das auch bleiben. D. h. Sie werden das Ergebnis der Analysen nicht bekannt geben und löschen lassen."

Hoffmann ist amüsiert. „Ich sehe, Sie sind vernünftiger als erwartet. Natürlich werde ich tun, was Sie wollen, wir müssen uns nur auf die Summe einigen, die Sie für mein Schweigen bezahlen."

Schaller lächelt Hoffmann an: „Wenn Sie Glück haben bekommen Sie von mir als Gegenleistung MEIN Schweigen. Aber da Sie ja manchmal sehr großzügig sind, erwarte ich vielleicht noch eine zusätzliche Spende."

Hoffmann ist irritiert und ärgerlich: „Was soll das Gerede von einer Spende oder einer zusätzlichen Spende. Ich habe noch nie etwas gespendet."

„Sie sind sehr bescheiden", Herr Hoffmann, „immerhin hat Ihr Juwelierfreund in München in seinem und Ihrem Namen unter der Bedingung anonym zu bleiben gestern ein Kilogramm Gold gespendet ... es steht ja auch schon lobend in der Zeitung. Haben Sie es nicht gesehen? Sie sind so bleich, Herr Hoffmann, hier, trinken Sie einen Schluck Wasser und ich zeige Ihnen ein paar Videoclips zur Erklärung."

Der erste Film zeigt, wie Hoffmann in der Züricher Garage in das Auto von Anton einbricht, die Goldbarren entdeckt und einen an sich nimmt, als sich Susanne nähert. Die Aufnahme ist scharf genug, dass man sogar die Markierung für Raubgold sehen kann. Der zweite Clip zeigt Hoffmann in seiner Münchner Wohnung, wie er beim Licht der Schreibtischlampe den Raubgoldbarren genau untersucht. Es geht weiter mit einem etwas unscharfen Bild durch das Fenster eines Juwelierladens, wo Hoffmann mit dem Besitzer verhandelt, der dann an einem Goldbarren hantiert, ihn offenbar auch zerteilt, ein Teilstück für sich behält, die anderen in einen Tresor sperrt.

„Sie können sich sicher vorstellen, dass es dem Juwelier leicht zu erklären war, dass er an einem schweren Verbrechen mitgewirkt hatte und nur die Überweisung des unrechtmäßig erworbenen Goldes uns von einer Anzeige abhalten würde. So wurden Sie also beide zu großzügigen anonymen Spendern. Aber, weil Sie so stolz auf die DNS-Analyseergebnisse waren, wird Sie der letzte Clip besonders amüsieren."

Dieser zeigt, wie Hoffmann die beiden Becher im Labor abgibt. Kaum ist er gegangen tritt ein kräftiger, dunkelhaariger Mann in das Labor, den Hoffmann als den Mann von der Autobahnraststätte wiedererkennt.

„Herrn Hoffmann ist ein Fehler passiert. Der Becher auf dem Susanne Ferer steht ist in Ordnung, der Becher auf dem Anton steht ist aber mit einem anderen Anton vertauscht worden: Sie sehen ja, hier steht richtig Anton Ferer, auf dem anderen nur Anton. Tut uns leid."

„Kein Problem, wir hatten ja noch nicht mit der Analyse begonnen."

Schaller schüttelt den Kopf: „Tja, so wurde der Speichel von Susanne mit dem von Detektiv Drehmann verglichen. Sie haben damit eindeutig bewiesen, dass die beiden keine Geschwister sind. Ich bin nicht sicher, wem das hilft."

Hoffmann springt auf: „Sie sind ein Teufel. Das werde ich Ihnen heimzahlen."

„Das werden Sie nicht. Die Filmclips und alle notwendigen Erklärungen sind in einem Tresor in der Polizeidirektion in einem Umschlag verwahrt, auf dem steht, dass er zu öffnen ist, wenn mir oder einem der Ferers etwas zustößt. Ich habe übrigens ein zweites Duplikat der Unterlagen, das ich veröffentlichen werde, wenn Sie sich noch einmal in Oberösterreich oder der Steiermark sehen lassen."

Hoffmann scheint seine Fassung zurück zu gewinnen.

„Mich stört die Veröffentlichung der Unterlagen nicht. Ich habe in Zürich nur in das Auto eingebrochen, um zu erreichen, dass das Raubgold wirklich den Behörden übergeben wird oder zumindest karitativen Zwecken zufließt, wie ich ja mit meiner Spende bewiesen habe."

„Sie sind zu unaufmerksam, Herr Hoffmann. Sonst hätten Sie bemerkt, dass Ihre Spende erst um 19 Uhr überwiesen wurde. Gerade noch rechtzeitig für die Morgenausgabe der Zeitung, aber deutlich nach der gesetzlichen Abgabefrist. Nun ja, ich gebe zu, dass die enge Auslegung der 24-Stunden-Frist ungewöhnlich ist, aber Sie können gerne recherchieren: Es gibt schon zwei Präzedenzfälle, in denen eine Überschreitung der Frist streng geahndet wurde. Im Übrigen: Das Spenden war ungesetzlich. Sie hätten das Gold den Behörden übergeben müssen. Ich glaube, Sie sollten mehr als dankbar sein, dass ich nicht rachsüchtig bin und daher die ganze Angelegenheit nicht weiter verfolge. Guten Tag."

Obwohl der alte Schaller mit sich und seinen Detektiven mehr als zufrieden sein könnte, ist er doch unruhig. Wenn Drehmann nicht so aufmerksam gewesen wäre, die Geschichte mit den Bechern zu entdecken und dann den Tausch zu managen, dann wäre es vielleicht wirklich ans Tageslicht gekommen, dass Susanne und Anton keine Geschwister sind. Wenn das geschähe, hätte er ein größeres Problem mit Dokumentenfälschung. Auch eine menschliche Komponente bedrückt Schaller. Anton und Susanne verstehen sich sehr gut. Es könnte durchaus sein, dass sie zusammen bleiben wollen. Aber wie sollen Geschwister heiraten können? Noch komplizierter wird es durch Alina: Er ist sicher, dass sie, ohne es sich noch einzugestehen, in Anton verliebt ist und die Nähe Anton-Susanne nur erträgt, weil sie Susanne als Schwester von Anton, nicht als Konkurrentin sieht.

Auch der enorme Reichtum, der plötzlich Anton gehört macht ihm fast Angst: Kann ein 23-Jähriger mit so viel plötzlichem Geld fertig werden? Zu den Millionen N-Euro kommen noch viele durch Wertpapiere dazu, das meiste in Immobilieninvestmentfonds, deren Wert sich fallweise stark erhöht hat! Wann soll er dies Anton sagen und wie ihn beraten? Dazu kommt die rechtliche Situation. Das Geld gehört moralisch nur Anton, aber da auf dem Papier Susanne seine Schwester ist, gehören ihr 50 %. Werden sich die beiden vernünftig einigen können?

Plötzlich weiß er, was er tun muss.

★ ★ ★

Hoffmann fährt bedrückt nach München zurück. Er lässt sich dabei alles noch einmal durch den Kopf gehen, auch wo er Fehler gemacht hat. Je mehr er nachdenkt, umso mehr kommen ihm einige Punkte ungereimt vor: Warum wurde der Becher vertauscht, wenn die beiden ohnehin Geschwister sind? Dann hätte das Analyseergebnis ja keinen Unterschied gemacht, es sein denn, Schaller wollte sich durch den Tauch nur auf seine Kosten amüsieren. Aber für boshaft hält er Schaller eigentlich nicht, denn sonst hätte er ihn ja doch sofort anzeigen können. Dass er es nicht vorhat, ist zwar angenehm, nur, ist es für Schaller nicht sogar gefährlich von einem Verbrechen zu wissen und es nicht zu melden? Im Übrigen, er war ja fast verwundert, dass Schaller bereit war, ihm ohne Angabe von Gründen so rasch einen Termin zu geben. Warum tat er das? Er hat bei diesem ganzen Fall bisher kein Glück gehabt. Aber sein journalistischer Instinkt war noch immer richtig. Irgendwas ist da doch faul, denkt er. Nein, er wird nicht aufgeben. Er nimmt die Drohung, nicht nach Oberösterreich oder die Steiermark zurückzukehren ernst. Aber vielleicht sollte er sich einen ausgiebigen

Namibia-Arbeitsurlaub gönnen und ansonsten warten, bis Schaller gestorben ist. So tatkräftig er oberflächlich scheint, er dürfte nur noch einige Jahre zu leben haben. Ob man vielleicht sogar versuchen sollte ein bisschen nachzuhelfen?

Die Erfolgsgeschichte beginnt

Der alte Schaller bespricht erst fünf Tage später mit Anton und Susanne die neue Situation, weil die beiden „vorher einiges erledigen wollen", wie sie sich ausdrückten. Schließlich sitzen sie bei Schaller und dieser beginnt nach einigen Höflichkeiten ernsthaft:

„Auf dem Papier sei ihr beide nun Millionäre. Da aber nur Anton mit Adolf Ferer verwandt ist, gehört moralisch eigentlich alles ihm. Ist euch das klar und habt ihr euch schon überlegt, wie ihr vorgehen wollt?"

Fast zu liebevoll (so scheint es dem alten Schaller) legt Susanne die Hand auf Antons Arm.

„Ja, uns ist die Situation klar. Ich vertraue Anton und dir vollständig und wir haben schon besprochen, wie es weitergehen soll. Anton, willst du die Details erklären und würdest du, Franz, als Rechtsanwalt gleich alles festhalten?"

„Effizient wie immer", denkt sich der alte Schaller und schaltet das Gerät ein, das nun die Vorstellungen Antons aufnehmen und gleich in Text umwandeln wird.

Anton erklärt in groben Zügen: „Susanne wird in Graz eine Kombination von Biologie, Life Sciences und Telematik-Nanoelektronik studieren. Wir kaufen eine große Wohnung in Graz auf ihren Namen: Als wir dort waren, war sie uns selbst zum Mieten zu teuer, aber wir haben jetzt den Kaufpreis und Konditionen ausgehandelt. Alle Unterlagen dazu und auch alle anderen Zahlen sind auf diesem Chip", den er dem alten Schaller übereicht, „bitte prüfe alles, damit wir den Kaufvertrag abschließen können. Natürlich bekommt Susanne alles, was sie für die Wohnungseinrichtung benötigt, auch für eine Einliegerwohnung für Gäste, die ich fallweise benützen werde, wenn Susanne sie nicht gerade für etwas anderes braucht. Ich werde immer wieder in Graz sein, denn ich will dort mit einigen Instituten zusammenarbeiten, dazu mehr später. Natürlich bekommt Susanne ein Auto, dass sie sich aussucht und ein großzügiges Verfügungskonto und Sparkonto, die Zahlen sind auch auf dem Chip."

„Nun zu mir", setzt Anton fort „Mein Onkel hat mir zu einem angemessenen Preis die Werkstätte in Bad Mitterndorf bereits gestern übertragen. Sein Einfluss in Bad Mitterndorf ist groß genug, dass ich den Betrieb auf Grund meiner Papiere (die zuerst angezweifelt wurden) über meine Ausbildung und Prüfung zum Werkstattmeister in Namibia leiten darf. Ich kaufe mir ein großes Haus in der Nähe der Werkstatt, auch da laufen die Verhandlungen bereits. Dieses Haus hat sogar zwei Einliegerwohnungen, sodass Susanne (jederzeit) und noch jemand anderer gleichzeitig dort wohnen können. Es gibt zum Glück in der Nähe der Werkstatt meines Onkels mehrere leer stehende Häuser und Hallen, die gewerblich genutzt werden dürfen, die kaufe ich alle. Ich kann damit und mit modernen Geräten die Werkstatt sehr aufwerten. Eines meiner Ziele – und Susanne unterstützt dies voll – ist es, mehr Nachhaltigkeit in unsere Gesellschaft zu bringen, also z. B. weniger wegwerfen und mehr reparieren. Ich habe bereits Michael überzeugen können, die Werkstättenleitung meiner Firma in Bad Mitterndorf zu übernehmen, da er dort, noch sehr viel mehr als in Ebensee, nicht nur jedes Auto jedes Fabrikats reparieren, sondern sich auch um andere Fahrzeuge und selbst Geräte wie Staubsauger, Rasenmäher, Waschmaschinen usw. kümmern können wird. Der Werkstättenbereich wird Teil einer in Gründung befindlichen GmbH, der FMFA, die im Laufe der Zeit um viele andere Aufgaben erweitert wird."

Der alte Schaller unterbricht überrascht: „Was heißt FMFA?"

Da windet sich Anton etwas verlegen: „Wir wollen die Gesellschaft nur über das Kürzel bekannt machen, aber es kann als „Firma Mit Futuristischen Anliegen" gesehen werden, nur wurde es von Witzbolden bereits auch als ‚Ferer Macht Fast Alles' interpretiert."

Der alte Schaller schmunzelt „Aber der Vater Michaels, braucht der seinen Sohn nicht in Ebensee in der Werkstatt?"

Anton wiegt den Kopf: „Wir hatten lange Gespräche. Um es kurz zu machen: Die Werkstatt in Ebensee wird vom Vater weiter betrieben, er ist ja noch keine 50, aber komplexe Aufgaben werden mit dem größeren technologischen Know-how in Bad Mitterndorf abgearbeitet. Ebensee wird so eine Art Außenstelle von Bad Mitterndorf werden. Der schon von allen unterschriebene Vertrag ist auch auf dem Chip, dem ich dir gegeben habe, Michaels Vater hat da seinen eigenen Anwalt in Ischl eingeschaltet."

Anton schaut den alten Schaller fragen an: „Wird es zu viel oder soll ich weitermachen?"

„Nur zu!"

Anton fährt fort. „Wir haben große, vielleicht größenwahnsinnige Vorhaben in Bad Mitterndorf. Es geht nicht nur um „reparieren". Wir wollen den Verkauf leicht reparierbarer und von Batterien unabhängigen Geräten fördern."

Der alte Schaller schaut fragend.

Anton erklärt: „Warum so viele Geräte eine Batterie benötigen und die Messergebnisse oft digital statt mit einem Zeiger oder einer Skala analog anzeigen, ist wohl nur kommerziell motiviert. Armbanduhren sollte man aufziehen können (oder sie ziehen sich selbst auf), Thermometer, Fieberthermometer, Barometer usw. warum benötigen die alle eine Batterie?

Wir werden auch eine Fabrik für spezielle e-Bikes einrichten, eine Idee von Susanne, wir wollen über Kooperationen mit Universitäts- und FH-Instituten neue Methoden zur Energieerzeugung entwickeln, z. B. statt Fotovoltaik Thermovoltaik, wir wollen Anwendungen von Graphen mit Spezialisten der TU Wien verfolgen. Für jede Sparte ist ein bestimmtes Startkapital vorgesehen: Wenn nicht entsprechende Einkünfte erwirtschaftet werden, dann wir diese Sparte ganz oder vorübergehend geschlossen. Und das ist erst ein Teil unserer Vorhaben: Wir werden mehrere große Bauernhöfe übernehmen, um dort neue Methoden der Pflanzenzucht und der Energiegewinnung zu testen, indem wir eine kleine Siedlung aus Bauernhäusern in dem neuen Ort „Neugrundlsee" aufbauen.

Schaller unterbricht: „Anton, du/ihr seid Millionäre, aber auch das Geld reicht nicht für beliebig viel."

„Nein. Ich habe mir aber Kopien der Wertpapiere gemacht, sodass ich so wie du weiß, dass wir da noch enorme Reserven haben. Ich möchte dich jetzt bitten, das Aufnahmegerät abzuschalten. Alles was du für deine Arbeiten benötigst, die wir großzügig (siehe Chip) honorieren, weißt du nun. Aber jetzt möchte ich dir noch erzählen, was weniger konkret ist, aber für uns am Allerwichtigsten."

Schaller ruft „Aufzeichnung beenden" und das Gerät antwortet umgehend „Aufzeichnung beendet".

„Ihr habt noch mehr vor?", staunt Schaller.

Anton nickt: „Wir werden mit verschiedenen Methoden versuchen, eine stärkere Regionalisierung, Saisonalisierung und einen umweltfreundlichen Tourismus zu fördern. Zunächst im Bereich „Zentralösterreich", das ist für uns alles nördlich vom Ennstal zwischen Liezen und Mandling und geht bis ins Ausseerland und das Salzkammergut. Es soll eine Art Vorzeigeregion werden. Um da erfolgreich zu sein, werden wird auch in anderen Teilen der Welt tätig werden in der Hoffnung, notwendiges Geld zu verdienen. Z. B. in dem Bereich nördlich des Odusenog-Rivers in NW-Namibia, wo ich, wie du weißt, 126 (14 mal 9) wertlose Quadratkilometer Land besitze."

Der alte Schaller ist perplex: „Was willst du mit 126 Quadratkilometern Wüste und Wüstengebirge machen?"

Anton lacht: „Lass dich überraschen. Wir haben eine Idee, wie wir dort was Wertvolles machen können, das vielleicht ein Vorbild für viele Wüstengegenden der Welt werden könnte."

Anton, der merkt, dass er zu weit gegangen ist, rudert zurück: „Das ist natürlich eine etwas verrückte Idee, die nur eine ganz kleine Chance hat, Realität zu werden. Nur: Wenn sie gelänge, würde sie nicht nur Gewinn bringen, sondern auch die Welt verändern."

Anton hat das Gefühl, er muss noch mehr sagen: „Franz, das sind Träume, aber keine Verrücktheiten. Und wie du sehen wirst, investieren wir in keine dieser verrückten Ideen mehr, als wir uns leisten können. Bitte hilft uns bei der Abwicklung, nachdem du die Unterlagen studiert hast."

Der alte Schaller ist verunsichert: Hat die „Zeitreise" Antons Gehirn zerstört, kann er das alles ernst nehmen? Er blickt Susanne an.

Diese antwortet auf seinen Blick:

„Es ist realistischer, als es zunächst klingt. Alles, wovon Anton träumt wird sicher nicht gehen, aber das weiß er selbst. Du wirst sehen, seine Pläne haben alle einen Deckel. Finanziell kann also nichts schiefgehen. Ob alle idealistischen und futuristischen Ziele erreichbar sind, steht in den Sternen. Ich persönlich glaube: Anton wird mehr erreichen, als du ihm je zutrauen würdest; und er wird nicht erreichen, wovon er in seinen extremsten Vorstellungen träumt."

★ ★ ★

Der alte Schaller prüft die Unterlagen sehr genau. Er ist, fast wider Willen, beeindruckt, denn die unglaubliche Vielfalt der Ideen hat einerseits ein gemeinsames konkretes Ziel, aber wenn andererseits manche Ideen nicht funktionieren, so gefährden sie das Ganze nicht. Da ist z. B. von einem Graphen-Labor in Kooperation mit der TU Wien die Rede, mit dem Ziel, einen Salzwasserfilter zu entwickeln. Der Betrag ist groß, aber nach oben beschränkt. Und das Namibia-Projekt findet nicht statt, wenn diese geplanten Filter nicht industriell sinnvoll produziert werden können, um sie zur Entsalzung von Meerwasser für die Bewässerung von Teilen der Wüste in Namibia einzusetzen.

Schaller hält einiges für zu optimistisch, aber nichts ist illegal, unfinanzierbar oder Unsinn. Er wird helfen, soweit er kann. Aber eines ist klar: Anton benötigt einen extrem guten und verlässlichen CFO[26]. Und er kennt eigentlich nur einen, Ergodin Wagner, der jetzt die Finanzen einer großen internationalen Firma leitet, aber bei einem interessanten Angebot aus seiner Heimat Österreich wohl kommen würde.

★ ★ ★

Nach der Unterredung mit dem alten Schaller überschlagen sich die Ereignisse.

Nur zwei Tage später übersiedelt nämlich Susanne nach Graz. Sie erlebt am letzten Tag die volle Verwirrung ihrer Gefühle. Am Nachmittag macht sie mit Sebastian einen Ausflug, der zuerst sehr schön ist, dann aber sehr emotional wird, weil Sebastian immer wieder sagt, wie sehr ihm Susanne fehlen wird, ja dass er sie so liebt wie noch keine andere Frau und sich nicht vorstellen kann, dass sich das je ändert.

---

26 CFO = Chief Financial Officer, der die ganzen finanziellen Angelegenheiten einer Organisation regelt.

„Besuch mich bald und immer wieder", ermuntert sie ihn und diese Ermunterung genügt, dass er sie in seine Arme nimmt und denkt „vielleicht wird sie mich doch noch lieben".

Am Abend hat Anton für Susanne und sich „zu Hause" in der Wohnung bei Sutter gekocht. Die beiden finden sich gegenseitig wieder sehr interessant und anziehend und knüpfen an die Wienfahrt an. Sie beschließen den Abend also anders, als das Geschwister tun würden.

Aber, als sie nachher nebeneinander liegen meint Susanne:

„Du wirst in Bad Mitterndorf Hilfe bei deinen Plänen brauchen. Buchhaltung und Organisation sind nicht deine wirkliche Stärke. Willst du nicht, dass dir da jemand hilft? Sebastian macht doch finanziell und organisatorisch alles in der Apotheke, willst du ihn nicht abwerben?"

Die Idee gefällt Anton. „Ja, ich werde lokale organisatorische und finanziell-beratende Hilfe benötigen und Sebastian passt da sehr gut. Aber für unsere größeren Pläne brauchen wir ein anderes Kaliber und der alte Schaller hat mir versprochen, dabei zu helfen."

Susanne nickt, hofft aber, dass sich auch Sebastian mit Anton einigen wird ... denn dann hat sie außer Anton auch Sebastian, den sie durchaus mag, in der Nähe. Und sie hat ihm geholfen, wenn schon aus dem, was Sebastian will, nie was werden wird. Sebastian mag sie, aber (so meint sie) Anton und sie gehören logisch und historisch zusammen und die intimen Momente mit ihm will sie nie vergessen. Ja, da ist noch die blöde Sache, dass sie auf dem Papier Geschwister sind ...

★ ★ ★

Ergodin Wagner nimmt das vom alten Schaller moderierte Angebot an. Er schlägt sofort vor, eine Art Holding und Stiftung „RLA" (Reasonable Living Association) auf den Caymans zu gründen und über diese alle großen finanziellen Transaktionen abzuwickeln, um verrückten europäischen Steuern zu entgehen. Das Konzept gefällt Anton: Er wird nach wie vor als Geschäftsführer einer österreichischen Firma „normal" behandelt und liefert seine Einkommensteuer brav dem österreichischen Staat ab; so auch Ergodin und die meisten Mitarbeiter. Aber die große Gewinne gehören nicht Anton, sondern der Stiftung – über die er mehr oder minder verfügt – die aber keine Steuern (außer einem Fixbetrag an die Cayman Islands) zahlen muss.

Anton fragt den alten Schaller, was er davon hält und ob das gesetzwidrig ist.

„Absolut nicht", versichert Franz, „ die Regierung sieht es natürlich nicht gern, auch die EU nicht, aber alle großen US-Firmen von Apple zu Google zu Facebook usw. verdienen sich dadurch krumm und dämlich, ohne ihrem Heimatland zu helfen. Moralisch halte ich es für o. k., wenn der Gewinn Österreich und Österreichern zu Gute kommt. Sonst tust du zwar auch nichts Unrechtes, aber etwas moralisch nicht Sauberes."

Das entscheidet die Angelegenheit für Anton: Er wird die Stiftung einrichten lassen und die Einkünfte werden Österreich so weit wie möglich zu Gute kommen, hauptsächlich über Forschung, Firmengründungen und Beteiligungen.

★ ★ ★

Alina ist erfreut und insgeheim eine Spur verunsichert, wie massiv ihr Anton den Hof macht, nachdem Susanne nach Graz gezogen ist. Ihre Distanz zu Otto vergrößert sich immer mehr, aber sie weiß auch, dass Anton bald nicht mehr in Ebensee sein wird. Nach einem besonders schönen gemeinsamen Abend in seiner Wohnung bei Sutter konfrontiert sie Anton mit dieser Tatsache.

„Du bist bald in Bad Mitterndorf, planst schon deinen ersten Besuch bei deiner Schwester und willst aber dauernd mich. Du bist wie ein Spaltpilz zwischen mir und dem treuen, konstanten Otto."

„Alina", beteuert Anton, „du bist mit meiner Schwester die einzige Frau, die mir wirklich was bedeutet. Es sind von Ebensee nach Bad Mitterndorf weniger als 60 km … im Auto 45 Minuten, mit dem Zug eine Stunde. Wir sind also nicht Welten auseinander. Ich werde oft in Ebensee sein. Warum kommst du nicht oft nach Bad Mitterndorf, wo ich im Haus eine eigene Wohnung für dich habe?"

Alina will fast losbrüllen: „Ich will kein eigene Wohnung. Ich will eine Wohnung mit dir gemeinsam."

Anton merkt von der Erregung Alinas nichts, sondern redet einfach weiter:

„Ich werde bald einen Bio-Bauern-Shop in Bad Mitterndorf eröffnen. Ich biete dir die Leitung an. Ich zahle dir 40 % mehr als du jetzt hast und du wohnst entweder in einer Einliegerwohnung meines Hauses oder in dem Haus mit dem Bio-Shop gratis, oder bekommst, wenn du das nicht willst, eine extra Wohnungszulage."

Natürlich ist das Angebot verlockend, aber Alina ist entsetzt, dass Anton es so ruhig und ohne Emotionen vorbringt. Wenn er nur einen Satz sagen würde wie: ‚Ich schlage das vor, weil ich dich unbedingt in meiner Nähe haben möchte', hätte sie sofort jubelnd zugesagt. So aber zögert sie. Als er erzählt, dass Sebastian vermutlich auch als „CEO und Organisationschef" kommen wird, horcht sie auf. Sie hat seit einiger Zeit das Gefühl, dass da etwas zwischen Sebastian und Susanne läuft … vielleicht ist also Antons Bindung zu Susanne als Schwester doch nicht so stark, sodass sie da doch ein Chance hat? Als sie erfährt, dass auch Michael nach Bad Mitterndorf übersiedeln und eine Abteilung von Antons gerade erst in Gründung befindlicher Firma leiten wird, bedankt sich Alina für das Angebot. Sie meint, man werde ja sehen, ob es zu dem Bio-Shop kommen wird. Auch will sie alles mit ihren Eltern besprechen.

★ ★ ★

Die Übersiedlung von Anton nach Bad Mitterndorf verlangt einiges von seiner Energie, obwohl er anfangs bei seinem Onkel Hans wohnt und daher beim Umbau des von ihm gekauften großen Wohnhauses keinen unmittelbaren Zeitdruck hat. Sein Onkel ist von den vielen Aktivitäten und den Ausbauplänen seiner ehemaligen Werkstatt total begeistert ist:

„Das wird Bad Mitterndorf helfen und wir brauchen so etwas hier. Die Thermen und die Schigebiete wie die Tauplitz allein sind zu wenig. Unsere schöne Langlaufloipe zum Ödensee ist oft wegen zu wenig Schnee nicht benutzbar, sodass die Kohlröserlhütte am Zusperren ist. Wir benötigen hier dringend weitere Arbeitsplätze und irgendwas Besonderes. Du scheinst da fast wie ein Retter zu kommen. Das sieht auch der Gemeinderat so und daher läuft alles so unbürokratisch, wie ich es noch nie erlebt habe."

Bald übersiedeln auch Michael (Leiter der Reparaturabteilung), Sebastian (CEO und Organisationschef) und Helga (Verwaltung) nach Bad Mitterndorf und Ergodin Wagner kommt als CFO: Anton hofft auch auf eine Zusage von Alina, sobald er ihr den hoffentlich bald fertig renovierten kleinen Bio-Bauernladen zeigen kann.

In der Werbung trägt Anton dick auf. In den lokalen Zeitungen, von der „Kleinen Zeitung" hin bis zur „Alpenpost" und dem „Ennstaler Boten", aber auch im Fernsehen wird die Werkstätte „FMFA" (Ferer Macht Fast Alles) beworben mit:

„Wir reparieren alles zu günstigsten Preisen."

Da rächt es sich, dass moderne Autos beim Ausbrennen einer Glühlampe anzeigen „Elektrischer Fehler. Sofort in die Werkstatt", wo man für das Auswechseln der Glühbirne zwanzig Mal mehr zahlt als die Glühbirne wert ist. FMFA in Bad Mitterndorf macht dies rasch und um ein Zehntel der Kosten! Wenn Michael eine kaputte Waschmaschine nicht richten kann, weil ihm ein Teil fehlt, so kauft er die Maschine zu einem Preis, den der Besitzer nie erwartet hat und benutzt später viele Bestandteile für die Reparatur anderer Geräte.

Insofern war der Ankauf von Hallen und Gebäuden absolut notwendig, weil man Unmengen von potentiell notwendigen Ersatzteilen lagern muss. Um Teile zu finden, verwendet man auf Anregung von Sebastian ein Programm, das die FH in Graz zu einem Spottpreis entwickelte, dafür aber mit der Firma FMFA als Partner in den Jahren danach nicht nur werben wird, sondern auch Auszeichnungen bekommt und bei Förderungsprogrammen besonders gut bedacht wird.

FMFA wird auch bekannt, weil man dort „alles" bekommen kann, ohne lange zu suchen. 20 cm Kupferdraht, 1 mm dünn – kein Problem, die Software findet das genauso schnell um ½ N-Euro, wie einen billigen, gebrauchten Ersatz für ein Auto, dessen Motor in Flammen aufgegangen ist usw. Aber Anton beginnt auch andere Dinge, die ihm am Herzen liegen anzubieten: Uhren, die ohne Batterie (sei es durch Aufziehen oder mit einer Aufziehautomatik) laufen, Thermometer mit einem roten Weingeistfaden, der die Temperatur anzeigt, aber keine Batterie benötigen, kleine Akkus, die man durch Kurbeln auflädt und dann in Taschenlampen, Radios und andere Geräte einsetzen kann.

Motto: Technik nur einsetzen, wo sie notwendig ist und sich nicht von der Technik voll abhängig machen lassen.

Nur der historischen Gemischtwarenhandlung und dem Buchgeschäft im Ortszentrum will Anton unter keinen Umständen Konkurrenz machen. Dabei macht ihm der Bio-Bauernladen etwas Sorgen, denn gerade bei Kräutern, selbst gemachten Marmeladen usw. gibt es potentielle Überschneidungen mit dem alten Gemischtwarenladen. Um den wird er sich, wie auch um das Hotel „Post", besonders kümmern müssen. Noch mehr am Herzen liegt ihm das Lokal „Grimmingwurzen", das alle Auszeichnungen (Falstaff etc.) mehr als verdient: Er ist mit Gästen immer wieder dort, ist von der Qualität der Speisen mehr als beeindruckt und versteht nicht, dass dort noch immer ein superbes, viergängiges 15-N-Euro-Mittagsmenü angeboten werden kann. 2015 stand das Lokal vor der Schließung: Der Eigentümer wollte (endlich) in Pension gehen. Eine Petition „Die Grimmingwurzen darf nicht verschwinden" bewirkte, dass der ehemalige Chef als Berater vom neuen Pächter „übernommen" wurde und so Ausrichtung und Qualität des Lokals zum Glück erhalten blieben.

Einmal muss Anton – zusätzlich zu einer Besprechung mit AVL in Graz wegen eines neuen Typs von Batterien – Geräte für Michael zur Therme Gleichenberg bringen: Ja, der Name FMFA ist nun schon in vielen Teilen Österreichs bekannt! Im Rahmen der Führung durch die Hotelfachschule, die ihm angeboten wird bemerkt er ein Bild von einem Mädchen, das Alina verblüffend ähnlich sieht. Tatsächlich ist es Alina, die hier eine gastronomische Ausbildung gemacht hatte, von der sie nie erzählte. Dass sie also ein Gasthaus führen könnte bringt ihn auf eine interessante Idee.

Anton verbringt mehrmals Wochenenden in Graz mit Susanne. Beim ersten Mal gehen sie wie ein Liebespärchen in die Lokale des „Bermuda-Dreiecks". Susanne hat inzwischen viele neue Freunde und Freundinnen und fühlt sich offenbar in Graz sehr wohl, genießt es aber auch, dass Anton zwar die Einliegerwohnung bei ihr benutzt, aber „zum Einschlafen" immer wie selbstverständlich in ihr Schlafzimmer kommt.

Anton ist so beschäftigt, dass er sich bei einem Besuch in Graz ein paar Wochen später nichts dabei denkt, nicht bei Susanne wohnen zu können, weil die Einliegerwohnung gerade von einem Besucher, Andreas, benutzt wird, der drei Wochen später offenbar gerade wieder da ist.

Alina trifft er in Ebensee mindestens so häufig wie Susanne in Graz, manchmal in der Gesellschaft von Otto. Aber wenn sie allein ist haben sie nun schon ein Stammquartier in Gmunden gefunden, gerade weit genug weg von Ebensee, um nicht zu sehr als Liebespaar aufzufallen. Das Doppelleben mit Susanne und Alina ist für Anton nicht immer ganz einfach, er fühlt sich auch oft wie ein Betrüger. Aber da Alina offenbar noch immer auch mit Otto zusammen ist und Susanne inzwischen Andreas als permanenten Untermieter und Freund im Haus hat, akzeptiert Anton das Verhalten aller Beteiligten und lenkt sich ab, in dem er sich voll in die Arbeit stürzt.

Im September zieht Anton in sein großes Wohnhaus ein. Fast bereut er es, nicht mehr bei Onkel Hans zu wohnen. Obwohl sie sich regelmäßig treffen, fühlt er sich in dem großen Haus so einsam, dass er bald eine der Einliegerwohnungen an Ruth gratis „vermietet", eine 35-jährige, aber schon geschiedene Frau, die dafür Garten und Haus sauber hält und mindestens einmal in der Woche für ihn mitkochen muss. Dieses Arrangement erweist sich als überaus erfolgreich. Ruth und Anton verstehen sich gut, aber doch auf Distanz.

Die Renovierung des Bio-Bauernladens hat länger gedauert als geplant, weil Anton aus dem Laden ein Gasthaus mit einer Verkaufsabteilung gemacht hat, ohne Alina das zu verraten. An einem herrlichen Oktobertag holt Anton Alina mit dem Auto von Ebensee ab, um ihr das renovierte Lokal zu zeigen: Sie freut sich besonders darüber, weil sie schon fast nicht mehr damit gerechnet hatte, es führen zu können. Als sie sieht, dass der Laden Teil eines netten Gasthauses geworden ist, bricht es aus ihr heraus:

„Anton, ich kenne mich nicht aus. Das war doch als Laden geplant, aber jetzt überwiegt ja der Gastraum und die Küche ... wer soll denn das übernehmen und ist dann denn noch Platz für mich?"

Anton lächelt sie an und Alina genießt es, wie er sie ansieht.

„Ich habe mir gedacht, dich interessiert so ein Gastbetrieb, weil du doch die Ausbildung in Gleichenberg gemacht hast."

Alina bleibt der Mund offen: Sie hatte ihm doch nie davon erzählt und wie gerne sie immer einen Gastbetrieb haben wollte!

„Alina, du bist also durchaus berechtigt, das Gasthaus zu führen, und dass du eine gute Verkäuferin bist, das habe ich ja selbst erlebt. Du wirst sicher einige Hilfskräfte benötigen und kannst es dir ja so einteilen, dass du das machst, was dir am besten gefällt. Einverstanden? Komm, lies einmal den Vertrag durch, den ich aufgesetzt habe."

Alina öffnet das große Kuvert. Heraus fällt ein herzförmiger Zettel, auf dem in sauberer Handschrift steht.

„Alina, bitte komm' nach Bad Mitterndorf. Ich will viel mehr mit dir zusammen sein als es sonst ginge. Wenn wir uns in einigen Monaten noch so gut verstehen wie bisher, sollten wir mehr daraus machen. Komm, darf ich dir diesen Ring ganz altmodisch als Verlobungsring anstecken?"

Alina wirft ihre Arme um Anton: Wie sehr sie sich das gewünscht hatte. Sie ist sicher, dass sie zusammengehören und dass nie etwas zwischen sie kommen kann.

Der Rest des Vertrags ist nun nebensächlich. Es wird ein schöner Abend, als sie eng umschlungen später um den Altausseer See gehen und dann bei der Villa Artis einkehren, bevor sie zu einer Lesung von Peter Turrini ins Literaturmuseum gehen. Sie feiern noch lange im Haus von Anton, obwohl Alina zur eigenen Überraschung mitteilt, dass sie anfangs im Bio-Bauerngasthaus wohnen wird, weil man sonst „zu viel über uns reden wird". Sie kennt Ruth flüchtig und weiß, dass sie auf Ruth nicht eifersüchtig sein muss, ja dass Ruth sich vielleicht sogar über einen Teilzeitjob im Bio-Bauerngasthaus freuen würde.

Alina will möglichst bald nach Bad Mitterndorf übersiedeln, hat aber in Ebensee nicht nur eine Kündigungsfrist, sondern will auch sonst einiges erledigen und muss am nächsten Tag ja wieder in dem Juwelierladen in Ebensee stehen. So schwer es ihnen fällt, sie brechen gegen 23 Uhr auf. Sie machen bei der Ankunft in Ebensee einen solchen Wirbel, dass alle drei Schallers aufwachen. Als sie von der Blitzverlobung erfahren, gibt es viele fröhliche Gesichter, Glückwünsche und Umarmungen. Anton besteht auf einer größeren Verlobungsfeier, sobald Alina in Bad Mitterndorf sein wird.

„Gerne", sagt der alte Schaller, „aber mit einem Gläschen Sekt wird man doch auch jetzt schon anstoßen dürfen."

Anton will beim Weggehen Alina gar nicht mehr loslassen. Sie winkt noch lange hinter seinem Auto nach. Ein wunderbarer Tag, nur auf die Aussprache mit Otto am nächsten Tag freut sie sich nicht. Hätte sie gewusst, dass Otto gerade mit Sonja in dem Bett liegt, das er oft mit Alina geteilt hatte, würde sie sich weniger Sorgen machen. Anton geht es ähnlich: Er muss Susanne klarmachen, dass ihre Liebeleien zu Ende sind. Fast ahnt er, dass Susanne das aber mit diesem Andreas gut verkraften wird.

★ ★ ★

Im November übersiedelt Alina nach Bad Mitterndorf. Die beiden Frischverlobten werden rasch von den Einheimischen akzeptiert, in diesen Gegenden Österreichs keine Selbstverständlichkeit. Dass Anton mit seinem Schwung schon eine Reihe von Arbeitsplätzen geschaffen hat, Ruth und Anna bei Alina angestellt werden und es zur Eröffnung des BBG-Lokals, wie das Bio-Bauerngasthaus genannt wird, für alle im Ort eine großzügige Einladung gibt, hilft sicher auch.

Die Firma FMFA wächst ununterbrochen. Obwohl einige der Geschäfte weniger an die üblichen Kunden verkaufen, weil jetzt viel repariert wird, gelingt es Anton, erste Kritik unter Kontrolle zu halten. Erstens, weil er und die neuen Mitarbeiter einfach neue Kunden sind, zweitens weil er versucht, Grundstoffe, die FMFA ohnehin benötigt (von Schrauben zu Klebstoff, von Ersatzteilen bis zu Baumaterialien) über Geschäfte zu beziehen, die diese Dinge vorher nicht im Sortiment hatten und drittens, weil doch immer mehr als Mitarbeiter von FMFA nach Bad Mitterndorf übersiedeln und damit den fast schon toten Immobilienmarkt beleben. Auch das BBG-Lokal wird zum Glück als Bereicherung gesehen, denn der seit 2010 rückläufige Fremdenverkehr hat zum Zusperren einer Reihe von Gasthäusern geführt, was wiederum den Ort noch weniger attraktiv für Touristen machte. So wird im Winterprospekt die ungewöhnliche Einrichtung BBG hervorgekehrt, aber noch viel mehr der größte Coup, der Anton bisher gelungen ist.

FMFA hat mit dem Skodahändler in Liezen einen exklusiven Vertrag geschlossen: Er hat 120 leicht modifizierte e-Autos gekauft und damit einen Versuch mit mehreren Beteiligten gestartet. Er zahlt diese Autos nicht selbst, sondern die Sparkasse in Bad Mitterndorf stellt dem Autohändler das Geld als Kredit zinsfrei zur Verfügung. Als Gegenleistung für den Verzicht auf die Zinsen, erhält eine von der Sparkasse definierte Liste von Autos und anderen Gerätschaften zwei Jahre lang 40 % Rabatt bei allen Reparaturen bei FMFA. Dem Autohändler wird für eine sehr viel umfangreichere Liste derselbe Rabatt für 5 Jahre eingeräumt und damit die Rückzahlung der Autokosten ermöglicht. Anton bietet Hotels und Gasthäusern seine e-Autos für deren Gäste kostenlos an. Aber wenn dafür bei den beteiligten Gastbetrieben im Vergleich zum Vorjahr eine Steigerung von x Prozent Umsatz erreicht wird, erhält FMFA davon 20 %. Aber auch hier verzichtet man auf Bargeld und erhält dafür entsprechend viele FMFA-Gutscheine (oder F-Euro, wie sie bald heißen), die für Konsumation oder für die Bezahlung von Zimmern in den entsprechenden Betrieben verwendet werden können. Die e-Autos sind für Gäste aus zwei Gründen besonders interessant: Erstens sind die mautpflichtigen Straßen etwa auf die Tauplitz und den Loser für diese e-Autos mautfrei (auch dafür gibt FMFA den Mautbetreibern wieder Rabatte für Wartungsleistungen) und zweitens verfügen die e-Autos alle über Solardächer, d. h. es fallen keine Stromkosten für die Benutzung an, aber auch nicht für FMFA, weil an sonnigen Tagen mehr Strom erzeugt wird als benötigt und man diesen in die lokale Stromversorgung einspeist. Der Stromverbund zahlt sogar FMFA für die Möglichkeit, überschüssigen Strom in den Batterien der e-Autos zwischen zu speichern, denn die Speicherung überschüssiger Elektrizität ist nach wie vor nicht gut gelöst. Damit sich die Rechnung insgesamt ausgeht, dürfen mit den e-Autos täglich nur 60 km kostenlos gefahren werden, doch scheint dies kaum eine Einschränkung zu sein.

Die Idee der gratis e-Autos wird von fast allen Medien groß und lobend übernommen, sodass Bad Mitterndorf und Umgebung von Mitte Dezember bis April mehr oder minder ausgebucht sind. Durch die Umsatzsteigerung bei den Gastbetrieben erhält FMFA erfreulich hohe Einkünfte. Alle Gaststätten inklusive BBG werden vom Touristenstrom beflügelt, fast alle Branchen laufen besser als in den letzten Jahren. Anton wird bereits fast als lokaler Held gefeiert. Anton selbst hat den Beweis, dass man tatsächlich durch entsprechende Verzahnungen auch ohne massiven Finanzeinsatz viel erreichen kann.

★ ★ ★

Das österreichische Budget weist wieder einmal ein zu großes Defizit auf. Als eine rettende Maßnahme werden größere Bestände der Bundesforste verkauft. Mit viel lokaler Hilfe gelingt es Anton, ein fast 15 km langes und im Durchschnitt 6 km breites Stück, das hinter der Kochalm in Bad Mitterndorf beginnt und an der Schneckenalm vorbei bis fast zum Grundlsee reicht, für „land- und forstwirtschaftliche Zwecke" zu kaufen, wobei er auch die Baugenehmigung für mehrere Häuser bekommt, nur darf die gesamte Bebauungsdichte nicht einen gewissen Grenzwert überschreiten. Diese Einschränkung stört Anton nicht: Er will vor allem nur in den vom Grundlsee leicht erreichbaren Teilen „Neugrundlsee", eine kleine Siedlung von Bauernhöfen entstehen lassen, von denen aus der Rest des Gebietes anfangs forstwirtschaftlich (Abholzung), später aber vorwiegend landwirtschaftlich genutzt werden soll. Außer Anton und Susanne weiß nur noch Alina ungefähr, was Anton vorhat: Er will versuchen, durch entsprechende Produkte die Gegend lebensmittelmäßig weniger abhängig von langen Transportstrecken zu machen, aber auch alte Obst-, Gemüse- und Kräutersorten zu fördern, um der einseitigen Politik der EU, die alles für „Versand und Verpackung" für große Konzerne optimierte entgegen zu wirken. War die Gurkenkrümmungsregelung (gerade Gurken sind leichter zu verpacken als stark gekrümmte) zwar nach jahrelangen Protesten aufgehoben worden, versuchen Kräfte in der EU noch immer nur einige wenige Pflanzensorten zu unterstützen, andere mit fadenscheinigen Argumenten zu verbieten. Um die nötigen Mittel für den Kauf dieses großen Areals, die Planung und den Baubeginn finanzieren zu können, muss Anton den alten Schaller bitten, einige größere Wertpapierpakete zu veräußern.

Die Planung der Anlagen in Antons Großgrundstück, das er „Westtauplitz" nennt, bespricht er mit einem bekannten Wiener Architekten. Dieser ist von der Vorgabe, bauernhausähnliche Gebäude so zu bauen, dass sie sich energetisch selbst versorgen fasziniert. Indem man gegen Norden hin eher in die Hänge hineinbaut oder die Dächer sogar bepflanzt, nach Süden hin aber auf Fotovoltaik und Sonnenwärme setzt und Erdwärme sowohl traditionell, als auch mit neueren Methoden ausnützt ist dies möglich. Anton ist es nämlich geglückt, in Zusammenarbeit mit den Tunnelbauern der TU Graz ein neues Konzept für Thermovoltaik zu entwickeln: Man bohrt, je nach der geologischen Situation, sehr tiefe, aber enge Tunnels (schmaler als ein Gartenschlauch!) Richtung Erdzentrum, bis man ca. 400 °C Temperatur erreicht hat. Mit einer Schleife zirkuliert man Flüssigkeit, die auf diese Weise stark erhitzt an die Oberfläche kommt, und dieser Temperaturunterschied kann in elektrischen Strom umgesetzt werden. Für den geschlossenen Flüssigkeitskreislauf verwendet man eine erst bei 600 °C siedende, aber ab 50 °C flüssige chemische, aber „harmlose" Verbindung. Im Vergleich zur Fotovoltaik ist man damit von der Strahlung der Sonne unabhängig und kann die Energiegewinnung an- und aufdrehen, wie man will: Man muss nur an geologisch geeigneten Stellen so tief bohren, dass der Wärmeentzug durch den Zustrom von Wärme aus dem Erdinneren kompensiert wird, was bei früherer Ausnützung geothermischer Energie nicht beachtet wurde. Weil gigantische Energiemengen im Erdinneren schlummern, ist diese Art der Energiegewinnung möglicherweise eine echte Alternative zur Kernfusion. Der Vorteil gegenüber der Fotovoltaik liegt ja auf der Hand: Lichteinstrahlung kann man nicht beeinflussen, aber durch schmale Tiefbohrungen, bei denen die Tunnelbautechnik Österreichs einen echten technischen Vorsprung bietet, kann man in beliebig heiße Erdschichten vorstoßen.

Die „Turboturbinen", die eine Firma in Wiener Neustadt anbietet sind auch so überzeugend, dass Anton mit der RLA eine Beteiligung übernimmt. Das Prinzip ist denkbar einfach: Die Geräte sehen fast aus wie Torpedos. Sie haben vorne eine Öffnung mit einem Sieb, durch das Wasser (aber keine Fische) in einem stark strömenden Bach oder besser kleinen Wasserfall einströmt. Dieses erzeugt dann über Turbinenräder elektrischen Strom, der mit einem unscheinbaren Draht abgeleitet wird. Es gibt die Geräte in mehreren Ausführungen. Sie sind, wenn man sie ins Wasser legt fast unsichtbar, erzeugen aber andauernd je nach Gefälle und Größe 80 bis 600 Watt, sind also eine ideale minimale Notstromversorgung für Haushalte. Wenn nicht benötigt, können sie zum Aufladen von e-Fahrzeugen oder Einspeisung in ein lokales Stromnetz verwendet werden. Da die Speicherung elektrischer Energie insgesamt Fortschritte macht (beispielsweise gibt es Brennstoffzellen, die Wasser in Wasserstoff und Sauerstoff spalten und bei Bedarf durch

Verbrennung wieder Energie erzeugen) sind diese energetisch nicht sonderlich ergiebig, aber unauffällig in jedem Bach, Fluss oder Wasserfall anbringbaren Generatoren nur ein weiterer Beweis für Anton, dass man Energie ohne Umweltzerstörung auf vielfältige Weise erzeugen kann.

In der Diskussion um das umstrittene Koppentraun-Kraftwerk, das die herrliche Klamm zwischen Aussee und Obertraun verschandeln würde, werden die Turboturbinen eines der wichtigsten Argumente gegen den Staudamm.

★ ★ ★

So gut sich die Situation wirtschaftlich in Bad Mitterndorf entwickelt, scheinen auch die menschlichen Beziehungen in ruhigere Bahnen gelangt zu sein. Anton und Alina sind ein energiegeladenes und glückliches Paar und verstehen sich mit den Schallers und Onkel Hans blendend. Dass sie nicht so oft und lange zusammen sind wie sie es sich wünschen liegt daran, dass beide sehr an ihrer Arbeit hängen. Alina an ihrem BBG-Lokal, das schon weit über Bad Mitterndorf hinaus durch diverse Kräutertees, Salate, eingelegtes Gemüse, alte Obstsorten und ungewöhnliche, aber wohlschmeckende Speisen bekannt geworden ist und Anton mit futuristischen Plänen, die er schrittweise umsetzen will. Die Trennung Alinas von Otto war nicht so traumatisch wie befürchtet gewesen, ja es ist zu einer überraschenden Aussöhnung gekommen: Eines Tages standen Otto und Sonja als jungvermähltes Ehepaar vor Antons Haus und freuten sich, als Anton nach Rücksprache mit Alina beiden Aufgaben am Grundlseeende des Westtauplitzgrundstücks als Hilfe für Ulrich Früh anbieten konnte. Ottos Ausbildung an der BOKU in Wien ist für die Bewirtschaftung des Grundstücks sehr willkommen. Susanne lebt inzwischen mit Andreas in Graz zusammen. Sie kommen ab und zu nach Bad Mitterndorf ohne alte Spannungen oder Gefühle aufzuwühlen. Michael ist noch immer mit Helga so zusammen, als wären sie ein Ehepaar und sie haben vor, bald zu heiraten. Und Sebastian, der lange Zeit in Susanne verliebt war, die ihm aber nach einem anfänglichen Techtelmechtel klar machte, dass sie keine gemeinsame Zukunft haben würden wohnt inzwischen bei Ruth: ein ruhiges Paar, dass sich und die Natur schätzt und in eines der neuen Häuser in der Westtauplitz einziehen möchte, um von dort aus tätig zu sein, wenn ihr Nachwuchs zur Welt gekommen ist.

So also ist die Situation ein Jahr nachdem Anton und Susanne auftauchten. Ist es denn möglich, dass so viel in einem Jahr geschehen konnte? Wenn einige der Beteiligten zurückdenken scheint es viel länger zu sein. Und dass sich alles so zur Zufriedenheit entwickeln würde hätte man wirklich nicht glauben können.

Aber im Hintergrund steht bereits das Schicksal bereit, die anscheinend heile Welt mit schweren Schlägen zu erschüttern: In der Nacht auf den 23. Mai 2024 stirbt der alte Schaller an einem Herzinfarkt.

Katastrophen

Das Begräbnis und die Trauerfeier für den alten Schaller werden ein großes und rührendes Ereignis. Der alte Schaller hat für Ebensee so viel und ohne viel Aufsehen gemacht, dass die Reden beim Begräbnis kaum ein Ende nehmen wollen. Auch Anton hält mit teilweise stockender Stimme eine Ansprache, die allen zeigt, wie sehr er den alten Schaller geliebt und verehrt hatte, waren er und Susanne doch eigentlich grundlos wie eigene (Enkel-)Kinder aufgenommen worden.

Vor dem üblichen Essen gibt der RA Friedrich Schaller Anton ein Kuvert:

„Wir müssen natürlich die Abwicklung des Nachlasses unseres Vaters einem unabhängigen Rechtsanwalt übertragen, aber auf seinem Schreibtisch lag dieses Briefkuvert mit der Aufschrift ‚Bitte nach meinem Tode sofort Anton übergeben, und dieser soll es bald lesen'."

Anton zieht sich kurz an einen stillen Platz zurück. Neben einigen rührenden Zeilen und Anweisungen „die nicht so dringend sind" enthält das Kuvert zweit weitere Teile: Einer ist ein notariell beglaubigter Beweis, dass Anton und Susanne zwar Geschwister sind, aber nicht leibliche, sondern Susanne vom leiblichen Vater Antons adoptiert wurde und die DNS-Analysen zeigen, dass Susanne und er in keiner Weise verwandt sind.

„Natürlich können die Analysen jederzeit wiederholt werden, es kann aber sein, dass du einen vorläufigen Beweis eines Tages sehr schnell brauchst. Mir ist aufgefallen, dass Susanne und du euch zumindest eine Zeit lang näher wart, als das leibliche Geschwister in Österreich sein dürfen."

Anton ist über diese Beobachtungsgabe und seine über den Tod hinausgehende Hilfe tief betroffen. Was für ein Verlust für sie alle!

Der zweite Teil erscheint Anton weniger wichtig: Er enthält eine Zusammenstellung von Unterlagen über das Gold in Ebensee, in Zürich und über das Raubgut, zusammen mit zwei ausführlichen Stellungnahmen zweier Juristen, warum die Verwendung des von Hoffmann gestohlenen Raubgut-Goldbarrens für karitative Zwecke vertretbar war. Die Unterlagen enthalten auch alle Ausgaben und Vergütungen, die Schaller für Anton geleistet hatte und eine Überweisung von einer größeren Summe für Anton.

„Deine seinerzeitige Vorauszahlung mit den Goldbarren war sehr großzügig", steht da und Anton glaubt fast noch das Lächeln auf dem Gesicht des alten Schallers zu sehen. Anton will die Unterlagen gerade einfach wegstecken, da bemerkt er, dass häufig der Namen Alina aufscheint. Stirnrunzelnd blickt Anton genauer hin und wird bleich: Er sieht, dass Schaller an Alina regelmäßig Geld überwiesen hatte, wenn sie sich um ihn, Anton, gekümmert hatte. Alina war gegen Bezahlung (!) nett zu ihm gewesen, als sie ihm beim Kleiderkauf oder bei der Beratung für das Fahrrad geholfen hatte oder sich zum Essen einladen ließ; selbst für den Ausflug auf den Traunstein hatte sie zwei volle Tagessätze bekommen, ja selbst für den noch gar nicht so lange zurückliegenden Besuch des Ebenseer FKK-Strands war sie bezahlt worden usw.! Alina hatte sich also immer verstellt: Er hatte an Zuneigung, an Liebe geglaubt, sie hatte aber immer Geld dafür erhalten. Ja! Selbst die Fahrt mit der Verlobung in Bad Mitterndorf war ihr sogar mit Überstunden bezahlt worden. Für Anton stürzt eine Welt zusammen.

Beim Essen hält sich Anton von Alina fern, wechselt einige Male belanglose und eher unfreundliche Worte mit ihr. Sie merkt dies verwirrt, führt das aber auf die Trauer Antons zurück. Umgekehrt fällt niemandem auf, dass Susanne ohne Andreas hier ist und nicht nur traurig, sondern auch sehr niedergeschlagen wirkt.

Bevor Anton sich noch überlegen kann, ob er Alina überhaupt einladen soll mit ihm nach Bad Mitterndorf zurückzufahren, kommt sie ihm zuvor:

„Anton, ich sollte noch ein oder zwei Tage bei meinen Eltern bleiben, diesen helfen und sie trösten. Geht das?"

„Ja, ja, bleib nur so lange du willst, du wirst uns in Bad Mitterndorf nicht fehlen."

Alina sieht ihn entsetzt an: „Warum sagst du so etwas Unfreundliches? Was habe ich falsch gemacht?"

Fast höhnisch antwortet Anton: „Spiel nicht die Unschuldige. Da der alte Schaller nicht mehr lebt, brauchst du mich nicht mehr."

Versteinert und verwirrt bleibt Alina stehen: Sie kann sich nicht mehr daran erinnern, dass der alte Schaller beim Auftauchen von Anton versprochen hatte, sie für alle Zeiten mit Anton so zu entlohnen, als hätte sie einen normalen Job!

Anton verabschiedet sich kurz, aber höflich von den anderen Freunden. Susanne schaut ihn verzweifelt an:

„Anton, darf ich mit dir mitkommen? Mir geht es nicht gut, ich muss dir was erzählen."

Anton nickt: „Ja, gerne, Schwester, eine Einliegerwohnung ist für dich frei."

Die Fahrt zurück nach Bad Mitterndorf wird ein Klagelied zwischen den beiden: Susanne erzählt, dass IHR geliebter Andreas sie betrogen, ihr Geld abgeknöpft und sie dann verlassen hat. Anton erklärt, dass ihm das mit Alina genauso gegangen ist. Susanne, die zeitweilig durchaus eifersüchtig auf Alina gewesen war, verteidigt Alina dennoch:

„Nein, Anton, du musst dich irren. Alina liebt dich mehr als alles andere."

Erschöpft, müde und verzweifelt fallen Susanne und Anton in Bad Mitterndorf in zwei (zunächst verschiedene) Betten.

★ ★ ★

Alina ist verzweifelt. Was ist in Anton gefahren? Sie kann kaum einen klaren Gedanken fassen. Ihre Eltern merken das schließlich. Als Alina andeutet, dass etwas zwischen ihr und Anton steht, wollen sie das nicht glauben. Sie lieben ihre Tochter und haben Anton inzwischen sehr ins Herz geschlossen.

„Ich glaube, du musst sofort nach Bad Mitterndorf fahren und die Situation klären. Irgendwo muss es da ein großes Missverständnis geben."

So fährt Alina mitten in der Nacht nach Bad Mitterndorf.

★ ★ ★

Susanne kann nicht einschlafen. Andreas, aber auch Antons Bericht über Alina gehen ihr nicht aus dem Kopf. Sie schleicht sich in das Schlafzimmer Antons, wo dieser wie immer nackt schläft. Sie zieht ihren Schlafmantel und das Nachthemd aus und kuschelt sich an Anton, beginnt ihn zu massieren, wie sie das in Graz so oft getan hatte, immer mit beachtlichem Erfolg.

Anton wacht auf.

„Susanne, was machst du? Wir haben beschlossen, dass wir uns nur mehr als Bruder und Schwester begegnen, hör auf mich anzumachen."

„Das war, bevor du draufgekommen bist, dass dich Alina nur wie ein nettes Escort-Girl behandelt hat und ich mit Andreas zusammen war. Jetzt sind wir dort, wo wir angefangen haben. Wir gehören einfach zusammen, nur wir beide verstehen vieles so, wie eben nur Personen, die 100 Jahre

Menschengeschichte erlebt haben zusammen gehören können. Erinnerst du dich noch", fährt sie fort und erzählt ihre vielen gemeinsamen Abenteuer und Sexabenteuer und hört nicht auf, ihn mit Händen und Mund zu verwöhnen. Das geht so fast eine Stunde, bis die beiden ihre Leidenschaft nicht mehr zügeln können und auch Anton keinen Grund zur Zurückhaltung mehr sieht ...

Was die beiden nicht wissen können ist, dass Alina seit vielen Minuten vor der Schlafzimmertür steht. Sie ist polizeiwidrig schnell von Ebensee nach Bad Mitterndorf gerast, hat sich die Haustür mit einem Schlüssel, den sie schon vor langem von Anton bekommen hatte, aufgesperrt und hat zu ihrer Verblüffung Stimmen aus dem Schlafzimmer Antons vernommen. Und nun hat sie von den Intimitäten der Geschwister erfahren und dass diese lange ein Liebespaar (mit Unterbrechungen) gewesen sind und es gerade wieder zusammen „treiben".

Alina reißt schließlich die Tür auf, als Anton und Susanne sich dem Höhepunkt nähern und schreit ihren ganzen Zorn heraus:

„Susanne, ich habe dir immer geholfen, immer vertraut. Anton, du warst von Anfang an meine große Liebe. Und ihr betrügt mich zusammen, Tage nachdem mein Lieblingsgroßvater gestorben ist, Monate bevor Anton und ich heiraten wollten. Und ihr seid nicht nur Betrüger, sondern ihr seid Verbrecher. Geschwisterliebe wird in Österreich streng bestraft."

Anton ist der erste, der sich wieder ein bisschen fasst.

„Alina, ich habe dich über alles geliebt. Ich tue das vermutlich noch immer. Aber du hast mich nie geliebt, wie mir dein Großvater schriftlich belegt hat. Alles, was wir gemeinsam Schönes gemacht haben, hast du nicht gemacht, weil du mich gern gehabt hast, sondern weil dich der alte Schaller dafür bezahlt hat. Treu warst du mir auch nie: Wie oft warst du nach unserer Tour auf den Traunstein noch mit Otto zusammen? Im Übrigen ..."

Anton kommt nicht weiter. Alina überbrüllt ihn.

„So ein Unsinn! Ein treuloser Verbrecher bist du. Du wirst nie mehr etwas von mir hören oder sehen. Ich hasse dich!"

Alina stürzt aus dem Zimmer. Sebastian, der in der anderen Einliegerwohnung mit Ruth wohnt wurde durch das Geschrei wach und hält Alina auf:

„Was ist denn los?"

„Anton treibt es gerade mit Susanne."

„Susanne mit ihrem Bruder?"

Die Galle steigt in Sebastian auf: Er ist mit Ruth sehr glücklich, aber insgeheim hat er noch oft an die verführerische Susanne gedacht und nun betreibt diese Inzest mit ihrem Bruder. Das sollen sie beide büßen.

„Ich zeige die beiden sofort wegen Inzest an", empört sich Sebastian.

„Mach, was du willst. Ich will einmal weit von hier fort."

★ ★ ★

Alina meint das mit dem „weit fort" sehr ernst. Sie erzählt ihren Eltern noch in derselben Nacht das Wichtigste, packt dann einen großen Koffer und sagt nur noch:

„Ich verreise und bin lange weg. Ich rühre mich dann schon bei Gelegenheit."

Die Eltern sind zu schläfrig, zu konsterniert, sodass sie nur verblüfft sehen, wie Alina ins Auto springt und wegfährt.

Als sie am nächsten Tag das Auto polizeilich suchen lassen, findet man es in der Parkgarage des Linzer Bahnhofs. Dort verliert sich die Spur von Alina.

★ ★ ★

Nach dem Verschwinden von Alina aus seiner Wohnung ist Anton noch verwirrter als vorher. Er bittet Susanne sofort nach Graz zurück zu fahren.

„Wir sind zwar nicht wirklich Geschwister, wie wir beide wissen, wir verstehen uns gut und auch der Sex zwischen uns war immer schön, aber wirklich verliebt waren wir nicht und sind wir nicht. Du musst über Andreas hinwegkommen, ich über Alina. Wir werden gute Freunde bleiben, aber nicht mehr. Es könnte sein, dass unser heutiges Zusammensein unangenehmen Folgen hat ... wenn ich genau überlege: Fahr' in die Steiermark zurück, aber geh' lieber unter einem anderen Namen in ein Hotel. Es könnte sein, dass uns Alina in ihrem Zorn wegen Inzests anzeigt, was in Österreich streng bestraft wird. D. h. man könnte versuchen, dich zu finden. Ich bleibe hier und werde für Aufklärung sorgen. Ich habe beglaubigte Unterlagen, dass wir ‚nur' Adoptivgeschwister sind und damit kann ich sicher das Schlimmste verhindern. Aber bis das geklärt ist, können uns unangenehme Tage bevorstehen."

Anton hat natürlich Recht. Nur ist es nicht Alina die den „Inzestfall" ins Rollen bringt, sondern unabhängig voneinander Sebastian und Ruth: Er, weil er sich an Anton rächen will, dass er mit jener Frau Sex hatte, mit der er ihn immer haben wollte und Ruth, weil sie Susanne heimzahlen will, dass sie Sebastian immer wieder – bewusst oder unbewusst – erregte. Susanne befolgt den Rat Antons und verschwindet für einige Tage in der Therme Radkersburg. Es tut ihr auch psychisch gut, dass sie von Anfang an von mehreren jungen Männern umschwärmt wird.

Anton versucht nach der Abreise von Susanne nach Mitternacht endlich ein paar Stunden Schlaf zu finden. Aber er wälzt sich unruhig stundenlang im Bett herum, mit Überlegungen über Alina (er muss bald ihren Vater Friedrich Schaller anrufen und alles aufklären!), über mögliche Probleme mit der Polizei: Alles was er erdenkt verwirft er auch gleich wieder und fällt erst gegen sieben Uhr früh in einen unruhigen Schlaf.

Nur drei Stunden später wacht er durch lautes Poltern an der Tür auf:

„Polizei, sofort aufmachen!"

Anton schlüpft in seinen Bademantel und öffnet. Da stehen, etwas verlegen, Erwin und Günter, zwei Bad Mitterndorfer Polizisten, die er gut kennt. Verschlafen blickt er sie an:

„Was ist los?"

„Es sind zwei Anzeigen eingegangen, die Sie des Inzests mit Ihrer Schwester Susanne beschuldigen. Laut Anweisung müssen wir Sie verhaften und in das Bezirksgericht Liezen bringen."

Anton ignoriert, dass die beiden wieder auf das „Sie" umgestiegen sind, obwohl sie schon seit Wochen auf „per Du" sind und nickt beruhigend:

„Erwin und Günter, Ruth soll euch und mir ein gutes Frühstück machen. Ich dusche mich und komm dann gleich zu euch und dann bringt ihr mich nach Liezen. Ich werde dort das Missverständnis rasch aufklären können und bin in längsten 24 Stunden sicher wieder frei."

Die beiden sind erleichtert, aber ungläubig: „Es gibt Bilder, die dich nackt mit Susanne in einem Bett zeigen, wie kannst du da die Vorwürfe entkräften?"

Anton zögert, dann beschließt er die beiden einzuweihen.

„Ich kann das leicht erklären, aber nur unter zwei Voraussetzungen: Erstens, ihr erzählt davon niemanden, sagt nur – wenn ihr das nach meiner Erklärung tun wollt – allen, die fragen „der Fall ist nicht so einfach". Das ist das eine. Zweitens, ihr sorgt dafür, dass noch heute der Richter mit mir redet, damit ich – wenn alles klappt – noch heute ohne Untersuchungshaft entlassen werde. Seid ihr bereit, beides zu versprechen ... nur dann kann ich euch die Wahrheit sagen."

Die beiden blicken sich an und nicken. Nur Erwin wirft ein: „Der Richter ist in Graz. Ob er bereit ist, heute noch nach Liezen zu kommen?"

„Ich verlass mich auf euch und dass ihr ihn schlimmstenfalls in einem Polizeiwagen abholt, o. k.? Wenn ich in Untersuchungshaft genommen werden soll habe ich ja ohnehin das Anrecht auf eine richterliche Anhörung innerhalb von 24 Stunden. Also geht es ja nur um Stunden."

Die beiden sind in den letzten Wochen mehrmals großzügig von Anton behandelt worden und neugierig sind sie auch. Also stimmen sie schließlich zu, auch notfalls den Richter mit einem Trick aus Graz zu holen.

Anton zieht ein Dokument aus einer Schreibtischlade und erklärt:

„Susanne und ich sind nicht leibliche Geschwister, sondern Susanne hat ganz andere Eltern als ich. Sie wurde von meinen nur adoptiert. Das steht nicht nur in diesem beglaubigten Dokument, sondern kann ja jederzeit mit einer DNS-Untersuchung belegt werden. Vor der Verlobung mit Alina hatten Susanne und ich ein wechselndes Verhältnis, aber nach der Verlobung mit Alina nie mehr ... nur gestern Nacht war Susanne aus mehreren Gründen so verzweifelt, dass sie gegen unsere Abmachungen zu mir ins Bett gekommen ist und ich hatte mehr als einen guten Grund an der Liebe von Alina zu zweifeln. Nun muss ich das alles dem Gericht, dem Umfeld und allen möglichen Menschen erklären, aber es geht um einen einmaligen Seitensprung, den ich sicher bereue, aber nicht um irgendwas, das mit Inzest zu tun hat."

Erwin und Günter sehen sich das Dokument an und meinen dann: „Ihr hättet euch einige Probleme ersparen können, wenn ihr früher bekannt gegeben hättet, dass ihr nur Adoptivgeschwister seid!"

Anton nickt: „Das wollten wir eigentlich ganz am Anfang. Aber dann wurden wir in einer bestimmten Rolle gesehen und es schien immer lästiger, die Situation zu klären. Nun wird es halt noch unangenehmer, aber da müssen wir jetzt durch."

Günter erzählt noch, dass die Polizei (auf Grund der Videomaut beim Kleinalmtunnel) weiß, dass Susanne noch in der Nacht Richtung Graz gefahren ist, aber offenbar nicht in ihre Wohnung. Nach ihr wird gefahndet.

„Das hatten wir unter Umständen befürchtet. Sie ist irgendwo weiter im Süden untergetaucht, aber ich weiß auch nicht wo, ich wollte nicht wissen, was sie vorhat, damit ich bei einer Befragung nicht die Alternativen habe sie zu verraten oder zu lügen."

Erwin grinst: „Gut überlegt."

Nach dem Frühstück fahren die drei recht unbeschwert nach Liezen, wo Anton in Untersuchungshaft dann unruhig auf die Besprechung mit dem Richter wartet. Er weiß, er kann sich auf Erwin und Günter verlassen: Der Richter wird noch heute mit ihm reden. Aber es wird 20 Uhr bis der Richter eintrifft. Das zunächst sehr formale Gesprächsklima ändert sich rasch, als Anton seine Geschichte erzählt und mit dem Adoptionsdokument belegt.

Der Richter ist erleichtert: „Ich war ganz unglücklich, dass ein so wichtiger Mann wie Sie in eine – wie es schien – sehr unangenehmen Sache verwickelt war, aber ich konnte leider nicht schneller kommen. Natürlich werden Sie sofort aus der Untersuchungshaft entlassen, wir machen das mit minimaler Formalität. Freilich werden wir ihre DNS-Probe mit der von Susanne Ferer vergleichen lassen, um den Akt auch formal zu schließen, aber wir werden gleich morgen veranlassen, dass die Medien erfahren, dass das Verfahren eingestellt wurde und keine kriminelle Handlung begangen wurde. Ich lasse Sie jetzt mit einem Polizeiwagen sofort nach Hause nach Bad Mitterndorf zurückbringen."

So ist Anton nach nur ca. zwölf Stunden wieder frei, schickt an alle Mitarbeiter seiner Firmen (darunter auch Sebastian und Ruth) eine erklärende Mitteilung und wischt mit einer Handbewegung die Entschuldigungen von Sebastian und Ruth weg, als diese gleich zu ihm eilen.

Dennoch: Das Gespräch mit dem Richter um 20 Uhr kam in einem gewissen Sinn ein paar Stunden zu spät. Die Medien berichten in den Nachrichtensendungen des Abends bzw. in den Morgenzeitungen des Landes, dass der inzwischen wichtige Industrielle Anton Ferer wegen Inzests angeklagt ist. Es wird einige Zeit dauern, bis die Nachwirkungen dieser Meldungen trotz der Korrektur am Tag danach vorbei sind.

Das erste Mal spürt Anton dies, als er noch am selben Abend den Vater von Alina, Friedrich Schaller, anvidont. Dieser sieht, wer Kontakt aufnehmen will und reagiert einfach nicht, weil er wenig vorher in den Abendnachrichten von der Inzestanklage gegen Anton erfuhr und er nun auch versteht, warum Alina so bestürzt und überstürzt verschwunden ist: Ihr Aufenthaltsort ist noch immer unbekannt.

Anton ahnt, was los ist und bittet Sebastian, mit seinem Gerät zu vidonen und Schaller zu bewegen, Anton wenigstens die Chance einer Erklärung zu geben. So kann Anton mit einem sehr verärgerten Friedrich sprechen, doch hat dieser bewusst die Videokomponente abgeschaltet. Erst als er versteht, dass Susanne nicht die leibliche Schwester von Anton ist und andere Details hört, schaltet Friedrich die Videokomponente wieder an und akzeptiert, dass Anton am nächsten Tag zu einer Aussprache nach Ebensee kommt.

Als sie dann zusammensitzen meint Friedrich, dass man Alina rasch finden müsse, um das mit der Inzestgeschichte zu klären. Denn einen Seitensprung, der sich durch „dumme Zufälle" ergab, den würde sie schon verzeihen können und alles wäre wieder in Ordnung. Anton schüttelt den Kopf:

„Nein, es ist nicht so einfach. Nicht nur Alina muss mir vergeben, auch ich ihr und ich weiß nicht, ob ich das kann: Alles, was sie aus Liebe für mich tat, war vorgetäuscht, sie wurde dafür vom alten Schaller bezahlt. Und das ist für mich wirklich unverdaulich", sagt er und legt die Dokumente mit den Überweisungsbelegen vom alten Schaller auf das Sparkonto „Alina/Hilfe für Ferer" auf den Tisch.

Friedrich studiert die Belege verblüfft:

„Da stimmt etwas nicht. Ich bin ganz sicher, dass Alina alles freiwillig und ohne Bezahlungen tat und sich immer mehr in dich verliebt hat. Sie ist verliebt und verzweifelt, wegen der Inzestsache, in der sie ja vermutlich noch nicht Bescheid weiß, und dass du glauben kannst, sie war nett zu dir, weil sie Geld dafür erhielt. Ich glaube, du verstehst schon, dass dein Vorwurf, von dem du ja erzählt hast, dass sie sich wie ein Escort-Girl verhalten hat und alles nur vorgetäuscht hat für sie so furchtbar ist wie für dich die Tatsache, dass du glaubst, sie hat alles gegen Bezahlung gemacht. Da ist irgendwas ganz daneben gelaufen. Lass mich mit dem Manager der Bank reden, ich weiß, dass er heute verfügbar ist, denn wir trafen uns auf ein Frühstück. Er ist ein so guter Freund, dass er mir auch Auskünfte geben wird, die er nicht geben darf. Ich gehe schnell zu ihm hinüber. Du bleibst inzwischen hier und regst dich bei einem Glas Wein ein bisschen ab."

Friedrich kommt, sichtbar erleichtert, nach wenigen Minuten zurück. Er hat einen Kontoauszug des Sparbuchs und einen Brief vom alten Schaller bei sich. Der Kontoauszug zeigt, dass vom Sparbuch nie Geld abgehoben wurde. Der Brief vom alten Schaller an den Manager der Bank erklärt noch deutlicher was geschah:

„Alina Schaller weiß nichts von diesem Sparbuch. Bitte löse das Buch bei Gelegenheit nach meinem Ableben auf und gib Alina den Betrag als ihr zustehende Vergütung. Wenn sie dadurch steuerliche Probleme hat, weißt du sicher am besten, wie man diese lösen kann. Ich tue das für den Fall, dass Anton Ferer sich nicht sowieso um Alina kümmert: Er hat mir mehr als genug Geld gegeben, ich habe viel für ihn ohne Verrechnung gemacht, musste aber die Beträge irgendwie verbuchen, darum dieser eigentümliche Weg."

Anton ist am Boden zerstört. Er hat Alina völlig zu Unrecht verdächtigt und muss sie damit furchtbar verletzt haben. Er redet noch lange mit Friedrich: Sie vereinbaren, Alina mit der derselben Detektivagentur, die Hoffmann bewacht hat, ohne Rücksicht auf Ausgaben zu finden.

Doch die Tage vergehen ohne Erfolg. Anton vergräbt sich in seine Arbeit. Seine Mitarbeiter und die beide Polizisten Erwin und Günter haben dafür gesorgt, dass die „Inzest-Affaire" in Bad Mitterndorf bald kein Thema mehr ist, sondern nur, dass man Alina vermisst und sich wundert, dass sie nicht auffindbar ist. Man macht sich Sorgen um den wie besessen arbeitenden Anton, der durch unglückliche Umstände, wie es inzwischen alle nennen, seine Verlobte verloren hat.

★ ★ ★

Alina fährt nach der für sie entsetzlichen Nacht nach Linz, lässt dort ihr Auto stehen und nimmt die Bahn nach Karlsruhe zu ihrer langjährigen Freundin Ulla, einer Lufthansa-

Stewardess, die sich freut, Alina zu sehen und die „Horrorgeschichte" kaum glauben kann. Als sie am nächsten Tag aber mit Mühe eine österreichische Tageszeitung besorgt und dort groß von der Inzestanzeige gegen Anton berichtet wird, ist sie so empört wie Alina und versteht, warum Alina in eine tagelange Depression verfällt. So entgeht beiden, dass sich die Inzestvorwürfe als ungerechtfertigt erweisen, denn bald verliert die Geschichte ihre Medienbedeutung. Während Alinas Familie und Anton verzweifelt auf ein Lebenszeichen von Alina warten, versinkt diese in unendliches Grübeln – Was habe ich falsch gemacht? – bis Ulla beschließt, Alina zu einem Aufenthalt von mehreren Monaten in ihr Ferienhaus auf Madeira zu überreden:

„Ich komme alle 14 Tage auf ein paar Tage vorbei, wir werden dort viel Spaß haben und du wirst allmählich in ein normales Leben zurückfinden."

Als Mitarbeiterin der Lufthansa gelingt es Ulla, Alina unter falschem Namen im Flugzeug mitzunehmen, wodurch die Versuche der Detektive, Alina zu finden alle erfolglos bleiben. Alina schickt mehrmals über einen Umweg Nachrichten an ihre Eltern, dass es ihr gut geht, aber sie eine Auszeit für sich benötigt. Die Nachrichten werden alle von Ulla an öffentlichen Stationen in Deutschland abgesetzt, sodass die Detektive nicht in der Lage sind, sie zur Lokalisierung von Alina zu benutzen. Nach einer Zeit tiefer Depression erfährt Alina zufällig von „zweidimensionalen" Werkstoffen wie Graphen und ist davon so fasziniert, dass sie ihre Trauer mit intensiver Forschung über solche Materialien verdrängt. So wird in einigen Monaten aus einer lebenslustigen jungen Frau eine introvertierte, aber begeisterte Forscherin im Bereich Materialwissenschaften, vor allem von zweidimensionalen Strukturen.

★ ★ ★

Susanne wird durch ihren Aufenthalt in Radkersburg etwas von ihrer Trauer über das Ende ihrer Beziehung mit Andreas abgelenkt. Über Vidon entschuldigt sie sich bei Anton und bewundert, dass er die Angelegenheit mit der Inzestanklage so schnell bereinigen konnte, denn in den ersten Berichten in den Zeitungen hatte es ja sehr böse geklungen. Freilich, als Nicht-mehr-Schwester ist sie eigentlich mittellos, sofern sich Anton nicht an frühere Vereinbarungen hält.

Sie kehrt nach Graz zurück, will unbedingt alle in diesem Semester noch möglichen Prüfungen erfolgreich ablegen und geht am Abend immer wieder mit ihrer schon üblichen Clique aus. Freilich fühlt sie sich ohne Begleitung immer wie das fünfte Rad am Wagen Und obwohl sich immer wieder junge Männer für sie interessieren, funkt es nie so richtig.

An einem Abend nach schon zu vielen Drinks ist sie so mit sich beschäftigt, dass sie bei der Garagenausfahrt von Kastner & Öhler auf den Murkai den Verkehr von links so wenig beachtet, dass sie den BMW einfach übersieht, der trotz Notbremsung in die linke vordere Seite ihres Autos kracht. Der Fahrer des anderen Autos springt heraus und läuft zur Fahrerseite von Susannes Auto. Sie hängt benommen, aber ohne sichtbare Verletzungen im Sicherheitsgurt. Die Tür ist durch den Aufprall so beschädigt, dass sie sich nicht öffnen lässt. Aber dem Fahrer, Helmut Hochbauer, gelingt es, Susanne von der rechten Seite aus dem Auto zu zerren.

„Verletzt?", fragt er besorgt.

„Ich glaube nicht", antwortet Susanne stockend.

Helmut führt Susanne zu seinem Auto und legt sie auf den Rücksitz:

„Wir müssen die Situation hier schnell bereinigen. Wenn die Polizei kommt haben sie Probleme, sie haben offenbar ein bisschen zu viel getrunken."

Susanne ist überrascht, dass der Fremde sich so um sie kümmert und ihre keine Vorwürfe macht, ja sich erst jetzt den Schaden bei den Autos ansieht.

„Ihr Auto hat es ziemlich erwischt, ich weiß nicht, ob man es noch fahren kann: Das vordere Rad scheint von der eingebeulten Karosserie behindert. Ich werde sehen, was ich machen kann."

Er steigt in den BMW, fährt ein Stückchen nach hinten, um sich von Susannes Auto zu lösen und dann einige Meter weiter, wo er einen Parkplatz findet.

„Sie bleiben hier ruhig liegen, bis ich wieder komme. Ich versuche, Ihr Auto soweit zu bewegen, dass es bis morgen stehen bleiben kann. Steckt der Schlüssel noch in ihrem Auto?"

Susanne nickt.

Der Fremde verschwindet. Mehr und mehr Zeit vergeht. Susanne richtet sich auf, sie fühlt sich noch etwas groggy, aber gut genug, um auszusteigen. Sie blickt zur Unfallstelle zurück: Ihr Wagen ist verschwunden. Wenig später kommt der Mann aus Richtung Garage gelaufen und lächelt, als er sie neben seinem BMW stehen sieht.

„Es geht also wieder", schmunzelt er.

„Ja, ja, danke, danke für alles, was haben Sie mit meinem Auto gemacht?"

„Ich habe es soweit flott gekriegt, dass ich es bis zum Parkplatz auf der anderen Murseite fahren konnte. Dort steht es gut, wir müssen uns morgen darum kümmern: Die Parkgebühr wird klein sein, im Vergleich zu Ihren Reparaturkosten. Meinem Auto ist wenig passiert, ich muss nur die Stoßstange ersetzen lassen. Ob wir den Vorfall Ihrer Versicherung melden sollen, müssen wir besprechen. Ich fürchte, der Vorgang ist, wenn man Alkohol ausschließt, kaum nachvollziehbar. Und das müssen wir wohl, wenn Sie ihren

Führerschein behalten wollen. Übrigens, ich habe mich noch nicht vorgestellt: Ich bin Helmut Hochbauer."

„Ich bin die Susanne", sagt diese noch immer verwirrt, dass er wie selbstverständlich immer von „wir" gesprochen hat und die finanzielle Regelung des Schadens noch gar nicht angesprochen hat.

„Freut mich, Susanne. Ich bringe Sie jetzt entweder ins Unfallkrankenhaus oder in Ihre Wohnung. Lassen Sie sich kurz ansehen."

Er untersucht ihren Kopf und Rücken wie es ihr scheint recht professionell.

„Sie müssen entschuldigen, wenn ich Sie jetzt auch vorne abtasten muss, es könnte leicht sein, dass Sie einen Rippenbruch haben."

Seine Hände gleiten von den Halswirbeln nach vorne, dann an beiden Seiten ihres Oberkörpers fast bis zum Beckenansatz hinunter. Es schmerzt nicht, ja fühlt sich eher aufregend an.

Helmut nickt befriedigt: „Sie sind nie zusammengezuckt. Gebrochen oder stark verrenkt ist nichts. Sie gehören nur ins Bett. Wo wohnen Sie?"

Wie selbstverständlich bringt er sie zu ihrer Wohnung in die Petersgasse. Er lässt gar keinen Zweifel daran, dass er mit ihr hineingehen wird. Im Wohnzimmer übernimmt er das Kommando:

„Sie duschen sich jetzt und schauen genau, ob Sie irgendwo Verletzungen sehen. Dann ziehen Sie einen bequemen Pyjama an und kommen wieder hier ins Wohnzimmer. Ich mache mir, wenn Sie gestatten, inzwischen einen Kaffee in der Küche."

Susanne findet alles, was er sagt vernünftig, ist auch nicht in der Verfassung viel nachzudenken oder zu protestieren.

Als sie im Pyjama zurückkommt, sitzt Helmut mit einem Kaffee im Sofasessel.

„Sie bekommen keinen, denn der stört vielleicht beim Schlafen. Sie legen sich jetzt bitte auf dem Bauch auf das Sofa: Ich muss mir den Teil Ihres Körpers ansehen, den Sie im Spiegel nicht sehen konnten."

Als Helmut ihr verdutztes Gesicht sieht lacht er.

„Nein, ich werde nicht über Sie herfallen. Das können wir ja vielleicht ein anderes Mal machen, wenn wir beide ganz nüchtern sind. Aber ich habe Medizin studiert, bin im letzten halben Jahr meiner Ausbildung zum Arzt für Allgemeinmedizin, Sie sind also, hoffe ich, in guten Händen."

Susanne legt sich also mit dem Bauch der Länge nach auf das Sofa. Helmut zieht das Oberteil hinauf und sieht nur einen hübschen, unverletzten Rücken. Das Unterteil schiebt er nur ein Stückchen hinunter: Auch hier ist alles in Ordnung.

„Ich glaube, Sie haben Glück gehabt. Haben Sie Kopfschmerzen oder tut Ihnen sonst was weh?"

Susanne schüttelt den Kopf. Helmut ist zufrieden. Aus seiner Sakkotasche zieht er einen kleinen Beutel:

„Eine Miniausrüstung für Notfälle. Bitte nehmen Sie diese Tablette mit einem Schluck Wasser, dann legen Sie sich sofort ins Bett. Die Tablette ist ein Schlafmittel, das dafür sorgen wird, dass Sie tief und lang schlafen werden. Sobald Sie wach sind und gefrühstückt haben, vidonen Sie mich an, Kontaktdaten habe ich überspielt. Dann treffen wir uns bald, um alles Weitere zu besprechen. Gute Nacht!"

Helmut geht zur Tür und winkt der überraschten Susanne noch einmal zu.

Susanne wacht am nächsten Morgen spät auf und hat ... Sehnsucht nach Helmut. Was für ein Mann! Ist es möglich, dass so jemand noch „zu haben" ist?

Eigentlich ist er es nicht. Doch nach zwei weiteren Treffen, das zweite schon ein echtes Rendezvous, will Helmut auch immer mehr von Susanne und löst seine andere Bindung. Er und Susanne werden unzertrennlich.

Als er sie zu einer Medizinertagung nach Vancouver mitnimmt und ihr dann nicht nur die Stadt, sondern auch ein Stück von Vancouver Island in einer besonders liebevollen Weise zeigt, ist das fast schon wie eine vorgezogene Hochzeitsreise. Sie versteht sich auch auf Anhieb mit dem Ehepaar Weiser, das mit Helmut gut befreundet ist, ja man vereinbart, dass die Weisers noch im selben Jahr einmal Österreich besuchen.

Anton hat mehrmals von Susanne und ihrem neuen Freund gehört und als er beide einmal zusammen in Graz trifft ist ihm klar, dass die beiden sehr viel verbindet. Und er beneidet sie darum, denn nun ist Alina schon sechs Wochen verschwunden!

★ ★ ★

Anton ist 16 Stunden pro Tag, auch am Wochenende, im Einsatz, um sich abzulenken. Er bekommt zwar von Friedrich immer wieder beruhigende Nachrichten, dass sie leider nicht wissen, wo sich Alina befindet, aber diese immer wieder mitteilt, dass sie einfach eine Zeit lang allein sein will. Sebastian ist als CEO der FMFA Antons rechte Hand geworden.

Die ehemalige Rüstungsfabrik Noricum in Liezen modifiziert nach Antons Spezifikationen ein einfaches e-Fahrrad, das Magna in Graz herstellt: Die Batterie wird durch eine leichtere und energiestärkere ersetzt, die das Batterie-Kompetenz-Zentrum der TU Graz mit seiner finanziellen Unterstützung entwickelte, wo erstmals graphenähnliche Substanzen zum Einsatz kommen: atomdünne Schichten von Materialien, wie sie durch den Graphen-Boom ausgelöste worden waren. Das e-Fahrrad wird mit einer Rundumverkleidung aus einer auch nur moleküldicken Schicht gegen Regen geschützt, die aber auch gleichzeitig über Fotovoltaik

Strom für die Batterie erzeugt. Eine Art Walze fungiert vorne bei Regen als Scheibenwischer. Da die Umhüllung auch eine Bodenplatte hat, kann man das Fahrrad nicht mehr mit den Füßen stabilisieren, sondern die Fahrzeuge fahren bei Geschwindigkeiten unter 5 km/h automatisch Stützräder aus. Die Räder werden mit einem, zwei oder drei Sitzen gefertigt, sodass man als Ehepaar sogar mit einem Kind dieses Fahrrad benutzen kann. Obwohl die Fahrzeuge auch ohne eigene Tretenergie fahren, ist das Treten energieschonend, für die Fahrer gesund und also vorgesehen.

Das so entstandene „M-Rad" (Mitterndorf-Rad) wird über Nacht zu einem Verkaufshit.

★ ★ ★

Um neun Uhr, am 14. 10. 2024, stehen auf einmal Susanne und Helmut mit den Weisers vor Antons Tür.

„Du hättest wenigstens vorher anrufen können", beschwert er sich bei Susanne.

„Nein, konnte ich nicht, da hättest du bestimmt gesagt, du hast keine Zeit. Aber nun musst du einfach umdisponieren: Ich und Helmut müssen zurück nach Graz, Hel und Sue müssen erst um Mitternacht wieder in Graz sein."

Anton grinst. „Also Hel und Sue, kommt herein, Helmut und Susanne ihr verschwindet, bevor ich zornig werde."

„Hel and Sue, please have a cup of coffee[27] while I rearrange my day, o. k.?"

Beiden nicken, doch dann meint Hel, dass das Ganze eine unerhörte Zumutung sei und wenn er ihnen eine Empfehlung und einen Zug zurück nach Graz heraussuchen würde, wollen sie ihn nicht belästigen. Doch die beiden gefallen Anton und er hat schon zu lange keine Abwechslung

---

27 Er bieten ihnen Kaffee an und bittet um 15 Minuten Zeit, um alles zu organisieren. So sehr ihm die Zeit fehlt, er hat schon so lange keine Abwechslung mehr gehabt, dass er eine brauchen kann. Und die beiden mag er irgendwie sofort.

mehr gehabt, also lehnt er das ab. Er wird in 15 Minuten ein vernünftiges Programm organisieren.

Bald ist alles klar. Er wird ihnen zuerst Hallstatt zeigen, dann den Gosausee, dann von Werfen aus die Tennengebirge-Eishöhle, dann über Radstadt und Schladming zurück, wobei der sich die Genehmigung und den Schlüssel besorgt, die interessante Abkürzung vom Ennstal am Salzastausee vorbei zu nehmen. Ein Chauffeur wird die beiden dann nach Graz bringen. Das Wetter spielt mit, es wird ein sehr schöner Tag und sie legen in der kurzen Zeit den Grundstein für eine tiefe Freundschaft. Dass Hel in Nordwest-Alberta ein großes, entlegenes Grundstück besitzt und an Biologe und Gentechnik für Pflanzen sehr interessiert ist, ergibt auch starkes gegenseitiges Fachinteresse. Anton verspricht Hel von FMFA oder RLA eine größere Geldsumme, wenn er versucht, kälteresistente Pflanzen auf seinem Besitz zu entwickeln und zu testen. Der Tag geht nur zu schnell vorüber, aber ab jetzt sind Hel und Anton immer wieder über Vidon in Kontakt.

★ ★ ★

Das Jahr 2024 geht zu Ende, aber noch immer kommen nur Trivialmeldungen von Alina, sonst nichts. Die Schallers laden Anton über Weihnachten ein und er nimmt gerne an. Er lässt sich bei den Geschenken für die Schallers genauso wenig lumpen, wie umgekehrt. Nur weil Alina fehlt und der alte Schaller für immer, kommt keine richtige Stimmung auf.

Die Einladung von Hel und Sue, sie doch in ihrem Ferienhaus in Naples, Florida, über Neujahr zu besuchen, um dem tristen Winter in Bad Mitterndorf zu entkommen ist so überraschend, dass Anton zusagt. Bad Mitterndorf im Winter ist nicht trist, wenn man den Schnee liebt und in einer Gruppe Schitouren oder andere Ausflüge macht. Aber allein ist es trist und Anton will sich nicht auf andere Beziehungen einlassen, die ihm mehrmals sehr eindeutig angeboten werden. Er ist in Gedanken immer bei Alina und der Hoffnung, dass sich doch noch alles einrenken lassen wird.

So macht Anton das erste Mal in seinem Leben eine Flugreise und gleich mit dem Komfort der ersten Klasse, einer Suite im A380, aus der er zu seinem Erstaunen nur hinaussehen kann, wenn er auf das eigene WC geht. So sehr ihn der Wirbel, die Technik und der Service beeindrucken, verstärkt doch auch dieser Flug viele seiner nagenden Zweifel am Fortschritt: Mir geht es gut hier, mit Spezialservice, aber warum fliegen 800 Menschen, eingepfercht wie Sardinen in der Dose, 10 Stunden lang hin und her, ohne Freunde zu besuchen, nur um am Strand zu liegen, wobei der Strand in Florida sicher nicht besser ist als der in Nizza? Und das hoch entwickelte 3D-Fernsehen es erlaubt, jeden Winkel der Welt genauer und besser zu sehen, als man das je bei einer Reise könnte? Wenn es nicht um Hel und Sue ginge, dann wäre der Flug ein Unsinn. So aber überdeckt die Freude auf das Wiedersehen und das Abenteuer eines Segeltörns und ja, der gemeinsame Spaß zu Silvester und die Überlegungen zur Pflanzentechnik fürs erste seine Bedenken gegen solche Reisen.

★ ★ ★

Zurück in Europa gelingt es Anton, Gepäckwaggons der Eisenbahn und Anhänger von Bussen so umzurüsten, dass die Mitnahme der M-Räder in öffentlichen Verkehrsmitteln, zunächst in der näheren Umgebung von Bad Mitterndorf, völlig unproblematisch wird. Als Wien und Graz ihre öffentlichen Verkehrsmittel auch entsprechend umrüsten, ist kein Halten mehr: hunderttausende Bestellungen, zunehmend auch von außerhalb Österreichs gehen ein, die M-Rad-Firma wird ein unglaublicher kommerzieller Erfolg.

Es ist von unschätzbarem Wert, dass der CFO Ergodin Wagner inzwischen die Stiftung eingerichtet hat und so die Einkünfte zwar Anton zur Verfügung stehen, er sie aber nicht als Einnahmen versteuern muss.

★ ★ ★

Es ist dieser blitzartige Erfolg des M-Rades der FMFA GmbH, der die Wochenzeitung Spiegel veranlasst, im ersten Maiheft 2025 einen längeren Beitrag über das Rad und Anton Ferer zu schreiben. In diesem Artikel wird auch die kurzzeitige Krisensituation mit fälschlicher Inzestbeschuldigung erwähnt und dass damit nicht nur die große Liebe Antons zu Bruch ging, sondern er noch immer verzweifelt versucht, sie, Alina Schaller, zu finden, um alles aufzuklären.

Ulla, die Freundin von Alina, die bei der Lufthansa arbeitet, verteilt diese Spiegelausgabe bei einem Flug in der Businessklasse und stolpert beim Überfliegen eines überzähligen Exemplars über den Beitrag. Bevor sie das Heft Alina übergibt, recherchiert sie noch bei anderen Quellen, die einige Monate zurückliegen. Es besteht kein Zweifel: An der Inzestgeschichte war nie etwas dran und offenbar liebt Anton Alina nach wie vor und bereut seinen unheilvollen Seitensprung sehr.

Beim nächsten Treffen übergibt Ulla alle Unterlagen an Alina:

„Lies dir das in Ruhe durch, dann lass' uns drüber reden. Ich warte auf dich, draußen auf der Terrasse."

Alina stürzt schon Minuten später auf die Terrasse:

„Stimmt das alles wirklich? Und was soll der Satz ‚Ich habe meine Verlobte auch beschuldigt, ihre Liebe für mich für Geld nur vorzutäuschen, nur kannte ich damals nicht die Wahrheit?"

Ulla zuckt die Schultern: „Wenn da was dran ist, musst du das doch wissen, oder?"

Alina schaut nachdenklich in die Ferne.

„Als Anton auftauchte, hat mich mein Großvater gebeten, mich um ihn zu kümmern und er hat gesagt, er wird mich dafür bezahlen. Ich habe das als Witz verstanden und nie einen Euro erhalten, aber das muss irgendwie verdreht nach dem Tode des Großvaters zu Anton gelangt sein und er hat dann an meiner Liebe gezweifelt, mich als bessere Kurtisane gesehen und sich entsprechend verhalten: Jetzt verstehe ich, warum er nach dem Begräbnis so kalt war und auch nichts mehr daran fand, mit jemandem anderen ins Bett zu gehen. Wie dumm waren wir beide, das nie zu besprechen!"

Ulla meint kühl: „So wie du es mir erzählt hast, bist du sofort (allerdings aus deiner damaligen Sicht verständlich) ausgerastet und hast Anton keine Chance gegeben, die Situation zu erklären. Ich denke, es wird Zeit, dass du deinen Vater vidonst und dann versuchst, ein Gespräch mit Anton zu führen!"

Nach einer langen Vidonunterhaltung mit ihrem Vater fühlt sich Alina wie ein neuer Mensch: Sie glaubt nun zu wissen, dass Anton sie immer liebte und noch immer liebt und ist zwei Tage später bei ihren Eltern in Ebensee. Sie weiß nicht, dass diese Anton vor der Rückkehr von Alina verständigt haben. Während die Eltern noch erleichtert und erfreut mit Alina reden kommt Anton bei der Tür herein.

Einen Moment steht die Welt still, scheint es. Dann fallen sich Alina und Anton in die Arme. Die Eltern Alinas verlassen den Raum.

Zwischen Alina und Anton ist nicht mehr viel zu klären: Beide verstehen inzwischen, welche Missverständnisse zur ihrer Trennung führten, und dass sie so fortsetzen werden, wie es vor dem Tod des alten Schallers war. Als sie beide Hand in Hand die Wohnung des Rechtsanwaltes Schaller verlassen, bleibt Anton einen Moment lang stehen:

„Wir werden sicher bald eine Familie sein. Aber, Friedrich, bist du bereit, mir als Anwalt und mit einem Steuerberater zu helfen?"

Friedrich Schaller ist verblüfft: „Warum glaubst du, dass das notwendig ist?"

Anton seufzt: „Manchmal kommt alles zusammen. Ich würde jetzt gerne mit Alina zwei Wochen Urlaub machen, aber leider haben sich Steuerprüfer angesagt und es klingt, als wollen sie mir Probleme machen!"

„Wie können sie das", fragt Friedrich, „hast du in irgendeiner Weise ein schlechtes Gewissen?"

„Nein, aber dass wir –Susanne und ich – plötzlich mit so viel Geld/Gold auftauchen ist offenbar verdächtig. Aber ich glaube, dass sogar noch mehr dahinter steckt, nur verstehe ich noch nicht was."

„Was immer es ist, wir sind auf deiner/auf eurer Seite und werden schon alles ins Lot bekommen und Ergodin Wagner wird dabei notfalls eine große Hilfe sein."

Die Verwerfungen und Änderungen, die auf Anton zukommen sind größer als erwartet.

Glück und Unglück

Die Rückkehr von Alina nach Bad Mitterndorf und dass Anton und Alina wieder als Paar auftreten, wird anlässlich des jährlichen Sommerfestes nicht nur ausgiebig gefeiert, sondern Anton lädt zu einer Veranstaltung in ein Festzelt ein, bei der er neue große Pläne vorstellt.

Er erzählt mit fast missionarischer Begeisterung, dass er einen gemeinnützigen Verein, VLV (Vernünftig Leben Verein), gegründet hat. Die Hauptziele des VLV sind es, Technologie vernünftig einzusetzen, um von einer Wegwerfgesellschaft zu einer Reparaturgesellschaft, von Geräten mit einprogrammierter Lebensdauer zu solchen zu kommen, die „ewig" halten und Haushalte so einzurichten, dass sie auch beim Ausfall der Energienetze (der in den Medien schon mehrmals apokalyptisch erwähnt wurde) was Strom, Wasser und Nahrungsmittel anbelangt aus lokaler Erzeugung vernünftig überleben können.

„Natürlich wollen wir europaweite Energieversorgungsnetze. Aber der Zusammenbruche eines Teils darf nicht das gesamte Netz betreffen, sondern lokale Notstromnetze müssen dann einspringen, um das Notwendigste, ein bisschen Licht, ein bisschen Strom zum Kochen, ein bisschen Kommunikation zu erhalten."

Der VLV wird eng mit FMFA und der Stiftung RLA zusammenarbeiten, über die durch weltweite Aktivitäten einige finanzielle Mittel zur Verfügung stehen werden. Damit werden z. B. auch Probebetriebe wie die Westtauplitz gefördert werden, die anderen Teilen Österreichs, ja der Welt, als Vorbild dienen sollen.

Insbesondere soll die Versorgung der Menschen mit allen Produkten regionaler, saisonaler werden und eben auch im Notfall noch gesichert sein.

„Ich glaube, die Saisonalität und Regionalität hat nicht nur verkehrstechnisch Vorteile, sie ist auch sonst schön. Freuen wir uns nicht alle auf die Spargelsaison, die Wildsaison? Ich möchte mich wieder auch auf die Kirschen, die Erdbeeren, die Tomaten usw. so freuen, wie es früher war, statt dass wir das ganze Jahr einen fast geschmacklosen Abklatsch von Obst oder Gemüse, das während wochenlanger Transporte nachgereift wurde, angeboten bekommen. Probiert bitte die Kirschen und Erdbeeren oder den Käse, alles steht vor euch und kommt aus der Westtauplitz, merkt ihr den Unterschied? Für alle über 18, probiert die Erdbeerbowle!"

Anton pausiert, man kostet, man jubelt.

Anton ist noch nicht fertig: Die totale Abhängigkeit von ungeprüften Informationen im Web soll durch einen Server, der alles Wichtige einerseits aus mehreren Sichten darstellt, andererseits bei jedem Beitrag Experten dafür einstehen, ausgeglichen werden, wie es schon ab 2010 eine Gruppe an der TU Graz mit dem sogenannten Austria-Forum begonnen hatte. Unabhängiges Denken muss gefördert werden, man soll sich nicht nur gegenseitig aus dem Internet vorlesen. Die Unterbrechungstechnologien müssen zurückgedrängt werden. All das wird niemandem aufgezwungen, aber es werden für gewisse Dinge Anreize geboten werden, ohne dass diejenigen, die bei manchen oder allen Aktionen nicht mitmachen wollen darunter zu leiden haben. Er wird sich dafür einsetzen, dass neue Energiequellen, gute Kommunikation und sinnvoller Verkehr weiter ausgebaut werden, ohne die Umwelt zu gefährden. Er wird ferner dafür kämpfen, dass jeder Mensch zwar nicht Anrecht auf ein garantiertes Grundeinkommen hat, wie es häufig gefordert wird, jeder aber das Anrecht hat auf Wohnung, Kleidung, Nahrung und eine minimales Taschengeld im Ausmaß der Bürgerrechte[28] in der Schweiz. Er will aber auch z. B. bei Wanderwegen Neues ausprobieren: Neue, markierte Wege werden so angelegt, dass man einen Rundweg geht, also mehr sieht, und nicht ein und denselben Weg hin und zurück muss, sei es zu Fuß, auf M-Rad, auf Langlaufschiern usw. Niemand muss sich an die „Einbahnregelung" halten, aber es wird vielen sinnvoll erscheinen, weil etwa bei Fußwegen, die bergauf gehen, die Route gemächlicher verläuft, als beim Abstieg, wo man vielleicht Stufen oder Geländer zum Abstützten finden wird oder beim Langlaufen dem steileren Anstieg eine angenehme, lange, einfache Abfahrt gegenübersteht.

Er hofft, dass viele Menschen die Ziele des VLV unterstützen werden. Der Proformabeitrag für die Mitgliedschaft ist fünf Euro pro Jahr. Er ist im ersten Jahr nicht zu bezahlen, ja alle, die sich als Mitglied auf 5 Jahre verpflichten erhalten einen 20-F-Euro-Gutschein, wie er ja jetzt schon bei Reparaturen, bei Einkäufen in einigen Geschäften etc. benutzbar ist. Der VLV möge an seinen Aktionen gemessen werden, die bald beginnen werden.

Auf die Frage, in welcher Form Anreize geboten werden sollen erklärt Anton, dass man manche Geräte gratis anbieten wird, manche über F-Euro-Gutscheine, dass man diese in neuen Supermärkten besonders günstig verwenden kann, aber auch, dass lokalen Produkte aus nahe liegenden Werkstätten, Fabriken und Bauernhöfen besonders bevorzugt werden.

---

28 Das Bürgerrecht in der Schweiz garantiert jedem Bürger Unterkunft (sie kann bescheiden sein), drei warme Mahlzeiten pro Tag, akzeptable Kleidung (sie kann gebraucht sein) und ein minimales Taschengeld, sofern er um diese Hilfe ansucht, in bescheidenem Ausmaß für gewisse Zivildienstaufgaben bereit ist und das Einkommen eine bestimmte Grenze nicht übersteigt. Das „garantierte Grundeinkommen" hat in kleinen Versuchen hingegen immer wieder versagt: Menschen haben es für Alkohol, stärkere Drogen, Prostituierte, Wettbüros etc. verwendet und damit den eigentlichen Zweck nicht erreicht.

Er merkt nicht, dass der Fragesteller aufgeregt mit jemandem vidont:

„Ja, Sie haben recht. Dieser Ferer mit seinen Plänen wird stören, wenn sich seine Aktivitäten immer mehr ausbreiten."

„Sie wissen, wie Sie dem Ferer einen Schuss vor den Bug geben können? Sie haben dafür jetzt grünes Licht."

Alina gratuliert Anton zu seiner Rede und seinen bisherigen Erfolgen.

Die beiden sind jetzt seit vier Wochen, seit Ende Mai, wieder zusammen hier in Bad Mitterndorf. Alina hat mit Begeisterung wieder die Funktion der Hausherrin in ihrem Bauern-Bioladen-Gasthaus eingenommen, ohne aber die Graphenforschung aus den Augen zu verlieren, ja indem sie fast wöchentlich einmal die Wiener Gruppe besucht, die für die großzügige Forschungsunterstützung durch die RLA-Stiftung die Produktionsrechte für neue Graphenplatten bzw. Graphenfilter an RLA abgegeben hat.

Alina ist beeindruckt, was sich in ihrer Abwesenheit alles getan hat. Insbesondere hat sich die Westtauplitz sehr stark entwickelt: Dort ist eine echte Siedlung „Neugrundlsee" mit inzwischen fast 300 Familien entstanden. Es gibt eine für alle kostenlose Privatschule mit integriertem Kindergarten, eine Reparaturwerkstatt (Ableger von der in Bad Mitterndorf) und einen Supermarkt, der viele saisonale und regionale Produkte anbietet, die zu einem guten Teil aus dem Westtauplitzgelände stammen. Sie stellen nicht nur die Versorgung von Neugrundlsee sicher, sondern werden natürlich auch außerhalb verkauft, um Mittel für andere Anschaffungen zu erwirtschaften. Es gibt Fleisch von Rindern, Schweinen, Federvieh und aus dem Rehgehege im Überfluss; Hechte und andere Fische aus eigener Zucht; ausreichend Kartoffel, viele Gemüsesorten, die auch im Winter durch entsprechende Lagerung verfügbar bleiben, einheimisches Obst, auch fast vergessene Sorten, für deren Aufzucht in größeren Mengen freilich Jahrzehnte notwendig sein werden und Beeren in guter Auswahl. Bei Getreide freilich nur Sorten, die kältere und längere Winter vertragen. Der Waldbestand ist sehr gewachsen, weil man kaum mehr Holz als Brennmaterial benötigt. Die Turboturbinen und der Strom aus Fotovoltaik bzw. Thermovoltaikzellen, die auf den neuen Tiefbohrungen basieren, liefern genug Energie.

Neugrundlsee mit der Westtauplitz könnten also längere Zeit ohne Hilfe von außen überleben, aber man benötigt natürlich trotzdem viele Geräte, Materialien, Chemikalien, Pharmazeutika usw., die nicht lokal hergestellt werden.

Unerwartet und ärgerlich für Anton ist, dass man nicht nur den Anbau genveränderter Pflanzen, sondern sogar die Einrichtung eines Forschungslabors verboten hat. Anton hatte Pläne für die Züchtung kälteresistenter Maissorten, Obst und Getreidesorten und mehr. Er wird diese Forschungen und Versuche nun anderswo durchführen müssen, wobei der Besitz in Namibia und vor allem seine Freundschaft mit den Weiners in Kanada von kritischer Bedeutung sein werden, wie erste Aktivitäten zeigen. Er weiß aber, dass es für die VLV auch in Österreich unglaublich viel zu tun gibt, sodass er weiter entfernte Aktivitäten nur anstoßen, aber nicht selbst verfolgen wird.

Erfreulich ist, dass sich Alina und Susanne wieder gut verstehen. Dass Susanne inzwischen mit dem Arzt Helmut Hochbauer verheiratet ist, hat da natürlich geholfen, sodass es schließlich sogar Alina ist, die vorschlägt, die medizinische Versorgung von Neugrundlsee in die Hände von Helmut zu legen. Susanne und Helmut sagen spontan zu.

Schon am nächsten Samstag kommen sie nach Bad Mitterndorf, um sich ein Haus in Neugrundlsee auszusuchen (es werden immer welche auf Vorrat gebaut) oder sich eines nach ihren Wünschen bauen zu lassen. Tatsächlich findet sich ein geeignetes Gebäude, das eigentlich für zwei größere Familien gedacht war, aber gerade deshalb auch reichlich Platz für eine Arztpraxis bietet, ja sogar zwei Zimmer hat, die man für vorübergehende stationäre Behandlung verwenden kann. Betreuung dafür ist natürlich noch einzustellen. Die ärztliche Versorgung soll bereits im Herbst beginnen, einigt man sich.

Anton möchte Sepp, dem gegenwärtigen Leiter von Neugrundlsee, die beiden vorstellen und gleichzeitig mit ihm über die baldige Aktivierung der für den Ort geplanten Sicherheitsanlage sprechen, die bis zur Errichtung eines Polizeistützpunktes unerwünschte Eindringlinge fernhalten soll. Leider kommt Sepp erst spät am Nachmittag von einer Einkaufsfahrt zurück, sodass es zu keinem Treffen kommt.

Alina und Anton haben begonnen, die Gegend um Bad Mitterndorf systematisch zu ‚erforschen'. Da das Frühsommerwetter sehr schön und stabil ist, laden sie Hochbauers ein, mit ihnen am nächsten Tag zum Lahngangsee zu gehen.

„Du meinst die Langbathseen hinter Ebensee?", wundert sich Susanne.

„Nein, natürlich nicht, ich meine die Lahngangseen, die zu den schönsten Bergseen Österreichs gehören und ca. 1200 m oberhalb des Grundlsees liegen."

Susanne und Helmut sind neugierig und beschließen mitzukommen.

Früh am nächsten Morgen fahren sie von Bad Mitterndorf die kurze Strecke zum Grundlsee und dann noch einige Kilometer das Seeufer entlang bis knapp nach dem Wirtshaus Ladner. Sie parken ihr Auto auf der linken Seite nur hundert Meter vom See am unteren Ende der Forststraße, auf der die Wanderung beginnt. Nach einigen Serpentinen auf der Straße verlassen sie diese auf dem markierten Weg, der nun durch einen niedrigeren Wald stetig bergauf geht, sodass bald alle schweigsamer werden und sich auf das Gehen konzentrieren. Da und dort sind schon die ersten Eierschwammerl zu sehen, eine Seltenheit so früh im Jahr. Man will, falls man nicht zu müde ist, auf dem Rückweg einige mitnehmen. Dann lichtet sich der Wald und es beginnt ein steiler Aufstieg durch einen mit Himbeersträuchern bewachsenen Hang. Der Blick hinunter zum Grundlsee wird immer spektakulärer. Nach etwas mehr als zwei Stunden erreichen sie die einzige etwas exponiertere Stelle, wo der Weg um einen Felsen herumführt. Vor ihnen liegt ein Wiesenhang voller Blumen, durch den der Pfad gut sichtbar eine längere Strecke bergauf führt, bis er eine lose Gruppe von Lärchen erreicht.

„Nicht weit hinter den Lärchen liegt der vordere der beiden Seen in einer großen Mulde", beruhigt Anton, da er merkt, dass der Weg Susanne und Helmut nun doch schon einigermaßen angestrengt hat. Nach einer kurzen Pause wird das nächste Stück in Angriff genommen. Anton geht nun bewusst langsam voraus, damit alle die Blumen, die Enziane, die Knospen des Almrausches und die steilen Felsen des toten Gebirges bewundern können.

Sobald sie die Lärchen erreichen wird der Weg ebener. Vor und knapp unter ihnen liegt der erste der Lahngangseen, ein Juwel mit glasklarem Wasser, in dem sich der blaue Himmel spiegelt.

„Der Weg geht links am See vorbei und etwas hinauf, zur Pühringer Hütte. Aber das ist noch ein ziemliches Stück. Wir gehen hinunter zum rechten Seeufer. Das ist ein schöner Platz für ein Picknick und für die ganz Mutigen die beste Stelle für einen Sprung in den See. Er hat um diese Jahreszeit wohl maximal 14 Grad", lacht Anton.

Die nächsten Stunden in der Sonne werden nett und entspannend. Irgendwann meint Anton, dass er noch ein Stück weiter gehen will, um auch zum zweiten See zu kommen.

„Es gibt dorthin keinen richtigen Weg, man muss durch die Felsbrocken hinauf, es ist aber nicht weit und eine kleine Holzbrücke macht die schwierigste Stelle einfach. Die Rucksäcke können wir hier lassen, nur Wertgegenstände für alle Fälle mitnehmen." Es kommen alle mit.

Auf dem Weg braucht man ein paar Mal die Hände zum Anhalten, lachend hilft man sich gegenseitig, freut sich über die Holzbrücke über den unangenehm tief aussehenden Spalt und steht dann vor einer kleinen, romantischen Ausgabe des vorderen Sees. Man sieht tief in das Wasser, viele forellenähnliche[29] Fische tummeln sich hier in allen Größen, einige Felsblöcke bilden kleine Inseln. Anton lässt es sich nicht nehmen zu einer hinzuschwimmen und sie ‚in Besitz zu nehmen'. Dann geht es zurück. Die Verblüffung ist groß, als man zu der Stelle mit der Holzbrücke kommt: Die Brücke ist verschwunden. Jemand hat sie offenbar bewusst zerstört!

„Warum macht das jemand?" fragen sich alle. Die (halbe) Antwort haben sie eine Stunde später, als sie sich mühsam einen anderen Weg zu den Rucksäcken gebahnt haben. Oder besser: zu dem Platz, an dem die Rucksäcke liegen sollten.

Dort ist jetzt nur ein Zettel: „Ha, ha, Herr Ferer. Nicht alle schätzen Ihre Bemühungen. So haben die Rucksäcke beschlossen, ohne Sie ein Stück Richtung Pühringer Hütte zu wandern."

Anton ist wie versteinert. Warum empfindet ihn jemand als Feind? Hat er nicht allen in der Gegend in der einen oder anderen Weise geholfen? Es gibt keine Arbeitslosigkeit mehr, der Lebensstandard ist fast in jeder Familie gestiegen!

---

29 Der Lahngangsee gehört zu den wenigen Seen mit Alpensaiblingen.

VLV scheint von fast allen Menschen begrüßt und unterstützt zu werden, obwohl bisher viele Aktionen nur im Netz angekündigt sind und erst anlaufen!

„Lasst euch nicht unterkriegen", sagt Susanne zu Alina und Anton.

„Wer immer dieser Spinner ist, er handelt wohl im Auftrag von einer Organisation, die nicht hier ansässig ist, die aber Teile ihre Geschäftes in Gefahr sieht, ich denke da z. B. an internationale Ketten. Kann es nicht sein, dass ihr manchen der Supermärkte einiges Geschäft weg nehmt? Der alte Schaller hatte doch einen Superdetektiv, ich glaube den solltet ihr einschalten."

Anton nickt: „Ja, ich werde Dirk Drehmann beauftragen und wir werden zusätzliche Sicherheitsmaßnahmen planen, z. B. einen Polizeiposten in Neugrundlsee und bei den diversen Betrieben. Bitte geht nun langsam hinunter. Ich bin gut trainiert, ich gehe rasch ein Stück Richtung Pühringerhütte und schaue, ob ich die Rucksäcke finde."

Da mischt sich Helmut ein: „Anton, die Rucksäcke sind nicht viel Wert. Lass das einfach."

Anton schüttelt den Kopf: „Ich gehe den oberen Weg nur bis zum Seeende, wenn ich bis dort die Rucksäcke nicht finde, gebe ich auf, o. k.?"

Anton lässt niemandem Zeit für eine Widerrede, er eilt los.

„Anton ist schneller als wir, er wird uns leicht einholen", kommentiert Alina. Am liebsten wäre sie mit Anton mitgelaufen, aber sie kann die beiden „Grazer" nicht allein lassen.

Anton findet die 4 Rucksäcke, nachdem er den See auf der anderen Seite nur etwa ⅓ umrundet hat, bei der einzigen Quelle auf dem Weg zur Pühringerhütte. Sein Rucksack wurde ins Wasser gehalten und ist außen entsprechend nass. Auf einem darauf gehefteten Zettel steht:

„Mir war so heiß, drum musste ich mich abkühlen."

Wer immer hier dahintersteckt, er (sie?) muss ungewöhnlich boshaft und kindisch sein. Anton nimmt seinen nassen Rucksack auf den Rücken (in der Hitze fast angenehm), die anderen 3 in die Hände und eilt abwärts. Im Himbeerstrauchhang hat er die anderen schon eingeholt.

Tatsächlich finden sie noch viele Eierschwammerl. Sie nehmen sich auch die Zeit, kurz im Grundlsee zu schwimmen, der ja ganz in der Nähe ihres Parkplatzes einen großen Badeplatz hat. Für einen nochmaligen Besuch von Neugrundlsee und ein Gespräch mit Sepp ist die Zeit aber dann schon zu kurz. Sie fahren vielmehr zurück nach Bad Mitterndorf. Alina röstet die Schwammerl liebevoll mit Ei in der Wohnung von Anton, die nun auch die ihre ist. Im Übrigen werden Ruth und Sebastian bald mit ihrem Baby nach Neugrundlsee übersiedeln, wo Sebastian die Gesamtorganisation übernehmen wird. Dann haben Anton und Alina sogar das ganze große Haus für sich.

Es wird noch ein netter Spätnachmittag. Die Zwischenfälle sind fast vergessen als die Hochbauers nach Graz aufbrechen.

Anton und Alina beginnen ihre weiteren Pläne mit den Graphenplatten zu besprechen, da vidont jemand auf Stufe dringend. Es ist Sepp, der gegenwärtige Leiter von Neugrundlsee.

„Es tut mir leid, Ihnen den Sonntagabend verpatzen zu müssen", stammelt er und sieht dabei verzweifelt aus, „aber eines der neuen Häuser ist abgebrannt. Und es war offenbar Brandstiftung. Sehen Sie selbst, wie die Brandruine aussieht."

Anton sieht das abgebrannte Haus …

„Es ist zum Glück nicht das, das sich Susanne und Helmut ausgesucht haben", flüstert Alina.

Anton bleibt nach außen ruhig: „Es tut mir leid, Sepp, dass wir die Sicherheitsmaßnahmen, die wir ja besprochen haben, nicht schon heute in Kraft gesetzt haben, ich wollte es noch vorschlagen, habe es aber dann nicht mehr geschafft am Nachmittag vorbei zu kommen. Das ist also meine Schuld. Aktivieren Sie die Schutzmaßnahmen ab sofort, sprich morgen. Ich informiere die Polizei, dass die für heute Nacht jemand abstellt. Ich schalte auch einen guten Detektiv, Dirk Drehmann, ein. Machen Sie sich keine weiteren Sorgen, es ist mir seit kurzem bewusst, dass einer, oder ein paar, uns aus irgendeinem Grund aufhalten oder eines auswischen wollen. Wir werden sie finden. Danke für die prompte Verständigung. Gönnen Sie sich jetzt einen Drink, Sepp, und gute Nacht!"

„Und wir gönnen uns auch eine Drink", sagt Alina.

Sie setzen sich mit je einem Manhattan, den sie mit Mineralwasser auf einen halben Liter verlängern auf die Terrasse, von der aus man so gut den schönen Grimming sieht, der sich in der Abendsonne zu verfärben beginnt. Alina redet halb für sich, halb für Anton.

„Es ist wirklich frustrierend, dass man sich so bemüht, wie du es machst und dann gibt es doch immer wieder Feinde. Ich habe noch immer vor dem Dieter Hoffmann Angst, der meinen Großvater erpressen wollte. Und jetzt noch ein Verrückter."

Anton unterbricht: „Und er ist sicher nicht allein, sondern es steht eine Organisation hinter ihm. Und er hat einen Mittäter. Erst jetzt verstehe ich die zerstörte Brücke und die infantile Rucksackaktion: Das sollte verhindern, dass wir nochmals nach Neugrundlsee fahren, damit der andere ungestört das Feuer legen kann."

Alina nickt erstaunt: „Ich hoffe nur, der alte Spruch ‚Viel Feind, viel Ehr' wird bei uns umgekehrt sein ‚Viel Ehr, wenig Feind'."

Anton legt seinen Arm um sie, küsst sie liebevoll.

„Wir werden es schon schaffen. Nur, was meinst du, müssen wir nicht Helmut und Susanne von dem Brand berichten. Kann es sein, dass sie dann ihre Meinung ändern und nicht nach Neugrundlsee kommen wollen?"

Alina blickt Anton verblüfft an: „Du scheinst Susanne nicht zu kennen. Jetzt kommt sie erst Recht. Ich beweise es dir sofort."

Sie vidont Susanne mit Zuschaltung von Helmut und Anton und berichtet von der Brandstiftung. Susanne ist empört, begrüßt die Schutzmaßnahmen, aber als Alina Susanne fragt, ob sie sich beide deshalb nicht doch noch überlegen müssen, ob sie nach Neugrundlsee kommen wollen oder nicht, werden sie und Helmut fast gleichzeitig zornig. „Also, wir haben heute einen Vertrag mit euch bzw. FMFA oder VLV oder RLA (da soll sich einer auskennen) unterschrieben. Jetzt werdet ihr uns nicht so leicht los, indem irgendwer oder ihr ein Haus in Brand steckt. Ob ihr wollt oder nicht: Der Arzt in Neugrundlsee heißt Helmut Hochbauer. Ich werde ein bisschen bei der Buchhaltung helfen, aber mich sonst im Westtauplitzgelände engagieren. Basta."

Alle vier lachen.

★ ★ ★

Leider beginnt der nächste Tag, der Montag, für Anton nicht gut. Zwei Beamte des Finanzamtes erscheinen ganz früh in Antons Büro. Der Sprecher, der nur sich – als Dietmar Kurz – vorstellt, aber seinen Begleiter unerwähnt lässt und nicht einmal „Guten Morgen" wünscht, beginnt in unfreundlichem Ton.

„Wir sind gekommen, um eine ganze Reihe von Ungereimtheiten zu prüfen und aufzudecken. Wir erwarten höchste Kooperation. Das kann Ihnen bei einer Verurteilung helfen. Jeder Trick, den Sie versuchen, wird aber als erschwerend angerechnet."

Anton ist über den Ton empört:

„Ich habe nichts Unrechtes getan, ich habe nichts zu verbergen. Ich verbitte mir, wie ein Verbrecher behandelt zu werden. Sie werden alle Unterlagen erhalten, die Sie benötigen. Wenn Sie sich aber nicht wie ein recherchierender Beamter, sondern wie ein Feind benehmen, werde ich die Polizei rufen und die Sektionschefs Rampler und Nechst im Finanzministerium verständigen, wie Sie sich verhalten haben. Nur zur Information und zum Schutz für alle: Alles, was sich hier oder in anderen Büros abspielt und abspielen wird zeichnen beglaubigte Videokameras auf. Dazu gehört Ihre nicht besonders freundliche Begrüßung und diese, meine Erwiderung. Nun darf ich Ihnen beiden einen guten Morgen und viel Erfolg wünschen. Ich darf Sie bitten sich vorzustellen. Hier ist alles über mich (per Vidon). Im Hintergrund sehen Sie als Hologramm meine Rechtsanwalt Friedrich Schaller, links (er verneigt sich), und meinen CFO, Ergoding Wagner, rechts (er hebt grüßend die Hand). Auf Wunsch wird natürlich auch mein lokaler Verwalter dazustoßen. So, und nun nehmen Sie Platz, bedienen Sie sich mit Kaffee, Tee oder einem Getränk, wie es bereitsteht und erklären Sie mir Ihre Anliegen, nachdem ich auch den Namen Ihres Begleiter erfahren habe."

Während Anton sprach hat er Kurz genau beobachtet. Bei der Erwähnung von Sektionschef Rampler hat er sich eher gefreut, aber bei Nechst zuckte er ein bisschen zusammen. Er kommt also im Auftrag von Rampler, schließt Anton. Das wird er sofort an Dirk Drehmann weitergeben.

Die Rede hat Kurz offenbar vorsichtiger gemacht. Er stellt seinen Kollegen vor, bringt eine halbe Entschuldigung für sein unhöfliches Verhalten vor, wird aber dann gleich wieder aggressiver und sagt daher vielleicht auch mehr als er wollte:

„Im Normalfall kommen wir als Steuerprüfer und sind unvoreingenommen, ja beraten die geprüften Organisationen auch oft. In Ihrem Fall wurde uns aber viel belastendes Material zugespielt:

(1) Sie tauchten mit Ihrer Schwester aus Namibia vor zwei Jahren plötzlich in Ebensee auf. Die Auskünfte aus Namibia, die wir eingeholt haben sind eher spärlich.

(2) Sie täuschten die Behörden und die Öffentlichkeit indem Sie Susanne Ferer als Ihre leibliche Schwester ausgaben.

(3) Sie hatten offenbar eine größere Menge Gold bei sich, als Sie ankamen. Damit konnten Sie den alten Schaller einschalten (Gott hab ihn selig) und konnten sich einen großzügigen Lebensstil leisten. Es muss die Behörde interessieren, wie Sie zu diesem Gold kamen, als Einnahme versteuert wurde es in Österreich nach unseren Unterlagen nicht.

(4) Sie fanden Unmengen von Raubgut. Es ist zu klären, ob alles ordnungsgemäß abgewickelt wurde.

(5) Sie leerten in Zürich mehrere Safes, offenbar Raubgut und Erbgut. Die Trennung ist den Behörden unklar und der Teil Erbgut unterliegt natürlich der Erbschaftssteuer, die es ja seit 2020 wieder gibt und die Sie nicht abgeführt haben.

(6) Sie haben hier und anderorts erfolgreiche Unternehmen, zahlen aber fast keine Steuern, da alles über eine Stiftung der RLA auf den Caymans fließt.

(7) Sie haben zum N-Euro eine Konkurrenzwährung F-Euro aufgebaut, ein strafbarer Tatbestand.

Nicht im Bereich des Finanzamtes liegen weitere Aspekte, die belegen, dass Sie sich überhaupt wenig an Gesetze zu halten scheinen, was uns, ich bitte um Entschuldigung, doch besonders skeptisch macht:

(8) Sie haben auf dem Besitz, den Sie Westtauplitz nennen ungesetzlich kommerzielle Bohrungen durchgeführt.

(9) Es ist unklar, ob Sie nicht ungesetzliche Gentechnikversuche im Bereich der Westtauplitz durchführen, wofür wir natürlich eine Durchsuchungsgenehmigung haben.

Ich denke, diese Liste, die nicht vollständig ist, ist lang genug, um zu belegen, dass Sie kein Normalfall sind und daher ein etwas ungewöhnliches Vorgehen gerechtfertigt erscheint."

Anton lächelt, schenkt sich und Kurz einen Kaffee ein (den Kurz dann doch widerwillig nimmt), trinkt einen Schluck und antwortet dann wie es scheint ganz unbeschwert.

„Danke für die Ausführungen. Ich find die Liste interessant. Allerdings wundert es mich, dass sie nicht mit Ihrem direkten Vorgesetzten Sektionschef Nechst abgesprochen wurde, der zu einigen der Punkte genaueste Informationen besitzt. Aber, in jeder großen Organisation läuft ja die Kommunikation nie, wie man es sich optimal vorstellt. Mein CFO, mein Steuerberater, den ich vergaß vorzustellen und mein Rechtsanwalt werden alle Punkte, ich bin sicher zu Ihrer Zufriedenheit beantworten und belegen. Lassen Sie mich aber doch die Liste aus meiner Sicht kurz durchgehen: Ich bitte meine zugeschalteten Kollegen mich zu korrigieren, wenn ich etwas falsch darstelle. Wenn ich aus der Sicht der Kollegen zu viel sage, bitte nicht unterbrechen: Ich möchte hier, wie Herr Kurz vorgeschlagen hat, ganz mit offenen Karten spielen. Wir wollen alles bekanntgeben, was für die Behörden relevant erscheint, erwarten von diesen allerdings, dass sie nur das an die Medien weitergeben, was der Datenschutz erlaubt.

Nun also zur Liste: (1) Ich glaube meine Vergangenheit in Namibia ist voll belegt. (2) Ich habe Susanne Ferer immer meine „Schwester" genannt. Das ist sie auch, meine Adoptivschwester. Ich habe sicher nie von leiblicher Schwester gesprochen. (3) Ja, ich habe aus dem Verkauf meiner elterlichen Farm ca. 30 Unzen Gold nach Europa mitgenommen. Die hätte ich vermutlich deklarieren müssen, da bitte ich um größtmögliche Nachsicht: Es ist ja nicht vorgesehen, dass man vom deklarierten Gold was abführt, sondern nur, dass man es deklariert. Ich wusste das nicht, aber es war ein Fehler meinerseits, den Sie mir zu Recht vorhalten. (4) Die Raubkunst ist bei Sektionschef Nechst und der Linzer Polizei im Detail dokumentiert, hier kann alles innerhalb der Behörden geklärt werden. Das gilt auch für (5), die Aufteilung Raubgut/Erbgut in Zürich. Ich möchte betonen, dass ich nichts geerbt habe, sondern mein Großvater meinem Vater über das Schließfach ein Geschenk machte, das zu diesem Zeitpunkt sicher steuerfrei war. Zu (6) wurde mir von allen Wirtschaftswissenschaftern bestätigt, dass eine Stiftung auf den Cayman-Inseln rechtlich unbedenklich ist, von vielen Firmen ausgenützt wird, in unserem Fall aber auch moralisch unbedenklich ist, weil fast alles in Form von Investitionen nach Österreich zurückfließt. Dort, wo es nicht zurückfließt, wie etwa bei der Gentechnik, ist das ein Problem der Regierung, die diese wichtige Forschung in Österreich nicht erlaubt. Im Interesse Österreichs muss sie daher woanders erfolgen. Ich selbst und meine Frau sind Geschäftsführer steirischer Firmen und versteuern unsere Bezüge natürlich voll in Österreich. Zu (7), die F-Euro sind Gutscheine, wie es diese seit über 30 Jahren gibt. Sie als Konkurrenzwährung zu bezeichnen finde ich eigentümlich: Sie werden an keiner Exchangebörse geführt!

Die Punkte (8) und (9) fallen, wie Sie richtig bemerkten, nicht in Ihren Aufgabenbereich. Aber da diese Sie besonders misstrauisch gemacht haben, muss ich sie doch auch klarstellen. Die Bohrungen unter (8) sind nach gültigem Gesetz erlaubt, weil es keine kommerziellen Bohrung sind, sondern nur im Privatbesitz ‚Westtauplitz' verwendet werden und bei der Widmung explizit von den zuständigen Gemeinden genehmigt wurden. Dass unter (9) keine Gentechnikforschung oder gar Experimente durchgeführt werden, davon können Sie sich ja selbst überzeugen, wenn Sie dies wünschen."

Anton hat seine Aussagen natürlich genau mit Friedrich Schaller, seinem Steuerberater und seinem CFO abgestimmt. Was nach dieser ersten Aussprache geschieht ist ein Krieg der Nerven und der Worte, der sich über mehrere Wochen hinzieht, der aber Anton selbst kaum in Anspruch nimmt. Vielmehr ist er in ständigem Kontakt mit Hel Weiner, was Experimente auf dessen Grundstück in Nordwest-Alberta anbelangt. Zudem scheinen die ersten großen Versuche, über VLV das Leben ein bisschen ‚natürlicher' zu verändern gut voran zu gehen. Es gibt also in mehrfacher Hinsicht große Fortschritte, mit denen er nach Abschluss der Steuerprüfung Alina in mehrfacher Hinsicht überraschen will.

Unterm Strich ergibt sich als Ergebnis der Prüfung wie so oft ein Kompromiss: Anton hätte die Goldunzen, die er angeblich aus Namibia mitbrachte deklarieren müssen (in Wahrheit waren sie ja in der Höhle ‚Hoffnung', die man aber nie ins Gespräch bringt). Dafür muss er eine Pauschalstrafe zahlen. Die ‚Konkurrenzwährung' F-Euro ist lange strittig (Anton selbst ist da unsicher: denn sind große Gutschein- oder Tauschtransaktionen nicht wirklich zumindest eine Umgehung der Mehrwertsteuer?). Zuletzt gewinnt das Rechtsanwaltsteam um Friedrich Schaller für Anton, weil die immer stärker werdenden virtuellen Währungen im Netz, die mit ‚Bitcoin' ihren ersten großen Erfolg hatten, das Geldsystem viel mehr gefährden als selbst großflächige Gutscheinaktionen.

Sehr komplex ist die Frage, ob Anton für das Gold und die Wertpapiere eine Erbschafts- oder Schenkungssteuer zu zahlen hat. Er hat ja nicht direkt geerbt, sondern sein Vater. Sein Vater hat ihm alles vermacht (auch dieses Gold) und das war damals in Namibia als Geschenk steuerfrei. Trotzdem ...

Man einigt sich am Ende auf eine beachtliche Abschlagszahlung, die die Finanzbeamten befriedigt und Anton hoffen lässt, dass damit die Kapitel „Namibia-Vergangenheit" und „plötzlicher Reichtum" endgültig abgeschlossen sind.

★ ★ ★

„Wieder ein Problem hinter uns", kommentiert Alina.

„Fast", antwortet Anton, „nur hat Dirk Drehmann, du erinnerst dich, der Detektiv, herausgefunden, dass hinter den boshaften Handlungen und der Brandstiftung wirklich eine Organisation steht (noch immer weiß er nicht welche), die nicht nur die beiden „Attentäter" (keine Einheimischen), sondern auch den Sektionschef Rampler und andere Regierungsmitglieder bestochen hat: Von Rampler wurde die Steuerprüfung angeordnet! D. h. wir haben im Finanzministerium weiterhin einen gefährlichen Feind. Die „Attentäter" stehen zurzeit in Deutschland wegen diverser Delikte vor Gericht. Dass die Schöffen auch von der Brandlegung in Neugrundlsee wissen und dies bei der Strafhöhe vielleicht berücksichtigen werden gehört zu den Ungereimtheiten unseres Rechtssystems.

Um die noch unbekannte Firma, die uns einschüchtern will, kümmert sich unser CFO, sobald er genug Informationen hat: Das soll wohl so gehen, dass er nicht gerichtlich gegen die Firma für die diversen Schäden vorgeht, wenn diese aufhört, gegen uns zu arbeiten. In Wirklichkeit ist das wohl fast eine Art von Nötigung, von der wir beide besser nichts wissen wollen.

Aber können wir nun dort weitermachen, wo wir vor der Steuerprüfung aufgehört haben? Wie geht es der Graphen-Platten-Produktion?"

„What first, the bad or the good news?"

„Bad first."

„Die Methode der Wiener eignet sich nicht für die Herstellung von Graphenplatten, wie man sie für Bildschirme oder Halbleiterplatten für Fotovoltaik oder Thermovoltaik benötigen würde."

„Und trotzdem gibt es good news?"

„Ja, wir können inzwischen in zwei Fabriken in Österreich Graphenfilter herstellen."

„Was heißt das?", will Anton Genaueres hören.

„Die wichtigste Anwendung ist wohl die Entsalzung von Ozeanwasser. Heute geht das entweder (sehr energieaufwendig) durch Destillieren oder durch wie man großspurig sagt ‚umgekehrte Osmose': Das heißt im Klartext nur, dass man Salzwasser mit sehr hohem Druck (und daher auch hier mit hohem Energieaufwand) durch dicke Filter presst. Diese halten die größeren Salzmoleküle auf, lassen die kleineren Wassermoleküle durch: Damit kann man entsalzen. Es ist aber energetisch aufwendig und die Filter müssen immer wieder weggeworfen werden (ein gutes Recycling dafür fehlt). Mit Graphenfiltern kann man nun mit nur 3 % der sonst notwendigen Energie entsalzen und die Filter lassen sich auch wieder reinigen. Sprich: Wenn wir z. B. in Namibia auf deinem riesigen Landbesitz mit Foto- oder Thermovoltaik elektrische Energie erzeugen und diese für Meerwasserentsalzung verwenden, können wir dort große Flächen bewässern und also wirtschaftlich nutzbar machen. Außerdem liegt dieses Gebiet so in der Einsamkeit, dass man dort auch Gentechnikexperimente durchführen könnte.

Stark trockenheitsresistente Gemüse- oder Getreidesorten wären denkbar. Aber wenn wir ganz futuristisch, dem Namen von FMFA[30] entsprechend, sein wollen, können wir nicht nur grüne Gentechnik (Pflanzen), sondern auch andere Arten der Gentechnik verfolgen."

„Was meinst du damit?"

"Ein Beispiel: Es gibt in Südwestaustralien ein Gras, das mit Meerwasser wächst, es heißt Salzgras und hat auch einen hohen Salzanteil, sodass die meisten Tiere es nicht fressen können. Und es gibt Tiere, die sowohl salzhaltiges Wasser trinken wie dieses Gras fressen können. Wir könnten daher diese Tiere, die Damara-Dikdik, die hauptsächlich in der Etoscha Pfanne in Namibia leben, auf dem Grundstück züchten, dort Salzgras und Wasserstellen mit Ozeanwasser versorgen und hätten auch ohne Entsalzung mitten in der Wüste eine Fleischfarm. Und wenn wir dann das 40 cm kleine Damara-Dikdik noch mit einem Rind kreuzen (oder gentechnisch verändern) kann es in allen Wüsten auf einmal Tierzucht geben, wenn Ozeanwasser zur Verfügung steht: in der Sahara, in Arabien, in Nordperu, in Südwestaustralien, in Teilen Chinas, in Südwestaustralien usw."

„Und was hält uns davon ab?"

„Nichts. Wir müssen nur die Entscheidung treffen. Das Team für Namibia steht bereit. Wir können uns dort, wo es heute nur Wüste gibt, in 6 Monaten grüne Gemüseanbau- und Weideflächen mit Süßwasser bewässert, aber auch Herden von Damara-Dikdik ansehen, die sich von Salzgras ernähren und Ozeanwasser trinken."

„Ich bin ganz weg, was du da so heimlich zusammengebracht hast. Jetzt verstehe ich auch, warum du immer wieder nach Wien musstest", kommentiert Anton, „dann also sofort los!"

„Geschieht, mein Herr, Meister und Liebhaber", lächelt Alina.

---

30 FMFA kann ja als „Firma Mit Futuristischen Aktivitäten" gelesen werden.

In Wirklichkeit war ihr die Entscheidung schon vorher klar gewesen und das Team ist seit Wochen in Namibia an der Arbeit. Nun ist aber sie an der Reihe:

„Was hast du gemacht, außer dich über die Finanzprüfung zu ärgern?"

Anton grinst: „Unsere Versuche, die Elektromobilität als eigenes Verkehrsmittel mit eigenen Gesetzen zu etablieren hat breite Unterstützung. Das erzähle ich dir bitte später genauer. Am aktuellsten ist, dass das Projekt der Weiners auf ihrem Grundstück in der Nähe von Grand Cache große Fortschritte macht: In dieser Gegend des nordwestlichen Alberta mit einem noch härteren Klima als hier erwartet man, dass man im August erstmalig so hoch im Norden eine Maisernte einfahren kann, eine absolute Sensation. Auch Obstsorten wie Nüsse, die nur viel weiter südlich gedeihen scheinen nach entsprechenden Modifikationen nicht nur zu wachsen, sondern auch Früchte zu tragen. Sie blühen jedenfalls gerade."

„Und all das Know-how gehört RLA und ist patentiert?"

„Ja."

„Und was hast du vor zu tun?"

„Dich auf eine Hochzeitsreise nach Grand Cache zu den Weiners zu entführen und dann in landschaftlich schönere Gegenden: in die Nationalparks wie Banff und Jasper, die ich auch gerne sehen will."

„Wann geht es los?"

„Tja, das hängt von dir ab. Ich habe deinen Eltern einmal gesagt, dass wir am Sonntag, am 3. August, in Ebensee heiraten wollen. Kirche und Standesamt sind verständigt. Dass wir am Wochenende darauf, vom 8. 8. bis 10. 8. in Bad Mitterndorf groß feiern und dann nach Kanada fliegen. Die First-Class-Tickets von Frankfurt nach Edmonton sind für den 12. 8. gebucht. Wir sollen am 14. 8. in Grand Cache bei den Weisers sein, d. h. wir können uns auf dem Weg dorthin eine Nacht ausruhen. Ein bequemes Auto ist bestellt. Dann fahren wir mit dem Auto nach Jasper, dann über eine der schönsten Straßen der Welt zum zweiten berühmten Nationalpark, Banff, und von dort nach Calgary, wo wir das Auto abgeben und zurückfliegen."

„Und was muss ich tun?"

„Nur zustimmen."

„Und wenn ich NEIN sage?"

„Dann muss ich mir jemanden anderen suchen, der mitkommt. Alle Buchungen verfallen zu lassen wäre ja doch eine Schande."

Alina schaut Anton lächelnd, aber auch vorwurfsvoll an.

„Also, mehr als die verbleibenden drei Wochen Vorlaufzeit hättest du mir schon geben können. Aber, o. k., wenn es sein muss, dann heirate ich dich und komme mit. Nur damit du es weißt, auch für die Namibia-Reise im November ist schon alles gebucht. Auch du hast die Wahl: Du kommst mit oder ich such mir jemanden anderen."

Die beiden fallen sich lachend in die Arme.

Hochzeitsreise mit wichtigen Erkenntnissen

So groß der Erfolg des elektrischen M-Rades war und ist, wurde es schon im ersten Winter als unbequem und auf rutschigen Straßen auch als gefährlich erkannt. Anton verfolgt daher die Idee des elektrischen M-Autos, wobei er auf seinerzeitige Überlegungen des greisen Professors Maurer[31] aus Graz zurückgreift: Dieser hatte kleine Einzelpersonenautos vorgeschlagen, die man aber aneinanderkoppeln konnte, je nach Bedarf neben oder hintereinander. Indem man ihre Geschwindigkeit auf 40 km/h beschränkt, benötigt man nur kleinere Knautschzonen und kann leichtere Karosserien verwenden. Man darf sie allerdings nicht auf normalen Straßen neben massiven und schnellen Autos einsetzen, sondern muss dafür eigene Verkehrswege vorsehen, am besten ohne Gegenverkehr. Zudem ist es wünschenswert, die Miniautos in öffentliche Verkehrsmittel mitnehmen zu können, wobei man aber dafür keine Sitzplätze in den Bussen, U-Bahnen oder Eisenbahnen vorsehen muss, weil die Personen ja in ihren Minifahrzeugen bequem sitzen bleiben können.

Anton findet innerhalb des VLV für das Konzept große Begeisterung. Trotzdem will er das Projekt nicht wie bei den M-Rädern als FMFA durchziehen. Ein Grund dafür ist auch, weil der bisherige sehr erfolgreiche CEO von FMFA, Sebastian, demnächst ausscheidet und Neugrundlsee übernimmt, er den neuen CEO aber noch nicht genügend einschätzen kann. Ein Mitglied des VLV, ein Automechaniker und Autohändler in Bad Ischl ist von der Idee und dem Erfolg so überzeugt, dass er sich um alle Aspekte (Produktion, Bewerbung, Einsatz, Gesetzesänderungen, Verhandlungen

---

31 „Das M-Auto" im Buch XPERTEN 0: Der Anfang, siehe www.iicm.edu/XPERTEN

mit öffentlichen Verkehrsmitteln usw.) mit einem Team unter seiner Leitung kümmern will, sofern nur ein hinreichend großes Darlehen für den Anfang verfügbar gemacht werden kann. Eine gründliche Recherche ergibt, dass man dem Mann die Aufgabe zutrauen kann: Er hatte als früherer Bürgermeister von Bad Ischl einige große Vorhaben durchgezogen, darunter ein Netz von Fahrradwegen, alle 1,5 m breit, nur in eine Richtung befahrbar und bei der Querung größerer Straßen meist mit Unter- oder Überführungen. Also ein Netz, das sich auch für die M-Autos eignen wird. Mehr noch, er hatte etwas verwirklicht, was Anton besonders begeisterte: Er hatte einige Forststraßen asphaltiert und nur für Fahrräder freigegeben, was man jetzt dann auch für die M-Autos machen könnte!

Zusammen mit Verkehrsexperten der TU Graz legt der Bad Ischler dem Magna-Konzern in Graz ein detailliertes Konzept vor. Magna erklärte sich zur Produktion bereit, nachdem FMFA und RLA einen Jahresabsatz von mindestens 50.000 Fahrzeugen garantieren. Die Fahrzeuge werden liebevoll iAuto genannt, der Ischler ist bald nur mehr der Mr. iAuto und baut eine beachtliche GmbH auf, bei der sich FMFA mit 23 % beteiligt. Die ersten iAutos rollen bald auf den Radwegen in Ischl, dann zunehmend auf den Mautstraßen, die in Bergregionen führen und die für andere Autos gesperrt werden: „normale" Autos kann man am Beginn dieser Mautstraßen abstellen und auf billig mietbare iAutos umsteigen. Viele bis dahin nicht bzw. nur (illegal) mit Mountainbikes befahrbare Straßen in den Bergen Österreichs werden entsprechend präpariert und für iAutos zugelassen. In vielen Orten und Städten werden Straßenzüge nur für iAutos erlaubt. Normale Autos der Anrainer oder Lieferfahrzeuge sind mit einer Beschränkung auf 20 km/h erlaubt, wobei eine Chipkarte die Höchstgeschwindigkeit erzwingt, die man in die Autos einbauen muss.

Wie schon bei den M-Rädern kommen der weiten Verbreitung der iAutos die Fremdenverkehrsorte stark zu Hilfe: In Pauschalangeboten sind für Gäste dann schon entsprechend viele iAutos inkludiert. Das Netz der Straßen für iAutos wird in Urlaubsorten besonders stark ausgebaut, sodass viele schöne Ausflugziele leichter erreichbar werden. Allmählich gelingt es auch, Eisenbahnzüge, Straßenbahnen, Busse usw. so umzurüsten, dass die Mitnahme von iAutos möglich wird. Zusammen mit den günstigen Kosten beginnt ein Siegeszug der iAutos, der viel Freiheit schafft und der auch den städtischen Verkehr zunehmend entspannt, dabei die monatlich landesweit erforderlichen Treibstoffmengen deutlich reduziert.

Die Organisation um Mr. iAuto wird das Darlehen an RLA leicht zurückzahlen können!

Einen weiteren großen „philosophischen" Fortschritt kann Anton mit seiner Firma FMFA auf einer anderen Ebene verbuchen. In Kooperation mit der österreichischen Firma Kapsch wird eine Smartphonevariante entwickelt, die VLV-Mitglieder zu besonders günstigen Konditionen und Netzgebühren angeboten wird. Das Smartphone kann „das Übliche", doch sind vidonen und SMS-Dienste am Wochenende und an Feiertagen sehr viel teurer als an anderen Tagen. Dies ist ein erster Versuch, die „Unterbrechungstechnologien" zumindest an einigen Tagen zurückzudrängen. Antons Pläne gehen sehr viel weiter: Er will ähnliche Kostenerhöhungen auch in Restaurants, bei Veranstaltungen usw. ermöglichen, ja in manchen Fälle das auf die Netzbenutzung ausdehnen, um die enorme Abhängigkeit der Menschen, die bei vielen schon Suchteigenschaften hat, zu verringern. Umfragen zeigen allerdings, dass er hier mit Widerständen rechnen wird müssen, sodass zunächst nur eine Aufklärungskampagne gestartet wird, die darauf hinweist, wie unhöflich es ist, mit jemandem zu vidonen, wenn man mit anderen etwas bespricht, im Restaurant zusammen sitzt usw. Das VLV-Smartphone kann natürlich auch als Zahlungsmittel verwendet werden: In allen mit VLV kooperierenden Supermärkten werden lokale und saisonale Produkte damit billiger angeboten, ein weiterer Anreiz, ein solches Gerät zu verwenden.

VLV wird aber nicht nur ein Synonym für umweltfreundliche, aber hochwertige Technik, sondern auch für eine Gruppe, die sich zunehmend sozial engagiert, deren Mitglieder mehr und mehr Funktionen innerhalb der Gemeinden übernehmen, Wohnungen, Kleidung, Essen und Tätigkeiten oder Unterhaltungen für Bedürftige organisieren, einspringen, wenn wo eine freiwillige Feuerwehr fehlt, die Wachfunktionen wahrnimmt, wenn es an Polizei mangelt, die sich für Altenpflege, Kampf gegen Drogen engagiert, eine Art Ersatz für das schweizerische Bürgerrecht aufbaut usw.

VLV hat einen großen Webserver, über den versucht wird, nur hochqualitatives Material, auch was Videos anbelangt, anzubieten. Anton ist die allgemeine Fernsehabgabe an den Staat, auch wenn man die öffentlichen Angebote nie nützt ein Dorn im Auge. Aber auch da zeigen ihm Studien, dass er Geduld haben muss und nur vorsichtig auftreten kann. Und sein spezielles Hobby, die ‚asymmetrische Entfernungssteuer'[32] ist zurzeit wohl nur eine verlockende Idee.

---

32 Hinter der asymmetrischen Entfernungssteuer steht ganz grob folgende Idee: Produkte, die aus anderen Ländern kommen werden mit einer zusätzlichen Steuer belegt. Damit wird die Regionalität gefördert. Asymmetrisch heißt, dass die Steuer prozentuell mehr zum Export- oder Importland fließt, je nachdem, wessen Lebensstandard niedriger ist. Konkreter: In Österreich kostet ein ansonsten gleicher Käse mehr, wenn er aus Holland kommt, als wenn er aus Österreich kommt. Die Steuer wird in dem Fall 1:1 aufgeteilt, weil die Lebensstandards vergleichbar sind. Umgekehrt sind Mangos aus dem Kongo relativ teuer (die hohe Entfernungssteuer schützt damit den österreichischen Obstanbau) und der Löwenanteil der Steuer geht in den verglichen mit Österreich sehr viel ärmeren Kongo. D. h. diese Asymmetrie liefert Entwicklungshilfe, bewirkt aber auch, dass der Kongo, obwohl er weniger Mangos exportiert und sich auch auf andere im Land notwendigen Aktivitäten konzentrieren kann, dennoch gute Einnahmen hat.

VLV wird ein zunehmend mächtiger Verein, der auch von politischen Parteien umschwärmt wird. Tastsächlich aber zeichnet sich eine Entwicklung ab, bei der Alina und Anton nicht recht wissen, ob sie sich darüber freuen sollen: Die einzelnen lokalen Einheiten des VLVs üben mehr und mehr Druck aus, den Vereinsstatus aufzugeben und eine politische Partei zu werden. Anton und Alina sind „lebenslange Vorstandsmitglieder ehrenhalber" mischen sich aber seit der Verabschiedung der Vereinsstatuten, die alle wichtigen Punkte umreißen, wenig in die Aktivitäten des VLV ein. Sie verfolgen die heftigen Diskussionen mit gemischten Gefühlen. Das Argument „Solange wir nur Verein sind, können wir nur Gesetzesänderungen vortragen oder mit Petitionen unterstützen, sind wir eine Partei, können wird (mit-)entscheiden" ist natürlich nicht unrichtig, nur wird VLV, sobald es Partei ist, in den täglichen Kuhhandel mit anderen Parteien hineingezogen, wird von Lobbyisten bedrängt und werden viele Ideen durch Kompromisse verwässert, kann man befürchten.

Nicht zuletzt weil ihre Hochzeit mit den Feierlichkeiten und dann der Flug nach Kanada schon unmittelbar bevorstehen, halten sie sich aus den Diskussionen heraus, sehen aber immer deutlicher, dass einige der neuen „Größen" innerhalb der VLV sich nach Parteigründung und den Landtagswahlen im Herbst schon als Bürgermeister einer Gemeinde oder zumindest im Gemeinderat sehen.

★ ★ ★

Am 3. August 2025 heiraten Alina und Anton in Ebensee in kleinem Kreis und Irene Schaller hat es sich nicht nehmen lassen, das Essen danach in ihrem Haus zu organisieren. Es wäre dieses dennoch hoffnungslos überfüllt, wenn man nicht den prächtigen Garten miteinbeziehen könnte. Die

Ansprache von Friedrich Schaller, in der er immer wieder Anton hochleben lässt und nicht müde wird zu wiederholen, dass er nun wie er es sich immer gewünscht hatte eine Tochter und einen Sohn hat ist so rührend, dass manche feuchte Augen bekommen. Susanne beneidet Anton, wie liebevoll er in die Familie Schaller aufgenommen wird: Die Familie ihres Mannes, Helmut, hat sich nie sonderlich um sie gekümmert. Neben Reden und Geschenken haben sich die Schallers aber etwas ganz Besonderes ausgedacht: Die Feuerkogelbahn bringt die Gesellschaft zu der Bergstation. Als um Punkt Mitternacht Friedrich Schaller den ersten Sektkorken knallen lässt, steigt unter ihnen ein Feuerwerk, das nicht enden will und das durch die Spiegelung im See verdoppelt wird.

Am Wochenende darauf laden Alina und Anton ganz Bad Mitterndorf zu einem Fest im Ortskern ein. So schön und beschaulich die Hochzeit in Ebensee war, so ausgelassen wird die Feier in Bad Mitterndorf mit viel Bier, Musik, Tanz und Vorführungen von Jongleuren und Zauberern. Ein Gewitter am Abend mit einem heftigen Regenguss stört nicht, die Menschen stürmen lachend in die Lokale, die sich dann auch nicht lumpen lassen. Die Mädchen mit ihren zum Teil sehr nass gewordenen Dirndln sehen mit den Blusen, die an hübschen Oberkörpern kleben nicht nur verführerisch aus, sondern viele junge Männer versuchen, ihnen zu helfen, sie zu trocknen, die Bluse gegen einen Janker zu tauschen, der häufig nicht zugeht ... kurzum, Voyeure kommen an diesem Abend ganz auf ihre Rechnung. Anton und Alina werden später, als man wieder ins Freie kann, so oft zu einem Tanz aufgefordert, dass sie gegen Mitternacht todmüde nach Hause gehen.

„Also, ich werde sicher nicht bald nochmals heiraten", lacht Alina, „das ist einfach zu anstrengend."

„Aber wir sind doch für heute noch nicht fertig, du wirst doch nicht zu müde sein?"

„Für das, was du vorhast, sicher nicht", kommentiert Alina, „du wirst dich schon noch ein bisschen anstrengen müssen."

★ ★ ★

Sebastian hat es sich nicht ausreden lassen, Alina und Anton am 12. August zum Flughafen nach München zu bringen. Zum Frühstück hatten sie nur einen Kaffee, deshalb ist die Bewirtung zu Mittag im Erste-Klasse-Restaurant sehr willkommen.

„Eigentlich ist das ja ein Wahnsinn", mein Anton „hier essen wir jetzt wie in einem Zwei-Hauben-Lokal und bald bekommen wir im Flugzeug auch ein Superessen, denn die Lufthansa lässt uns in der ersten Klasse auch nicht gerade verhungern!"

Sie fliegen nicht in einem der großen Doppeldecker Airbus 380, sondern mit einer kleineren Version, die Anton sympathischer ist: Da kann man in der ersten Klasse bequem vis-à-vis an einem Fenster mit Tisch dazwischen sitzen und kann auch hinaussehen[33]. Oder man setzt sich nebeneinander oder lässt sich ein bequemes Bett richten.

Nach dem Start schauen die beiden ein bisschen hinunter und versuchen, Städte und Flüsse zu erkennen. Für Alina ist das ja der überhaupt erste Flug! Dann werden sie mit einem guten Essen verwöhnt, das sie mit ‚Kaviar mit allem' beginnen: Die Kombination Kaviar, gehackter Zwiebel, Joghurtsoße, hartes, zerkleinertes Ei, kleine Toastbrötchen und ein eiskalter guter Wodka ist ein schöner Auftakt!

Nach dem Essen beschließen sie, sich aus der großen

---

33 Das Hinaussehen in der Ersten Klasse des Airbus 380 hat einen Haken: Wegen der Rumpfkrümmung gehen die Fenster schräg nach oben, sodass man nur bei starken Wendungen (wenn der Flieger schief liegt) eine Chance hat etwas von unten zu sehen. Dies wurde bis 2025 noch immer nicht verbessert, obwohl man doch statt der mit Video gezeigten Landkarten auch die Gegend unter dem Flugzeug zeigen und erklären könnte!

Auswahl von Filmen denselben anzusehen, um nachher ein bisschen darüber sprechen zu können. Sie stoppen den Film mehrmals, um ein bisschen von Grönland und der hohen Arktis zu sehen: Der Direktflug München-Edmonton fliegt recht hoch nach Norden als kürzeste Strecke.

„Kannst du dich noch erinnern, wie man die kürzeste Entfernung auf der Erde bestimmt?"

„Ja ... man stellt sich eine Ebene vor, die durch den Erdmittelpunkt, den Abflugs- und den Ankunftsort definiert ist. Dort wo diese Ebene die Erdoberfläche schneidet ergibt sich ein krumme Linie, der Teil eines Großkreises, und das ist die kürzeste Verbindung."

Durch den Zeitunterschied kommen sie trotz zehn Stunden Flug in Edmonton nach Ortszeit gerechnet nur um eine Stunde nach ihrer Abflugzeit an. Es ist also hier früher Nachmittag, in München schon später Abend. Es dauert nicht lange bis sie ihren Mietwagen haben und losfahren.

„Wir sind hier etwas südlich von Edmonton und werden die Stadt westlich umfahren, dann auf der Autobahn 16 nach Westen. Ich habe in Hinton ein gutes Zimmer reserviert, im Travel Inn: Es ist nicht superb, aber das Beste, was es in der Gegen dort gibt. Wir haben dann morgen nochmals fast drei Stunden bis wir die Weisers in Grand Cache erreichen, gleich nach der Ankunft wollte ich nicht sechs Stunden fahren, dazu sind wir vermutlich zu müde."

Nach einem Blick auf die Stadt Edmonton aus der Entfernung, die in einem Tal auf beiden Seiten des North Saskatchewan Rivers liegt und touristisch nur mäßig interessant ist, fahren sie durch recht eintönige Prärie. Nach einer kurzen Unterbrechung in einem Coffeeshop wird die Gegend etwas interessanter: Sie nähern sich ja den Rocky Mountains, die dann von ihrem Hotel in Hinton aus schon beeindruckend sichtbar sind. Die Verpflegung im Flugzeug war so reichlich, dass sie eigentlich nur noch eines wollen, sich ausschlafen.

Der nächste Tag beginnt gut mit einem typisch amerikanischen Frühstück, sprich dünner Kaffee (mehrmals nachserviert), Orangensaft, Spiegeleier, Speck, Toast und „baked beans". Auf dem Weg nach Grande Cache überrascht sie der William A. Switzer Provincial Park mit seinen Seen und dem spektakulären Hintergrund von vergletscherten Bergen und lädt sie zu einem Spaziergang ein. Schließlich erreichen sie Grand Cache: Es liegt auf einem Hochplateau in etwa 1.300 m Höhe am Osthang der Rocky Mountains und ist vom Smoky River, dem Sulphur River und zwei Seen umgeben. Der erste Blick auf die knapp 4.000 Einwohner große Siedlung, die fast nur aus niedrigen Bungalows besteht ist nicht beeindruckend.

Die Farm der Weisers liegt 12 km östlich und ist nach der Beschreibung nicht zu verfehlen. Die Weisers haben zu ihrer Begrüßung sogar eine österreichische Fahne gehisst! Sie werden wie alte Freunde empfangen. Mit Stolz zeigen die Weisers ihr Haus, die hier unvermeidlichen Haustiere (Hund, Katze und Pferde) und führen sie dann in das Gentechniklabor. Dieses ist nun aber doch total unerwartet: Hier, fast in der Wildnis, steht ein hochmodernes Labor, wie es die Österreicher nur aus der Beschreibung der BOKU in Tulln kennen. Und ein Team von Mitarbeitern, alle von einer der Universitäten angeheuert arbeitet in angenehmer Atmosphäre an neuen Zuchtverfahren.

„Lasst euch zeigen, was wir zusammengebracht haben", sagt Hel. Er führt sie ins Freie und zeigt auf ein Maisfeld. Die Pflanzen sehen aus wie jeder Mais, aber dass er hier in halbarktischem Klima fast reif ist hält man kaum für möglich. Etwas weiter liegt ein Weizenfeld, bereits teilweise abgeerntet.

„Und das sind genmanipulierte Pflanzen?"

Hel zuckt die Achseln: „Es sind Züchtungen, auf die wir stolz sind. Besonders stolz, weil sie nicht steril sind."

„Was heißt das?", erkundigt sich Alina.

Anton kann ihr die Antwort geben: „Die großen Saatgutfirmen haben etwa Mais oder Weizen so modifiziert, dass die Körner nicht mehr keimfähig sind, d. h. es muss jedes Jahr neues Saatgut gekauft werden. Das, was wir hier sehen ist keimfähig. D. h. wir werden einigen Körner mitnehmen, sie ansetzen, uns für die nächste Aussaat die Körner selbst wachsen lassen und dann eben jedes Jahr genug Saatgut für das nächste Jahr aufheben. Das ist ja, was uns vorgeschwebt ist und nun haben es hier die Kanadier geschafft."

„Ja, wir haben es geschafft dank dir, dank deiner Unterstützung durch RLA. Wir werden einige weitere Entwicklungen durchführen und werden dafür Lizenzen verlangen, für alles, was aus unseren Samen produziert wird. Aber ihr bekommt natürlich alles gratis für die Westtauplitz und der Rest der Welt ist nicht mehr abhängig von jährlichen Saatgutlieferungen."

„Ihr seid damit eine große Gefahr für die großen Saatgutfirmen. Habt ihr keine Angst?", erkundigt sich Alina.

„Doch, die haben wir. Wir müssen sehr vorsichtig und wachsam sein. Es ist schon mehrmals bei uns Wichtiges abgebrannt. Und weil ihr mit uns Kontakt habt und nun sogar Samen von uns anbauen werdet seid ihr auch gefährdet."

Es ‚klickt' bei Anton und er murmelt: „Darum wurde das Haus in Neugrundlsee angezündet! Nicht wegen irgendeiner Handelskette, sondern weil man verhindern will, dass dort Saatgutfirmen unterlaufen werden. Das ist auch der Grund, warum Dirk Drehmann zwar Beweise für die Bestechung von Sektionschef Rampler fand, aber keine europäische Firmenkette dafür verantwortlich machen konnte!"

„Wir dürfen und nicht einschüchtern lassen. Und wir sind nicht aufzuhalten. Sobald genügend viele Stellen hochqualitatives Saatgut immer aus der Vorjahreserntte verwenden können, müssen die Saatgutfirmen ihre Verkaufspolitik ändern. Z. B. indem das „selbst Samen aufheben" umständlicher ist, als neuen zu kaufen. Alina, dir liegt was auf der Zunge?"

„Ja, hat eigentlich euer Saatgut und die Selbstzüchtung irgendeinen Nachteil gegenüber Saatgut von den großen Firmen?"

Hel zuckt wieder mit den Schultern: „Wenn man viele Generationen hindurch immer wieder die Samen des letzten Jahres verwendet, werden früher oder später natürliche Mutationen auftreten, die sich dann mit anderen kreuzen können. D. h. das Saatgut wird nach Jahren weniger homogen sein: Einige Pflanzen werden eine andere Größe, eine andere Reifezeit benötigen usw. D. h. es kann schon sinnvoll sein, zumindest ab und zu wieder voll homogenen Samen zu verwenden. Je stärker die Automatisierung eine Standardpflanze benötigt, umso wichtiger ist das. Mit anderen Worten, wenn jemand riesige Maisplantagen hat, die er automatisch aberntet, kann der Kauf von garantiert homogenem Samen, jedenfalls alle paar Jahre, sinnvoll sein."

„Noch eine Frage: Können genmanipulierte Pflanzen gefährlich sein? Darüber liest man immer so viel in Europa."

Hel nickt: „Nehmen wir ein Beispiel: Ihr nehmt nun die Samen von zwei neuen Pflanzen mit. Diese sind genauso gefährlich und genau so harmlos, als wenn ihr eine andere neue Pflanze mitnehmt. Irgendwer hat einmal ein drüsiges Springkraut nach Österreich gebracht, nun gefährdet es Teile der Wildnis. Der Neophyt „Beifußblättrige Ambrosie" hat sich in Österreich so weit verbreitet und erzeugt so viele Pollen, dass er für Allergiker gefährlich geworden ist. Die Rehe, die jemand als liebe Tiere nach Neuseeland brachte haben dort das Ökosystem fast so auf den Kopf gestellt wie die Kaninchen seinerzeit in Australien. Natürlich kann es sein, dass der neue Mais irgendeinem Insekt besser schmeckt als andere Sorten oder umgekehrt. Die Risiken im Vergleich zu dem Wahnsinn, dass Floristen dauernd exotische Blumen importieren, die es dann über die Haushalte in die Gärten und von dort in die freie Natur schaffen sind minimal."

„Sue hat für heute Abend ein traditionelles Barbecue für euch und unsere Mitarbeiter geplant", ändert Hel das Thema, wir nehmen noch ein paar Sandwiches mit, dann möchte ich euch ein bisschen von der Umgebung zeigen, denn der erste Eindruck von Grand Cache ist ja nicht so toll."

Tatsächlich sehen sie die Gegend nach dem Ausflug mit anderen Augen. Die Flüsse bilden imposante Canyons und Felsformationen. Die Seen mit den Bergen im Hintergrund machen Geschmack auf mehr. Der Kakwa-Wasserfall (eigentlich sind es zwei parallele) ist ungewöhnlich. Und nicht nur die Weisers, auch alle anderen Menschen, die sie treffen sind freundlich und hilfsbereit.

Das Barbecue am Abend schlägt jedes Grillfest, das sie bisher erlebt haben. Die jungen Mitarbeiter sorgen für Stimmung und Musik. Es ist schade, dass irgendwann kein Holz mehr in das große Feuer nachgelegt wird.

★ ★ ★

Mit zwei Päckchen Samen ausgestattet stehen nun einige Tage Urlaub auf dem Programm und Anton hat sie (es ist ja doch eigentlich ihre Hochzeitsreise) genau geplant. Sie fahren zuerst nach Jasper und wohnen dort in der altehrwürdigen Japser-Park-Lodge in einer Atmosphäre wie um 1900. Die Hirsche, die hinter der Lodge weiden, die vielen Seen in der Umgebung von Jasper sind Teil der hier prachtvollen Natur. Natürlich müssen sie auch den berühmten Maligne-See mit dem „Spirit Island" besuchen, einer Insel, die in fast jedem kitschigen Film über Kanada gezeigt wird.

Aber ein wirklicher Höhepunkt ist es, dass es Anton gelungen ist, einen Ritt mit Führer ins Tonquin Valley zu organisieren. Es darf nur von einigen Menschen pro Tag besucht werden und ist daher Jahre im Voraus ausgebucht. Das unberührte Tal ist unwirklich schön. Es windet sich zwischen vergletscherten Bergen entlang eines Flusses, der viele Seen durchfließt in die Berge, mit Lärchenbeständen, die den ersten Hauch von gelb zeigen und immer wieder sehen sie Hirsche, Murmeltiere, Bergziegen, Coyoten, Großhornschafe ... und dann zwei Bären! Auch vereinzelte, nicht ungefährliche Pumas soll es hier noch geben. Es ist eine Traumlandschaft und es wird klar, warum man alles tut, um sie zu erhalten.

Am Abend in der Lodge lernen sie vor dem großen Kamin mit offenem Feuer ein interessantes Ehepaar aus Oxford kennen, wo er, Peter, ein Chemieinstitut leitet, und sie, Norma, in einer Abteilung für Ozeanographie arbeitet. Irgendwie kommen sie auch auf den Klimawandel und die angebliche globale Erwärmung zu sprechen und auf die Rolle von CO_2. Da wird der Chemiker ganz aufgeregt.

„Alle reden immer über das schlimme CO_2. Ich sage ihnen, das wird eines Tages noch ein ganz wichtiger Rohstoff. Wenn wir besser lernen, wie wir die Photosynthese der Pflanzen industriell kopieren können, lässt sich aus CO_2 und Wasser ein wertvolles Nahrungsmittel, Traubenzucker, herstellen; man kann schon heute mit etwas Aufwand aus CO_2 durch Hydrierung ein für Verbrennungsmotoren verwendbares Gas herstellen. Und Angst vor zu viel CO_2 ... ein Witz! Es sagt doch schon die Formel alles. Mit etwas Energie kann man es vernichten, in Sauerstoff und Kohlenstoff zerlegen, und Kohlenstoff in einen Diamantring für ihre entzückende Frau oder wirtschaftlich noch interessanter in Graphen verwandeln, wenn sie davon schon gehört haben."

Alina lacht: „Wir beginnen gerade mit der Erzeugung von Graphenfiltern für das Entsalzen von Meerwasser."

Der Chemiker und seine Frau richten sich kerzengerade in ihren Sesseln auf: „Was sagen Sie da? Sie können Graphenfilter erzeugen?"

Jetzt ist es an Alina zu erklären.

Zuletzt schüttelt Peter lachend den Kopf: „Ich wünsche uns und Ihnen, dass die Klimatologen doch recht haben und der Meeresspiegel steigen wird: Sie werden mit ihren Entsalzungsmethoden all das Wasser benötigen, um die Wüsten

Afrikas, Arabiens, Nordperus, Australiens und Chinas zu bewässern."

Norma schaut Alina ernst an: „Könnten Sie sich vorstellen, dass Sie mir bald eine große Entsalzungsanlage verkaufen?"

Alina schaut fragend und hört: „Wir haben etwa 1500 km südwestlich von St. Helena, also im Südatlantik, eine große künstliche Insel. Sie liegt im internationalen Bereich, d. h. gehört zu keinem Staat. Wir sind dort aus zwei Gründen: Erstens ist dort eine besonders starke und ausgedehnte Verschmutzung des Meeres zu beobachten, die wir untersuchen und beseitigen wollen. Zweitens wollen wir Versuche machen, wichtige Rohstoffe auf dem Boden des Ozeans abzubauen. Die Insel, wenn ich sie so nennen darf, besteht aus einer großen Ansammlung von schrottreifen Schiffen, die mit dicken Folien zugedeckt sind, die zum Teil mit Gemüse, Rasen und Obstbäumen bepflanzt wurden, wozu Schiffsladungen Erde notwendig waren, obwohl wir (so wie seiner Zeit in Irland) auch Humus durch verrottende Algen erzeugt haben. So können wir dort auch Milchkühe, Hühner und Schweine halten. Mit Wellenkraftwerken erzeugen wird elektrischen Strom. Wir wären dort fast autark (in dem Sinn, dass wir Monate ohne Nachschub auskommen könnten), aber wir haben zu wenig Wasser: Unsere Entsalzungsanlagen benötigen zu viel Energie und Filtermasse, sodass regelmäßig Tankschiffe Brennstoff und Filter bringen müssen. Damit Sie sich eine Vorstellung machen können: Die Insel ist 10 mal 12 km groß, hat einen eigenen Flugplatz, einen eigenen, künstlichen Sandstrand, eine Hotelanlage, ja eine richtige kleine Stadt."

Alina und Anton sind fasziniert und schockiert. „Wir haben davon nie gehört! Was Nahrung anbelangt, warum haben

Sie Fischfang nicht erwähnt? Wie verhält sich die Insel bei Sturm? Haben Sie dort Anschluss an das Internet?"
„Wir hängen die Existenz der Insel nicht an die große Glocke. Aber wir haben nicht die einzige solche Insel. Tatsächlich gibt es wohl mindestens 50 und es wird früher oder später beim Abbau von Meeresbodenressourcen zu Streitigkeiten kommen, denn es fehlt eine verbindlich Regelung: Einerseits, wer zuerst kommt, mahlt zuerst. Andererseits, wenn jemand stärker ist ... man ist dort in einer rechtsfreien Zone. Zum Fischfang: Es gibt dort wegen der Verschmutzung nur noch drei Dinge im Meer: Algen, Quallen und Plastikstückchen ... es ist verheerend. Thema Sturm: Die Insel ist so groß, dass man auch hohen Wellengang einfach nicht spürt. Sie ist natürlich mit Tiefseeankern – das Meer ist dort ca. 1800 m tief – fest verankert. Die Stahlseile dienen übrigens auch den Ernterobotern als Schienen zum Bewegen zwischen Meeresboden und Insel. Zum Internet, ja, wir sind da verbunden und können, weil im rechtsfreien Raum, alles machen, was wir wollen. Z. B. könnten wir das Urheberrecht beliebig aushebeln. Aber zurück zu meiner Frage: Können Sie uns mit Entsalzung helfen?", fragt Norma.
Anton antwortet für beide: „Ja, wir werden bei der Entsalzung helfen. Wir werden das kostenlos machen, wenn Sie

uns gestatten, einen Webserver mit Inhalten über die nur wir bestimmen, zu betreiben."

Norma blickt verunsichert: „Ich bin nicht der Chef der Mission, nur seine Assistentin. Die Entscheidungen trifft er. Aber was wollen Sie denn mit dem Server machen?"

Anton antwortet lachend: „Also weder Pornographie, noch Aufhetzung oder sowas. Es geht mir eher darum z. B. Schulbücher gratis anzubieten, die zurzeit in Österreich das Budget sehr belasten. Denn im Rahmen einer sogenannten „Schulbuchaktion" erhalten österreichische Schulbuchverlage jährlich 100 Millionen Euro, damit Schüler gratis Bücher bekommen können. Es erscheint mir sinnvoll, immer weniger Bücher zu drucken und einen Teil des ersparten Geldes in das kostenlose elektronische Angebot der Bücher zu investieren. Alle Beteiligten mit Ausnahme der Druckereien und des Buchhandels würden davon profitieren. Dies geschieht inzwischen natürlich ohnehin schon in einem gewissen Umfang[34], aber vielleicht wäre eine Beschleunigung des Vorgangs durch ein Angebot von Materialien, deren Urheberstatus unklar ist auf einem Server im rechtsfreien Raum möglich."

★ ★ ★

Die vier reden noch lange miteinander. Sie stellen fest, dass beide Ehepaare am nächsten Tag den berühmten Japser-Banff-Iceway fahren werden, Anton und Alina im Chalet Lake Louise übernachten werden, Peter und Norma in der Lake O'Hara Lodge.

Peter schüttelt den Kopf: „Die Buchung in Lake Louise ist ein Fehler. Das ist nur mehr ein chinesisch-russisches Touristenspektakel. Lake O'Hara ist Ausländern unbekannt und ist nur über Abholung durch Hotelbusse erreichbar. Die Ge-

---

[34] Seit 2013 gibt es in Südkorea keine gedruckten Schulbücher mehr, sondern sie werden als e-Books angeboten.

gend ist spektakulär. Soll ich versuchen, Sie umzubuchen? ... Ich kenne die Leute, ich war ein Jahr Gastprofessor an der University of Calgary."

Alina meint nach fragendem Blick auf Anton: „Es wäre toll, wenn Sie das tun könnten."

„O. k." Peter zieht sich zurück, ist lang weg, kommt dann aber strahlend zurück.

„Alles klar: Der Bus von Lake O'Hara wartet auf uns morgen um 18 Uhr, die Koordinaten haben ich auf ihr Vidon überspielt. Der Bus bringt Sie nach zwei Nächten in aller Früh zum Auto zurück, sodass Sie den Flug in Calgary leicht erreichen und noch kurz Lake Louise und Banff ansehen können. Tja, dann gute Nacht und wir sehen uns ja spätestens morgen Abend wieder."

★ ★ ★

Der nächste Tag ist ein herrlicher Spätsommertag. Alina und Anton machen noch einen Morgenspaziergang um den Beauvert-See direkt in der Nähe der Lodge, dann geht es los auf dem „Iceway", wie die Straße zu Recht heißt, wegen der vielen Gletscher, die man im Laufe der Fahrt sieht. Es geht jetzt in Richtung Südosten, wo man nach einigen Stunden auf die Transcanada-Autobahn stoßen wird. Sie zweigen von der Hauptstraße einmal ab, um den spektakulären Mount Edith Cavell zu sehen, der von der Japser-Seite aus mit seinem riesigen, hängenden Gletscher fast unwirklich aussieht. Eine Gedenktafel erinnert hier an Eckhart Grassmann, einen jungen schweizer Mathematiker, der an der Universität in Calgary unterrichtete und viele Touren und Erstbesteigungen machte, darunter die Wintererstbesteigung des Mt. Assiniboine, des ‚Matterhorns der Rockies'. Als er den knapp 3.400 m hohen Mt. Edith Cavell von der leichten Seite bestieg, wagte er sich ohne Sicherung zu weit auf den Gletscher, rutschte aus und fiel tausende Meter hinunter. Er soll während des Falls noch den Freunden einen Gruß zugerufen haben!

Die Strecke ist voll von wunderbaren Ausblicken, überall Bergseen mit monumentalen Felswänden dahinter, in denen grünlich schimmernde Gletscher hängen. Beim Columbia Icefield kann man erkennen, wie stark in Westkanada die Gletscher zurückgegangen sind. Wie viele Touristen fahren die Ferers mit einem Motorschlitten auf den Gletscher. Sie steigen kurz aus und bewundern den Bach, der zunächst auf der Gletscheroberfläche fließt, bis er sich in eine breite Gletscherspalte stürzt.

Der Ausblick von einem Rundweg auf den grün erscheinenden Peyto-See ist ein anderer der vielen Höhepunkte. Wie viele Wege ist er so angelegt, dass man eine kleine Runde in 10-30 Minuten wandern kann.

Sie sind knapp vor 18 Uhr am Schranken zur Straße zum Lake O'Hara, wo bereits der Bus und Norma und Peter warten. Die Lodge, ein beeindruckendes altes Gebäude mit viel Holz außen und innen ist urgemütlich. Wenn man von der Lodge über den See blickt, so sieht man auf der anderen Seite mehrere Wasserfälle herunterstürzen.

„Dort kann man vorbei, hinauf zu vielen weiteren Seen gehen und wenn man eine ernsthafte Bergtour machen will, dann kann man den Rücken auf ca. 3.000 m überqueren und so entweder Lake Louise oder den etwas weniger touristischen Morraine Lake erreichen", erklärt Peter.

Es ist klar, dass die Ferers am nächsten Tag ein Stück in diese Richtung gehen werden.

Die Stimmung in der Lodge entspricht der Umgebung: Man kommt sich fast wie auf einer Zeitreise vor, als man noch individuell und nett in einer komfortablen Unterkunft gut versorgt wurde und nicht einer von tausenden Touristen war.

Der nächste Tag wird Alina und Anton unvergessen bleiben, denn so gepflegt die Wege anfangs sind, werden sie bald schwieriger und sind kaum markiert: Offenbar erwartet man von kaum jemanden, mehr als 1-2 Stunden zu gehen. Die beiden sind aber gut ausgerüstet und erreichen nach 5 Stunden den Sentinel-Pass, der den Übergang zum Morraine Lake bildet. Fast tut es ihnen leid, dass sie nicht durch das „Lärchental" zum zauberhaften Morraine Lake absteigen können, aber die Rückfahrt zum Lake O'Hara wäre dann zu kompliziert. So machen sie auf dem Rückweg noch einen großen Umweg zu weniger bekannten Seen am Fuß von Mt. Schaffer und werden, als es spät wird, schon fast besorgt an der Lodge erwartet und für ihre „tolle Leistung" bewundert.

Noch halb verschlafen bringt sie der Bus am nächsten Morgen zu ihrem Auto. Auf dem Weg Richtung Calgary „müssen" sie sich noch Chalet Lake Louise ansehen und erkennen, dass Peter natürlich recht gehabt hat. Der wahrhaft riesige Parkplatz gibt einen Vorgeschmack: Selbst jetzt, um neun Uhr, wälzen sich schon Touristenströme zum See und zum burgähnlichen Hotel am See. Ja, man erkennt schon, warum diese Kombination so berühmt geworden ist: das riesige Hotel, der See, der gewaltige Gletscher, der am hinteren Ende fast in den See stürzt, hohe vereiste Bergriesen ringsum und auch hier trotz der vielen Menschen einiges Wild, darunter ein kapitaler Elch. Trotzdem, ein Parkplatz, der für 2.000 Autos ausgelegt ist, sagt eigentlich alles.

Auf dem Weg nach Calgary muss man natürlich die paar Kilometer Abstecher in die Stadt Banff machen, die vom alten, riesigen Banff Springs Hotel dominiert wird, das die Gegend durch seinen Komfort und die heißen Quellen um 1900 zu einem exotischen Ausflugsort machte. Bei der Ausfahrt von Banff sehen sie noch Büffel (aber offensichtlich in einem Freigehege), dann verlassen sie bald den Nationalpark, die Berge werden niedriger. Links beeindruckt sie die vertikale Felswand des Yamnuska. Das ist der „Kletterübungsberg" von Calgary, erfahren sie. Der Berg ist der Sage nach die verstorbene Tochter des Chinooks, jenes warmen Föhnwinds, der die eisigen Winterwochen manchmal unterbricht, nämlich immer, wenn er wieder seine tote Tochter von der Pazifikküste her besucht und damit einige Tage milde Temperaturen bringt.

Den Flughafen finden und das Auto zurückgeben ist problemlos. Bald werden sie wieder als Erste-Klasse-Passagiere verwöhnt. Diesmal ist es ein Flug durch die Nacht, sodass sie den Komfort der recht passablen Betten zu schätzen wissen.

In München erwartet sie wie versprochen wieder Sebastian. Er hört mit Interesse, dass sie Samen für Mais (!) und Weizen für die Westtauplitz mitbringen, wohin er inzwischen schon als Leiter des Projektes übersiedelt ist. Und er hat eine große Neuigkeit: Ein Komitee von vielen ihnen bekannten Mitgliedern des VLV hat eine Gründungsversammlung für eine Partei, VLPÖ (Vernünftig Leben Partei Österreichs), durchgeführt, den Antrag auf Parteigründung eingereicht und ein erstes Parteiprogramm ausgearbeitet, das sich an die Vereinsziele des VLV anlehnt und das sie natürlich noch mit Alina und Anton abstimmen werden.

Das Ziel der Partei ist es, bei den Landtagswahlen in der Steiermark, Salzburg und Oberösterreich im Herbst anzutreten. Alle Landtagswahlen in den österreichischen Bundesländern werden inzwischen am selben Tag durchgeführt, um andauernde Wahlkämpfe zu vermeiden: Eine der wenigen positiven Änderungen in der Politik, die 2021 durch ein Volksbegehren (!) durchgesetzt worden war. Die Wahl 2025 ist am Sonntag, 9. November. Damit bleiben bis dahin noch ca. zwei Monate Vorbereitungszeit. Bei gutem Abschneiden will die VLPÖ bei der Nationalratswahl am 10. Mai 2026 schon in ganz Österreich kandidieren. Sie hoffen, berichtet Sebastian, dass Alina und Anton Ehrenmitglieder des Parteipräsidiums werden, Funktionen übernehmen, wenn sie dies wünschen oder auch nur beratend tätig sind.

Die notwendige Anzahl der Stimmen, um kandidieren zu können haben sie in kürzester Zeit in allen drei Bundesländern erhalten. Die Ziele des VLV und die damit kongruenten Ziele der Partei, sowie die ersten Aktionen wie F-Euro, iAuto und Kommunikationspolitik scheinen von vielen als erfrischend gut aufgenommen zu werden, auch außerhalb von Zentralösterreich. Unklar ist, ob neben der VLPÖ der VLV weiter existieren soll.

„Wer sind denn die Hauptakteure?" Sebastian nennt das „Leitungsteam der Sechs" die Anton alle persönlich kennt und schätzt: Ernst Lutner, der Vorsitzende, war schon einmal Bürgermeister gewesen, Inge Schöpps, die zukünftige Generalsekretärin, war Mitarbeiterin in der Stadtbibliothek Liezen und Maria Tels, Max Broder, Gert Fromme und Daniel Baumer waren alle auch in diverse Gemeindeaktivitäten eingebunden, also hatten schon administrative oder politische Erfahrung. Die Zusammensetzung gefällt Anton. Soweit er es beurteilen kann, sieht dies nach einem schlagfertigen Team aus, das sich mit den Zielen des VLV stark identifiziert, ja selbst vor kurzem einige gute Ideen in die Statuten einbrachte.

„Ein bisschen viel auf einmal für noch erschöpfte Reisende", meint Anton.

Entscheidungen

Das Treffen mit dem Führungsgremium der in Gründung befindlichen VLPÖ unter Ernst Lutner verläuft sehr erfreulich. Das Parteiprogramm ist kurz und klar geschrieben und weicht angenehm von allen Parteiprogrammen ab, die Anton und Alina sonst kennen. Statt Allgemeinheiten gibt es viele konkrete Vorschläge. Bei den ungewöhnlicheren steht deutlich dabei, dass es sich um erste Überlegungen handelt, die noch mit allen Betroffenen zu besprechen sind und dass kein Punkt gegen eine qualifizierte Minderheit durchgesetzt werden wird.

Alina und Anton freuen sich unter diesen Umständen, als Ehrenmitglieder im Parteipräsidium mitzuwirken:

„Wir wollen aber zurzeit keine Funktionen übernehmen, stehen jederzeit für Beratungen zur Verfügung und wollen uns darauf konzentrieren, weitere konkrete Schritte im Sinne des VLV vorzunehmen. Ich nehme an, das ist auch im Sinne der VLPÖ?"

„Ja, natürlich. Wir würden uns auch sehr freuen, Sie zu Wahlveranstaltungen als Redner einzuladen, machen Sie mit?"

Beide nicken, doch Alina ergänzt: „Ich glaube Sie sechs, als Hauptvertreter der Partei, müssen dennoch immer im Vordergrund stehen. Wenn einer von uns beiden auftritt, dann zum Aufwärmen oder zum Ergänzen der Ausführungen."

Alle acht am Gespräch Beteiligten sind mit der Stimmung und dem Verlauf des Gesprächs sehr zufrieden. Nur der Vorsitzende Lutner hat offenbar noch etwas, bei dem er sich nicht wohl fühlt.

Alina spricht ihn darauf an: „Mir kommt vor, Herr Lutner, dass Ihnen noch was Sorgen bereitet, bitte erzählen Sie uns, worum es geht."

Lutner seufzt. „Es sind alles nur Gerüchte. Aber es geht um Sie, als Aushängeschild des VLV und damit der VLPÖ. Man will Sie anschwärzen und möglichst ganz ausschalten. Wir haben vage Andeutungen gehört, dass es eine Clique in der Regierung gibt, die Erfolge der VLPÖ mit allen Mitteln verhindern will und glaubt, dass dies am besten über Sie beide geht. Leider wissen wir noch zu wenig, aber selbst das Militärkommando Steiermark hat Andeutungen fallen lassen und die Landeshauptleute reden auch von einer angeblichen Verschwörung, gegen die man sich wehren muss. Sie brauchen sich darum nicht weiter kümmern, Sie sollten nur wissen, dass wir hinter den Kulissen außergewöhnliche Maßnahmen treffen und mit Juristen alle möglichen Szenarien durchspielen usw. Wir stehen voll und ganz hinter Ihnen. Wir vermuten aber, dass noch vor der Wahl eine erste Schmutzkampagne eingeleitet wird. Wir glauben, dass es mit Ihrer Vergangenheit in Namibia zu tun hat. Gibt es da etwas, was wir wissen sollten?"

Alina und Anton sind innerlich erschrocken. Anton antwortet mit Stirnrunzeln.

„Ich glaube nicht, dass es etwas gibt, das man nicht sofort entkräften kann. Aber es gibt einen Journalisten, Dieter Hoffmann, der immer wieder versucht hat, uns und die Schallers anzugreifen. Ich werde ihn von einem befreundeten Detektiv beobachten lassen, vielleicht kann ich so herausfinden, was da geplant ist."

Lutner nickt: „Es ist gut, wenn Sie gewarnt sind. Um ehrlich zu sein, ich erwarte nur einen Sturm im Wasserglas. Nach meiner Einschätzung wird es nur dann ernst, wenn wir bei den Landtagswahlen wirklich gut abschneiden, dann wird man aus Angst zu allen möglichen Mitteln greifen: Wie z. B. eine Steuerprüfung ablaufen kann, haben Sie ja schon erlebt. Aber man kann auch mit Gewerbeinspektionen sicher die FMFA behindern, denn die Richtlinien sind zum Teil widersprüchlich. Lassen Sie mich ein Beispiel geben: Mein Bruder betreibt eine kleine Lebensmittelfirma. Aus hygienischen Gründen hat er alle Böden asphaltiert damit sich nicht Verschmutzungen in den Ritzen zwischen den Kacheln sammeln können. Bei der Begehung zur Betriebssicherheit wurde der Boden als zu rutschgefährlich eingestuft und mein Bruder wurde gezwungen, ihn zu entfernen und durch Kacheln zu ersetzten. Wenige Wochen später wurden die Kachelböden bei einer Inspektion der Gesundheitsbehörde wegen der Ritzen als hygienisch nicht akzeptabel bezeichnet: Sie mussten entfernt und wieder ein Asphaltboden gelegt werden. Mein Bruder kann sich glücklich schätzen, wenn das hin und her nicht noch dreimal geschieht. Mit anderen Worten, unsere Gesetze sind zum Teil so widersprüchlich, dass man jedem etwas vorwerfen kann. Es wird notwendig sein, dass wir, wenn wir eine Regierungsbeteiligung erreichen, auch bei den Gesetzen aufräumen."

Anton nickt: „Die Geschichte mit dem Boden ist gut für eine Wahlkampfrede", lächelt er, „aber ich verstehe, was Sie meinen. Wir werden uns vorbereiten."

★ ★ ★

Nachdenklich besprechen Alina und Anton die Situation.

„Glaubst du, dass man in Namibia etwas findet, das man gegen uns verwenden kann."

„Nein", antwortet Anton, „dein Großvater hat sehr gründliche Arbeit geleistet, ich werde die Unterlagen, die er bezüglich Namibia hinterlassen hat nochmals genau sichten. Unabhängig davon müssen wir mit Drehmann reden:

sowohl bezüglich Hoffmann als auch bezüglich Brandstiftung und die Rolle einiger Saatgutfirmen. Ich werde das übernehmen. Schau bitte du, dass die industrielle Produktion von Graphenfiltern rasch weitergeht. Ich werde mich noch mehr für Thermovoltaik einsetzen."

★ ★ ★

Bei der Thermovoltaik gibt es eine rechtliche Hürde, die auszuräumen ist: Die notwendigen Tiefbohrungen, die hinreichend erhitzte Flüssigkeiten liefern (am besten über 100 °C) sind ein rechtlicher Graubereich. Auf Privatgrundstücken „weit genug von der Begrenzung entfernt" sind sie für private, nicht kommerzielle Zwecke erlaubt, ansonsten aber streng und restriktiv geregelt.

Das ist darum so ärgerlich, weil die geothermische Energie fast alle anderen Energiegewinnungsmethoden in den Schatten stellen könnte. Das Grundprinzip dafür wurde schon 1820 vom deutschen Physiker Thomas Johann Seebeck entdeckt: In einem Stromkreis mit zwei verschiedenen elektrischen Leitern entsteht bei entsprechender Temperaturdifferenz zwischen den Kontaktstellen elektrische Spannung. Fast 200 Jahre später, um 2012 beginnt man mit Hilfe sogenannter Thermoeletrischer Generatoren (TEGs) Versuche, um z. B. die Abgaswärme bei Autos in Strom umzusetzen. Da die notwendigen thermoelektrischen Bauteile günstig hergestellt werden können, sitzt die Menschheit mit dem unendlichen Wärmevorrat der Erde auf einem Schatz, der nur gehoben werden muss.

Zum Glück gibt es keine international anwendbaren Gesetze: So kann man etwa in vielen Ländern Afrikas, auch in Namibia, Tiefbohrungen mit geringen Auflagen durchführen. Ähnliches gilt für so verschiedene Staaten wie Kanada, Australien oder Peru. Anton schüttelt frustriert den

Kopf: Diese Staaten könnten also relativ rasch zu gewaltigen umweltfreundlichen Stromexporteuren werden. Österreich lässt sich auch diese Chance im Moment entgehen. Die VLPÖ muss dies ändern, denn es gibt kein Gegenargument gegen die geothermische Energie (höchstens, dass man dabei zufällig auf Erdöl oder andere wichtige Rohstoffe stößt), denn die populäre Ansicht, dass zu viele nah aneinander liegende Bohrungen sich die Wärme streitig machen, ja die Erde auskühlen, ist rechnerisch sofort widerlegbar.

Die Bohrungen müssen allerdings Wasser oder wasserhaltiges Gestein treffen, damit jede Energieentnahme durch Zufluss neuer Wärme aus dem Erdinneren wettgemacht wird.

Freilich ist bei allen Bohrungen die Geologie zu beachten. Trotz Verwendung neuester Bohrtechnologien sind sehr tiefe Bohrungen[35] auch 2023 noch teuer, d. h. es sind Bohrung vor allem in der Nähe tektonischer Brüche oder in Sedimentbecken[36] sinnvoll.

★ ★ ★

Das Gespräch mit dem Detektiv Dirk Drehmann verläuft interessant: Erstens berichtet er, dass Hoffmann längere Zeit in Namibia verbracht hat, vor allem in Windhoeck, und dort irgendein Dokument fand, das für Anton unangenehm sein könnte. Anton ist verwundert, nimmt aber die Sache nicht besonders ernst.

---

35 Der Tiefbohrweltrekord liegt 2014 bei ca. 12.000 m.
36 Geothermie ist global gesehen eine riesige nutzbare Energiequelle. Mit den Vorräten, die in den äußeren drei Kilometern der Erdkruste gespeichert sind, könnte im Prinzip der derzeitige weltweite Energiebedarf über 100.000 Jahre gedeckt werden. Allerdings ist nur ein kleiner Teil dieser Energie technisch nutzbar und wird in bescheidenem Ausmaß in verschiedener Form (Wärmepumpen, Turbinen, die mit Wasserdampf betrieben werden usw.) seit Jahrzehnten verwendet. Die direkte Umwandlung in Elektrizität begann in größerem Umfang erst nach 2010. Die Auswirkungen auf die Erdkruste bei umfangreichem Wärmeabbau sind übrigens unklar.

Interessant laufen die Recherchen gegen einen der amerikanischen Saatguthersteller.

„Da wird offenbar viel Geld investiert, um hochrangige Personen in mehreren Ländern zu bestechen, auch in Österreich. Weil sich Österreich so gegen Gentechnikanwendung und sogar Forschung stemmt und sich die Gegnerschaft eher noch verstärkt hat verstehe ich nicht, warum so große Beträge nach Österreich fließen. Ich würde bitten, dass ich ein größeres Team auf die Beine stellen kann, um dem nachzugehen. Und ich muss wohl Informanten in Regierungskreisen gewinnen."

Anton hebt die Hand.

„Ich will über die Methoden, die Sie verwenden müssen nichts wissen. Das Konto, auf das Sie jetzt schon zugreifen, wird aber substantiell aufgestockt. Wenn Sie wirklich nachweisen können, dass Beamte oder gar Regierungsmitglieder, warum auch immer, bestochen wurden oder werden, will das der VLV wissen. Nur geben Sie Acht: Sie geraten da vielleicht selbst in gefährliches Fahrwasser."

★ ★ ★

Die Landtagswahlen rücken näher. Bei Wahlveranstaltungen spricht Anton selten von Plänen, sondern von dem, was erreicht wurde. Er erzählt nicht, dass er sich für den Ausbau der Bahnstrecken Graz-Salzburg, Salzburg-Innsbruck, Graz-Innsbruck und Graz-Linz in ganz neuer Form einsetzen wird, sondern zeigt nur fertig abgeschlossene Verträge, die schon jetzt gelten: In allen Fällen steuert FMFA kräftig Mittel zu, aber mit der Auflage, dass alle Züge m-Rad- und iAuto-tauglich geführt werden.

Er erzählt von den Bestrebungen, bei vielen Bergwanderwegen den Ausgangspunkt durch M-Räder oder iAutos leichter erreichbar zu machen:

„Aber wir wollen das Bergwandern nicht durch Bergfahren ersetzen, ja wir wollen da und dort die Erschließung von Naturgegenden durch Seilbahnen oder Schnellstraßen sogar zurücknehmen. Beispielsweise haben wir erreicht, dass die Nockalmstraße nur mehr für Räder, M-Räder und iAutos geöffnet ist. Durch diese Maßnahme wurden der Verkehr und das Erlebnis der wunderschönen Gegend „entschleunigt". Die Almhütten und Gasthäuser verzeichnen höhere Umsätze, das Fehlen rasender Motorräder und großer Ausflugsbusse hat die Gegend wieder sehr viel attraktiver gemacht. Nur Motoradclubs haben dagegen gesprochen, aber nachdem es denen mehr um das „Körpergefühl" geht, haben wir ihnen Strecken als Ersatz eingerichtet, wo sie wenig(er) stören."

Lutner spricht mehr vom Ausbau der Alters- und der Kinderbetreuung. Auch da kann er mit ersten Erfolgen punkten, treu dem von Alina erfundenen Motto „Bei öffentlichen Veranstaltungen machen wir nie Wahlversprechen, wir berichten, was alles schon geschehen ist."

„So dumm sind die Wähler auch nicht, dass sie daraus nicht auch eine gewisse Richtung erkennen können", argumentiert sie.

Inge Schöpps erklärt, dass sie nun in einigen Firmen und Gemeinden das Konzept der flexiblen Pension durchgesetzt haben: Man kann mit 65 in Pension gehen, aber in Abstimmung mit der Firmenleitung auch nur zu einem gewissen Prozentsatz. Sie erklärt das immer mit einem Beispiel:

„Nehmen wir an, eine 65 jährige verdient 2.000 N-Euro im Monat netto und hätte als Pensionistin dann Anspruch auf 1.400 N-Euro aus den Pensionskassen. Arbeitet sie 50 % weiter, so bekommt sie von der Firma 800 N-Euro und von der Pensionskasse 1.200. Also, sie verdient, obwohl sie nur halb so viel arbeitet, weiter ihre 2.000 Euro. Alle sind Gewinner: sie, weil sie so viel Geld wie bisher bekommt, aber nur mehr halb so viel arbeitet, also viel mehr Freizeit hat. Die Firma profitiert, weil sie pro Stunde ja um 20 % billiger wurde und die Pensionsversicherungen ersparen sich 200 N-Euro pro Monat."

Da kommt dann immer die Frage aus dem Publikum: „Wieso gibt es das Modell nicht schon lange?"

Die schnippische Antwort von Schöps ist dann meist: „Fragen Sie bitte die Regierung."

Auch die anderen Wahlkämpfer kommen mit ihren Themen gut an. Die Bevorzugung regionaler Produkte, die neue Vielfalt von alten Obst- und Gemüsesorten, für die die Westtauplitz berühmt wurde, die aber immer mehr Nachahmer findet wird sehr positiv gesehen. Wenn ein Mitglied des VLV so nebenbei einmal hört:

„Ich wusste gar nicht, dass Äpfel so gut schmecken können" oder: „Das eingelegte Kraut finde ich toll, meine Großmutter hat mir noch davon vorgeschwärmt, jetzt gibt es das wieder" oder: „Wieso können Sie im Februar frische, einheimische Karotten verkaufen?" und als Antwort erfahren

„Weil wir sie wie früher in entsprechenden Sandkisten aufbewahren" wächst jedes Mal die Motivation. Auch der Fremdenverkehr nimmt zu, die Touristen loben die lokale Küche und genießen die neuen, ruhigen Ausflugsmöglichkeiten. Auch die neuen Loipen für (leise) e-Snowmobils, die man geschickt von den Langlaufloipen trennt, aber im Sommer für M-Räder befahrbar macht finden Zustimmung – und Nachahmer.

Die Wahlprognosen sehen die inzwischen konstituierte VLPÖ sehr gut im Rennen.

Dann, 10 Tage vor der Wahl, erfährt man über fast alle großen Medien urplötzlich:

„VLV Chef Anton Ferer als Betrüger entlarvt".

Die Quelle ist immer ein gewisser Dieter Hoffmann, der die Vergangenheit Anton Ferers in Namibia genau durchforstet hat und festgestellt haben will, dass Anton keinen Abschluss als Meister für Werkstättenleitung hat, wie der immer behauptete und wie es zur Gründung der GmbH FMFA notwendig gewesen war. Der Beweis ist eine beglaubigte Urkunde der Fachhochschule, dass Ferer zwar an der Fachhochschule studierte, aber nie die Meisterprüfung machte und im Übrigen nicht die benötigten 4, sondern nur 3 Jahre studierte. Diese Urkunde wird auch in allen Medien immer wieder gezeigt.

Die Gemeinde Bad Mitterndorf und die Bezirkshauptmannschaft Liezen stellen sich sofort hinter Anton Ferer: Die Erfolgsstory von FMFA gilt als nachträglich erwiesene Qualifikation, wie sie auch im Gesetz erlaubt ist.

Die Diskussion verlagert sich daher sehr rasch von der Rechtmäßigkeit der FMFA zur Frage der Moral des Anton Ferer. Kann man jemandem, der mit betrügerischen Mitteln eine Firma gründete und der auch einmal unter Inzestverdacht stand und der doch mit Naziraubgut zu tun hatte vertrauen? (Ja, auch diese lange erledigten Angelegenheiten werden verdreht wieder ausgegraben!) Wer weiß, was er sonst noch alles illegal gemacht hat! Sein in kürzester Zeit gewachsenes Firmenimperium FMFA, der VLV, ja selbst die so urplötzliche prominent gewordene VLPÖ ... das geht doch alles nicht mit rechten Dingen zu!

So rasch Anton Ferer reagiert (und er kann das nur dank des verstorbenen alten Schallers), der entstandene Schaden ist enorm. Noch am selben Tag erzwingt Anton eine Entschuldigung und Richtigstellung in allen Medien und klagt Hoffmann auf eine hohe Summe wegen Rufschädigung. Tatsächlich kann Anton mit notariell beglaubigten Dokumenten belegen, dass er an der besagten Fachhochschule studierte und nach bereits drei Jahren als bester Student die Voraussetzung für die Meisterprüfung hatte. Diese wurde von der damaligen Regierung mit der Begründung: „Wir bevorzugen keine Europäer" nicht gestattet. Unter Berufung auf die Universitätsautonomie wurde Anton Ferer aber nach einer kommissionellen Prüfung an der FH Windhoek die Meisterschaftsurkunde überreicht, mit dem Siegel der Fachhochschule versehen und vom Leitungsgremium unterzeichnet. Dass die Regierung diese Urkunde in Namibia nicht anerkannte, beeinträchtigt die Gültigkeit (wie in den nächsten Tagen auch internationale Rechtsexperten bestätigen) in keiner Weise. Die Abbildung der Urkunde geht nun auch durch alle Medien. Die FH in Windhoeck berichtet auf Anfrage, dass eine Zweitschrift der Urkunde auch dort aufliegt und sich Anton Ferer mit Recht Meister der Werkstättenleitung nennen darf.

Der Sturm flaut rasch ab, die Medien sind gezwungen, ihren Irrtum einzugestehen und Anton Raum für eine Gegendarstellung zu geben.

Sein Auftritt in den Medien ist sehr gemäßigt:

„Leider gibt es in Österreich immer wieder Menschen, die leichtfertig andere verleumden. Leider gibt es in Österreich immer wieder Menschen, die gegen jede Veränderung sind, obwohl das Land dringend welche benötigt. Leider gibt es in Österreich immer wieder Menschen, deren Handlungen von Neid diktiert werden. Leider gibt es in Österreich viele Medien, wie den öffentlichen Rundfunk, die objektiv berichten sollten, die aber bei der ersten Falschmeldung nur mehr von der Politik bestimmt werden. Lassen wir uns davon nicht beeindrucken oder entmutigen. Sehen Sie sich die Taten des VLV und die Pläne, die ersten Erfolge und die integeren Personen, die VLPÖ leiten an und entscheiden Sie dann, wen Sie in Zukunft unterstützen. Ich hoffe mit Ihnen, für alle Österreicher noch viel zu erreichen: dass dazu auch Änderungen erforderlich sein werden, wird wohl von den meisten so gesehen. Danke!"

Die letzten Tage vor den Landtagswahlen werden zu einer schlimmen Schlammschlacht und polarisieren sehr. Die Ziele der VLPÖ und Anton werden ins lächerliche verzerrt mit Aussagen wie: „Bei uns dürfen bald keine Bananen und Mangos mehr gegessen werden", „Autos werden zur Gänze von den Straßen verbannt", „Eine Privatwährung ersetzt den soliden N-Euro", „Die neue Diktatur wird von Ernst Lutner mit dem Geld von Anton Ferer angeführt", „Die VLPÖ will nicht Österreich helfen, nur einem schwammigen Zentralösterreich von Ebensee/ Ischl bis Liezen/Schladming", „Wir brauchen keine Emporkömmlinge wie Ferer", „Der überflüssige afrikanische Immigrant Ferer soll zurück nach Afrika gehen und dort die Leute beglücken" usw.

Am 9. November 2025 entscheiden sich bei den drei Bundesländerwahlen, bei denen die VLPÖ antritt, für die VLPÖ in der Steiermark 27 %, in Salzburg 19 % und Oberösterreich 23 % – für eine erste Wahl einer Partei eine Sensation. Die noch größere Sensation ist aber, und sie stimmt auch nachdenklich, dass die VLPÖ in allen Bereichen, die zu Zentralösterreich gerechnet werden („Alles, was nicht weiter als 50 km von Bad Aussee entfernt ist" wie es einmal ein Journalist formuliert) mit nur zwei kleinen Ausnahmen die absolute Mehrheit mit mehr als 50 % der Stimmen erhält, im Bezirk Liezen z. B. 76 %, in Markt Bad Mitterndorf sogar 81 %, in anderen Teilen der drei Bundesländer aber nur sehr mäßig abschneidet: im ländlichen Salzburg z. B. mit nur knapp 6 %.

Es ist klar, dass sich die VLPÖ, wenn sie als österreichische Partei auftreten will, sehr stark auf die anderen Teile Österreichs konzentrieren muss. Nur hat Anton das schon mehr als ein Jahr vorbereitet, z. B. mit Verkehrsexperten Pläne erarbeitet, die ganz Österreich helfen würden. Seine Gruppe hat notwendige Genehmigungen und Grundablösen ohne den Zusammenhang preiszugeben durchgeführt und mit den ÖBB ein ganz neues Konzept ausgearbeitet, das für die wichtigsten Bahnverbindungen zügig durchgeführt werden wird.

Die Arbeiten dafür sind schon vor den Wahlen angelaufen und werden nun weiter forciert. Da die Wahlen in vielen Gemeinden für einen neuen Bürgermeister sorgen, wobei einige verdiente Personen aus anderen politischen Lagern zur VLPÖ wechseln, die Gemeinderäte eine ganz neue VLV-freundliche Zusammensetzung bekommen und selbst die Landesregierungen die VLPÖ in allen drei Bundesländern aufnehmen, nicht nur wegen der Erfolge, sondern auch wegen der vielen neuen Ideen, stoßen die radikalen Ideen auf wenig Widerstand, ja meist auf ungeteilte Begeisterung. Sondergesetze erlauben z. B. dass beim Ausbau der Bahnstrecken ohne Unterbrechung gearbeitet wird (wobei die Arbeitnehmer zwischen normaler Arbeitszeit oder einer anderen, diese mit viel besserer Bezahlung, frei wählen können), was die Arbeiten fast fünffach beschleunigt. Wie das neue Konzept aussieht sieht man z. B. an der Strecke Graz-Bregenz.

Sie wird zweispurig auf Hochgeschwindigkeit ausgebaut, was zum Teil radikal andere Trassenführungen und zahlreiche Tunnels etc. erfordert. Die Waggons werden so umgerüstet, dass man bequem zwischen den Sitzreihen auch mit einem iAuto oder B-Rad durch kann. Man kann auch im iAuto sitzen bleiben und in diesem oder in verschließbaren (!) Fächern Gepäck und Wertgegenstände verstauen, wenn man in den Speisewagen will oder in den Zugshop oder in den Wellnessbereich, der mit Friseur, Sauna etc. mitgeführt wird. Auch normale Autos lassen sich wie in früheren Reisezügen mitführen. Das wirklich Sensationelle ist aber die Idee der Umsteigwagen: Der Zug fährt mit 200 km/h Geschwindigkeit ohne Stopp von Graz nach Bregenz, aber die letzten Wagen sind spezielle Waggons, die bei allen wichtigen Stationen, ob nun Bruck, Leoben, St. Michael, Trieben, Liezen, Schladming, Bischofshofen usw. bei Bedarf abgekuppelt werden und über eine eigene Gleisanlage zum eigentlichen Bahnhof rollen. Umgekehrt fahren die Umsteigwagen, die Menschen Autos, iAutos etc. befördern, in den Stationen rechtzeitig los und beschleunigen, sodass sie sich an einen dahinflitzenden Fernzug anhängen können. Gleichgültig, wie viele Stopps, die Fahrzeit wird dadurch nicht verlängert, das fallweise Umsteigen auf andere Strecken geht vollautomatisch, je nach Konstellation mit keinem oder kleinem Zeitverlust, nur erfordert jeder Stopp oder Umsteigeort natürlich eine extra Gleisanlage. Die Logistik, wie Personen und Fahrzeuge vom Einstiegswagen in den eigentlichen Zug kommen und umgekehrt wurde von der Grazer Firma Knapp ausgearbeitet. Ohne dass es der Öffentlichkeit bekannt ist, haben große Firmen wie Siemens die Produktion der Waggons, der Gleisanlagen, der Logistik usw. begonnen und schaffen damit viele neue Arbeitsplätze.

Natürlich ist so nicht jeder Ort in Österreich leicht erreichbar: Aber da die lokalen Busse für M-Räder und iAutos vorbereitet sind und diese ohne weiteres 40 oder mehr Kilometer aus eigener Kraft schaffen ist eine völlige Flächendeckung gegeben, sobald kein Ort wie geplant weiter als 40 km von einer Eisenbahnstation entfernt sein wird.

Die Finanzierung kommt dabei über RLA bzw. FMFA durch den Verkauf der Lizenzen für M-Räder, iAutos (an denen AVL stark beteiligt ist) und den ersten Entsalzungsanlagen für eine große, künstliche Insel im Südatlantik und für Namibia.

Die Bemühungen von Alina haben hier schnelle Erfolge bewirkt, was vielen Österreichern noch gar nicht bewusst ist. Dass inzwischen auch große experimentelle Geovoltaik-Kraftwerke nach den österreichischen Patenten mit Tiefbohrungen Länder, die dies nicht verbieten, wie Namibia, Kanada und Peru plötzlich zu Stromexporteuren gemacht haben und auch dies zunehmend Lizenzen einspielt, ist Teil des Plans. Noch überwiegen die Einkünfte aus der i-Auto-Herstellung bzw. der Herstellungslizenzen. Ende November wir das 80millionste i-Auto ausgeliefert (da die typische Zwei-Kind-Familie ja 5 Exemplare erwirbt: eines für jede Person, eines für Gepäck). Das iAuto und damit zusammenhängende Produkte generieren damit über die Herstellung in Österreich Arbeitsplätze bzw. hohe Lizenzeinnahmen, wenn Werke die Herstellung in anderen Ländern über „Franchises" übernehmen.

Das ÖBB-Konzept hat noch andere wichtige Aspekte: Die Mitnahme von M-Rädern und iAutos ist gratis (!), was sich durch die beabsichtigte hohe Frequenz und Ausnützung der Züge rechnet, und die ÖBB haben auch Pläne für weitere Strecken in allen Bundesländern.

Als das Konzept mit ersten Baufortschritten nur zehn Tage nach der Landtagswahl vorgestellt wird, nimmt das Staunen kein Ende: Graz-Feldkirch-Bregenz-Lochau in drei Stunden, Graz-Innsbruck in etwas mehr als zwei Stunden, Klagenfurt-Wien (über Graz-Fürstenfeld-Eisenstadt ... der Semmering-Tunnel ist noch immer nicht fertig und wurde zu kleinkariert geplant) in knapp zwei Stunden.

Die größten Sensationen sind aber wohl einige fast fertige Kurzstrecken wie Traun-Hagenberg (30 Minuten), was den Verkehr in Linz schlagartig entlastet, Feldkirch-Lochau, wonach der Pfändertunnel als Nadelöhr nicht mehr existiert, oder die Ostumfahrung von Wien und Überquerung der Donau, eine Superschnellbahnstrecke, die die Diskussion um die Autobahnumfahrung beendet.

Insgesamt sind durch diesen ungewöhnlich starken Ausbau der Eisenbahn zwei Gruppen von Unternehmen geschockt: ASFINAG/Straßenbau, weil Autobahnen und

Schnellstraßen ihre Bedeutung verlieren werden, und Fluglinien, die keine Zukunft mehr für innerösterreichische Flüge sehen. Es ist bezeichnend für den CFO, dass er frühzeitig unter strengster Verschwiegenheit mit den Betroffenen verhandelt hat und ihnen alternative Einnahmequellen möglich gemacht hat. So kommt es, dass in Kanada, Russland (!) und Japan nicht nur iAutos und Wege dafür rasch ausgebaut werden, sondern dass die Lufthansa die ersten Flüge mit Abteilen ohne Sitze anbietet, wo man aber iAutos gratis mitnehmen kann. An vielen Orten wird aber vor allem die lokale Vermietung von iAutos forciert.

Das VLV-Konzept der reduzierten „Unterbrechungstechnologien" wird zögernder, aber doch zunehmend, auch in anderen Ländern angenommen. Die Idee des VLV, Lebensmittelmärkte mit mehr regionalen und saisonalen Angeboten zu bestücken wird in Österreich anders als erwartet realisiert. Es entstehen keine neuen Märkte, sondern zwei große Handelsketten schließen Abkommen, dass sie die Prinzipien der VLV-Märkte inklusive F-Euros annehmen.

Die VLPÖ setzt viele weitere Akzente und überrascht zu Weihnachten mit einer „Wunschliste an das Christkind", wo beschrieben wird, was man alles vorhat und was nur geht, wenn diverse Gesetze abgeändert werden.

Als erstmals die industrielle Photosynthese in großem Stil vorgestellt wird, bei der man ohne Verwendung von Pflanzen das „böse" Kohlendioxyd mit Wasser unter Energiezufuhr zu Traubenzucker und etwas Sauerstoff verarbeitet, überschlagen sich die Zeitungen mit Meldungen: „Nahrungsmittel für immer gesichert" oder „Kohlendioxyd in der Atmosphäre kann nun abgebaut werden". Die Zeitreisenden lächeln über diese Meldungen: Sie wissen, dass man CO_2 auch noch für andere nützliche Zwecke einsetzen kann. Die wieder aufflammende Diskussion, ob man nun den Klimawandel und den Anstieg der Ozeane in den Griff bekommen wird, kommentieren die Zeitreisenden sehr vorsichtig: Sie freuen sich über die Tatsache, dass vermutlich mehr Wasser in die Ozeane fließen wird, denn zu einem Anstieg des Wasserspiegels wird es dadurch nicht kommen. Man wird eher versuchen, riesige Mengen on Ozeanwasser mit neuen Methoden zu entsalzen und damit die Wüstengebiete Afrikas, Arabiens, Australiens, Indiens, Nordperus etc. zu bewässern ... Versuche dazu laufen nach Plänen von Alina ja in Namibia.

Österreich scheint in einer Art Fieber zu stecken: Vieles ändert sich, die Menschen strömen zum VLV, wenn nicht zur VLPÖ. Das Ausland berichtet mehr als je zuvor über Österreich. Den jungen Ferers werden unzählige Auszeichnungen angeboten, aus den Bundesländern und dem Ausland, sie lehnen jedoch alle konsequent ab:

„Wir haben nur einige Ideen gehabt und dann das Glück, die richtigen führenden Mitarbeiter zu finden. Die haben dann alles so weit getrieben, wie wir es heute sehen."

Trotz dieser Bescheidenheit werden Weihnachten und Neujahr 2025 Feste mit vielen Freuden und Freunden. Als im Januar immer mehr Politiker, aber auch Mitglieder der Exekutive, ihnen ihre absolute „Gefolgschaft" versprechen bekommen es Alina und Anton mit der Angst zu tun: Sie wollen keinen Personenkult, sie sehen sich nicht als charismatische Führer, das wollen sie gerne der VLPÖ und ihren inzwischen guten Freunden Ernst Lutner und Inge Schöpps überlassen.

Dass die gegenwärtige Regierung mit der Entwicklung wenig Freude hat, wird immer deutlicher. Man blockiert mit Gesetzen und Gesetzesinterpretationen, wo es geht. Die persönlichen Attacken, ja Untergriffe, auf Mitglieder des VLPÖ-Präsidiums, auf die Ferers und ihre führenden Mitarbeiter nehmen umso mehr zu, als das Ansehen der VLPÖ in Umfragen wächst und wächst.

Der Landeshauptmann der Steiermark hält das Vorgehen gegen eine erfolgreiche Bewegung nicht mehr aus: Er verlässt seine Partei und tritt der VLPÖ bei. Seine Kollegen in Salzburg und Oberösterreich folgen seinem Vorbild. Bezeichnend ist, dass die Bundesregierung, obwohl deren Budget durch die VLV bzw. FMFA saniert wurde und Österreich zum Musterland der EU avancierte, die Leistungen von Alina und Anton nie auch nur mit einem Wort würdigt.

Inzwischen arbeiten VLV und FMFA an wichtigen Ideen weiter. Unter anderem wollen sie die österreichischen Berge für Urlauber „wettersicherer" machen (!). Das wird so geschehen, dass bei Schlechtwetter mehr Alternativen als bisher zur Verfügung stehen. Thermalbäder gibt es ja schon genug, aber die Idee, längere Wanderwege in den Höhlensystemen der Kalkalpen einzurichten, ja sogar Gasthäuser und Hotels in den Höhlen unterzubringen fasziniert viele, wie der erste Versuch zeigt. Die bei Regen überdachbaren Sportanlagen (Tennis-, Golf-, Abenteuerspielplätze) und Bauernmärkte kommen gut an. Dass man in vielen Orten auch bei Regen auf den Gehsteigen trocken unterwegs sein kann, weil entsprechender Regenschutz ausgefahren wird, bewährt sich von Anfang an genau so gut wie die Idee, bei Regen handwerkliche Kurse, Gesangsveranstaltungen mit und ohne Beteiligung des Publikums zu organisieren, Kochkurse oder Kegeltourniere für alle anzubieten usw. All das sind nur kleine Teile des überraschend umfangreichen Ideenpakets, das Mitglieder des VLV in einem Wettbewerb erarbeitet haben.

Anton ist überzeugt, dass auch auf Europaebene einiges zu geschehen hat: Das fängt damit an, dass man – wenn man mit dem Auto in Europa unterwegs ist – bald fast nicht mehr durch die Windschutzscheibe blicken kann, weil sie mit Autobahnplaketten zugepflastert ist. Auch an einer einheitlichen Infrastruktur für M-Räder und iAutos ist noch viel zu arbeiten und es gilt lokale Bestimmungen und Gesetze zu ändern.

Neue Beschränkungen und Regelungen aus Brüssel, wie die seinerzeitige Gurkenkrümmungsaffaire oder die Licht-am-Tag-Pflicht usw. nehmen deutlich ab. Dafür verantwortlich ist unter anderem, dass in anderen Ländern VLPÖ-ähnliche Parteien gegründet werden. Die VLPD in Deutschland ist weniger überraschend, aber dass auch Länder wie England oder Frankreich mitmachen zeigt, dass man zwar an die EU glaubt, aber deren Mikromanagement, sprich Eingriffe in Entscheidungen, die man eher lokal treffen sollte, einbremsen will.

Besonders erfreulich ist die Nachricht, die Alina nach einem Kurzausflug aus Namibia mitbringt: Die Entsalzung funktioniert mit den leider noch sehr teuren Graphenfiltern energiesparend und einwandfrei und auf ihrem Grundstück werden nun schon 20 Quadratkilometer künstlich bewässert, wovon die Hälfte für Gemüse und Obstanbau reserviert ist, die andere als Weidefläche dient. Der einzige Wermutstropfen ist, dass der Wüstenboden zwar reich an Nährstoffen, aber arm an Humus ist („arm" ist schon fast eine Übertreibung) und dass daher nur ein gewisses Sortiment an Obstbäumen und Gemüsesorten angebaut werden kann, dieses allerdings auf Grund der starken Sonneneinstrahlung sogar zwei Ernten pro Jahr ermöglicht. Die Anreicherung mit mehr Humus wird Jahre dauern. Auf weiteren 30 Quadratkilometern gedeiht nun Sandgras, von künstlich mit Süßwasser bewässerten Buschgruppen aufgelockert. Dort weiden inzwischen fast 2.000 Damara-Dikdik. Ihr Fleisch beginnt sich einen Namen als Delikatesse zu machen.

Die meteorologischen Beobachter haben eine durch

die Wasserverdunstung ausgelöste leichte Wolkenbildung festgestellt: Das bewässerte Gebiet ist im Vergleich zur Gesamtfläche allerdings so klein, dass sich die Wolken wie sie abdriften bald spurlos auflösen. Ob man aber bei der Bewässerung von hunderttausenden Quadratkilometern etwa in der Sahara nicht auch neue Wetterphänomene auslösen würde, lässt sich an Hand gegenwärtiger Hochrechnungen noch nicht feststellen.

★ ★ ★

Die Freude über die vielen, oft erst kleinen Fortschritte, wird aber bald getrübt. Ab 15. April mietet sich der Detektiv Dirk Drehmann mit acht seiner besten Mitarbeiter in der Seevilla in Altaussee ein:

„Ich muss näher bei euch sein", argumentiert er Alina und Anton gegenüber. „Es sind mächtige Intrigen gegen euch geplant. Auch weiß ich immer mehr über die Bestechung von Regierungsmitgliedern durch einen Saatgutkonzern. Wir müssen uns überlegen, ob wir zuerst zuschlagen oder nur reagieren sollen."

„Bitte erkläre uns, was du meinst", sagen die Ferers.

„Leider habe ich nichts Endgültiges. Aber eines ist klar: Man will euch, aber auch mich, auch die Leiter der VLPÖ, ja sogar die drei Landeshauptleute, die nun zur VLPÖ gehören, unter irgendeinem Vorwand vor der Nationalratswahl am 10. Mai verhaften. Wenn die Anklagepunkte mächtig genug sind, wird die VLPÖ bei der Wahl verlieren. Vermutlich wird die Verhaftung so plötzlich sein, dass wir keine Zeit zur Reaktion vor der Wahl haben werden. Andererseits, es ist meiner Gruppe inzwischen gelungen, große Geldflüsse aus dem Ausland von einer Saatgutfirma an mehrere Regierungsmitglieder nachzuweisen. Und, haltet euch fest, auch Kanzler und Vizekanzler gehören dazu. Wenn es mir gelingt, völlig stichhaltige Beweise dafür zu finden (ich weiß auch noch immer nicht, warum diese Bestechungsgelder fließen), könnte man wohl dem Bundespräsidenten vorschlagen, die Regierung abzuberufen. Das darf er, wie mir ein verlässlicher Jurist versichert hat. Nur, dann ist eine kurz darauf angesetzte Wahl auch nicht gut: Man wird der VLPÖ wilde Manipulationen vorwerfen und die Vorsitzenden der anderen Parteien werden so verunsichert sein, dass eine wirklich demokratische Wahl kaum möglich ist und das wollt ihr ja wohl auch nicht. Dazu kommt: Wer hat zum Schluss Befehlsgewalt? Kann durch überkreuzende Befehle ein Bürgerkrieg zwischen Österreichern ausbrechen, etwa das Bundesheer gegen die Polizei oder weil Landesregierungen der Exekutive andere Kommandos geben als die Bundesregierung?"

Anton schweigt. „Ich höre das erste Mal, dass die Situation so kritisch werden kann. Ich nehme an, du hast dir überlegt, wie man vorgehen sollte."

„Na ja, mein Vorschlag wäre: Ich muss versuchen herauszubekommen, was man euch, uns, der VLPÖ vorwerfen will. Ich muss herausfinden, was an den Bestechungsvorwürfen stichhaltig ist. Mir geht nur die Zeit aus. Ich glaube, wir sollten die Landeshauptleute und den Bundespräsidenten mit einbinden, sobald ich noch mehr Material habe."

„Gut, dann tue dein Bestes. Dann treffen wir uns hier wieder und versuchen die Landeshauptleute und den Bundespräsidenten über Vidon zuzuschalten."

„Nein, das geht aus mehreren Gründen nicht. Erstens, Vidon wird sicher von Stellen, die der Regierung nahestehen abgehört. Zweitens, wer weiß, ob wir den Bundespräsidenten dann so schnell erreichen. Ich glaube, du musst versuchen, einen Termin knapp vor der Wahl am 10. Mai mit dem Bundespräsidenten, den Landeshauptleuten, den Vorsitzenden der VLPÖ, euch und mir in einem abhörsicheren

Raum in Wien zu organisieren. Dann werden wir dort handeln können: Es wird zu einen Schlagabtausch zwischen Regierung und uns kommen. Ich hoffe, dass dann der Bundespräsident die Regierung abberuft und die Wahl verschiebt. Ob er die Wahl verschieben darf ist unsicher: Der Wahltermin wird im Normalfall von der Regierung, die es dann ja nicht gibt, bestimmt. Aber durch die Verschiebung haben die Parteien Zeit, sich von ihren Betrügern zu trennen, wir können unsere Unschuld beweisen und es kann dann eine echte demokratische Wahl stattfinden, sodass eine solche Aktion kaum auf großen Widerstand stoßen wird, obwohl sie einem Putsch sehr nahekommt."

„Du hast uns überzeugt", sagt Alina für sich und Anton. „Wir werden versuchen, einen solchen Termin zu fixieren. Es wird dann an dir liegen, absolut wasserdichte Beweise für alle Punkte zu haben und dann können wir nur hoffen, dass der Bundespräsident eine sinnvolle Entscheidung trifft."

Dirk Drehmann stimmt seufzend zu. „Viel schlafen werden ich und meine Leute die nächsten Wochen nicht."

★ ★ ★

Am Donnerstag, 7. Mai 2026, drei Tage vor der geplanten Nationalratswahl ist ein Termin in Wien vereinbart. Am Morgen gibt Dirk Drehmann dafür grünes Licht:

„Ich habe alles, glaube ich. Es ist viel und überraschend."

Bei der Besprechung sind anwesend: der Bundespräsident, die drei Landeshauptleute, die Ferers, die beiden leitenden Vertreter der VLPÖ und Dirk Drehmann.

Dirk Drehmann beginnt auf Wunsch des Bundespräsidenten:

„Die Regierungsparteien sind durch die guten Prognosen für die VLPÖ naturgemäß sehr besorgt. Sie haben Material bzw. solches fabriziert, das es möglich macht, morgen überfallsartig alle leitenden Vertreter der VLPÖ zusammen mit den Ferers und meiner Gruppe zu verhaften und unter mehreren Punkten unter Anklage zu stellen. Dies wird natürlich in den Medien so hochgespielt werden, dass der Erfolg der VLPÖ verhindert wird. Ich erkläre gleich, um was für Materialien es sich handelt. Umgekehrt habe ich im Auftrag der Ferers recherchiert, wieso und wohin offenbar riesige Summen einer Saatgutfirma nach Österreich geflossen sind. Ich kenne nun, und kann alles belegen, die Summen und die Empfänger: Es sind darunter Kanzler und Vizekanzler, drei Minister und weitere Personen, vor allem viele Medien, die dann von den fünf Erstgenannten selbst bestochen wurden, um entsprechende Nachrichten zu verbreiten. Wenn wir es gestatten, dass die Personen um die VLPÖ verhaftet werden, dann können sich diese nicht rechtzeitig verantworten. Wenn morgen gegen die Regierungschefs und die drei Minister Anklage erhoben wird ist uns unklar, ob das wirklich die Situation für die Wahl am Sonntag ändert. Ich möchte Ihnen jetzt einmal die Details vorlegen und Ihnen dann einen Ausweg vorschlagen, der mir vernünftig erscheint: Sie rufen die Regierung, wenn die Beweislage erdrückend ist, ab und die Wahl wird verschoben. Wir können dann diverse Vorwürfe als fabriziert belegen und alle Parteien haben die Chance, sich neu zu positionieren: Die Obleute keiner der Regierungsparteien sind in den Bestechungsskandal involviert, d. h. sie können neue Leitpersonen und ein geändertes Parteiprogramm verabschieden, sodass wir etwas später sinnvolle und reguläre Wahlen haben können."

Der Bundespräsident antwortet: „Ich habe meine Hausaufgaben gemacht und mit Verwaltungsjuristen viele Varianten diskutiert. Ja, ich kann notfalls die Regierung abberufen. Die Verschiebung der Wahl ist eine heiklere Sache, aber wenn Sie alles wasserdicht belegen können, was Sie behauptet haben, ist Ihr Vorschlag eine mögliche Lösung einer sehr komplizierten Situation. Also bitte, legen Sie Details vor."

Drehmann beginnt: „Gegen die Ferers werden folgende Vorwürfe gemacht: Erstens, Import von genmanipulierten Samen aus Kanada – strafbar. Zweitens: Zersetzung der N-Euro-Währung und der Mehrwertsteuer durch die F-Gutscheine, die inzwischen in tausenden Betrieben gern als Zahlungsmittel angenommen werden. Drittens und am schwerwiegendsten: aktive Bestechung von Landeshauptleuten."

Anton will unterbrechen, aber Drehmann hebt die Hand: „Die Situation ist komplizierter, als sie aussieht, Anton. Lass mich alles erklären."

„Was den genmanipulierten Samen anbelangt, hier sind die Unterlagen, Herr Bundespräsident. Die Ferers haben 2 Pakete mit Samen von neuen Pflanzen aus Kanada mitgebracht. Da ist weder von Genmanipulation die Rede, noch wurden die Samen bisher eingesetzt. Was die F-Gutscheine anbelangt, bitte lesen Sie die gelbmarkierten Statuten des VLV und der VLPÖ: Da wird klar gesagt, dass die Gutscheine eine vorübergehende Aktion zur Förderung lokaler Aktivitäten und Produkten waren und ihre Ausgabe mit 15. April eingestellt wurde. Alle F-Gutscheine, die in Banken oder Geschäftslokalen in Zukunft auftauchen sind durch N-Euros zu ersetzen."

Der BP schmunzelt, nachdem er die Passagen gelesen hat: „Geschickt gemacht."

„Was die aktive Bestechung der Landeshauptleute anbelangt, so sind gestern tatsächlich an jeden von einem Konto Anton Ferers 500.000 N-Euro überwiesen worden."

Anton und die Landeshauptleute wollen protestieren, aber Drehmann hebt wieder die Hand: „Die Beträge wurden gestern Abend angewiesen, d. h. die Landeshauptleute hatten noch gar keine Chance, ihren neuen Reichtum zu sehen. Das Geld stammt tatsächlich von einem Konto Anton Ferers."

Drehmann legt wieder alle Belege vor.

„Nur, dieses Konto ist ein Konto auf das ich, und nur ich, Zugriff habe, um Recherchen durchzuführen. In meinem Büro gab es eine undichte, sprich bestochene Stelle, die meine Kontokennungen kannte und die die Summen in Anton Ferers Namen überwies. Die Person hat gestanden, hier ist die notarielle Bestätigung. Zusammenfassend: Von den durchaus schweren Vorwürfen gegen die Ferers stimmt nichts."

„Die Vorwürfe an die Landeshauptleute beziehen sich auf die passive Bestechung, die ich ja gerade ausgeräumt habe. Alle drei sollten aber sofort ihre Banken verständigen, die Summen nicht auf ihre Konten zu buchen, sondern zurück zu überweisen. Dann ist das auch erledigt."

Die Vidons der Landeshauptleute summen:

„Die Transaktionen konnten noch gestoppt werden", berichten alle drei.

„Die Leiter der VLPÖ werden der Komplizenschaft mit den Ferers und der geplanten permanenten Umgehung der Mehrwertsteuer durch die F-Euros beschuldigt. Was das genau mit der Komplizenschaft sein soll, ist unklar (auch in den Unterlagen sehr vage), das mit der Mehrwertsteuer habe ich ja inzwischen entkräftet."

„Soweit also die VLPÖ-Seite. Sie haben aber sehr schwerwiegende Vorwürfe gegen Kanzler, Vizekanzler und drei Minister vorgebracht. Wie können Sie das untermauern?"

Drehmann zeigt mit umfangreichen und von Rechtsanwälten geprüften Belegen, dass die fünf Beschuldigten über Jahre hinweg große Summen von einer Saatgut-Firma bekommen haben.

„Was uns so lang verwirrt hat ist, dass Saatgutfirmen gegen ihre eigenen genmanipulierten Samen so intensiv Werbung haben wollten. Sehen Sie in den folgenden Vidonclips, warum das getan wurde."

Nach der Vorführung nickt der Bundespräsident: „Ja, jetzt ist das alles klar. Der Markt für das Saatgut ist in Österreich oder der Schweiz verglichen mit der Welt vernachlässigbar klein. Was man aber unbedingt verhindern wollte, ist die Forschung über Genmanipulation bei Pflanzen, denn dann hätten sich Samen entwickeln lassen, die genauso gut, wie die von den Firmen sind, nur nicht steril. Und die Verbreitung dieser Samen hätte der Firma sehr geschadet, weil sie dann nicht mehr jedes Jahr neue Samen hätten verkaufen können."

Anton nickt: „Ja, so ist es. Gegen manche Arten von Insekten ist der Genmais für Österreich schlichtweg notwendig, weil die Alternative nur der Einsatz riesiger Pestizidmengen ist, der z. B. unser Wasser und unsere Fischbestände gefährdet. Insofern wäre der Anbau sinnvoll und nicht, wie es geschehen ist, ihn zu stoppen und nun den Mais zu importieren. Nur sind die Österreicher und andere Länder so an der Nase herumgeführt worden, dass sie auch die Forschung auf diesem Gebiet verboten haben, statt sie zu fördern. Und so konnten die Saatguthersteller weiterhin weltweit steriles Saatgut verkaufen. Diesen Zustand zu erhalten war ihnen viel Geld wert ... Aber, was werden Sie jetzt tun, Herr Bundespräsident?"

„Ich gehe so vor: Als Chef des Bundesheers verbiete ich jeden Heereseinsatz für eine Woche. Ich werde ferner noch heute alle zuständigen Polizeieinrichtungen unter strenger Geheimhaltung informieren wie folgt: Erhalten sie die Anordnung zur Verhaftung eines der Ferers, der Leiter der VLPÖ und der Landeshauptleute, soll man hinhaltend reagieren und mich sofort benachrichtigen. In diesem Fall werde ich die Bundregierung auf Grund der vorliegenden massiven Korruptionsbeweise abberufen, die angeordneten Verhaftungen als Putschversuch erklären, eine Kommission von Rechtsexperten zur Klärung aller Sachverhalte einberufen, die Regierungsgeschäfte kurzfristig selbst übernehmen und die Wahl um sechs Wochen verschieben. Diese Maßnahmen sind rechtlich nicht gedeckt, doch zur Bewältigung eines „unblutigen Putsches" übernehme ich dafür die Verantwortung.

Sehr viel lieber wäre es mir freilich, wenn die Regierung die wirklich unhaltbaren Anklagen nicht durchziehen würde. Denn dann bleiben die Wahlen am Sonntag, da werden die Karten ohnehin neu gemischt und ich muss nicht Aktionen setzen, zu denen ich letztendlich nicht autorisiert bin.

Ich hoffe, dass die erste Variante nicht zum Tragen kommt, aber wenn ja, dann glaube ich, dass auch in diesem Fall die Gefahr von Chaos oder gar eines Bürgerkriegs gebannt ist. Einverstanden?"

Alle gratulieren dem Bundespräsident zu seinen Vorschlägen.

★ ★ ★

Am Freitag, also zwei Tage vor der Wahl, erhalten die verschiedenen Polizeidirektionen den Auftrag, eine Anzahl von bekannten Personen zu verhaften. Die Liste deckt sich genau mit der Liste, die der Bundespräsident versandte! Die Polizei bestätigt den Auftrag, die Verhaftungen durchzuführen, führt sie aber nicht sofort aus, sondern verständigt den Bundespräsidenten. Dieser hat alles Notwendige vorbereitet: Er beruft die Regierung ab und berichtet über die Medien ruhig und ausführlich, dass so schwerwiegende Vorwürfe gegen die Regierung vorliegen, dass diese Maßnahme notwendig war, er interimistisch die Regierungsgeschäfte übernehmen und die Wahl um sechs Wochen verschoben wird. Nach der Wahl wird eine rasche Regierungsbildung angestrebt.

★ ★ ★

Die rasche Regierungsbildung nach der verschobenen Wahl ist einfach: Die VLPÖ hat einen haushohen Sieg mit 54 % der Stimmen bei hoher Wahlbeteiligung eingefahren. Der neue Kanzler heißt Ernst Lutner, die Vizekanzlerin Inge Schöpps und die Ferers haben sich als unbezahlte Berater der neuen Regierung zur Verfügung gestellt.

„Nun beginnt die Arbeit wirklich, Herr Bundeskanzler", sagen die Ferers zu Lutner und seinem Team, „packen wir es an."

Ernst Lutner blickt Anton fragend an: „Du scheinst nicht wirklich froh zu sein?"

Anton antwortet nachdenklich: „Ich freue mich über den Erfolg der VLPÖ, deinen Erfolg, Ernst, und die lange Liste von Dingen, die ihr verbessern wollt und sicher zu einem guten Teil verbessern werdet. Leider fehlt auf der Liste ein wichtiger Punkt, der mir erst in den letzten Monaten bewusst wurde, der aber so heikel ist, dass wir ihn verfolgen müssen. Es geht um die Kontrolle der negativen Auswirkungen von Internet und Computern."

„Du meinst die potentielle Verdummung durch diese neuen Technologien, die du mir mehrmals erklärt hast?"

„Nein, es geht um mehr. Erstens, die Gefahren durch Überwachung und damit der Verlust der Privatsphäre sind noch viel größer als immer gesagt wird. Hier nur ein Beispiel: Würde die Polizei mit Telekoms zusammen arbeiten und gibt es irgendwo eine Geschwindigkeitsbeschränkung, so kann über die Daten des Smartphones eines Autolenkers die genaue Zeit berechnet werden, die er für die Strecke benötigte, d. h. man hätte de facto Geschwindigkeitskontrollen überall, d. h. die vielen Sektionskontrollabschnitte sind eigentlich überflüssig, man hätte überall Sektionskontrolle und könnte ungeahnte Mengen von Strafmandaten verschicken. Ähnliches gilt für die Sicherheit bei der Abwicklung von Transaktionen über das Internet usw.

Zweitens, das Internet bietet Zugang zu unglaublich verrohenden Spielen und Sexseiten. Die Behörden gehen seit Jahren damit so um, dass Geräte, die auf solche WWW-Seiten zugreifen ganz oder vorübergehend gesperrt werden. So kann es sein, dass das Smartphone einer Frau gesperrt wird, weil der Sohn es für „verbotenes Material" verwendet hat. Das ist der falsche Weg. Man muss wie bei allen anderen Medien eine gewisse bescheidene Zensur zulassen, damit die Anbieter getroffen werden, aber nicht die Benutzer.

Am schlimmsten ist aber, was ich erst vor vier Tagen von einem Informatikinstitut der TU Graz erfahren habe: Sie haben entdeckt, dass seit Jahren Chips in viele Geräte eingebaut werden, die durch ein Signal oder ein Datum aktiviert werden können."

Lutner unterbricht: „Was bedeutet das?"

„Das bedeutet, dass ein Auto vielleicht plötzlich den Befehl erhält Menschen und Hindernissen nicht auszuweichen, sondern genau in diese hinein zu lenken. Dass ein Pilot nicht mehr das Flugzeug unter Kontrolle hat, sondern dieses den Befehl bekommt, senkrecht abzustürzen. Dass ein Krankenroboter die Patienten auf einmal umbringt usw. Weil man noch dazu die Aktionen durch GPS örtlich eingrenzen kann, stellen solche Chips die vielleicht größte Kriegsbedrohung dar, die es je gab."

Lutner ist entsetzt. „Heißt das, dass wir auf alle Computer und Netze in Zukunft verzichten müssen?"

„Nein. Aber es heißt, dass wir die Erforschung der Gefahren der Informationstechnologien sehr verstärken müssen. Bedenke nur: Wir haben zurzeit ca. 200 Informatikinstitute an den österreichischen Universitäten und Fachhochschulen. Aber nur ungefähr ein Dutzend beschäftigt sich mit Gefahrenabschätzung und Gefahrenverhinderung. Die anderen forschen munter an neuen tollen Anwendungen. Das muss radikal geändert werden. Es gibt auch gute Vorbilder. Autohersteller haben zu gewissen Zeiten mehr in die Sicherheit von Neuentwicklungen investiert als in alles andere. Das muss nun eben auch in der Computerbranche so werden. Dass die Grazer als erste weltweit die Gefahr dieses weit verbreiteten Chips erkannt haben, ist ja eigentlich ein gutes Zeichen: Jetzt wird man ihn auch bekämpfen können."

Lutner nickt. „Ich sehe, was du meinst: Die Verteilung der Mittel für Forschung muss in Österreich, ja in allen Ländern überdacht werden und wir müssen entsprechende Empfehlungen in unser Parteiprogramm einbauen. Aber kannst du mir", er lächelt dabei gequält, „einen großen Gefallen tun?"

„Gern."

„Dann bitte komm nicht schon nächste Woche wieder mit revolutionären Ideen. Du hast in den paar Jahren seit du aus Namibia kamst wirklich für genug neue Ideen und Probleme gesorgt."

★ ★ ★

Zwei Tage nach der Regierungsbildung 2026 sitzen Alina und Anton am Nachmittag in ihrem gemütlichen Wohnzimmer in Bad Mitterndorf. Sie wollen auf Bitte von Lutner in Ruhe ausarbeiten, welche Vorhaben vorrangig zu fördern sind.

Sie beschließen, dass sich Alina zunächst die Unterlagen über die Wirksamkeit der Entsalzungsanlagen in Namibia und auf der „künstlichen Insel" genauer ansieht, während Anton untersucht, wie weit sich die ersten Tiefbohrungen mit Thermovoltaik bewähren.

Sowohl bei der Untersuchung der Entsalzungstechnologien mit Graphen als auch beim Studium der Versuche mit Thermovoltaik auf Tiefbohrbasis ergibt sich fast dasselbe Bild: technisch einwandfrei, aber von den Kosten noch nicht wirklich großflächig einsetzbar.

Sie erkennen: Anton ist in den Jahren seit seinem Aufwachen im Eiltempo vorgegangen und hat Alina mitgerissen. Sie haben beide viel gelernt, haben vieles durch Antons und Susannes Schicksal besser erkannt als die (aktuellen) Zeitgenossen. So haben sie wichtige und vielversprechende Entwicklungen angestoßen und vorangetrieben. Sie haben einiges erreicht, aber vieles ist noch nicht abgeschlossen.

Anton meint: „Ich glaube, wir können mit den Ergebnissen der Großexperimente bei der Entsalzung und der Thermovoltaik zufrieden sein, auch wenn es scheint, dass noch ein langer Weg bevorsteht, bis wir diese Techniken kostengünstig und überall einsetzen können."
Alina lächelt: „Ich glaube, mir war das mehr bewusst als dir. Erinnerst du dich, wie du gleich die halbe Sahara bewässern wolltest und ich dich zurückhalten musste? Auch bei den Tiefbohrungen warst du viel optimistische als ich, und ich denke, das ist auch natürlich: Für dich war der Sprung um 80 Jahre so dramatisch, aber emotional hast du ja nur ein paar Jahre erlebt und hast geglaubt, dass in den paar Jahren wieder so viel weiter gehen kann wie in den 80, die du geschlafen hast. Realistisch vergehen aber vom Großexperiment zum Großeinsatz je nach Technologie 15-30 Jahre."
„Und wie siehst du das bei den Verkehrsvorhaben?"
„Da hast du einen Volltreffer gelandet. Die Zeit war reif für kleine, elektrische Fahrzeuge, die Straßen waren mit Fahrzeugen verstopft und die Luft verpestet. Da hast du Wunder bewirkt, da hast du genau in die Richtung gezielt,

in die alle wollten, da war kein Druck notwendig, sondern nur gute Lösungen. Nicht so verschieden war das auch bei der Rückkehr zu einer ‚Reparaturgesellschaft'. Aber bei deinen idealistischen Vorhaben von mehr Regionalisierung, Saisonalisierung und vor allem dem Zurückdrängen der, wie du das nennst ‚Unterbrechungstechnologien' und der ‚Verdummung', durch Computer und Netze ist es gerade umgekehrt: daran haben sich die Menschen in den letzten 15 Jahren gewöhnt, ja finden das meiste toll und faszinierend, verstehen die Gefahren emotional noch nicht und darum ist da der Fortschritt auch langsam."

„Aber du glaubt doch auch, dass das Ziel richtig ist?"

„Ja", antwortet Alina, „aber es wird viel Zeit und Ideen benötigen um etwas zu erreichen. Ich habe da mit einer Gruppe, zu der Susanne gehört, schon einiges ausgeheckt, das aber erst in vielen Jahren wirkliche Auswirkungen zeigen wird. Insgesamt kannst du sicher stolz sein auf das bisher Erreichte. Du hast mit deinem Team, und da nehme ich auch einige Erfolge in Anspruch, gezeigt, dass man mit Können, Ausdauer und Mut auch sehr Schwieriges angehen und Widerstände überwinden kann."

„Was hältst du von der Chance, dass einige unserer Ideen über EU und UNO unterstützt werden?", fragt Anton, „Haben wir da eine Chance?".

Susanne, die gerade in den Raum kommt und den letzten Satz noch gehört hat, umarmt beide und sagt dann lachend:

„Helmut hat gute Verbindungen zu Brüssel und der UNO. Anton, deine plakativen Ideen werden zwischen größenwahnsinnig und großartig eingeschätzt. Du erinnerst dich an deine visionären Aussagen wie: GREEN THE SAHARA . also Süßwasser im Überfluss, oder – mit dem Namen hast du dich selbst übertroffen – LUX FIAT 2.0, d. h. elektrische Energie ohne Engpässe und YOU CAN SEE FOREVER womit du sagen willst, dass die Luft ganz rein wird, da man keine Kohle, kein Öl und kein Erdgas mehr benötigt und Graphenfilter für saubere Abluft von Industrieanlagen sorgen. Deine Theorie CO_2 IS GOOD FOR YOU, d. h. dass man CO_2 als wertvollen Roh- statt Schadstoff betrachten muss, stößt noch auf Unglauben: Da sind erfolgreiche Großexperimente notwendig. Bei deinen Bestrebungen gegen zu starke Globalisierung hast du manche Sympathien, aber so mächtige Gegner, sodass dies ein Kampf wird, wo große Konzerne mit allen Mitteln gegen dich vorgehen werden. Da kannst du keine Unterstützung von der EU und der UNO erwarten. Bei den ersten drei Punkten aber sehr wohl und auch bei CO_2, wenn dir ein Vorzeigexperiment gelingt. Aber trotz der Mittel, die du hast und die du über Förderungen und Investitionen bekommen wirst, hat dir sicher Alina schon klar gemacht, dass es ein langer und fallweise steiniger Weg sein wird."

Alina nickt.

Anton ist gleichzeitig beruhigt und beunruhigt. „Wie ist es mit den Überlegungen, die ich für die Gesellschaft am wichtigsten halte, du kennst meine Sprüche dazu: CARPE DIEM, damit meine ich, dass wir eine weltweite Regelung brauchen, um die Unterbrechungstechnologien einzubremsen oder ENHANCING CREATIVITY d.h. dass wir verhindern müssen, dass Unterbrechungstechnologien und die dauernde Verwendung von Informationen aus dem Netz die Menschen träge macht und verdummt und mein Spruch WE ARE NOT A LONELY PLANET, mit dem ich aufmerksam machen will dass elektronische Kontakte persönliche Kontakte nicht ganz ins Abseits drängen dürfen?

Susanne und Alina sehen sich an, dann sagt Alina:

„Wir und viele andere sind deiner Meinung. Aber wir sind auch überzeugt, wie ich schon angedeutet habe, dass wir damit so gegen den Zeitgeist zu kämpfen haben, dass wir mit viel Psychologie und Gefühl vorgehen müssen. Wir, dazugehört auch Susannes Mann, und viele deiner Freunde, haben darüber intensiv nachgedacht, während du an anderen Stellen aktiv sein musstest. Wir haben ein Konzept, das langfristig Erfolg verspricht. Wir wollen, bitte ärgere dich nicht darüber, aber erst Genaueres erzählen, wenn wir noch ein Stück weiter sind."

Susanne registriert Antons Enttäuschung:

„Lass mich nur eine kryptische Bemerkung machen. Wir setzen bei den drei angesprochenen Punkten Methoden ein, die auf Urtrieben des Menschen aufbauen, vor allem auf dem Spiel- und Wetttrieb", sie lacht, „und der Rest soll im Augenblick auch vor dir ein Geheimnis bleiben."

★

Nachwort

Zwei Tage nach der Regierungsbildung 2026 sitzen Alina und Anton am Nachmittag in ihrem gemütlichen Wohnzimmer in Bad Mitterndorf. Sie wollen auf Bitte von Lutner in Ruhe ausarbeiten, welche Vorhaben vorrangig zu fördern sind.

Sie beschließen, dass sich Alina zunächst die Unterlagen über die Wirksamkeit der Entsalzungsanlagen in Namibia und auf der „künstlichen Insel" genauer ansieht, während Anton untersucht, wie weit sich die ersten Tiefbohrungen mit Thermovoltaik bewähren.

Sowohl bei der Untersuchung der Entsalzungstechnologien mit Graphen als auch beim Studium der Versuche mit Thermovoltaik auf Tiefbohrbasis ergibt sich fast dasselbe Bild: technisch einwandfrei, aber von den Kosten noch nicht wirklich großflächig einsetzbar.

Sie erkennen: Anton ist in den Jahren seit seinem Aufwachen im Eiltempo vorgegangen und hat Alina mitgerissen. Sie haben beide viel gelernt, haben vieles durch Antons und Susannes Schicksal besser erkannt als die (aktuellen) Zeitgenossen. So haben sie wichtige und vielversprechende Entwicklungen angestoßen und vorangetrieben. Sie haben einiges erreicht, aber vieles ist noch nicht abgeschlossen.

Anton meint: „Ich glaube, wir können mit den Ergebnissen der Großexperimente bei der Entsalzung und der Thermovoltaik zufrieden sein, auch wenn es scheint, dass noch ein langer Weg bevorsteht, bis wir diese Techniken kostengünstig und überall einsetzen können."

Alina lächelt: „Ich glaube, mir war das mehr bewusst als dir. Erinnerst du dich, wie du gleich die halbe Sahara bewässern wolltest und ich dich zurückhalten musste? Auch bei den Tiefbohrungen warst du viel optimistischer als ich, und ich denke, das ist auch natürlich: Für dich war der Sprung um 80 Jahre so dramatisch, aber emotional hast du ja nur ein paar Jahre erlebt und hast geglaubt, dass in den paar Jahren wieder so viel weiter gehen kann wie in den 80, die du geschlafen hast. Realistisch vergehen aber vom Großexperiment zum Großeinsatz je nach Technologie 15-30 Jahre."

„Und wie siehst du das bei den Verkehrsvorhaben?"

„Da hast du einen Volltreffer gelandet. Die Zeit war reif für kleine, elektrische Fahrzeuge, die Straßen waren mit Fahrzeugen verstopft und die Luft verpestet. Da hast du Wunder bewirkt, da hast du genau in die Richtung gezielt, in die alle wollten, da war kein Druck notwendig, sondern nur gute Lösungen. Nicht so verschieden war das auch bei der Rückkehr zu einer ‚Reparaturgesellschaft'. Aber bei deinen idealistischen Vorhaben von mehr Regionalisierung, Saisonalisierung und vor allem dem Zurückdrängen der, wie du das nennst, ‚Unterbrechungstechnologien' und der ‚Verdummung' durch Computer und Netze ist es gerade umgekehrt: daran haben sich die Menschen in den letzten 15 Jahren gewöhnt, ja finden das meiste toll und faszinierend, verstehen die Gefahren emotional noch nicht und darum ist da der Fortschritt auch langsam."

„Aber du glaubt doch auch, dass das Ziel richtig ist?"

„Ja", antwortet Alina, „aber es wird viel Zeit und Ideen benötigen, um etwas zu erreichen. Ich habe da mit einer Gruppe, zu der Susanne gehört, schon einiges ausgeheckt, das aber erst in vielen Jahren wirkliche Auswirkungen zeigen wird. Insgesamt kannst du sicher stolz sein auf das bisher Erreichte. Du hast mit deinem Team, und da nehme ich auch einige Erfolge in Anspruch, gezeigt, dass man mit Können, Ausdauer und Mut auch sehr Schwieriges angehen und Widerstände überwinden kann."

„Was hältst du von der Chance, dass einige unserer Ideen über EU und UNO unterstützt werden?", fragt Anton, „Haben wir da eine Chance?"

Susanne, die gerade in den Raum kommt und den letzten Satz noch gehört hat, umarmt beide und sagt dann lachend: „Helmut hat gute Verbindungen zu Brüssel und der UNO. Anton, deine plakativen Ideen werden zwischen größenwahnsinnig und großartig eingeschätzt. Du erinnerst dich an deine visionären Aussagen wie: GREEN THE SAHARA, also Süßwasser im Überfluss, oder – mit dem Namen hast du dich selbst übertroffen – LUX FIAT 2.0, d. h. elektrische Energie ohne Engpässe und YOU CAN SEE FOREVER, womit du sagen willst, dass die Luft ganz rein wird, da man keine Kohle, kein Öl und kein Erdgas mehr benötigt und Graphenfilter für saubere Abluft von Industrieanlagen sorgen. Deine Theorie CO_2 IS GOOD FOR YOU, d. h. dass man CO_2 als wertvollen Roh- statt Schadstoff betrachten muss, stößt noch auf Unglauben: Da sind erfolgreiche Großexperimente notwendig. Bei deinen Bestrebungen gegen zu starke Globalisierung hast du manche Sympathien, aber so mächtige Gegner, sodass dies ein Kampf wird, wo große Konzerne mit allen Mitteln gegen dich vorgehen werden. Da kannst du keine Unterstützung von der EU und der UNO erwarten. Bei den ersten drei Punkten aber sehr wohl und auch bei CO_2, wenn dir ein Vorzeigexperiment gelingt. Aber trotz der Mittel, die du hast und die du über Förderungen und Investitionen bekommen wirst, hat dir sicher Alina schon klar gemacht, dass es ein langer und fallweise steiniger Weg sein wird."

Alina nickt.

Anton ist gleichzeitig beruhigt und beunruhigt. „Wie ist es mit den Überlegungen, die ich für die Gesellschaft am wichtigsten halte, du kennst meine Sprüche dazu: CARPE DIEM, damit meine ich, dass wir eine weltweite Regelung brauchen, um die Unterbrechungstechnologien einzubremsen oder ENHANCING CREATIVITY, d. h. dass wir verhindern müssen, dass Unterbrechungstechnologien und die dauernde Verwendung von Informationen aus dem Netz die Menschen träge macht und verdummt und mein Spruch WE ARE NOT A LONELY PLANET, mit dem ich aufmerksam machen will, dass elektronische Kontakte persönliche Kontakte nicht ganz ins Abseits drängen dürfen?

Susanne und Alina sehen sich an, dann sagt Alina: „Wir und viele andere sind deiner Meinung. Aber wir sind auch überzeugt, wie ich schon angedeutet habe, dass wir damit so gegen den Zeitgeist zu kämpfen haben, dass wir mit viel Psychologie und Gefühl vorgehen müssen. Wir, dazu gehört auch Susannes Mann, und viele deiner Freunde, haben darüber intensiv nachgedacht, während du an anderen Stellen aktiv sein musstest. Wir haben ein Konzept, das langfristig Erfolg verspricht. Wir wollen, bitte ärgere dich nicht darüber, aber erst Genaueres erzählen, wenn wir noch ein Stück weiter sind."

Susanne registriert Antons Enttäuschung: „Lass mich nur eine kryptische Bemerkung machen: Wir setzen bei den drei angesprochenen Punkten Methoden ein, die auf Urtrieben des Menschen aufbauen, vor allem auf dem Spiel-

und Wetttrieb", sie lacht, „und der Rest soll im Augenblick auch vor dir ein Geheimnis bleiben."

2053: 27 Jahre später
Das Team um Anton, Alina und Susanne hatte in diesen Jahren Kräfte raubende Kämpfe, aber auch immer wieder Erfolge, hinter sich.

Das Bewässerungsprojekt in Namibia mit entsalztem Meerwasser, gewonnen indem man dieses durch dünne Graphenfilter presste war tatsächlich ein großer technologischer und ökologischer Erfolg, aber kein ökonomischer. Die verwendeten Graphenfilter waren als Prototypen naturgemäß sehr teuer gewesen. Der Kostenrückgang war aber auch bei Massenproduktion langsamer als erwartet, auch weil keine Massen verkauft wurden (ein unangenehmer Teufelskreis), sodass große Entsalzungsanlagen auf Graphenbasis lange Zeit nur in Einzelfällen wirtschaftlich waren. Erst um 2045 gelang es, die Kosten so weit zu drücken, dass der Bedarf an Graphenfiltern dramatisch zunahm, was zu weiteren Kostensenkungen führte: Allmählich war der Weg frei für gigantische Entsalzungsanlagen in aller Welt, gerade noch rechtzeitig, um einen Teil der Erhöhung des Meerwasserspiegels zu kompensieren.

Noch zögerlicher verlief der Prozess der Stromerzeugung durch Thermovoltaik mit Hilfe der Wärme, die aus Tiefbohrungen gewonnen wurde. Es erwies sich, dass überall, wo man in mäßiger Tiefe auf Wasser stieß (unter Druck oft mehrere hundert Grad heiß) das Verfahren sehr gute und auch kostengünstige Resultate lieferte, wobei es gleichgültig war, ob das unterirdische Wasser in größeren Ansammlungen („Wasserseen") oder zwischen Steinen, in Ritzen zwischen diesen oder in deren Poren, vorkam. In beiden Fällen strömte genügend Wärme nach, um ein hohes Wärmeniveau zu garantieren. Stieß man bei den Bohrungen aber auf porösen und „trockenen" Stein, dann war der Wärmeaustausch in der Tiefe nicht ausreichend: Die an der Erdoberfläche verfügbare Wärmemenge begann schon nach Monaten zurückzugehen und tendierte zu einem so niedrigen Niveau, dass sich die hohen Kosten für Tiefbohrungen nicht lohnten. Damit konnten also an geeigneten Stellen große Mengen von Elektrizität kostengünstig und umweltfreundlich erzeugt werden, aber eben nur in durch die Geologie eingeschränkten Gegenden.

So kam es, dass die Wasserstofffusionskraftwerke für den Strombedarf um 2050 wieder mehr Aufmerksamkeit auf sich zogen als die Thermovoltaik. Obwohl man mit Heliumfusionsreaktoren die unangenehme Flut von Neutronen, die bei Wasserstofffusion entstand hätte vermeiden können, war Helium-3 auf der Erde zu rar, um das Verfahren industriell einzusetzen. Der Abbau von Helium-3 auf dem Mond war zwar möglich (und daher wurden dort in den beginnenden Mondkolonien auch Helium-3-Fusionsreaktoren eingesetzt), auf der Erde nahm man aber aus Kostengründen zunächst die „schmutzigere" Wasserstofffusion in Kauf. 2053 gelang der Durchbruch: Das bei der Wasserstofffusion entstehende Helium konnte in geeignete Isotopen für die Heliumfusion umgesetzt werden. Damit konnte man „hinter" jeden Wasserstofffusionsreaktor einen „sauberen" Heliumfusionsreaktor hängen und so die Energieausbeute mehr oder minder verdoppeln.

Es ist ein Witz der Geschichte, dass im selben Jahr der Durchbruch bei der Thermovoltaik gelang: Man zirkulierte in den Bohrlöchern nicht mehr eine Flüssigkeit, sondern eine leichtflüssige Masse, die aus Billionen von Nanobots bestand. Diese waren so programmiert, dass sie in Gesteinsritzen und Poren eindrangen mit dem Ziel, mindestens 300 Grad heiß zu werden. Dann sandte sie die Programmierung über die Bohrlöcher an die Erdoberfläche. Ihre Wärme wurde dort in elektrischen Strom umgesetzt, dann wurden sie wieder nach unten geschickt. Es zeigte sich, dass bei Verwendung von Nanobots der Wärmeaustausch in der Tiefe unabhängig von der Beschaffenheit der Umgebung funktionierte, ja man nicht mehr so tief wie früher bohren musste. Der Verkehr hatte sich vollständig verändert. Privatpersonen reisten fast ausschließlich mit einer Kombination von öffentlichen Verkehrsmitteln und kleinen oft koppelbaren Elektrofahrzeugen. Das Spektrum von Geräten hatte sich sehr stark entwickelt: Die iAutos gab es noch in vielen Varianten, die M-Räder waren aber nicht mehr der große Hit. Dreirädrige Versionen oder Versionen wie die seinerzeitigen Elektro-Roller, die man aber ohne Körperverdrehungen steuern konnte, und die es für mehr als eine Person, stehend oder sitzend, gab waren besonders populär.

Der Reiseverkehr hatte sich verringert. Die Möglichkeit, eine beliebige Gegend in beliebigem Maßstab in 3D irgendwohin zu projizieren und selbst in einem Avatar um einen Faktor von tausend verkleinert dort aufzutreten, aber mit dem Gefühl, in diesem winzigen Ding zu stecken, bedeutete, dass man den Großglockner (dann knapp vier Meter hoch) auch gemeinsam mit Freunden besteigen konnte, mit diversen taktilen, olfaktorischen, temperaturmäßigen u. a. Empfindungen versorgt. Egal wie mutig man war, es gab dennoch nie eine Lebensgefahr. Eine 3D-Nachbildung des „Great Canyon" über eine Länge von 300 km wurde eine große Attraktion. Interessant war es zu beobachten, dass wirkliche Fans jährlich weiter in den echten Canyon flogen. Der Schwerverkehr spielte sich auf den Autobahnen mit riesigen LKWs ab: Da hatte man von den „Roadtrains" Australiens gelernt, die in keine Stadt hineinfahren durften, sondern auf eigenen Parkplätzen am Stadtrand halten und ihre Inhalte in kleine stadttaugliche Fahrzeuge umgeladen bzw. in das Rohrsystem eingeschleust wurden. Denn die Rohrpost war in neuer Form wiederauferstanden. Z. B. waren viele Haushalte über Rohre mit Einkaufszentren verbunden und über das Netz bestellte Waren (ob nun eine Dose Kaffee oder ein paar schwarze Socken) wurden in kleinen Verpackungen von automatisch gesteuerten Robotern über die Rohre zugestellt. Kritiker, die am Anfang Argumente brachten wie „so kann man einen Hamburger transportieren, aber keine Pizza, geschweige denn einen Sessel" wurden bald eines besseren belehrt: Pizzas gab es eben in einer neuen Form und Möbel wurden aus noch kleineren Modulen zusammengebaut, als dies bei IKEA schon vor 2000 geschehen war. Für den Transport wirklich großer Objekte, etwa einer im Binnenland erzeugten Jacht ans Meer, verwendete man zunehmend steuerbare Luftschiffe, die durchaus an die Zeppelins von früher erinnerten. Nur war die Hülle aus sehr stabilem Graphen und das Gas natürlich ungefährliches Helium.

Die Entwicklung bei Computern und Computernetzen ging nach 2025 ungebrochen weiter. Das Konzept, Computer als Symbionten zur Erledigung von wichtigen Aufgaben einzusetzen, aber die zwischenmenschliche Kommunikation nicht zu weitgehend zu ersetzen und die Kreativität wie auch die körperliche Nähe von Menschen bis zu einem gewissen Grad zu erhalten, schien sich durch computergestützte Spiel- und Wettideen allmählich durchzusetzen, aber von der Idee, dass der Bibelspruch „am siebten Tag sollst du ruhen" bedeuten würde, dass man am siebten Tag der Woche die Benutzung von Computer und Netztechnologien weitgehend unterließ, war man nicht nur weit entfernt, sondern sogar wieder teilweise abgekommen.

Andere „Retro"-Ideen wie mehr Regionalität, Saisonalität, Reparierfähigkeit usw. setzten sich durch, aber viel langsamer als Anton das je erwartet hatte. In einem gewissen Sinn hatte sich aber die Welt verbessert. Umso erstaunlicher war es, dass die Anzahl der Morde und Selbstmorde nicht kleiner geworden war und es noch immer „Krisengebiete" und Kriege gab.

Insgesamt war es sorgfältigen Beobachtern klar, dass sich die Menschheit bereits 2053 mehr von der Menschheit vor 30 Jahren, also anno 2023 unterschied, als diese von der 80 Jahre früher, im Jahr 1943. Anton hatte anfangs versucht, vor allem im Gebrauch der Kommunikation und der Computernetze bremsend zu wirken, jedoch nur mit mäßigem Erfolg. Hätte nicht die Gruppe um Alina und Susanne mit ihren Ideen dies nicht schon vor dreißig Jahre geahnt und die Samen für neue Entwicklungen gepflanzt, die – von der Öffentlichkeit unbemerkt – nun allmählich begannen, erste Wirkungen zu zeigen, würden die negativen Auswirkungen der raschen Entwicklung im Informations- und Kommunikationsbereich auch nach 2053 weiter zunehmen. So aber konnte man auch bei Mottos wie CARPE DIEM, ENHANCING CREATIVITY und WE ARE NOT A LONELY PLANET auf positive Entwicklungen hoffen, wenn man bereit war, genug Tatkraft zu investieren.

★

Zum Autor:

Hermann Maurer, www.iicm.edu/maurer, ist Professor für Informatik an der TU Graz. Er war in dieser Funktion auch in Kanada, USA, Brasilien, Neuseeland und Deutschland längere Zeit tätig. Seine Mitgliedschaft im zwölfköpfigen Vorstand der Academia Europaea, www.ae-info.org, gibt ihm die Möglichkeit, mit Elitewissenschaftern zu diskutieren, sodass die im Buch präsentierten Ideen im Bereich des Möglichen liegen, ohne dass freilich eine Realisierung in großem Stil garantiert ist.